Heinz W. Katzenmeier
Hole World

HEINZ W. KATZENMEIER

HOLE WORLD

DAS LOCH IN DER WIRKLICHKEIT

Hole World

2. Auflage

Lektorat: Johanna Gerhard – Autorin, Lektorin, Story Coach
Korrektorat: Martha Wilhelm – textwinkel
Buchsatz: Juliana Fabula | Grafikdesgin
Covergestaltung: Juliana Fabula | Grafikdesgin
Unter der Verwendung von Stockdaten von shutterstock.com:
© IgorZh, © your, © Vadim Sadovski

Impressum
Heinz Katzenmeier
Bahnstrasse 17
CH-3432 Lützelflüh

Herstellung und Verlag
Amazon-KDP

Bibliografische Information der Deutschen Nationalbibliothek: Die Deutsche Nationalbibliothek verzeichnet diese Publikation in der Deutschen Nationalbibliografie; detaillierte bibliografische Daten sind im Internet über http://dnb.dnb.de abrufbar.

PROLOG

Arnim Meier war aufgeregt. Heute war der entscheidende Tag. Endlich hatte er die Chance, seine Theorie zu beweisen. Jetzt würde er allen zeigen, dass er schon immer recht gehabt hatte. Besonders denen, die in den letzten Wochen so verächtlich mit ihm umgegangen waren.

Vor ein paar Monaten war er schon einmal so weit gewesen. Hatte er zumindest gedacht. Doch bei dem finalen Versuch hatte der Fehlerteufel zugeschlagen. Beim Auftreffen des zweiten Laserpulses auf die oszillierenden Submikrostrukturen war ein Teil der Isolationsschicht verdampft. Die dabei entstandene Druckwelle war nicht besonders stark gewesen, aber sie hatte einen der Umlenkspiegel verschoben, wodurch der nächste der Laserpulse, die im Abstand von nur wenigen Millisekunden abgeschossen wurden, unkontrolliert abgelenkt worden war. Gott sei Dank hatte der Puls nicht ihn selbst getroffen. Es war nicht ratsam, einen Laserpuls abzubekommen, in dem die Energie einer Pistolenkugel steckte. Trotz des offensichtlichen Fehlschlages war Arnim Meier sicher gewesen, dass schon der erste Laserpuls, der die Submikrostrukturen noch voll getroffen hatte, den gewünschten Effekt erzielt hatte. Doch der nächste fehlgeleitete Laserpuls hatte die Übertragung unterbrochen, noch bevor die entscheidenden Messdaten hatten übermittelt werden können.

Aber Arnim Meier hatte aus dem Fehlschlag gelernt. Er hatte alles neu aufgebaut. Eine neue, größere Vakuumkammer in einer eigens dafür angeschafften Glovebox, ein stärkerer Laser und eine große, schwingungsgedämpfte optische Bank. All das hatte er in nicht einmal zwei Monaten installiert.

Und diesmal würde es klappen. Diesmal würde er die alles entscheidenden Daten bekommen.

Ein letztes Mal kontrollierte er die Spiegel. Er vergewisserte sich, dass die Messverstärker eingeschaltet waren. Dass die Datenaufzeichnung lief, verrieten ihm die unaufhaltsam vorrückenden Zahlenkolonnen auf dem Kontrollbildschirm.

Er aktivierte die Stromversorgung der Ladebank. Ein leichtes Flackern der Laborbeleuchtung und ein leises Brummen verrieten ihm, dass der Ladevorgang gestartet war. Es würde etwa eine Viertelstunde dauern, bis der volle Ladezustand erreicht war. Obschon Arnim den Versuch am liebsten gleich gestartet hätte, ließ er sich nicht dazu hinreißen, den Ladevorgang zu beschleunigen. Nicht wie in der Anfangsphase seiner Versuche, wo die Stromversorgung des ganzen Laborkomplexes ein paarmal zusammengebrochen war, als er die Ladebank noch ohne Strombegrenzer betrieben hatte.

Seitdem waren einige seiner Kollegen nicht gut auf ihn zu sprechen. Immerhin waren ihre wissenschaftlichen Arbeiten durch die unerwarteten Stromausfälle um Wochen, wenn nicht gar Monate zurückgeworfen wurden. Und noch jemand anderem schienen Arnims Arbeiten ein Dorn im Auge zu sein.

Arnim dachte an die Mails des seltsamen Japaners, der ihn von der Weiterführung seiner Experimente abhalten wollte. Er hatte ihm sogar damit gedroht, dass etwas Schlimmes passieren würde, wenn er seine Arbeiten fortsetzte. Arnim schüttelte kurz den Kopf, um den Gedanken loszuwerden.

Ein leises Zischen erregte seine Aufmerksamkeit und Arnim richtete seine volle Konzentration wieder auf das Experiment. Sein Experiment!

Unruhig wanderte sein Blick über das umfangreiche Ensemble verschiedener Apparaturen. So stand er eine Weile völlig bewegungslos mit angehaltenem Atem und lauschte.

Im Laufe der Zeit hatte Arnim gelernt, auf jedes Geräusch zu achten, jede noch so kleine Veränderung zu interpretieren. Da war das Zirpen der Hochspannungswandler, das leiser und heller werden musste, um sich dann in den Ultraschallbereich zu verlagern, sobald die Ladebank voll geladen war. Dann das helle, gleichmäßige Summen der Turbomolekularpumpe, die für die Aufrechterhaltung des Hochvakuums in der Vakuumkammer der Glovebox verantwortlich war. Dieses Summen durfte sich nicht verändern. Eine Veränderung hätte auf ein alles zunichtemachendes Gasleck hingedeutet. Dann gab es noch das kaum wahrnehmbare Klicken der Relais der beiden Messverstärker. Und nicht zuletzt das Rauschen des Lüfters der Workstation, das lauter werden musste, sobald die Prozessoren mit der Verarbeitung der großen Datenmengen begannen, die die Messgeräte nach dem Start des Versuches generieren würden.

Auf all das achtete Arnim, während sein Blick über jedes Detail seines Aufbaus wanderte. Alles schien in Ordnung. Die Spiegel waren korrekt ausgerichtet, alle Anzeigelämpchen leuchteten grün. Der Zeiger der Vakuumanzeige schwebte nur wenige Millimeter über 10 hoch minus 8 Bar. Die dicken Kabelstränge der Ladebank endeten in den dafür vorgesehenen Anschlüssen der klobigen Glovebox. Dort hinein führten auch die beiden eisummantelten Schläuche des Kryogerätes, von denen weiße Nebelschwaden langsam zu Boden sanken und dort zu einem Nebelsee auseinanderflossen, der sich an den Rändern stetig auflöste.

Einen Moment lang hörte Arnim wieder das leise Zischen, das er nicht zuordnen konnte. Doch das lauter werdende

Zirpen der Hochspannungswandler überdeckte das Geräusch, gerade als er sich darauf konzentrieren wollte.

Plötzlich glaubte er, vor dem Eingang des Labors Schritte zu hören. Nervös wandte er seinen Blick zum Laboreingang. Eine Störung konnte er nicht gebrauchen, nicht jetzt. Doch der große Bücherschrank, der nun dort stand, wo beim ersten Versuch seine Vakuumapparatur aufgebaut gewesen war, versperrte ihm den Blick. Und jetzt war auch nichts mehr zu hören.

Er wandte sich wieder seinem Experiment zu. Fast war es so weit. Der entscheidende Versuch stand kurz bevor. Die Ladeanzeige des Lasers war bei 98 Prozent angelangt. Bei Erreichen der Hundert-Prozent-Marke würde der Laser automatisch aktiviert werden und die Versuchssequenz würde ablaufen, ohne dass Arnim noch Einfluss darauf nehmen könnte. Im Millisekundenabstand würde eine Serie von Laserpulsen ausgelöst werden, welche die Submikrostrukturen in Resonanz bringen würden. Dabei würde ein – wenn auch kleiner, dafür aber ganz besonderer – Effekt auftreten. Ein Effekt, der eine kleine, aber messbare Anzahl von Elektronen hervorbringen würde, die vorher nicht existiert hatten. Nicht in diesem Universum. Nach nicht einmal einer Sekunde würde der Versuch abgeschlossen sein.

In diesem Augenblick wurde das Experiment ausgelöst.

Das Ganze war wenig spektakulär. Arnim hörte nur einen leisen Plopp, wie wenn der Deckel eines Marmeladenglases aufgedreht wurde. Das Licht flackerte einen winzigen Moment, da die Gasentladung in den Leuchtstoffröhren durch die hohen Feldstärken beim Zünden der Laserpulse gestört wurde. Dann war es still. Nur noch der Lüfter der Workstation surrte laut, um die Prozessoren zu kühlen, die bei der Aufarbeitung der großen Datenmengen mehr Wärme produzierten als zuvor.

Das war ein gutes Zeichen. Jetzt mussten die Daten nur noch zeigen, worauf Arnim so lange gewartet hatte. Er starrte auf den Bildschirm der Datenauswertung, bis ihm fast die Augen tränten. Entnervend langsam baute sich die Messkurve auf dem Bildschirm auf. Eine fast waagerechte rote Linie nahe des unteren Bildschirmrands, die sich langsam, aber stetig von links nach rechts verlängerte.

Und dann kam der Peak. Bei 750 Gigahertz wanderte der rote Punkt, die Messlinie hinter sich herziehend, nach oben, bis er fast den oberen Bildschirmrand erreichte, bevor er wieder abfiel.

Das war eindeutig. Das konnte kein Rauschen sein. Das ist eine positive Energiebilanz, schoss es Arnim durch den Kopf. Sieben Nanowattsekunden wies die Integration der Peakfläche aus. Das war mehr, als er erwartet hatte. Das würde alle Kritiker zum Verstummen bringen, alle Zweifler überzeugen. Gleich würde er Lars Forsberg, dem Leiter der Forschungsabteilung, Bericht erstatten. Endlich konnte er beweisen, dass er schon viel weiter war als die Yamamoto-Gruppe. Dass er von Anfang an recht gehabt hatte.

Es zischte erneut. Es war das gleiche Geräusch, das ihn schon zuvor gestört hatte. Jetzt, wo die Lüfter der Workstation wieder leise arbeiteten und das Zirpen der Hochspannungswandler erloschen war, fiel es ihm wieder auf. Es kam aus der Richtung des Wandschranks, an dessen Stelle sich früher die Laserbank und seine erste Versuchsanordnung zur Energiegewinnung aus Quantenfluktuationen befunden hatte.

Das Geräusch irritierte Arnim und er inspizierte die nähere Umgebung des Wandschranks. Vorsichtig umrundete er den klobigen Kasten und versuchte mit angehaltenem Atem, den Ursprung des Zischens zu identifizieren, als er vom Laboreingang erneut ein Geräusch zu hören glaubte. Erschrocken trat er einen Schritt zur Seite und sank leblos zu Boden.

DER MEIER

„Der Meier ist tot." Mit diesem Satz kam Werner in die Cafeteria gerannt.

Schlagartig war Ruhe. Alle schauten ihn entgeistert an.

„Hat er sich umgebracht?", fragte Jens in die Stille.

„Nein, das heißt, ich weiß nicht. Er liegt im Labor. Die Sanitäter sind schon da, aber – ich hab ihn angefasst – er war schon ganz kalt", stammelte Werner.

„Hast du denn was gesehen? Ich meine, Blut, eine Verletzung?"

„Nein, er lag einfach da. Als ob er gerade tot umgefallen wäre. Ich hab mich runtergebeugt und ihn an der Stirn berührt. Die war ganz kalt. Da hab ich Panik bekommen und hab den Kurt geholt. Der ist ja für Notfälle ausgebildet. Aber Kurt hat auch gleich gesagt, dass da nichts mehr zu machen ist."

Wieder breitete sich Schweigen aus. Und ich muss gestehen, dass auch ich mich dem Gedanken, dass Arnim Meier sich umgebracht hatte, nicht ganz verschließen konnte.

Der Meier war ein spezieller Typ. Sein vollständiger Name lautete Arnim Meier, aber alle nannten ihn nur „den Meier". Er war Physiker, genauer gesagt, theoretischer Physiker.

Er war vor knapp fünf Jahren von Falcon zu uns ans FTI gewechselt. Das FTI oder „Future Technologies Incorporated", wie sich der Technologieriese vor den Toren von Zürich etwas hochtrabend nannte, hat sich damals schon ziemlich erfolgreich mit der Entwicklung neuer Computertechnologien beschäftigt. Meier hat die Leitung des Mikrostrukturlabors übernommen. Immer kleinere Mikrochips herzustellen war ein heißes Thema. Jeder wusste: Je mehr Transistoren man auf einem Chip unterbringen kann und je enger die Leiterbahnen beieinanderliegen, desto mehr Geld kann man machen.

An diesem Thema hat der Meier schon bei Falcon gearbeitet und ein paar wirklich gute Arbeiten veröffentlicht. Da entschied man bei uns in der Chefetage, ihn abzuwerben. Man lockte ihn mit einem eigenen Labor, mit einem guten Etat und mit allen möglichen Freiheiten.

Seine Arbeiten brachten uns anfangs auch wirklich weiter. Letztes Jahr konnten wir den XTL-Chip rausbringen, der definitiv besser war als der Ramsch von Falcon. Das spülte einige Hundert Milliönchen in unsere Kassen, was nicht zuletzt Meiers Verdienst war.

Na ja, nun nützte es ihm nichts mehr. Aber auch wenn er noch leben würde, hätte er wohl nichts vom Erfolg gesehen. Wahrscheinlich hätte er nicht einmal einen Händedruck bekommen.

Wie auch immer. Jedenfalls glitt der Meier nach den ersten Erfolgen immer mehr ab. Obwohl er sich längst mit Hochdruck mit einer neuen Transistorgeneration beschäftigen sollte, ließen ihn seine Submikrostrukturen nicht los. Bei seinen alten Arbeiten zur Miniaturisierung und Eindämmung von Elektronenfluktuationen glaubte er nämlich, einer großen Sache auf die Spur gekommen zu sein. Deshalb beschäftigte er sich in der Folge neben seinen offiziellen Projekten immer stärker mit eigenen Ideen.

Den Höhepunkt erreichte Meier vor knapp zwei Jahren, als er einen Artikel publizierte, ohne dass irgendjemand von uns etwas davon wusste. Wahrscheinlich wäre das nicht einmal aufgefallen, wenn der Artikel nicht eingeschlagen hätte wie eine Bombe.

„Energetische Nutzung von Quantenfluktuationen virtueller Elektron-Positron-Paare in oszillierenden Submikrostrukturen“

Das war der Titel des Artikels, in dem er nicht mehr und nicht weniger darlegte, als dass es möglich sei, Energie aus dem Nichts zu gewinnen. Das klang natürlich sehr nach einem Perpetuum mobile, und normalerweise werden solche Artikel eigentlich sofort zurückgewiesen, aber irgendwie war es ihm gelungen, mindestens einen der Gutachter zu überzeugen. Letztendlich wurde der Beitrag in gekürzter Form zum Diskurs veröffentlicht. Wahrscheinlich wegen der großen Tragweite, die die Entdeckung haben würde, wenn denn etwas daran wäre.

In unserer Chefetage merkten sie es zunächst gar nicht. Erst als sich Leute vom Fernsehen meldeten, wurde die Sache publik. Wir in der Abteilung hatten natürlich schon geahnt, dass der Artikel Aufruhr verursachen würde. Seine Schlussfolgerungen rüttelten immerhin an einigen anerkannten Grundpfeilern der Physik.

Die Resonanz auf den Artikel war dementsprechend ziemlich heftig. Im Großen und Ganzen gab es drei Lager: Etwa drei Viertel der Wissenschaftler waren der Meinung, das Ganze sei Humbug und nicht das Papier wert, auf dem es gedruckt war. Vom restlichen Viertel war ein Teil der Meinung, dass eine energetische Nutzung von Quantenfluktuationen prinzipiell nicht möglich sei, aber dass die Arbeit immerhin einige bisher zu wenig beachtete Aspekte enthalte, die sich durchaus als interessant erweisen könnten. Der zugegebenermaßen recht kleine Rest hielt Meiers Schlussfolgerung für möglich und sah schon alle Energieprobleme dieser Welt als gelöst an.

Das Ganze erinnerte ein wenig an die Geschichte mit der kalten Kernfusion Ende der achtziger Jahre und wurde damit oft verglichen. Damals hatte man gedacht, eine Kernfusion quasi im Reagenzglas durchführen zu können, indem man Wasser elektrolysierte. Das war natürlich ein Schock für all jene, die zig Milliarden in den Bau von riesigen Fusionsreaktoren investiert hatten, die immer noch nicht funktionierten, und nun behauptete jemand, er könne das Gleiche mit einem Glas Wasser und einer Taschenlampenbatterie erreichen. Dementsprechend hatten zahlreiche Wissenschaftler versucht, die Ergebnisse zu reproduzieren, was aufgrund der relativ einfachen Versuchsanordnung nicht sehr schwer gewesen war. Leider hatte niemand die Versuche erfolgreich reproduzieren können. Dafür waren entscheidende Messfehler nachgewiesen worden, und so war der Hype bald wieder abgeflaut.

Und wie bei der Geschichte um die kalte Kernfusion machte sich auch dieses Mal eine beträchtliche Anzahl von Wissenschaftlern daran, Meiers Ergebnisse nachzuarbeiten, in der Hoffnung, dass vielleicht dieses Mal etwas daran sein könnte. Nur war im Gegensatz zur kalten Kernfusion Meiers Anordnung nicht so einfach nachzustellen. Das, was er aufgebaut hatte, war äußerst komplex, und in seiner Arbeit legte er dar, dass der Effekt nur unter sehr genau definierten Bedingungen auftrat und auch dann nicht sehr groß war. Was hieß, man benötigte sowohl zum Aufbau als auch zum Nachweis sehr spezielle technische Möglichkeiten sowie empfindliche und teure Messapparaturen. So gestaltete sich die Nacharbeitung von Meiers Versuchen als langwierig, und es wurde bald klar, dass in absehbarer Zeit nicht mit Ergebnissen gerechnet werden konnte.

Das lag nun gut zwei Jahre zurück, und da während dieser Zeit alle vertrauenswürdigen Anstrengungen, seine Ergebnisse zu reproduzieren, fehlgeschlagen waren, normalisierte sich die Lage zunehmend. Auch bei uns am FTI hatte man vor einiger Zeit entschieden, die Forschung daran definitiv einzustellen. Ende des Monats sollte Meiers Labor aufgelöst werden, hieß es, und Meier sollte die Leitung der Qualitätssicherung übernehmen, weil er ja „so gewissenhaft" arbeiten konnte.

Natürlich war die QS einfach ein Abstellgleis, auf das man ihn schieben konnte, ohne ihn gleich entlassen zu müssen. Mehr oder weniger jeder bei uns war der Ansicht, dass Arnim in den letzten Jahren so abgeglitten war, dass man ihn für ein vernünftiges Projekt nicht mehr gebrauchen konnte. Dass das für ihn ein Schock gewesen sein musste, war jedem klar. Ihn, einen potenziellen Kandidaten für den Nobelpreis, zum Leiter der Qualitätssicherung zu degradieren, das dürfte er kaum verstanden haben.

Insgeheim hatten wohl einige die Hoffnung gehabt, er würde nun kündigen, aber wahrscheinlich war Meier so geschockt gewesen, dass ihm so etwas Profanes wie eine Kündigung gar nicht in den Sinn gekommen war. Oder er hatte sich anderweitig beworben und niemand hatte ihn gewollt. Dass irgendetwas passieren musste, erschien im Nachhinein fast unausweichlich, und dass Meier sich umgebracht hatte, war daher für viele eine nicht unwahrscheinliche Konsequenz.

SUSANNE

Offensichtlich war ich wieder einmal zu spät. Jedenfalls saß Susanne schon an der Bar, als ich die Tür zur Taverna Romana aufstieß. Die Kneipe mit dem nicht sonderlich originellen Namen war eine einfache Pizzeria in der Nähe vom FTI. Über Mittag wimmelte es hier von FTI-Leuten, doch gegen Abend war die Taverna kaum besucht. Dazu war sie zu abgelegen. Wenn das FTI die Pforten schloss, wurde es ruhig in dem Quartier. Nicht zuletzt deshalb kam ich hier ganz gerne vorbei. Besonders wenn ich ungestört sein wollte und nicht allzu viele Ohren mithören sollten.

Susanne winkte mir zu. Sie sah reizend aus mit ihren langen blonden Haaren und der engen Jeans, wie sie so auf dem Barhocker saß und mir nun, indem sie sich halb herumdrehte, ihr markantes Profil zuwandte. Es versetzte mir einen leichten Stich, als ich wieder daran denken musste, dass wir einmal ein Paar gewesen waren. Dass wir jetzt nur noch gute Freunde sein sollten, konnte ich immer noch nicht richtig glauben.

„Hi", begrüßte Susanne mich. Sie wirkte aufgeregt.

Ich setzte mich neben sie und rückte meinen Stuhl zurecht. „Bin ich zu spät?", fragte ich mit einem Anflug von schlechtem Gewissen, doch Susanne winkte ab, und entgegen ihrem sonstigen Gebaren schien sie es mir diesmal tatsächlich nicht übelzunehmen.

Hinter dem Tresen nickte mir der Barkeeper kurz zu. „Wie immer?"

Ich hob die Hand zu einer bejahenden Geste und nickte zurück.

Kaum hatte sich der Barkeeper abgewendet, platzte es aus Susanne heraus: „Sag mal, was war denn heute los? Der Meier hat sich umgebracht? Ist das echt wahr? Was hat er gemacht, hat er sich in die Luft gesprengt, oder was?“

Ich nutzte ihr Luftholen, um erst einmal einiges richtigzustellen. „Der Meier ist tot, das stimmt. Aber ob er sich umgebracht hat, weiß man noch nicht. In die Luft gesprengt hat er sich jedenfalls nicht.“

„Echt? Die Leonowski hat mir gesagt, Meier hätte sich umgebracht.“

„Die Leonowski! Die redet zu viel und hat eine blühende Fantasie“, entgegnete ich.

„Aber der Meier sollte doch morgen sein Labor räumen. Der war total fertig, das hat doch jeder gesehen. Ihr hättet ihm gleich einen Strick kaufen können.“

„Jetzt mach mal halblang“, versuchte ich sie wieder auf den Boden zu bringen, doch insgeheim stimmte ich ihr zu. Meier war nach seiner „Degradierung" zum Leiter QS nicht mehr derselbe gewesen. Er hatte sich immer mehr zurückgezogen, war jedem so gut es ging aus dem Weg gegangen und hatte kaum noch ein Wort geredet.

„Ja, du hast schon irgendwie recht“, gab ich zu. „Trotzdem, der Meier lag tot im Labor, nur das ist sicher. Vielleicht hatte er einen Herzanfall, oder es war ein Unfall. Seine Apparate waren nie einwandfrei, was die Sicherheit angeht. Er hat andauernd Ärger mit unserem Sicherheitsbeauftragten gehabt, weil irgendwelche Hochspannung führenden Teile frei lagen und solche Sachen. Vielleicht hat er versehentlich einen geladenen 10-Kilovolt-Kondensator angefasst und peng – aus.“

„Das glaubst du doch selbst nicht“, entgegnete Susanne verärgert, wohl weil ich ihre Selbstmordtheorie nicht sofort als die einzig mögliche akzeptierte. Sie hatte immer Mühe damit, wenn jemand einer Einschätzung, die ihr völlig logisch erschien, nicht sofort beipflichtete.

Jedenfalls ließ ihr die Sache anscheinend keine Ruhe. „Hast du den Meier eigentlich in den letzten Wochen mal gesehen? Ich finde, er wirkte sehr reserviert. Noch mehr als früher. Ich hab ein paarmal kurz mit ihm geredet. Nur ein bisschen Smalltalk auf dem Gang. Aber ich glaube, etwas hat ihn bedrückt. Ich hatte den Eindruck, er hatte Angst."

Bei Susannes Worten kam mir eine Situation in den Sinn, die ich kürzlich mit Arnim erlebt hatte. „Hmm, ganz unmöglich ist das nicht. Vor ein paar Wochen habe ich Arnim getroffen und ihn nach seinen Arbeiten gefragt. Nach einer Weile meinte er plötzlich, ihm wäre da eine komische Sache passiert. Doch gerade als er ansetzen wollte, mehr zu erzählen, kam Steven Johnson plötzlich um die Ecke. Da hat sich Arnim wortlos umgedreht und ist gegangen."

Susanne nickte. „Irgendetwas hat ihn belastet und ich glaube, das war nicht nur seine Degradierung. Vielleicht ist er gemobbt worden oder jemand wollte ihn ganz gezielt fertigmachen. Kann das was mit Steven Johnson zu tun haben? Die beiden konnten sich doch noch nie ausstehen. Als Arnim dann noch zum Leiter QS degradiert wurde, sind ihm die Sicherungen durchgebrannt und er hat sich umgebracht."

Mir schien das zwar unwahrscheinlich, aber ich wollte nicht weiter auf Konfrontationskurs gehen. „Wer weiß, vielleicht war es aber einfach ein Unfall. Morgen werden wir es wohl genau wissen. Heute war noch die Polizei da und ein Arzt zur Bestimmung der Todesursache."

„Wieso war die Polizei da? Gibt es denn Hinweise auf Fremdverschulden? Könnte es ein Mord gewesen sein?"

Susanne war sichtlich berauscht von der möglichen Wendung, die der Fall in ihren Augen genommen hatte.

„Die Polizei kommt immer bei unklaren Todesursachen. Das ist normal. Niemand hat den Meier umgebracht!", erwiderte ich mit Bestimmtheit, denn ich ahnte, was jetzt kommen würde, wusste ich doch, dass Susanne eine ausgesprochen kriminalistische Ader hatte. Doch es war schon zu spät.

„Der Meier wurde umgebracht und er hat etwas geahnt. Deshalb hatte er Angst", sagte sie langsam und ließ die Worte auf sich einwirken.

Ich sah genau, wie es in ihr arbeitete und sich eine ihrer Meinung nach völlig logische und für jeden klar erkennbare Geschichte zu formen begann. Und da setzte sie auch schon zu ihrer kriminalistischen Interpretation von Meiers Tod an.

„Vielleicht hat er in den letzten Tagen noch etwas entdeckt und wollte es veröffentlichen. Irgendjemand wollte das verhindern." Susanne hielt einen Moment inne, aber gleich darauf hatte sie den Faden wiedergefunden. „Genau! Er hat seine Entdeckung vorgeführt, um zu verhindern, dass das Labor geschlossen wird. Dieser Jemand aber wollte unbedingt, dass das Labor geschlossen wird, und da hat er den Meier umgebracht."

„Wie?"

„Was, wie?"

„Wie hat er ihn umgebracht? Dieser Jemand, der im Labor war und dem der Meier etwas gezeigt hat? Denkst du, er hat ihn erwürgt? Oder vergiftet? ‚Du, Arnim, tolle Sache hast du da, komm, wir trinken einen drauf. Ich hab zufällig was dabei – hier, trink das.' Denkst du etwa so in der Art?"

„Du bist blöd. Natürlich nicht so, aber vielleicht so ähnlich. Du bist doch auch Wissenschaftler, da sollte man ein bisschen Fantasie haben."

„Ja schon, aber ein Mord, also das kann ich mir echt nicht vorstellen."

„Was denkst denn du, was passiert ist?"

„Na ja, vielleicht hat er sich wirklich umgebracht", lenkte ich auf ihre ursprüngliche Variante ein. „Es passt schon irgendwie alles zusammen. Der Meier war völlig desillusioniert. Morgen hätte er sein Labor räumen müssen. Sein Lebenswerk. Ich kann mir schon vorstellen, wie die lieben Kollegen wie die Geier in sein Labor einfallen, um sich alles, was nicht niet- und nagelfest ist, unter den Nagel zu reißen. Und Meiers Spezialapparaturen, die weder jemand im Detail versteht noch mit ihnen etwas anfangen kann, werden zum Elektroschrott geworfen. Da ist bei ihm die Sicherung durchgebrannt."

„Eben, das hab ich ja gleich gesagt."

Ich war froh, dass wir zu einer gemeinsamen Einschätzung gefunden hatten und wir nicht den Abend mit Streiten verbringen würden. „Trotzdem, irgendwie passt das nicht zu ihm", murmelte ich und nippte an meinem Bier, das der Barkeeper mir schon vor einer ganzen Weile auf den Tresen gestellt hatte.

„Sag mal, du hast doch den Meier eine Zeitlang ganz gut gekannt. Wart ihr damals nicht ein paarmal zusammen auf Achse? Ich meine, zu der Zeit, als du mich noch nicht kanntest und nichts Besseres zu tun wusstest", fügte sie mit einem leichten Grinsen hinzu.

Fast wollte ich zurückgrinsen, doch dann verkniff ich es mir. Ich wollte die alten Zeiten nicht aufwärmen. Das hatte schon einige Male nicht funktioniert. Susanne hatte mich in letzter Sekunde immer abblitzen lassen. „Ja, ein bisschen kannte ich ihn schon", entgegnete ich deshalb nur.

„Wie war der denn damals drauf?"

„Na ja, der Arnim war schon recht speziell. Er hat fast nur an seine Forschungen gedacht. Ich glaube, er war damals schon der Meinung, er wäre einer großen Sache auf der Spur. Etwas, das die Welt verändern könnte. Davon war er völlig besessen. Er hat sich aber immer nur vage geäußert und ich konnte ihm nie so recht folgen. Dennoch, es war immer sehr anregend, mit ihm fachlich zu diskutieren. Er hat viele Dinge anders gesehen oder zu anderen Sachen in Beziehung gesetzt, die mir nie in den Sinn gekommen wären. Er hat mich ein paarmal auf neue Ideen gebracht und ich habe ihn damals sogar als Mit-Autor bei zwei Patenten genannt."

„Und wie kam es, dass du mit ihm dann öfters bei Joe's warst?"

„Na ja, eines dieser Projekte war das IC-Projekt, bei dem ich an einer Stelle überhaupt nicht weitergekommen bin. Irgendwann habe ich einen Nachmittag mit Arnim diskutiert, und danach war der Groschen gefallen. Da dachte ich, ich frag ihn mal, ob er zu einem Bierchen in Joe's Bar mitkommt. Ich weiß das noch genau. Erst wollte er nicht, aber dann konnte ich ihn überreden. Wir gingen durch die Tür, und es war ziemlich voll. Alle Tische waren besetzt, und Arnim hatte sich schon herumgedreht und wollte wieder gehen. Da hab ich ihn am Arm genommen und zur Bar gezogen. Arnim war das sichtlich unangenehm. Er hasste viele Leute um sich herum. Aber ich hab uns zwei Bier bestellt und angefangen, über ein quantenmechanisches Problem zu diskutieren. Da war er sofort voll und ganz dabei und konnte die Welt um ihn herum vergessen. Für ihn hätten wir in dem Moment auch in einer Ecke vom Hörsaal sitzen können."

„Ja, das kann ich mir gut vorstellen", nickte Susanne.

Ich erinnerte mich, wie Maggie nach einer Weile zu uns gekommen war, sich über den Tresen gebeugt und Arnim angemacht hatte. Ich musste heute noch lachen, wenn ich mich an die Szene erinnerte. „Hast du Maggie ja auch gekannt, oder?" Ich musste bei der Frage schon innerlich grinsen, denn ich kannte die Antwort nur zu gut.

„Maggie hat jeder gekannt. Sie war ja kaum zu übersehen mit ihren großen Möpsen."

„Hey, jetzt werd nicht sexistisch", sagte ich mit gespielter Strenge und fuhr mit meiner Schilderung der damaligen Ereignisse fort. „Maggie kam jedenfalls zu uns, beugte sich über den Tresen mit ihren – du weißt schon – und hat Arnim in ihrer anzüglichen Art angelabert. Arnim hat kein Wort gesagt und sie nur angestarrt. Genau genommen starrte er nicht nur sie an, sondern, na ja, du weißt schon. Das war dann wohl auch Maggie zu viel. Sie trat etwas zurück und fragte: ‚Willst du jetzt noch ein Bier oder willst du nur die Aussicht genießen?' An den Spruch kann ich mich noch genau erinnern."

„Typisch Maggie." Susanne schüttelte den Kopf. „Und wie ist es dann weitergegangen?".

„Nachdem Maggie hinter den Zapfhähnen verschwunden war, fragte Arnim, wer sie sei und ob sie immer hier wäre. Ich merkte natürlich, dass er sich in sie verguckt hatte, und wies ihn darauf hin, dass er sich besser keine großen Hoffnungen machen solle, da Maggie ihre Reize sehr gekonnt und berechnend einsetze. Genauer gesagt, dass er mit ihrem Wohlwollen nur so lange rechnen könne, bis sie sich ein möglichst üppiges Trinkgeld eingesteckt habe. Arnim nickte, doch ich hatte damals nicht den Eindruck, dass er mich wirklich verstanden hatte."

„Ja, Maggie hat zu der Zeit einigen den Kopf verdreht. Weißt du, ob Arnim dann noch öfters dort war?"

„Ja klar. Jedenfalls hat er mich in den darauffolgenden Wochen einige Male gefragt, ob wir nicht auf ein Bier zu Joe's gehen wollten. Auf die Idee, alleine hinzugehen, ist er offensichtlich nicht gekommen. Nun ja, ich war damals single, und sein Vorschlag kam mir meistens gerade recht, und so schauten wir öfters dort vorbei."

„Und was war mit Maggie?", wollte Susanne wissen.

„Maggie war immer präsent, aber sie hielt sich bei Arnim zurück. Ich denke, sie hatte zumindest Respekt vor ihm. Vielleicht mochte sie ihn sogar und wollte nicht mit ihm spielen. Arnim hat sie auf jeden Fall oft heimlich angesehen. Ich glaube, er hat sich in Maggie verliebt. So in der Art, wie sich ein pubertierender Teenie in jemanden verliebt, den er einmal auf dem Pausenplatz gesehen hat und sich dann nie anzusprechen traut. Jedenfalls habe ich nie gesehen, dass er Maggie angesprochen oder mit ihr geflirtet hätte so wie viele andere." Ich nippte an meinem Bier, bevor ich fortfuhr: „Und dann war Maggie plötzlich weg. Es hieß, sie hätte irgendwo in Bayern selbst eine Bar aufgemacht. Das hat uns damals alle überrascht. Am meisten Arnim. Ich weiß noch, wie wir das erste Mal bei Joe's waren und eine neue Bedienung hinter dem Tresen stand. Ich glaube, es war eine Aushilfsstudentin, die schon mit der Bestellung von zwei Glas Bier überfordert war. Ich fragte sie nach Maggie und sie informierte uns, dass ‚Frau Simmons' gekündigt und in der Nähe von München eine eigene Bar eröffnet hätte. Arnim fiel daraufhin fast die Kinnlade herunter. Man konnte es richtig sehen, wie enttäuscht er war. Er saß da wie versteinert. Ich hab noch versucht, ihn etwas abzulenken und in ein Fachgespräch zu verwickeln, aber es hat nicht geklappt. Der Abend blieb ziemlich einsilbig. Ich habe mir damals überlegt, das Thema Maggie einmal konkret anzusprechen, aber ich konnte mich dann doch nicht dazu entschließen. Es war irgendwie ein Tabu. Ich wusste, dass es Arnim peinlich war. Ich denke, er hat geahnt, dass er bei Maggie nicht landen könnte, und wollte das nicht von jemand anderem hören.

Jedenfalls meinte Arnim dann schon nach dem ersten Bier, er sei müde und müsse jetzt heim. Ich habe ihn gehen lassen und seit diesem Abend ist er nie mehr gekommen, um sich für Joe's zu verabreden. Ein oder zwei Mal hab ich ihn gefragt, ob er nicht Lust auf ein Bierchen hätte, aber er hat jedes Mal gesagt, er hätte keine Zeit. Und auch mein Vorschlag, einmal in eine andere Bar zu gehen, konnte ihn nicht aus der Reserve locken. So ist die ganze Sache eingeschlafen, und wenig später haben wir beide uns kennengelernt. Ich glaube, seit der Zeit war ich auch nie wieder bei Joe's. Gibt's den eigentlich noch?"

„Na und ob!", sagte Susanne. „Und weißt du was? Die Maggie arbeitet wieder dort. Man sagt, ihre Kneipe in Bayern sei pleitegegangen, und deshalb ist sie wieder zurückgekommen."

„Was, echt?"

Susanne funkelte mich an. „Da musst du wohl gleich hin."

Doch ich winkte nur müde ab. „Kein Bedarf, die Zeiten sind vorbei."

„Für dich vielleicht. Aber vielleicht nicht für den Meier. Vielleicht hat er es mitbekommen. Vielleicht war er schon da. Vielleicht ist irgendwas passiert, und er hat sich deswegen umgebracht, aus Liebeskummer."

„Ja, und vielleicht ist deine Fantasie jetzt etwas mit dir durchgegangen", erwiderte ich grinsend. Ich wusste, dass Susanne gerne solche Detektivgeschichten spann.

„Doch, wieso nicht? Überleg doch mal. Der Meier muss sein Labor räumen. Das ist der Oberfrust für ihn. Er erinnert sich an Joe's und beschließt, sich dort volllaufen zu lassen.

Wen trifft er dort? Die Maggie. Nach zwei, drei Bierchen hat er Mut genug und spricht sie an. Sie lässt ihn natürlich abblitzen. Das gibt ihm den Rest, und er geht zurück ins Labor, wirft einen letzten Blick auf seine geliebten Apparate und – Schluss!"

„Na ja, umgebracht haben könnte er sich schon, auch ohne Maggie", überlegte ich. „Gründe genug scheint er ja gehabt zu haben. Fragt sich nur, wie er das bewerkstelligt haben soll. Ich glaube, man hat nichts in der Richtung gefunden."

„Das heißt ja nichts", sagte Susanne. „Der Meier war ja ein findiges Köpfchen. Dem traue ich zu, dass er sich auch für sein Ableben etwas ganz Spezielles hat einfallen lassen. Irgendwas Sicheres, Schmerzloses, ohne Blut. Das passt zu ihm. Stromschlag oder eine tödliche Strahlung oder so?"

GERBERS BEFRAGUNG

„Herr Bellert, darf ich Sie kurz sprechen?" Mit diesen Worten erschien am nächsten Morgen ein Mann in meinem Alter und in legerer Freizeitkleidung in meinem Büro. Noch bevor er den Satz zu Ende gesprochen hatte, wusste ich, dass er von der Polizei war und es um Arnims Tod ging. Ich machte mir nicht einmal die Mühe zu fragen, worum es ging.

„Ja bitte", antwortete ich kurz. Allein die Tatsache, dass ich nicht gefragt hatte, worum es ging, schien mich verdächtig zu machen.

„Herr Bellert, mein Name ist Gerber, Kriminalpolizei Zürich. Ich denke, Sie wissen, wieso ich hier bin?"

„Ich nehme an, wegen Arnim Meier", erwiderte ich. Gerber rückte sich ungefragt einen meiner Besuchersessel zurecht und ließ sich mir gegenüber nieder.

„Sie kannten Arnim Meier ganz gut?", begann Gerber seine Befragung, offensichtlich voraussetzend, dass ich willens wäre, ihm diese Fragen zu beantworten, und dazu auch Zeit hätte. Da ich hoffte, die Sache schnell hinter mich zu bringen, wenn ich mich möglichst kooperativ zeigte, legte ich die Patentberichte, die ich gerade hatte durcharbeiten wollen, zur Seite.

„Ja, ich kannte Herrn Meier. Er hat ja seit gut fünf Jahren bei uns gearbeitet."

„Sie kannten ihn aber nicht nur beruflich, sondern auch privat", setzte Gerber nach. „Ich habe gehört, Sie waren eine Zeitlang zusammen unterwegs?"

Obwohl ich mich ernsthaft fragte, wie er das so schnell herausgefunden hatte, verkniff ich mir die Nachfrage. Sicher hätte er das so ausgelegt, dass es mir unangenehm wäre, dass ich mich ertappt fühlte. So antwortete ich möglichst belanglos: „Das ist gut zwei Jahre her. Damals waren wir hin und wieder nach der Arbeit ein Bierchen trinken. Aber besonders gut kannte ich ihn auch damals nicht. Wie man einen Arbeitskollegen halt so kennt", fügte ich vorsichtshalber hinzu, um allzu intensiven Nachfragen über Meiers Privatleben zu entgehen.

„Und wieso ist der Kontakt abgebrochen?" Gerber schaute mich lauernd an. „Hatten Sie Streit?"

Fast war ich in Versuchung zu sagen: „Es war wegen einer Frau." Doch dies schien mir zu viele langwierige und persönliche Erklärungen heraufzubeschwören. „Es ist irgendwie eingeschlafen", sagte ich daher nur und zuckte die Schultern.

„Einfach so eingeschlafen", wiederholte Gerber, der mein kurzes Zögern bemerkt zu haben schien und mir diese Erklärung offensichtlich nicht ganz abnahm. „Und in letzter Zeit? Hatten Sie in den letzten Tagen oder Wochen wieder mehr mit Herrn Meier zu tun?"

„Nein, hatte ich nicht", antwortete ich etwas verärgert und wollte nun doch wissen, ob Gerber ernsthaft in Erwägung zog, dass Arnim Meier eines nicht natürlichen Todes gestorben war, oder ob etwas darauf hindeutete, dass er sich umgebracht hatte. „Weiß man denn schon Genaueres über die Todesursache? War es ein Suizid?"

„Das werden wir herausfinden. Wir ziehen alle Möglichkeiten in Betracht." Bei diesen Worten rückte er auf seinem Sessel nach vorne und schaute mich an. „Herr Bellert, wo waren Sie gestern Abend zwischen 18 und 22 Uhr?"

„Sie glauben doch nicht ernsthaft, dass ich etwas mit Meiers Tod zu tun habe!“

„Das habe ich nicht gesagt“, entgegnete Gerber und mir schien, dass ich so etwas wie Genugtuung in seiner Stimme hörte.

„Hören Sie, wenn Sie mich fragen, wo ich gestern Abend war, dann klingt das so, wie wenn Sie mich nach einem Alibi fragen“, verteidigte ich mich.

„Das ist Ihre Interpretation. Ich habe nur gefragt, um zu erfahren, ob Sie hier waren und etwas Verdächtiges bemerkt haben. Also, wo waren Sie gestern Abend?“

„Ich habe bis 18:00 Uhr gearbeitet und bin dann mit Frau Wagner, einer Arbeitskollegin, eine Pizza essen gegangen. Wenn ich mich recht erinnere, haben wir das Restaurant gegen 23:00 Uhr verlassen. Und ich kann mich an nichts Verdächtiges erinnern. Weder während des Barbesuchs noch tagsüber am FTI.“

Gerber nickte. „Ihre Arbeitskollegin, Frau Wagner, kann das sicher bestätigen.“ Gerber rückte seinen Sessel zurück und stand auf.

„Denken Sie wirklich, der Meier wurde umgebracht?“

„Wir werden zu gegebener Zeit eine offizielle Mitteilung verfassen. Ich wäre Ihnen sehr dankbar, wenn Sie sich in den nächsten Tagen zu unserer Verfügung halten könnten, sofern noch weitere Fragen auftauchen. Wir wollen ja alle, dass diese Sache schnell aufgeklärt wird, nicht wahr?“ Mit diesen Worten verschwand er.

Ich blieb verunsichert und nachdenklich auf meinem Stuhl sitzen. Irgendetwas stimmte nicht mit dem Tod vom Meier. Es war kein Selbstmord gewesen, oder doch? War es die kriminalistische Fantasie von Gerber, der da etwas hineininterpretierte, oder war ihm etwas aufgefallen? Diese Gedanken gingen mir noch eine ganze Weile durch den Kopf, bevor ich mich lustlos wieder meinen Patenten zuwandte.

Immer wieder schweiften meine Gedanken ab, so dass ich die Ausdrucke schließlich zur Seite legte. Für heute wollte ich Feierabend machen. Obwohl es erst fünf Uhr war, entschloss ich mich, wieder einmal bei Joe's vorbeizuschauen. Es war ewig her, seit ich das letzte Mal dort gewesen war. Irgendwie hatte ich nach der Eröffnung von Susanne, dass Maggie wieder in Joe's Bar arbeitete, und nach der irritierenden Befragung Gerbers das Gefühl, dass ein Besuch dort notwendig wäre.

JOE'S BAR

Langsam schlenderte ich an dem von mächtigen, alten Bäumen gesäumten Limmatufer entlang, am Schweizerischen Nationalmuseum vorbei, und bog nach einem knappen Kilometer in das Niederdorf ab. Mit Erschrecken stellte ich fest, dass viele Läden und Kneipen, die ich von früher kannte, verschwunden waren. Mir wurde bewusst, dass ich schon ewig nicht mehr hier gewesen war. Ich nahm mir vor, künftig früher Feierabend zu machen und mir wieder öfters ein Bierchen zu gönnen.

Obwohl ich von Susanne wusste, dass es Joe's Bar noch gab, war ich erleichtert, endlich das altbekannte Blechschild zu sehen. Immerhin ein Fels in der Brandung in diesem Viertel.

Zögernd stieß ich die Tür auf und schlenderte zur Bar. Dort hatten sich ein paar wenige Besucher auf ein frühes Feierabendbier niedergelassen. Später, so gegen acht oder neun, würde es voller werden. Zumindest hatte ich es so in Erinnerung. Jetzt aber konnte ich mir einen Platz aussuchen. Ich entschied mich für einen Hocker direkt neben der Zapfanlage. Kaum hatte ich den zurechtgerückt, ging die Tür zu der kleinen Küche auf. Maggie kam heraus, wohl um zu schauen, wer sich zu dieser frühen Zeit schon ins Joe's verirrt hatte. Ich erkannte sie sofort, obwohl sie entgegen ihrem sonnigen Gemüt, das ich in Erinnerung hatte, mir mit ernster Miene entgegenkam. Erst dachte ich, sie würde mich nicht erkennen, doch ihr „Hallo Pete" belehrte mich eines Besseren.

„Hallo Maggie." Ich lächelte sie etwas verunsichert an. „Schön, dich wiederzusehen!"

„Freut mich auch“, erwiderte sie herzlich, und ihr Gesichtsausdruck wirkte etwas gelöster.

„Mensch, wie lange warst du jetzt weg?“, versuchte ich eine Unterhaltung in Gang zu bringen.

„Fast zwei Jahre. Und du? Du bist auch nicht mehr so oft hier?“

Ich erzählte, dass ich in letzter Zeit zu viel arbeitete und nur noch selten ausging.

Langsam taute Maggie auf. Es entspann sich eine Unterhaltung in einer Ernsthaftigkeit, die ich ihr vor zwei Jahren nie zugetraut hätte. Ihre Zeit mit der eigenen Kneipe schien sie erwachsener gemacht zu haben. Vor zwei Jahren hatte ich sie, trotz ihrer 25 Jahre, als naives Barmädchen kennengelernt. Jetzt war sie eine Frau.

Sie erzählte von der Zeit in Bayern. Von ihrer Kneipe, die nie richtig gut gelaufen war. Von besoffenen und pöbelnden Gästen. Von Schutzgelderpressung und einer Beinahe-Vergewaltigung. Von Brauereien, die Kneipeneinrichtungen finanzierten und dann Umsatz und Geld sehen wollen. Es wurde schnell klar, dass es kein Zuckerschlecken gewesen war. Nach zwei Jahren warf sie das Handtuch, nachdem ihr in einer nicht enden wollenden Spätschicht zwei völlig besoffene Halbstarke die Bar vollgekotzt hatten. Das hatte das Fass zum Überlaufen gebracht und am nächsten Tag hatte sie bei Joe angerufen, ob er nicht zufällig eine Bedienung brauchte.

„So bin ich wieder bei Joe gelandet“, beendete sie ihren Bericht.

„Prima! Ich denke, ich werde künftig wieder öfters vorbeischauen und mir ein Feierabendbier gönnen.“

„Aber gerne“, antwortete sie mit einem herzlichen Lächeln, und fast war ich versucht, ihr einen freundschaftlichen Kuss auf die Wange zu drücken.

„Weißt du übrigens, dass dein alter Freund seit einiger Zeit wieder öfters hier ist?", fragte Maggie unvermittelt.

„Welcher Freund?", fragte ich vorsichtig, und obwohl ich schon fast damit gerechnet hatte, durchlief mich bei Maggies Antwort ein eisiger Schauer.

„Na, der Arnim!"

„Arnim Meier?", fragte ich leise, worauf Maggie nickte.

„Klar, den kennst du doch bestimmt noch! Ihr seid doch früher oft hier rumgehangen", sagte sie leichthin und zwinkerte mir zu. „Der Arnim ist übrigens ein ganz netter Kerl geworden, nicht wahr?"

Ein dicker Kloß bildete sich in meinem Hals. Ich räusperte mich und fragte: „Maggie, du weißt, was passiert ist?"

„Wieso, was ist passiert?", fragte sie unsicher.

„Der Meier, ich meine, der Arnim, der Arnim ist tot."

„Was?" Sie starrte mich mit offenem Mund an. „Tot? Wieso tot?"

„Man hat ihn gestern tot in seinem Labor gefunden. Manche denken, er hätte sich umgebracht."

„Umgebracht? Wieso sollte er das tun?" Das Entsetzen stand ihr ins Gesicht geschrieben.

„Nun", versuchte ich den Faden zu finden, „er war ja schon lange nicht mehr so erfolgreich, und er hatte ja auch keinen tollen Job mehr. Und, na ja, heute sollte sein altes Labor aufgelöst werden und das war ja so eine Art Lebenswerk."

„So ein Quatsch!", rief Maggie aufgebracht. „Arnim war das scheißegal. Weißt du, dass er kurz davor war, seinen alten Job wieder aufzunehmen? Sein Labor sollte gar nicht aufgelöst werden. Ganz im Gegenteil, er hat mir gesagt, man hätte ihm zusätzliche Mittel versprochen, damit er sich noch intensiver um seine Forschungen kümmern kann."

„Hat er dir das alles erzählt?"

„Ja, das hat er. Das und noch mehr. Wir wollten am Wochenende ein paar Tage in die Berge fahren. Er hat sich wie ein kleiner Junge gefreut", schluchzte sie.

Uff, Arnim und Maggie ein Paar! Ich konnte es kaum glauben. Ich schien wirklich viel verpasst zu haben. Sie tat mir leid. Und Arnim? Er hatte seinen alten Job wieder aufnehmen sollen? Das konnte ich kaum glauben. Das hätte sich bei uns wie ein Lauffeuer verbreitet. Das hätten am gleichen Tag alle in der Firma gewusst. Aber andererseits, wieso hätte er lügen sollen? Arnim war nicht der Typ, der sich verstellen konnte. Sich so eine Geschichte auszudenken und sie jemandem wie Maggie glaubhaft rüberzubringen, das hätte er nie geschafft. Also musste er zumindest selbst daran geglaubt haben.

Oder hatte ihm eventuell jemand einen Bären aufgebunden, und als er gemerkt hatte, dass er verarscht worden war, hatte er Schluss gemacht? Hmm, könnte schon sein.

Ich reichte Maggie eine Serviette, damit sie sich ihr zerflossenes Make-up abtupfen konnte. „Kann ich irgendetwas für dich tun?"

„Ich würde jetzt, glaube ich, gerne alleine sein. Ist nicht persönlich gemeint, okay?"

„Klar, kein Problem." Ich war erleichtert, dass ich nicht Seelentröster spielen musste. Ich wusste, dass mir das nicht besonders lag. So zahlte ich rasch und machte mich mit einem Kopf voller konfuser Gedanken auf den Weg nach Hause. Gedankenverloren lief ich an dem von alten Bäumen gesäumten Limmatufer entlang und ließ meinen Blick über den langsam dahinfließenden Strom gleiten. Jetzt war ich über die beträchtliche Länge meines Heimwegs froh. So hatte ich Zeit, meine verworrenen Gedanken etwas zu ordnen.

Der Meier hatte also geglaubt, er könne seine alten Forschungen wieder aufnehmen. War an der Geschichte wirklich etwas dran? Aber wieso wusste das niemand? Das müsste schon supergeheim gehalten worden sein, von höchster Ebene.

Eine gewisse Brisanz hätte es schon. Sogar für mich. Wenn der Meier seine alten Forschungen reaktiviert hätte, hätte das irgendwie finanziert werden müssen. Das Geld hätte dann an anderer Stelle gefehlt. Unser Gesamt-Forschungsbudget war ziemlich unantastbar. Also hätte eine andere Gruppe bluten müssen. Entweder es wäre von allen ein bisschen abgezogen worden, oder eine ganze Gruppe wäre aufgelöst und die Leute auf andere Projekte verteilt worden.

Meine Gruppe hätte es wahrscheinlich nicht getroffen. Aber vielleicht die vom Wannowski?

Oder jemand hatte Arnim einen Bären aufgebunden. Vielleicht spät am Feierabend, als er nicht mehr beim Chef nachfragen konnte. Vielleicht hatte ihn jemand zur Seite genommen: „Du, Arnim, mal unter Freunden: Ich hab da was gehört. Deine Forschungen sollen nun doch weitergeführt werden. Du sollst dein altes Labor wieder reaktivieren."

Klar, Arnim hätte das gerne gehört. Aber hätte er es geglaubt? Er war zwar einer von der naiven Sorte. Ihm konnte man leichter einen Bären aufbinden als anderen. Sicher hätte er es im Bereich des Möglichen angesiedelt, aber er hätte es nicht vorbehaltlos geglaubt. Dazu war er zu sehr Wissenschaftler. Er hätte es als mögliche, vielleicht wahrscheinliche These betrachtet, die durch Nachfrage beim Boss verifiziert werden müsste.

Aber so, wie Maggie die Geschichte erzählt hatte, war er sich völlig sicher gewesen. Das hätte er aber nur sein können, wenn er das Go von ganz oben gehabt hätte. Konnte das sein?

Wieso wusste dann niemand davon? Und wieso wurde das so geheim gehalten?

Plötzlich merkte ich, dass ich die Abzweigung zu meiner Wohnung verpasst hatte und schon fast wieder vor dem FTI stand. Am liebsten wäre ich hineingegangen und hätte mir Arnims Labor genauer angesehen. Ob mir irgendetwas auffallen würde? Doch da ich wusste, dass das Labor von der Kriminalpolizei gesperrt worden war, und ich mich in diesem undurchsichtigen Fall nicht verdächtig machen wollte, entschied ich mich dagegen. Dennoch ging mir die Geschichte mit Arnim nicht aus dem Kopf. Besonders die Sache mit der Wiederaufnahme seiner Forschungen schien mir verdächtig. Ich musste einfach wissen, ob an der Sache etwas dran war.

DAS PROJEKT

Am nächsten Morgen stand ich im Büro von Lars Forsberg, dem Leiter unserer Forschungsabteilung. „Hallo Lars, ich bin's, Pete", begann ich das Gespräch und versuchte meiner Stimme einen möglichst beiläufigen Tonfall zu geben. „Mir ist gerade eingefallen, dass wir dieses Jahr noch Budget für Neuanschaffungen von Geräten haben, und ich habe gerade ein Super-Angebot für einen Frequenzanalysator bekommen. Kann ich vielleicht mal kurz bei dir vorbeischauen?"

„Hmm, okay, aber ich habe höchstens zehn Minuten!", antwortete Lars hörbar angespannt.

„Ich komme sofort." Ich griff die Mappe mit dem Angebot für den Frequenzanalysator und beeilte mich, in Lars' Büro zu kommen.

„Hallo Lars, danke, dass du kurz Zeit hast."

Lars bedeutete mir, an dem Tisch Platz zu nehmen, an dem er üblicherweise mit seinen Gästen diskutierte. Ich breitete die Mappe mit der Offerte aus, während Lars sich von seinem Schreibtischstuhl erhob.

„Pete, ich habe heute wirklich wenig Zeit, mach's bitte kurz." Lars kam zum Tisch und warf einen nervösen Blick auf die zahllosen Papiere. „Komm am besten gleich zur Sache." Lars setzte sich mir gegenüber an den Besprechungstisch. „Wie teuer ist der Analysator?"

„Achtundsiebzigtausend, aber wenn wir ihn dieses Jahr noch bestellen, bekommen wir ihn für fünfundsiebzigtausend, und zusätzlich gratis die neue Auswertesoftware, die an sich –"

„Okay, also fünfundsiebzigtausend", unterbrach mich Lars. „Du weißt sicher auch gerade, wie viel Etat wir dieses Jahr noch haben?"

„Gut fünfhunderttausend", antwortete ich und wollte schon zu weiteren Erklärungen ansetzen, als Lars mich erneut unterbrach: „Prima, dann bestell ihn." Er wirkte erleichtert, das Gespräch schon beenden zu können. Jedenfalls erhob er sich.

Ich raffte überrascht meine Unterlagen zusammen. Immerhin hatte Lars in der Vergangenheit über wesentlich kleinere Investitionen schon wesentlich länger diskutiert.

„Also dann, viel Erfolg mit dem Analysator."

Ich ging unschlüssig zur Tür und wandte mich, die Tür schon halb geöffnet, nochmal um. „Du, Lars, ich wollte dich noch rasch was anderes fragen."

Lars hob wortlos den Blick von seinen Akten, offensichtlich verärgert über die erneute Störung.

„Man erzählt sich, dass Meiers Forschungen wieder aufgenommen werden sollten. Weißt du, woher das kommt?"

Kaum hatte ich die Frage ausgesprochen, versteinerten sich Lars' Gesichtszüge. Wortlos sah er mich einige Sekunden an.

„Da ist doch nichts dran, oder?"

„Woher hast du das?", fragte er mit ernster Stimme.

„Man erzählt sich das auf dem Gang."

„Komm rein. Mach die Tür zu!" Lars blickte mich aufmerksam an und schien zu überlegen, was er mir sagen sollte. Keine Spur mehr von wenig Zeit und dringenden Terminen. „Setz dich." Er bot mir den Sessel vor seinem Schreibtisch an und lehnte sich zurück, offensichtlich nach den richtigen Worten suchend. Als er zu einer Erklärung ansetzte, hatte ich fast den Eindruck, dass er erleichtert war, mir die Geschichte zu erzählen.

„Du weißt, dass ich Reviewer beim Journal of Applied Physics bin?“

Ich nickte.

„Vor sechs Wochen habe ich einen Artikel zur Begutachtung bekommen. Von Yamamoto und seiner Gruppe, die damals die Publikation vom Meier zerrissen haben.“

Ich erinnerte mich gut daran. Etwa fünf Monate nach der Publikation von Meiers Arbeit hatte die Yamamoto-Gruppe einen Artikel veröffentlicht, der mehrere gravierende Fehler in den theoretischen Grundlagen von Meiers Arbeiten offengelegt und die experimentellen Ergebnisse stark angezweifelt hatte. Man könnte auch sagen, Meier wurde unterstellt, die Ergebnisse gefälscht zu haben.

Lars schob mir eine Klarsichtmappe mit der Kopie eines Artikels über den Tisch. „Sie haben eine Theorie, die Meiers ursprüngliche Messungen erklären würde.“

„Was heißt das?“, fragte ich überrascht, noch nicht ganz fähig, die Kehrtwende der Yamamoto-Gruppe zu akzeptieren.

„Das heißt, die Yamamoto-Leute glauben, dass an Meiers Arbeiten etwas dran ist. Mehr noch, sie zeigen, dass eine von ihnen aufgestellte Theorie seine Messergebnisse einwandfrei erklären würde. Meier hat richtig gemessen, aber die Theorie, die er sich dazu ausgedacht hatte, war Quatsch! Meier ist eben mehr der Praktiker, der Bastler. Komplizierte mathematische Theorien haben ihm noch nie gelegen. Und die Yamamoto-Gruppe hat sogar eigene Messergebnisse publiziert, die den Schluss nahelegen, dass sie eine positive Energiebilanz hatten! Verdammt!“ Lars schlug mit der Faust auf den Tisch. „Wieso musste der Meier damals alles im Alleingang machen? Niemand von uns hat bei seinen Arbeiten je richtig durchgeblickt. Und jetzt haben uns die Yamamoto-Leute abgehängt.

Wenn sie einen Artikel eingereicht haben, heißt das, dass die Ergebnisse schon Monate alt sind. Und jetzt sind sie garantiert schon viel weiter. Mit Sicherheit haben sie auch schon ein Patent für die praktische Nutzung eingereicht. Mist!" Erneut schlug er mit der Faust auf den Tisch. „Und ich kann den Artikel nicht mehr lange zurückhalten. Ich bin schon angemahnt worden vom Journal. Und sobald der draußen ist, geht das Rennen los. Alle möglichen Leute werden sich auf das Thema stürzen. Aber wenn das losgeht, dann will ich wenigstens mit laufendem Motor an der Startlinie stehen. Du weißt, was ich meine." Lars schaute mich durchdringend an.

„Der Meier sollte tatsächlich das Projekt wieder reaktivieren."

„Nicht nur das, er sollte so viel wie möglich vorbereiten. Yamamotos Theorie studieren, sich ein Team zusammenstellen, Geräte bestellen und so weiter. Natürlich hätten wir offiziell erst gestartet, sobald der Artikel draußen ist, aber wir hätten dann wenigstens schon einen kleinen Vorsprung gehabt."

„Wahnsinn", entfuhr es mir, während mir die Tragweite der Sache bewusstwurde. Wenn Meiers Ergebnisse richtig waren und die Yamamoto-Gruppe eine passende Theorie dazu geliefert hatte, hatte man möglicherweise den Schlüssel zu einer universellen Energiequelle in der Hand. Vielleicht nicht geeignet, um wirklich große Mengen an Energie wie in einem Kernkraftwerk zu erzeugen, aber möglicherweise genügend, um dauerhaft einige Milliwatt auf kleinstem Raum zu generieren. Genau das, was man bräuchte, um ein Handy oder einen Laptop permanent mit Energie zu versorgen. Ohne Akku, ohne Aufladen!

„Wie soll das Projekt denn finanziert werden?", fragte ich vorsichtig, wohl wissend, dass die Finanzierung unserer Projekte immer hart umkämpft war.

„Das ist natürlich ein Problem", gab Lars zu. „Zumindest in der Anfangszeit. Wenn ich später den Segen von ganz oben bekomme, dürfte sich das natürlich erledigt haben. Aber so lange kann ich nicht warten. Du kennst das ja. Bis die das erst mal auf der Tagesordnung haben und dann noch dreimal rückfragen, ob es nicht billiger geht, da gehen im schlimmsten Fall ein paar Monate ins Land. Und ein paar Monate kann und will ich nicht warten. Bis dahin sind wir endgültig abgehängt."

„Und was ist die Alternative?", fragte ich. Ich merkte, dass Lars nicht so recht mit der Finanzierungssache herausrücken wollte.

„Ich werde Etat von Stevens Quantencomputer-Projekt abziehen. Steven soll ohnehin bei dem neuen Projekt mitarbeiten. Eigentlich hatte ich geplant, dass Arnim und Steven jeweils eine Teilgruppe leiten. Arnim sollte eher an der technischen Realisierung und Steven an den theoretischen Aspekten arbeiten. Aber jetzt ist der Meier nicht mehr da. Das ist natürlich bedauerlich. Wir müssen einen Ersatz finden. Also, wenn du jemanden kennst?" Lars nickte mir auffordernd zu. „Dich würde ich gerne als Gesamtprojektleiter haben. Du würdest die Projektleitung doch übernehmen?"

„Ja, klar", antwortete ich spontan. Das Thema interessierte mich natürlich brennend, insbesondere nach der aktuellen Wendung. „Weiß Steven denn schon von seinem Glück, und was passiert mit seinem Projekt?" Ich konnte mir vorstellen, dass Steven lieber selbst die Gesamtprojektleitung gehabt hätte, als in meiner Gruppe zu arbeiten.

„Ja, er weiß es schon", erwiderte Lars, offensichtlich nicht ganz glücklich darüber. „Er kam vor ein paar Tagen zu mir wegen einer Budgeterhöhung. Keine zwei Minuten nachdem Meier mein Büro verlassen hatte. Er hat den Meier noch aus meinem Büro kommen sehen. Freudestrahlend, versteht sich. Jedenfalls hat Steven mich gefragt, was denn der Meier bei mir suchen würde, er wäre doch jetzt in der QS. Da ich dachte, dass er es ja sowieso erfährt, habe ich ihm die ganze Sache erklärt."

„Und wie hat er reagiert?"

„Er war nicht sehr begeistert. Besonders dass sein Projekt gestoppt werden soll, für das er gerade eine Budgeterhöhung beantragen wollte, hat ihn ziemlich frustriert."

„Es soll gestoppt werden? Nicht nur unterbrochen?"

Lars nickte. „Ja, aber das hat eigentlich gar nichts mit dem Meier-Projekt zu tun. Steven ist in letzter Zeit nicht weitergekommen. Es gab immer wieder kleine Probleme, wie er sagte, für deren Behebung er dann aber erhebliche Ressourcen brauchte, die anschließend weitere kleine Probleme verursachten. Das Quantencomputer-Projekt ist in einer Sackgasse. Das hab ich Steven so auch erklärt, aber ich glaube, er hat trotzdem den Meier dafür verantwortlich gemacht."

„Denkst du, er hat etwas mit seinem Tod zu tun?", fragte ich.

„Peter, ich bitte dich!", antwortete Lars abwehrend, doch ich ahnte, dass ihm der Gedanke auch schon in den Sinn gekommen war.

Mein Schweigen schien Lars zu einer Erklärung zu nötigen.

„Okay, dass Steven irgendwie versucht, dem Meier eins auszuwischen, das könnte ich mir schon vorstellen. Ihn vielleicht bei seinen Arbeiten auf eine falsche Fährte führen oder ihn nicht auf einen offensichtlichen Fehler hinweisen, um ihn dann bei einer Publikation zu blamieren oder so etwas. Aber umbringen würde er ihn sicher nicht. Außerdem, wie hätte er das anstellen sollen? Man hat beim Meier ja auch keine Spuren von Gewaltanwendung gefunden."

„Da hast du recht", sagte ich. Aber ein komischer Zufall ist das schon, dachte ich und in mir reifte der Gedanke, mir Meiers Labor, in dem er unter solch mysteriösen Umständen den Tod gefunden hatte, bei nächster Gelegenheit nun doch einmal genauer anzusehen.

„Sag bloß dem Gerber nichts von der Sache mit Steven und Meier", schreckte mich Lars auf. Er schaute mich durchdringend an.

„Nein, natürlich nicht! Der Gerber sieht sowieso schon Gespenster." Meine penetrante Befragung war mir noch gut in Erinnerung.

„Also verstehen wir uns. Behalte unser Gespräch bitte noch einige Tage für dich. Ich möchte mit einer offiziellen Kommunikation warten, bis sich die Meier-Geschichte geklärt hat. Ich glaube nicht, dass das noch lange dauert. Die Ergebnisse der Obduktion sollen spätestens morgen da sein, habe ich gehört. Ich hoffe, dann hat sich die Sache erledigt."

GEDANKEN IM BÜRO

Entgegen meiner sonstigen Gewohnheit schloss ich die Bürotür hinter mir und setzte mich in meinen bequemen Drehstuhl. Ich musste einmal in Ruhe über das eben Gehörte nachdenken. Die Tragweite von Lars' Ausführungen schien mir in jeder Hinsicht enorm und ich brauchte etwas Zeit, um meine Gedanken zu ordnen.

Während ich langsam hin und her wippte, ging mir alles Mögliche durch den Kopf. Dabei musste ich zugeben, dass Meiers Tod nicht im Zentrum meiner Überlegungen stand. Viel mehr beschäftigten mich die Ergebnisse der Yamamoto-Gruppe und was sie weltweit auslösen würden. Wenn sich die Ergebnisse bewahrheiteten und sich nicht noch völlig unüberwindliche technische Schwierigkeiten auftaten, hätte man mit der Technologie den Schlüssel zu einer nahezu unerschöpflichen Energiequelle in der Hand. Allein schon mit der profanen Anwendung zur Stromversorgung aller möglichen Hand-held-Geräte ließen sich Milliardengewinne einstreichen. Es würde ganze Industriezweige umkrempeln. Wenn man mehr als nur ein paar Milliwatt aus dem Effekt herauskitzeln könnte, wären vielleicht sogar Kraftwerke denkbar oder Autos und Schiffe, die ohne Benzin oder Öl fuhren, Eisenbahnen ohne Oberleitungen und so weiter. Oder gab es einen Haken, den bisher niemand gesehen hatte, oder Nebenwirkungen, die man noch nicht kannte?

Ich musste an die Entdeckung der Radioaktivität denken. Hatte man einige Zeit später nicht auch geglaubt, alle Energiesorgen gehörten der Vergangenheit an? Hatte man nicht auch Autos mit einem kleinen Kernreaktor vorhergesehen, Schiffe, Eisenbahnen, alles mit Atomkraft? Und wo standen wir heute? Nach diversen Reaktorkatastrophen schienen die Tage der Kernenergie gezählt. Und was hatte man noch damit gemacht? Natürlich, die Atombombe. Würde man mit der Kenntnis der neuen Technologie fähig sein, eine Art Quantenbombe zu bauen? Dass sich die Militärs sofort auf die Technologie stürzen würden, war unbestritten.

Aber was war das überhaupt für eine Technologie? Ich erinnerte mich noch recht gut an Meiers Arbeiten. Er hatte das Signal-Rausch-Verhältnis in hochintegrierten elektronischen Schaltkreisen verbessern sollen. Dazu hatte er verhindern müssen, dass Elektronen plötzlich auf eine benachbarte Leiterbahn wechselten.

Das klang nicht besonders spektakulär. Man könnte meinen, man müsse die Bahnen nur gut gegeneinander isolieren und dafür sorgen, dass kein Kurzschluss entsteht. Aber so einfach war das nicht. Wenn die Strukturen eine gewisse Größe unterschritten, nützte die Isolation nichts mehr. Die Leiterbahnen lagen dann so nahe beieinander, dass Elektronen ganz plötzlich in die benachbarte Bahn überschwappten. Das erwies sich als ein prinzipielles Problem und kam durch Quanteneffekte zustande. Genauer gesagt dadurch, dass Elektronen Welleneigenschaften besitzen und sich die Elektronenwelle über einen gewissen Bereich erstreckt. Und Leiterbahnen, die sich ein paar Nanometer neben einer stromdurchflossenen Leiterbahn befinden, liegen durchaus noch im Einflussbereich der Elektronenwelle. Das kann dazu führen, dass Elektronen von einer auf die andere Leiterbahn überwechseln oder „tunneln“, wie die Physiker das nennen.

Mir kam das „Beamen“ in der alten Fernsehserie Raumschiff Enterprise in den Sinn. War das nicht so ähnlich? Gerade noch war Captain Kirk an Bord des Raumschiffs Enterprise und schwups – schon materialisiert er sich auf der Oberfläche eines fremden Planeten, ohne physisch dorthin gereist zu sein.

Wie auch immer, dieses Tunneln hatte der Meier mit seinem Projekt verhindern sollen. Dazu entwickelte er alle möglichen mehr oder weniger komplizierten Ideen und Versuchsanordnungen. Er experimentierte mit diamagnetischen Materialien, die beide Pole eines Magneten gleichermaßen abstoßen. Meiers Ideen beruhten darauf, dass ein Elektron von einem elektromagnetischen Feld umgeben ist. Die magnetische Komponente gedachte er mit seinen diamagnetischen Materialien zu beeinflussen.

Anfangs experimentierte er mit Wismut, später mit pyrolytischem Graphit. Alles natürlich auf mikroskopischer Ebene. Damit nervte er ständig die Leute vom Mikrostrukturlabor. Sie mussten ihm Leiterbahnen aus speziellen Materialien und in komplizierten Geometrien ätzen. Meier stellte dann Messungen zum Signal-Rausch-Verhältnis an. Das heißt, er schaute danach, wie viele Elektronen auf der richtigen, der Signal-Leiterbahn und wie viele auf der falschen, der Rausch-Leiterbahn waren. Aber alle seine Versuche zeigten keine messbaren Effekte.

Spätestens zu diesem Zeitpunkt verloren die meisten aus unserer Abteilung das Interesse an Meiers ambitiösem Projekt und waren der Meinung, man sollte diese Sache schnellstmöglich wieder einstellen und die frei werdenden Gelder besser auf andere Projekte verteilen. Doch Meier gelang es, insbesondere Lars immer wieder von der prinzipiellen Machbarkeit seines Projektes zu überzeugen, und so konnte er seine Forschungen noch gut zwei Jahre relativ unbeachtet weiter betreiben.

So genau wusste damals nämlich niemand mehr, was Arnim in seinem Labor eigentlich machte. Und obwohl er offiziell an dem Projekt zur Verbesserung des Signal-Rausch-Verhältnisses arbeitete, ahnten einige, dass er insgeheim ganz andere Ziele verfolgte. Irgendwann fiel Meier bei seinen Versuchen nämlich auf, dass er mit einer bestimmten Versuchsanordnung das Signal-Rausch-Verhältnis nicht verbesserte, sondern im Gegenteil, wesentlich verschlechterte. Auf der Rausch-Leiterbahn fand er Elektronen, die da nicht sein sollten. Meier hatte den Eindruck, dass sich auf der Rausch-Leiterbahn mehr Elektronen befanden, als auf der Signal-Leiterbahn fehlten. Ganz so, als ob irgendwoher zusätzliche Elektronen gekommen wären.

Natürlich dachte Meier auch zuerst an alle möglichen Fehlerquellen und versuchte, diese auszuschließen. Doch irgendwann war in ihm wohl die Idee gereift, dass die Elektronen durch einen bisher unbekannten Vorgang quasi aus dem Nichts entstanden waren und dass er da einer ganz großen Sache auf der Spur war.

IN DER TAVERNA

„Schläfst du?“

Erschrocken fuhr ich hoch. Susanne stand vor mir.

„Entschuldigung, ich hab dreimal geklopft, da dachte ich, ich schau halt mal rein.“ Susanne zuckte unschuldig mit den Schultern.

„Ist schon okay, ich bin wohl kurz eingenickt.“ Erst jetzt merkte ich, dass es draußen schon dämmerte. Ein Blick auf meine Schreibtischuhr verriet mir, dass ich seit über einer Stunde in meinem Büro saß. „Ich glaub, ich hab ein bisschen geträumt.“

„Ich hoffe, ich habe dich nicht an der falschen Stelle unterbrochen.“ Susanne lächelte anzüglich.

„Nein, nein, ich hab grad von Meiers Theorien geträumt.“

„Na dann muss ich ja kein schlechtes Gewissen haben, dich so unsanft aus deinen Träumen gerissen zu haben. Kommst du mit in die Taverna?“

„Hmm“, antwortete ich nachdenklich, „eine Pizza und ein Glas Roten oder auch zwei könnte ich schon brauchen.“ Ich stand auf, nahm meine Jacke vom Haken und ging mit Susanne zur Tür. Wenig später verließen wir das FTI und machten uns auf den Weg zur Taverna.

Draußen wehte uns ein eisiger Wind entgegen und der Fußmarsch verlief recht wortkarg. Ziemlich durchgefroren trafen wir eine knappe Viertelstunde später in dem gemütlichen Lokal ein und suchten uns einen ruhigen Tisch. Erleichtert, wieder in der Wärme zu sein, zog ich meine Jacke aus und rieb mir die Hände. Wir bestellten eine Flasche Bordeaux und jeder eine Pizza. Dann nahm Susanne den Faden wieder auf.

„Jetzt erzähl, gibt es etwas Neues vom Meier?"

„Ja, schon", antwortete ich ausweichend. Ich wusste noch nicht recht, wie ich anfangen sollte. „Es gibt was Neues", sagte ich schließlich. „Ich soll dem Meier seine Arbeiten weiterführen!"

„Was?" Susanne starrte mich ungläubig an. „In der QS?"

„Nein." Ich lachte. Mir fiel ein, dass Susanne von der neuesten Entwicklung ja noch gar nichts wusste. „Nicht in der QS. Meier sollte seine alten Arbeiten wieder aufnehmen. Du weißt schon, die mit der Energiegewinnung und so."

„Das ist nicht dein Ernst!" Susanne schaute mich mit ungläubigem Gesichtsausdruck an und ich beeilte mich, mit meinen Erklärungen fortzufahren.

Ich erzählte ihr von meinem Treffen mit Lars und wie er mir von der Yamamoto-Veröffentlichung und dem Neustart von Meiers Projekt berichtet hatte. Ich verheimlichte auch nicht, dass Steven Johnsons Projekt zugunsten von Meiers Arbeiten gestoppt werden sollte. Nur dass ich dank meinem Besuch bei Joe's und dem Gespräch mit Maggie schon einen Verdacht gehabt hatte und überhaupt nur deshalb bei Lars war, ließ ich aus. Ich wusste, dass mich Susanne über Maggie und Arnim ausquetschen würde, und danach stand mir nicht der Sinn.

Aber auch so gab mein Bericht Susanne mehr als genug Stoff, um neue Theorien zum Ableben von Arnim zu entwickeln.

„Dann sollte Meiers Labor also gar nicht aufgelöst werden", wiederholte sie langsam. „Meiers Projekt sollte weitergehen und mit zusätzlichen Mitteln ausgestattet werden, wofür man Stevens Projekt geopfert hat."

„Nun ja, geopfert würde ich das zwar nicht nennen, aber es stimmt schon. Für Steven war das sicher ein harter Schlag."

Ich sah, wie es in ihr arbeitete.

„Sag mal, habt ihr eigentlich einmal daran gedacht, dass der Steven den Meier umgebracht haben könnte?", kam dann auch schon die unvermeidliche Frage.

„Ich gebe zu, die Idee könnte einem in den Sinn kommen", sagte ich beschwichtigend. „Aber erstens traue ich ihm sowas nun wirklich nicht zu und außerdem passt das nicht zu Steven. Steven ist kühl und berechnend. Wenn die Polizei herausfindet, dass Meier eines gewaltsamen Todes gestorben ist, dann müsste ihm bewusst sein, dass er auch im Kreis der Verdächtigen wäre."

„Na und? Vielleicht ist sich Steven einfach sicher, dass man das nicht herausfinden wird. Er hat sich unter einem Vorwand mit Meier in dessen altem Labor getroffen. Er brauchte ja nicht mal einen Vorwand. Er konnte den Meier ganz einfach anrufen und ihm sagen, er habe von der Wiederaufnahme von seinen Forschungen gehört und dass er künftig an dem Projekt mitarbeiten solle. Das wolle er mit ihm besprechen. Und welcher Ort ist dazu besser geeignet als Meiers altes Labor? Und weißt du was", spann Susanne die Geschichte weiter, „Steven ist vorher schon in das Labor gegangen und hat dort irgendetwas manipuliert. Vielleicht hat er was unter Spannung gesetzt, wovon er wusste, dass Meier es anfassen würde. Und peng – der Meier ist tot, und es sieht wie ein Unfall aus."

„Einen Stromschlag hätte man sicher schon festgestellt", wandte ich etwas halbherzig ein, doch Susanne wischte meinen Einwand beiseite.

„Muss ja kein Stromschlag gewesen sein. Irgendwas anderes. Der Meier hatte alle möglichen komischen Apparaturen im Labor. Da könnte man sicher einiges arrangieren. Mikrowellen, Laser oder sonst was. Und Steven ist intelligent und gerissen. Ihm wird schon etwas eingefallen sein."

„Susanne, ich glaube nicht, dass Arnim umgebracht wurde, und schon gar nicht von Steven. Aber ich gebe zu, dass die Umstände von seinem Tod merkwürdig sind. Und ich schließe auch nicht aus, dass irgendetwas in einem Labor damit zu tun hat. Aber wenn, dann vermute ich eher einen Unfall."

„Man müsste sich das Labor mal ansehen", murmelte Susanne, und nach einer kurzen Pause sagte sie fest entschlossen: „Wir sehen uns das Labor an!"

„Das Labor ist abgeschlossen, und der Gerber hat ein Siegel draufgeklebt. Niemand darf die Tür öffnen, bevor nicht die Todesumstände einwandfrei geklärt sind." Eigentlich war ich der Meinung, dass das Thema damit erledigt wäre.

„Weiß ich!" Susanne grinste verschwörerisch. „Wir machen die Tür auch gar nicht auf. Ich hab im Nachbarbüro gearbeitet, als Meier damals die neue Glovebox bekommen hat. Er brauchte Argon, Druckluft, hochreines Wasser und einen Hochvakuum-Anschluss in der Box. Und da, wo er die Box stehen haben wollte, gab es das alles nicht. Er wollte auch keine zusätzlichen Leitungen in seinem Labor verlegt haben. Weißt du, was damals gemacht wurde?" Susanne schaute mich herausfordernd an.

Mich beschlich eine leise Ahnung, und das, was sich daraus ergeben würde, behagte mir überhaupt nicht. „Nein", antwortete ich daher zögerlich, doch Susannes folgende Erklärung bestätigte meine Befürchtungen.

„Ganz einfach. Damals wurde ein Wanddurchbruch zu unserem Labor gemacht. Die Leitungen wurden von dort verlegt und der Durchbruch mit einer Wartungsklappe verschlossen.

Die Klappe liegt neben meinem ehemaligen Schreibtisch. Ich habe den Rollcontainer mit der großen Palme davorgestellt, damit man die hässliche Klappe nicht sieht. Beim Meier ist die Klappe direkt unter der Glovebox. Man bemerkt sie kaum, wenn man nicht weiß, was es ist. Ich glaube kaum, dass der Gerber da auch ein Siegel draufgeklebt hat."

„Du willst ernsthaft durch diese Klappe in Meiers Labor einsteigen?" Ich schaute Susanne ungläubig an, doch sie zuckte nur mit den Schultern.

„Willst du denn nicht wissen, was passiert ist? Es wird uns schon niemand erwischen. Außerdem schauen wir uns nur ein bisschen um. Wir stehlen nichts, wir machen nichts kaputt, wir arbeiten beide bei FTI und sind berechtigt, uns in den Räumlichkeiten aufzuhalten, und Gerbers albernes Siegel lassen wir auch unangetastet. Also, was soll's? Bist du dabei oder soll ich alleine gehen?"

„Das ist zwar eine blöde Idee, aber alleine lass ich dich sicher nicht gehen. Das ist viel zu gefährlich." Ich machte mir ehrlich Sorgen, aber ich musste auch zugeben, dass mich ein Blick in Meiers Labor auch sehr interessierte. Insbesondere bevor es wieder freigegeben wurde und der Katastrophentourismus begann.

„Und wie hast du dir das gedacht? Wann gedenkst du, dem Labor einen Besuch abzustatten? Soweit ich weiß, ist das Nachbarbüro zwar zurzeit nicht besetzt, aber umso mehr dürfte es auffallen, wenn wir zwei da drin verschwinden."

„Nicht tagsüber natürlich." Susanne schaute leicht genervt. „Wir gehen einfach jetzt."

Ich hatte so etwas schon befürchtet. Aber Susanne hatte recht. Jetzt wäre gar kein so schlechter Zeitpunkt. Es wäre nicht das erste Mal, dass ich spätabends nochmal beim FTI vorbeikäme, um nach einem über Nacht laufenden Versuch zu schauen.

NÄCHTLICHER LABORBESUCH

So machten wir uns wenig später auf den Weg zurück zum FTI. Es war kurz nach zehn, der Wind hatte sich gelegt. Dafür hatte sich ein kalter, nasser Nebel ausgebreitet. Ich kam mir vor wie in einem dieser alten Krimis mit Joachim Fuchsberger. Mit „Das Gasthaus an der Themse“ fiel mir ein Titel ein, den heute wohl kaum noch jemand kennen dürfte. Wir stapften wortlos durch den Nebel, und ich hatte den Eindruck, dass trotz ihrer anfänglichen Euphorie auch Susanne etwas mulmig wurde, je näher wir dem FTI kamen.

Als sich die Umrisse der hohen Glasfassade aus dem Nebel schälten, bogen wir links ab und gingen durch den menschenleeren, firmeneigenen Park zur Rückseite des Komplexes. Dort gab es ein elektronisches Drehkreuz. Wir hielten nacheinander unsere Badges an die Sensorfläche, worauf das Drehkreuz mit einem Piep freigegeben wurde. Wir schoben uns durch das ratternde Kreuz und beeilten uns, den Hintereingang zu erreichen. Dort benötigten wir nochmals unsere Badges, um die Glasschiebetür zum hinteren Flur zu öffnen.

Kaum waren wir eingetreten, flammte Licht auf. Obwohl damit zu rechnen gewesen war, erschrak ich, als wir gut sichtbar mitten im hell erleuchteten Gang standen. Irgendwie hatte ich mir vorgestellt, wir könnten leise und unbemerkt durch dämmrige Flure zu Meiers Labor schleichen. Doch das war nicht möglich, und wir mussten uns damit abfinden, dass jeder Gang, den wir betraten, durch die automatischen Bewegungsmelder in gleißende Helligkeit getaucht wurde. Trotzdem bemühten wir uns, leise und schnell voranzukommen, und ich war überaus froh, als wir den Gang zu Meiers Labor erreichten, ohne dass uns jemand über den Weg gelaufen war. In ein Gespräch, was wir denn so spät hier noch machten, wollte ich keinesfalls verwickelt werden.

Leise traten wir in Susannes früheres Büro ein, schlossen die Tür hinter uns und schalteten das Licht ein.

„Hier hat sich ja einiges verändert." Susanne schaute sich erstaunt um.

Und tatsächlich, der Schreibtisch war in Plastikfolie verpackt, ebenso ein großes Wandregal. Sonstige Kleinmöbel waren nahezu vollständig entfernt worden, und in einer Ecke standen ein paar Farbeimer. Offensichtlich sollte das Büro renoviert werden. Etwas Besseres hätte uns kaum passieren können. So würde es nicht auffallen, wenn wir etwas veränderten.

Susanne ging zielstrebig zu der Wand, wo sich die Wartungsklappe befinden sollte. Hinter einer Klappleiter wurde sie schließlich fündig. Susanne ging in die Hocke und machte sich eine Weile an der Platte zu schaffen, bevor sie zu mir aufsah. „Hast du zufällig einen Schraubenzieher?"

Anscheinend hatte sie vergessen, dass die Platte angeschraubt worden war und nicht einfach so geöffnet werden konnte. Und natürlich hatte ich keinen Schraubenzieher dabei. Doch als ich unvorsichtigerweise erwähnte, dass ich einen in meinem Büro hätte, fand Susanne, ich könne den ja rasch holen. Als ob es das Selbstverständlichste der Welt wäre.

Mein Büro war allerdings zwei Stockwerke höher, und eigentlich wollte ich größere Exkursionen bei unserem nächtlichen Abenteuer vermeiden. Aber jetzt, wo wir schon so weit gekommen waren, wollte ich auch nicht kneifen. So machte ich mich zähneknirschend auf den Weg und organisierte den benötigten Schraubenzieher.

Mit einiger Mühe gelang es uns schließlich, die Schrauben von der Wartungsklappe zu lösen und die knapp einen halben Meter durchmessende Blechklappe abzunehmen. Dahinter befand sich der Durchgang zu Meiers Labor, der auch von der gegenüberliegenden Seite mit einer Klappe abgedeckt war. Diese ließ sich jedoch durch leichten Druck nach oben klappen.

Vorsichtig schob ich mich an staubigen Leitungen vorbei durch die enge Öffnung. Susanne folgte mir. Kurz darauf standen wir in Meiers Labor.

Vorsichtig tastete ich nach dem Lichtschalter an der Eingangstür. Nach kurzem Flackern tauchte die Deckenbeleuchtung den Raum in gleißendes Licht und offenbarte ein wahres Sammelsurium an verschiedensten Geräten und Installationen.

Die Wand, durch die wir gekrochen waren, wurde von der riesigen Glovebox dominiert. In dieser Box konnte Meier unter Argon als Schutzgas integrierte Schaltungen und mikrostrukturierte Materialien mit einem eingebauten hochauflösenden Elektronenmikroskop beobachten. Dazu war die komplette Magnetfeldoptik des Elektronenmikroskops nebst einer kleinen Vakuumkammer in der Glovebox montiert. Alles, was zur Bedieneinheit des Mikroskops gehörte, sowie verschiedene Monitore waren neben der Box auf einem großen Tisch installiert worden. Ich wusste von Lars, dass allein das Elektronenmikroskop, eine Spezialanfertigung, über eine halbe Million Schweizer Franken gekostet hatte, und ich wagte kaum daran zu denken, was Meier zu seinen Glanzzeiten alles an Etat verbraten hatte.

Auf einer schwingungsisolierten Granitplatte neben der Glovebox war eine massive, gut zwei mal drei Meter große optische Bank aufgebaut. Das Herzstück der optischen Bank war ein ziemlich starker und komplett durchstimmbarer Halbleiterlaser, dessen Strahl durch ein Quarzfenster an der Seite in die Glovebox eingekoppelt werden konnte. Meier hatte damit genau definierte Bereiche mit kohärentem Licht verschiedener Wellenlängen bestrahlen und an den offen liegenden Mikrostrukturen gleichzeitig die optischen Eigenschaften und den Elektronenfluss messen können.

Seine Versuche waren wie eine Operation am offenen Herzen gewesen. Bereits kleinste Störungen oder Fremdkörper konnten das Schlagen des Herzens, in seinem Fall den ungestörten Elektronenfluss, zum Erliegen bringen.

Neben dem Laser und dem Elektronenmikroskop waren zahlreiche weitere Geräte mit der Box verbunden. Deutlich zu erkennen an dicken Kabelsträngen, welche die Glovebox durch eine isolierte Buchse verließen und sich im Labor verzweigten. Die Kabel endeten in verschiedenen Geräten. Einige davon kannte ich, andere waren mir völlig fremd, vermutlich Eigenkonstruktionen Meiers.

Während ich einem besonders dicken Kabel folgte, entdeckte ich auf dem Boden die mit weißer Fettkreide angedeuteten Umrisse Arnims. Erschrocken trat ich zurück, um nicht auf eine der Linien zu treten. Susanne kam zu mir, und nachdenklich musterten wir die Umrisse Meiers. Ich konnte nichts Verdächtiges erkennen. Den Umrissen nach zu urteilen schien es, als hätte er sich auf den Boden gelegt, um sich auszuruhen. Ich konnte mir aber auch vorstellen, dass man so hinfallen würde, wenn man plötzlich tödlich verletzt würde. Vielleicht durch einen Schuss ins Herz. Aber einen solchen Schuss hatte es offensichtlich nicht gegeben.

Auch deutete nichts auf einen Kampf hin. Keine umgeworfenen Geräte, keine abgerissenen Kabel, nichts Auffallendes außer dem üblichen kreativen Chaos, das in nahezu jedem Labor herrschte.

„Fällt dir was auf?", fragte Susanne.

„Nein, dir?"

„Es hat kein Kampf stattgefunden. Es scheint, er ist einfach tot umgefallen", bestätigte sie meine Beobachtung.

„Und was heißt das?"

„Das heißt, wir müssen nach etwas suchen, was den Meier überraschend und unauffällig umgebracht haben könnte. Was ist mit dem Laser?"

„Wenn man den Strahl umlenken würde ..." Ich überlegte und schaute nochmal auf die optische Bank. „Das ist eigentlich nicht schwer. Man muss nur einen der Spiegel drehen, dann im richtigen Moment einen Hochenergiepuls auslösen und den Meier damit genau an der richtigen Stelle treffen, nämlich ins Herz."

„Und wenn man schlau ist, dreht man den Spiegel anschließend wieder zurück, falls man es in der Aufregung nicht vergisst", sagte Susanne. „Komm, wir schauen uns die optische Bank einmal an."

Gespannt gingen wir zurück zur optischen Bank, und ich versuchte, mir den Strahlenverlauf vorzustellen. Ganz einfach war das aufgrund der zahlreichen Spiegel, Strahlteiler und Prismen nicht. Dennoch konnte ich den Verlauf nach einer Weile recht gut nachvollziehen. Der Laserstrahl ging vom Laser zuerst zu einem Strahlteiler. Von dort wurde ein Teilstrahl zu einem Messgerät – wahrscheinlich einem Interferometer – ausgekoppelt. Der andere Teil ging direkt zum Quarzfenster der Glovebox und wurde dort von einem weiteren Spiegel zur Halterung für die zu testenden Mikrostrukturen weitergeleitet.

Wenn sich also irgendjemand an dem Laser zu schaffen gemacht hatte, dann hatte er es verstanden, seine Manipulation wieder rückgängig zu machen. Ich fragte mich in diesem Moment ernsthaft, ob die Tatsache, dass es keine Spuren gab, nun für oder gegen die Theorie sprach, dass Steven den Meier umgebracht haben könnte.

„Wenn der Meier mit einem Laser abgeschossen worden wäre, müsste man da nicht auf der Kleidung und auf der Haut ein Loch sehen?“, riss mich Susanne aus meinen Überlegungen. „Und ist der Laser überhaupt stark genug, um jemanden bis ins Herz zu treffen? Sobald man den Laserstrahl auf der Haut spürt, würde man doch instinktiv ausweichen“, wandte Susanne ungewohnt skeptisch ein.

Ich musste ihr zustimmen. Meiers Laser war nicht schlecht. Ein ungeschützter Blick direkt in den Strahl, und man könnte sich nach einem Blindenstock erkundigen. Auch in die Haut würde er ein hübsches Loch brennen, vielleicht ein paar Millimeter tief, und wenn man lange genug warten würde, auch tiefer. Aber lange genug gewartet haben dürfte der Meier wohl kaum.

Bei höchster Energie im Impulsbetrieb würde der Laser beim Auftreffen auf die nackte Haut nur die obersten Millimeter verdampfen, was wohl schmerzhaft, aber bestimmt nicht tödlich wäre. Und beim Auftreffen auf ein Kleidungsstück würde er wahrscheinlich sogar nur ein Loch in den Stoff brennen. Also war es wohl nichts mit der Lasertheorie.

„Was ist mit den anderen Apparaten in der Nähe von Meiers Fundort? Vielleicht wurde etwas unter Spannung gesetzt, der Meier hat es berührt und einen tödlichen Stromschlag bekommen. Was könnte er zuletzt angefasst haben?" Suchend sah Susanne sich um. Sie streckte eine Hand zu einem mir unbekannten Gerät aus, doch ich hielt sie zurück.

„Lass das! Was, wenn wirklich etwas unter Spannung steht? Warte mal einen Moment!" Ich nahm eines der zahlreichen Laborkabel vom Haken und klemmte es mit einer Krokodilklemme an den Schutzkontakt einer Steckdose. Dann berührte ich mit dem anderen Ende alle möglichen Geräte in Reichweite des Fundorts von Meiers Leiche. Aber nichts passierte. Kein Funken, kein Kurzschluss, alles schien in Ordnung zu sein.

„Na ja, die Geräte sind ja auch ausgeschaltet. Man müsste sie einschalten."

„Ich würde die Finger davon lassen! Wenn ich mir seine Apparaturen so ansehe, weiß ich nicht einmal, wie ich sie überhaupt einschalten soll."

Susanne stimmte mir zu. Gott sei Dank. Ich sträubte mich, Geräte einzuschalten, deren Funktion ich nicht kannte. Ich wusste nicht, was Meier hier alles installiert hatte, und ich wollte tunlichst vermeiden, selbst einer unerwarteten Entladung oder sonst einem Effekt, den ich nicht kannte, zum Opfer zu fallen. Dass Meier es mit der Sicherheitstechnik nicht allzu genau genommen hatte, war schließlich hinreichend bekannt.

Wir verzichteten darauf, irgendwelche Geräte zu aktivieren, und sahen uns weiter um. Erst jetzt fiel mir auf, welche Massen an Apparaturen sich der Meier im Laufe der Zeit organisiert hatte.

Von der gegenüberliegenden Laborecke zeigte eine große Kupferspule in meine Richtung. Das Teil erinnerte mich an eine Teslaspule. Mit solchen Spulen werden üblicherweise

Hochspannungs-Entladungsblitze erzeugt, was mich durchaus beunruhigte, auch wenn das Gerät abgeschaltet zu sein schien.

„Sieht irgendwie gefährlich aus, nicht wahr?“ Auch Susanne war die große Spule aufgefallen.

Vorsichtig umrundeten wir das Gerät und versuchten herauszufinden, welchem Zweck es diente. Aber auch bei genauerer Betrachtung gab das Teil nichts von seiner Funktion preis, und es einzuschalten scheiterte schon daran, dass wir keinen eindeutig zum Einschalten vorgesehenen Knopf fanden.

So schienen unsere nächtlichen Recherchen ziemlich ins Leere zu laufen. In der folgenden Viertelstunde streiften wir weiter durch das Labor, ohne etwas Verdachterregendes zu entdecken.

„Hier zischt es!“, sagte Susanne plötzlich, als wir schon drauf und dran waren, den Rückzug anzutreten.

„Wo? Ich höre nichts.“

„Komm zu mir rüber. Du musst ganz ruhig sein, sonst hörst du es nicht.“

Mit angehaltenem Atem blieb ich neben Susanne stehen. Zuerst hörte ich gar nichts, doch dann bemerkte ich ein ganz leises Zischen. Es schien aus dem Geräteregal oder der dahinterliegenden Wand zu kommen.

„Meinst du, das ist Gas?“, fragte Susanne unsicher.

„Das kann alles Mögliche sein. Eine Wasserleitung in der Wand oder ein Regulierventil einer Gasleitung. Wenn man sich ruhig verhält, hört man sowas hier wahrscheinlich überall.“

„Aber es hört sich an, als ob irgendwo Gas ausströmt, findest du nicht?“

Ich konzentrierte mich erneut auf das leise Zischen und musste Susanne zustimmen. „Kann schon sein. Wahrscheinlich ist es ein winziges Leck in einer Argonleitung. Solche Lecks gibt es wahrscheinlich viele. Deswegen beschwert sich der technische Service auch andauernd über unseren zu hohen Argonverbrauch. Wenn hier wieder alles freigegeben ist, werde ich das Leck melden. Aber jetzt lass uns endlich von hier verschwinden."

„Hallo? Wer ist da?"

Vor Schreck gelähmt blieben wir stehen.

„Hallo? Kommen Sie raus da!", forderte uns die Stimme aus dem Durchgang zum Nachbarlabor unmissverständlich auf. Verdammt, jetzt hatte man unsere nächtliche Exkursion doch entdeckt.

„Moment", antwortete ich mit belegter Stimme und machte mich daran, durch die Wartungsklappe zurück in den Nachbarraum zu kriechen, dicht gefolgt von Susanne.

„Herr Bellert!", rief Gerhard Unger, unser Hausmeister, überrascht. „Was machen Sie da?"

„Wir wollten uns ein bisschen umsehen", antwortete ich und versuchte, meiner Stimme einen möglichst beiläufigen Klang zu geben.

„Aber das Labor ist gesperrt – von der Polizei!"

„Nur die Eingangstür ist gesperrt, deswegen haben wir einfach den Nebeneingang benutzt." Susanne zwinkerte mir zu. Doch Gerhard ließ sich von dieser, zugegebenermaßen ziemlich fadenscheinigen Erklärung nicht von der Rechtmäßigkeit unseres Tuns überzeugen.

„Herr Bellert, ich muss das melden, verstehen Sie mich nicht falsch, aber …"

„Ist schon okay. Machen Sie das. Aber ich werde morgen früh ohnehin zu Lars Forsberg gehen und ihm berichten", sagte ich und versuchte den Eindruck zu erwecken, dass Lars im Bilde war.

„Dann ist ja gut“, sagte Gerhard erleichtert, aber nicht ohne hinzuzufügen, dass er trotzdem über Mittag seinen Bericht schreiben würde.

Schweigend machten Susanne und ich uns daran, die Klappe wieder festzuschrauben. Und am nächsten Morgen blieb mir nichts anderes übrig, als Lars um einen dringenden Termin zu bitten.

BEI LARS IM BÜRO

„Was gibt's? Ich hab nicht viel Zeit." Lars schaute kurz auf, während er in irgendwelchen Papieren auf seinem Schreibtisch kramte.

„Ich mach's kurz. Ich war gestern Abend in Meiers Labor."

Lars löste den Blick von seinen Papieren. Skeptisch sah er mich an. „In Meiers Labor? Das ist doch abgeschlossen und versiegelt."

„Ja schon, aber wir – also ich und Susanne – haben sozusagen einen Nebeneingang benutzt", sagte ich vorsichtig.

„Einen Nebeneingang?" Lars schaute mich fragend an.

„Es gibt da vom Nachbarbüro einen Durchgang."

Langsam schien es Lars zu dämmern. „Ihr seid durch die Wartungsklappe unter der Glovebox geklettert? Das ist nicht dein Ernst!"

„Wir wollten uns unbedingt selbst ein Bild von Meiers Labor machen, was da passiert sein könnte. Bevor es wieder aufgemacht wird und jeder da reinstampft."

Eigentlich erwartete ich, dass Lars mich zur Schnecke machen würde, was das denn solle und dass ich laufende Ermittlungen der Polizei gefährdete und dass ich mich selbst noch verdächtig machen würde und so weiter.

Doch Lars reagierte anders als erwartet. „Und, was habt ihr gesehen?"

„Nichts", antwortete ich wahrheitsgemäß. „Nur das übliche Chaos und jede Menge Geräte. Viele, die ich noch nie gesehen habe. Aber sonst ist uns nichts Besonderes aufgefallen."

„Nach was habt ihr überhaupt gesucht?“

„Eigentlich nach nichts Bestimmtem. Wir wollten uns einfach ein Bild machen, was passiert sein könnte. Ob es wirklich Selbstmord war oder ein Unfall oder …“ Ich zögerte kurz. „Na ja, ob vielleicht jemand etwas manipuliert haben könnte. Du kennst ja Meiers Geräte. Was es da für Möglichkeiten gäbe … Dem Gerber mit seiner Spurensicherung wäre das doch nie aufgefallen.“

„Das war Susannes Idee, nicht wahr? Und sie denkt, dass Steven oder sonst irgendjemand den Meier umgebracht hat. Du hast ihr von der Wiederaufnahme von Meiers Forschungen erzählt?“

„Ja, sorry, wir haben es ja nicht weitererzählt. Und in ein paar Tagen weiß das ja sowieso jeder“, versuchte ich, mich herauszureden. Ich ärgerte mich, dass Lars mich durchschaut hatte.

„Du solltest dich von Susanne fernhalten.“

Er wusste, dass wir einmal ein Paar gewesen waren, und auch, dass wir immer noch viel Kontakt hatten. Genauso gut wusste er aus der Zeit, als Susanne und ich noch beide in seiner Abteilung gearbeitet hatten, um Susannes bisweilen ausschweifende Fantasie und ihren überbordenden Aktionismus.

„Wie auch immer, es ist ja nichts weiter passiert“, sagte Lars, als ich nichts auf seinen Rat erwiderte. Doch er schien zu merken, dass da noch etwas war, und so kam die unvermeidliche Frage: „Warum bist du mit der Geschichte zu mir gekommen?“

„Wir sind erwischt worden“, gestand ich. „Der Unger hat etwas mitbekommen und stand plötzlich im Nachbarlabor. Er wollte die Sache melden. Du wirst wohl heute noch von ihm hören.“

„Das darf doch nicht wahr sein!“ Lars stöhnte. „Das hättet ihr euch und besonders mir wirklich ersparen können."

Viel zu sagen wusste ich darauf nicht.

„Also gut, die Meldung wird nicht über meinen Schreibtisch rausgehen. Solange nichts Besonderes passiert! Aber wenn der Gerber irgendwie davon Wind bekommt, werde ich ihm die Meldung weiterleiten. Überlegt euch schon mal eine gute Ausrede.“

Wieder in meinem Büro, rief ich Susanne an und berichtete ihr von dem Gespräch mit Lars.

„Na, ist doch gut gelaufen“, sagte sie. „Siehst du, Lars wäre am liebsten auch mit dabei gewesen.“

Ich war nicht ganz so euphorisch wie Susanne, dennoch hatte sie recht. Es hätte schlimmer kommen können.

„Wollen wir heute Abend was trinken gehen? Ich lad dich auch ein.“

Obwohl ich mir normalerweise ein Date mit Susanne nicht entgehen ließ, lehnte ich diesmal ab. „Es tut mir leid. Heute geht's echt nicht. Ich muss noch eine Präsentation für den Vortrag nächste Woche fertig machen.“ Außerdem hatte mich unsere nächtliche Exkursion mehr mitgenommen als erwartet. Ich hatte die letzte Nacht kaum ein Auge zugemacht. Vielleicht hatte Lars gar nicht so unrecht mit seinem Rat, mich von Susanne fernzuhalten.

Jedenfalls war ich froh, am Abend allein zu sein und meine Gedanken sortieren zu können. Die Vorstellung, Arnim könnte ermordet worden sein, hielt sich hartnäckig in meinen Gedanken, obschon es dafür keinerlei Beweise gab. Aber kurz vor seinem Tod schien er irgendwie verändert. Als ob er vor etwas Angst hätte. Er hatte sich damals immer mehr zurückgezogen und hin und wieder seltsame Bemerkungen gemacht.

Mir fiel wieder die Geschichte ein, wie ich ihn einmal abends im FTI getroffen hatte und er mir etwas sagen wollte. Dann kam Steven um die Ecke und Arnim ging davon. Hatte Steven doch etwas damit zu tun? Oder war es etwas ganz anderes, was wir alle bisher übersehen hatten?

Ein Selbstmord erschien mir nach den neuesten Erkenntnissen jedenfalls unwahrscheinlich. Arnim hatte vor einem großen Triumph gestanden, seine Forschungen hatten wieder aufgenommen werden sollen. Dann die Sache mit Maggie. Da bringt man sich doch nicht um. So verrückt war auch Arnim nicht.

Auch die Tatsache, dass wir in seinem Labor nichts gefunden hatten, konnte meine Zweifel nicht entkräften. Dazu müsste ich mir das Labor nochmal genauer anschauen und versuchen, die einzelnen Geräte zu aktivieren. Erst dann könnte man feststellen, ob eines davon geeignet gewesen wäre, Arnim irreversiblen Schaden zuzufügen.

Ich überlegte, ob ich Lars vorschlagen sollte, bei Gerber um eine genauere Untersuchung des Labors unter Hinzuziehung von Lars und mir zu bitten. Aber Lars dürfte dies kaum für eine gute Idee halten. Jedenfalls war ein Mord am FTI nicht die Art Publicity, die er sich wünschte. Und ich vermutete, wenn er die Wahl zwischen einem unaufgeklärten Todesfall und einem aufgeklärten Mordfall hätte, würde er sich pragmatisch für Ersteres entscheiden. Also verwarf ich die Idee wieder. Aber ich nahm mir vor, ihn zu fragen, ob man die Auflösung von Meiers Labor, nachdem es vom Gerber freigegeben wurde, für ein paar Tage verzögern könnte. Dann könnten Lars und ich uns das Labor in Ruhe anschauen. Wenn nicht Gerber ohnehin schon in Richtung Mord ermittelte oder sogar eindeutige Beweise aufgrund der Obduktion erhalten hatte.

MEIERS TOD

Am nächsten Tag rief uns Lars zu einer Besprechung ins große Sitzungszimmer. Ich vermutete, dass er über die geplante Wiederaufnahme von Meiers Forschungen informieren wollte, doch es kam anders.

Als drei Minuten nach zehn unsere Gruppe vollständig angetreten war, kam Lars in das Sitzungszimmer.

„Hallo zusammen", begrüßte er uns in seiner gewohnten, leicht verkrampften Art. Nachdem er sich geräuspert hatte, fuhr er fort: „Ihr wisst von Arnim Meiers tragischem Tod. Viele haben sich sicher die Frage gestellt, wie das passieren konnte. Nun, ich habe eine gute Nachricht … Ich meine, natürlich ist Arnims Tod für uns alle sehr tragisch. Aber ich meine, es ist gut, dass er nicht … dass sein Ableben nicht unnatürlichen Ursprungs war. Genauer gesagt, Arnim ist an einem Herzversagen gestorben."

Ein deutliches Raunen ging durch den Raum, doch bevor jemand Fragen stellen konnte, nahm Lars den Faden wieder auf. „Heute Vormittag war Kommissar Gerber bei mir und hat mich über das Ergebnis der Obduktion in Kenntnis gesetzt. Arnims Tod wurde eindeutig einem natürlichen Herzinfarkt zugeordnet. Es wurden keinerlei Hinweise auf einen gewaltsamen Tod oder äußere Einflussfaktoren wie einen Stromschlag oder etwas Ähnliches gefunden. Arnim hatte wohl einen angeborenen Herzfehler. Sowas gibt es hin und wieder. Jedenfalls bestätigte mir Kommissar Gerber, dass die Untersuchungen zu Arnims Tod damit beendet wären."

Man konnte Lars die Erleichterung, dass sich die Sache so unproblematisch aufgelöst hatte, deutlich ansehen. Allein schon, wenn Meiers Tod auf einen Unfall zurückzuführen gewesen wäre, hätte Lars mit unangenehmen Fragen zur Sicherheit in FTI-Labors rechnen müssen, von dem Aufsehen, das ein Mordfall verursacht hätte, einmal ganz zu schweigen.

Das Thema schien damit für ihn erledigt und er schickte sich an, die Sitzung zu beenden. Doch einige meiner Kollegen machten sich offenbar weitergehende Gedanken.

„Was hat der Meier überhaupt in seinem alten Labor gemacht?" Die Frage kam von Jan van Dijk, einem holländischen Physiker, der mit Arnims früheren Arbeiten gut vertraut war.

Ein allgemeines Kopfnicken ging durch die Runde. Lars schien mit der Frage interessanterweise überhaupt nicht gerechnet zu haben. Jedenfalls bekam er einen roten Kopf und suchte offensichtlich nach einer Erklärung, ohne die Wiederaufnahme von Meiers Arbeiten offenlegen zu müssen.

„Nun, der Meier, ich meine Arnim, also, ich hatte mich kürzlich mit ihm über seine alten Arbeiten unterhalten und hatte noch einige Fragen. Dazu wollte er wohl etwas im Labor nachschauen ...", erklärte Lars stammelnd.

Jedem durfte klar sein, dass das nicht die ganze Wahrheit war. Dass da noch etwas war. So wunderte es mich wenig, dass Jan nachhakte.

„Was ist denn mit Meiers alten Arbeiten? Ich denke, die sind abgeschlossen?", fragte er lauernd, und mir war klar, dass er irgendwie etwas mitbekommen haben musste. Vielleicht wusste er sogar mehr als ich.

Auch Lars schien zu merken, dass er nicht länger mit den Neuigkeiten hinter dem Busch halten konnte. „Die Arbeiten sind abgeschlossen", sagte er. „Aber wir werden sie reaktivieren. Nicht in derselben Form wie früher, sondern als eigenständiges Projekt. Pete wird die Projektleitung übernehmen." Lars nickte mir zu, was mich ein wenig verlegen machte, da die anderen Kollegen damit wussten, dass ich schon eingeweiht gewesen war. „Der Grund für die Wiederaufnahme ist, dass die Yamamoto-Gruppe in einem Paper, das mir vorliegt, einige von Meiers Versuchen bestätigen konnte."

Kaum hatte Lars den Satz ausgesprochen, war es mit der Ruhe vorbei. Jeder wollte sofort mehr wissen. Über die Hintergründe, die Konsequenzen, was die Yamamoto-Gruppe überhaupt publiziert hätte, wieso man erst jetzt davon erführe und so weiter. Lars stand redlich Antwort, und nach etwa zwanzig Minuten waren alle mehr oder weniger auf dem gleichen Wissensstand. Nur dass er versucht hatte, die Publikation des Yamamoto-Artikels zu verzögern, verschwieg er. Er verheimlichte jedoch nicht, dass Stevens Projekt eingestellt werden würde, da Steven eine wichtige Aufgabe im neuen Projekt übernehmen sollte. Dabei betonte er, dass Stevens theoretische Kenntnisse unabdingbar für dieses neue und überaus wichtige Projekt wären, womit er ihn immerhin ein wenig zu besänftigen schien, wie mir ein Blick in dessen Richtung verriet.

Lars erklärte auch, dass es in den kommenden Wochen zu gewissen Etatverschiebungen kommen könnte, bis das neue Projekt freigegeben und mit einem eigenen, voraussichtlich üppigen Etat ausgestattet sein würde. Und dass er in den nächsten Tagen den einen oder anderen bezüglich einer Mitarbeit im neuen Projekt kontaktieren würde. Damit schloss er die Sitzung und entließ gut zwei Dutzend ziemlich verblüffte und intensiv diskutierende Forschungsmitarbeiter in die Mittagspause.

ABENDESSEN MIT SUSANNE

Ich hatte mich zum Abendessen mit Susanne verabredet und holte mir nur ein Sandwich zum Mittagessen. Susanne hatte natürlich davon gehört, dass Meier an einem Herzversagen gestorben sein sollte, und hatte schon dreimal angerufen.

Ich vermutete, dass sie zu Meiers Ableben eine andere Theorie hatte, und fürchtete mich schon ein wenig vor den neuesten Mordhypothesen, die Susanne mit mir diskutieren würde. Doch auf der anderen Seite, dachte ich, würde mir etwas Ablenkung guttun. Ich hatte mich den ganzen Nachmittag mit dem Yamamoto-Artikel beschäftigt und mir brummte der Schädel. Unentwegt gingen mir konfuse Gedanken zu Elektronen, Positronen, Raumtunneln, physikalischen Gleichungen, Mikrostrukturen und Paralleluniversen durch den Kopf. Außerdem war ich gerne mit Susanne zusammen und wenn ich auch nicht wirklich an ihre Mordhypothesen glaubte, so boten mir die abendlichen Diskussionen immerhin die Gelegenheit, Susanne zu treffen. Oft redeten wir auch über andere Dinge und meistens waren es wirklich schöne Abende. Ohne den „Meier-Fall" hätte ich sie jedenfalls weit weniger oft gesehen.

Wir waren in einem kleinen Restaurant in einiger Entfernung vom FTI verabredet. Ich hatte den Weg dorthin unterschätzt, und Susanne war schon da, als ich eintraf. Dennoch schien sie sich zu freuen, als sie mich in der Tür erspähte, und auch meine Nervosität legte sich ein wenig.

„Hi Pete, wie geht's? Prima, dass es so spontan geklappt hat heute!"

„Ja, das finde ich auch!" Ich freute mich ehrlich über Susannes herzliche Begrüßung und dass sie mir mein Zuspätkommen nicht übelnahm.

„Ich bin froh, dass der Termin bei Lars nicht so schlimm war. Ich habe mir echt Vorwürfe gemacht, dass ich dich dazu überredet habe, nachts in Arnims Labor zu gehen."

„Ja, Gott sei Dank. Lars hätte wohl selbst gerne einmal einen Blick in Meiers Labor geworfen", erklärte ich lächelnd. Susanne lächelte zurück und drückte meine Hand.

„Schön, das freut mich", sagte sie, doch zu meiner Enttäuschung zog sie ihre Hand wieder zurück. „Jetzt erzähl aber mal vom Meier – er soll einen Herzinfarkt gehabt haben?"

„Ja, wohl durch einen angeborenen Herzfehler."

„Und glaubst du das?" Es war offensichtlich, dass sie diese These für falsch hielt.

„Wieso nicht? Kann doch sein, dass er da ein Problem hatte. Vielleicht hat er es selbst gar nicht gewusst. Dann hat er sich so aufgeregt wegen dem Projekt und Maggie und so …"

„Maggie?"

Ich hätte mir am liebsten auf die Zunge gebissen. „Ach ja, das weißt du ja noch gar nicht", sagte ich und versuchte, meiner Stimme einen möglichst beiläufigen Klang zu geben. „Arnim und Maggie haben sich gefunden."

Susanne sah mich entgeistert an. „Du meinst, die beiden hatten was miteinander?"

„Wieso denn nicht?" Ich war nun doch etwas verärgert, dass Susanne sich das anscheinend nicht vorstellen konnte.

„Na ja, ich finde, die beiden sind schon sehr unterschiedlich", sagte sie. „Und außerdem muss das ziemlich neu sein, sonst hätte ich bestimmt davon gehört."

Unwillkürlich musste ich grinsen. Dass ich vor ihr von der Sache gewusst hatte, schien sie am meisten zu stören.

Jedenfalls erzählte ich nun, was ich von Maggie erfahren hatte. Auch dass die beiden einige Tage zusammen in die Berge hatten fahren wollen. Susanne war ehrlich betroffen. Es hielt jedoch nicht lange an und Susanne begann bereits wieder neue Theorien zum Ableben von Arnim zu entwickeln.

„Ist das nicht irgendwie komisch, dass der Meier umkommt, nachdem er bei Maggie war?“

„Komisch scheint mir der falsche Ausdruck. Ich würde es eher tragisch nennen“, sagte ich, doch in Susanne arbeitete es offensichtlich weiter.

„Du sagtest, Maggie musste ihre Kneipe in Bayern schließen, weil sie nicht gut lief. Hatte sie Schulden? Da wär der Arnim doch eine gute Partie, besonders nachdem er ihr erzählt hatte, dass er bald wieder einen verantwortungsvollen Posten bei FTI bekommen würde.“

„Ja und? Dann sollte sie ja tunlichst schauen, dass ihm nichts passiert, und ihn nicht umbringen, falls du darauf hinauswillst.“

„Da hast du recht. Es sei denn, es gibt etwas, was wir nicht wissen.“

„Komm schon, Arnim wird nach einer Nacht mit Maggie nicht sofort sein Testament gemacht haben“, versuchte ich Susanne wieder auf den Boden zu bringen.

Susanne zuckte mit den Schultern. „Trotzdem, wenn Maggie damit nichts zu tun hat, dann eben Steven. Ich konnte den Typen noch nie leiden. Mit Arnims Tod stimmt einfach etwas nicht.“

„Susanne, es gibt keine Hinweise auf einen gewaltsamen Tod.“

„Okay, du hast recht. Aber was könnte den Tod vom Meier wie einen Herzanfall aussehen lassen, ohne dass es einer war?“

„Keine Ahnung. Ich habe mal gehört, dass eine Injektion von Kaliumchlorid zum Herzstillstand führen würde, was anscheinend schwer nachzuweisen ist. Oder ein Schuss oder Stich direkt ins Herz, aber das fällt ja wohl aus."

Susanne nahm den Gedanken bereitwillig auf. „Kaliumchloridinjektion", wiederholte sie nachdenklich. „Das klingt interessant. Wer könnte Arnim etwas injizieren und vor allem wie? Könnte man es so anstellen, dass er sich irgendwo aus Versehen sticht und sich dabei etwas injiziert?"

„Eher nicht. Ich glaube, man muss da schon eine größere Menge injizieren. Sicher ein paar Milliliter und auch nicht einfach so unter die Haut. Man muss eine Blutbahn treffen, Arterie oder Vene, keine Ahnung."

Susanne schien kurz nachzudenken. „Ist eigentlich Meiers Labor schon wieder freigegeben?"

„Ich denke schon. Es dürfte noch abgeschlossen sein, aber nicht mehr versiegelt. Du willst doch nicht nochmal rein?"

„Wieso nicht? Wenn du das Projekt übernimmst, ist doch klar, dass du dir Meiers Labor ganz genau anschauen musst. Und da könntest du mich doch mitnehmen. Vier Augen sehen mehr als zwei." Susanne zwinkerte mir herausfordernd zu.

„Das Labor soll nächste Woche aufgelöst werden", sagte ich und musste ihr zustimmen. Es wäre gut, wenn ich mir das Labor einmal in Ruhe anschauen könnte, bevor sich alle über Meiers Geräte hermachten. Nicht um irgendeine Mordhypothese zu bekräftigen, sondern um besser zu verstehen, was Meier gemacht hatte. Vielleicht konnte ich dem einen oder anderen Gerät oder Versuchsaufbau noch etwas entlocken, was mir bei der weiteren Bearbeitung des Projektes helfen würde.

Ich willigte ein und versicherte Susanne, dass ich Lars darum bitten würde, das Labor noch geschlossen zu halten, damit ich es mir in dem Zustand, in dem Meier es verlassen hatte, einmal anschauen konnte.

DIE EXPLOSION

Wie erwartet, hatte Lars gegen die nun legale Laborbesichtigung nichts einzuwenden. Hätten ihn nicht dringende Termine daran gehindert, wäre er wohl selbst mitgekommen.

Neben der Besichtigung von Arnims Apparaturen sollte ich Lars anschließend mitteilen, ob und wenn ja, welche Geräte ich für das neue Projekt benötigte. Er würde sie für mich reservieren, bevor der große Run auf Meiers Hinterlassenschaften losging. Danach würden unsere Gruppenleiter das Labor besichtigen und auf alle von ihnen beanspruchten Geräte farbige Punkte kleben. Befanden sich am Ende mehrere farbige Punkte auf einem Gerät, was die Regel war, hatte Lars die undankbare Aufgabe zu entscheiden, welche Arbeitsgruppe das begehrte Stück haben durfte. Erfahrungsgemäß würde es für die alten Geräte aus Meiers Labor genügend Interessenten geben, die allein schon aus wissenschaftlich völlig unbegründeter Sammelwut versuchen würden, sich das ein oder andere „Schnäppchen" unter den Nagel zu reißen.

So aber konnte ich mir Meiers Labor in Ruhe anschauen und hatte die Erlaubnis, alles, was ich für das neue Labor brauchen konnte, exklusiv für mich zu reservieren. Das war mehr, als ich erwartet hatte.

Mit der Erlaubnis in der Tasche verabschiedete ich mich ziemlich rasch, denn ich wollte vermeiden, dass Lars auf Susanne zu sprechen kam. Schlimmstenfalls würde er mich darauf hinweisen, mir das Labor alleine anzusehen und nicht auf den Gedanken zu kommen, Susanne mitzunehmen.

Da ich wusste, wie sehr Susanne auf eine neuerliche Laborbesichtigung brannte, rief ich sie gleich von meinem Büro aus an. Wir vereinbarten, die Mittagspause ausfallen zu lassen, und verabredeten uns um halb eins in Meiers Labor. Um die Mittagspause herum waren die Flure im alten Laborkomplex erfahrungsgemäß recht leer. Ich wollte vermeiden, dass mich jemand beim Betreten des Labors sah. Das würde nur unnötige Diskussionen heraufbeschwören, wieso es mir erlaubt war, das Labor zu betreten, und wieso ich ein bevorzugtes Recht auf Geräte aus dem Labor hatte und so weiter. Und dass man Susanne zusammen mit mir das Labor betreten sah, wollte ich schon gar nicht.

Susanne hatte dafür volles Verständnis und so verabredeten wir, dass ich gegen Viertel nach zwölf das Labor betreten und hinter mir die Tür abschließen würde. Susanne sollte dann gegen halb eins vorbeikommen, und wenn sie alleine auf dem Flur war, sollte sie dreimal klopfen. Ich würde ihr öffnen und anschließend wieder hinter uns abschließen.

Das Ganze klappte problemlos, und so standen wir kurz vor halb eins erneut in Meiers Labor. Diesmal mit Erlaubnis von Lars und ohne gegen polizeiliche Auflagen zu verstoßen.

Wieder inspizierten wir intensiv die verschiedenen Apparate. Ich mit dem Gedanken, für meine künftige Arbeit brauchbare Geräte zu identifizieren, Susanne eher in der Intention, irgendwelche Indizien für das tragische Ableben von Arnim zu entdecken.

Nach zwanzig Minuten hatte ich rote Punkte auf drei Geräte geklebt, die Lars für mich reservieren sollte. Es waren ein hochempfindliches Messgerät für Spannung und Strom, ein Szintillationszähler und Meiers Kaffeemaschine, eine altmodische Überbrühmaschine. Ich hasste diese Kapselmaschinen, für deren Betrieb man in Plastik eingeschweißten Kaffee zu Apothekerpreisen kaufen musste.

Susanne schüttelte mitleidig den Kopf, als sie mich den roten Punkt auf die Kaffeemaschine kleben sah. Aber kurz darauf war sie wieder in die Betrachtung der Apparatur vertieft, die uns schon bei unserem letzten Besuch aufgefallen war. Es war ein offensichtlicher Eigenbau Meiers mit zwei großen spulenartigen Aufsätzen, die an eine Hochspannungseinrichtung zur Erzeugung von künstlichen Blitzen erinnerten.

„Dieses Ding kommt mir einfach komisch vor", murmelte sie, umrundete das seltsame Teil und hielt plötzlich inne.

„Kommst du mal bitte? Ich glaube, ich habe den Einschaltknopf gefunden."

Etwas zögerlich ging ich zu Susanne. Ich ahnte schon, dass neue Verwicklungen auf mich zukommen würden.

Susanne zeigte auf den Schalter. Dieser befand sich etwas verdeckt auf der Seite des Gerätes, weshalb er uns bei unserem nächtlichen Besuch wohl entgangen war. Was mich verunsicherte, war die Tatsache, dass sich der in leuchtendem Rot gehaltene, quadratische Schalter hinter einer Plexiglasklappe befand. Die musste man anheben, bevor man ihn betätigen konnte. Solche Schalter benutzt man üblicherweise für Geräte, deren unbeabsichtigtes Einschalten tunlichst vermieden werden soll.

„Was meinst du, was kann passieren, wenn wir das Ding einschalten?" Auch Susanne schien unsicher. Immerhin hatte sie den Schalter nicht einfach gedrückt.

Ich besah mir Meiers Konstruktion genauer. Außer den seltsamen Spulen war hinter dem Apparat eine Blechkiste mit einem guten Dutzend hellblauer Kondensatoren zu erkennen. Jeder etwa in der Größe eines mittelgroßen Blecheimers. Von der Kondensatorenkiste führten zwei dicke Kabel in die ominöse Apparatur, und von derselben führte ein etwa fingerdicker Gewebeschlauch zur Laserbank.

„Es scheint die Stromversorgung des Lasers zu sein. Ich denke, wir können das riskieren." Ganz wohl war mir bei der Sache aber nicht. Aus diesem Grund stellte ich direkt vor den Laser, noch vor den ersten Strahlteiler, einen der dicken mattschwarzen Absorberblöcke. Dieser würde die Laserenergie absorbieren, sofern wir mit dem Einschalten der Apparatur auch den Laser aktivierten. Zudem riet ich Susanne, sich nicht direkt vor die beiden mir immer noch unerklärlichen Spulen zu stellen. Auch ich trat etwas zurück, während ich die Plastikklappe anhob. Dann drückte ich den Schalter.

Ein leises Summen war zu hören. Es erinnerte mich an das Einschalten eines altmodischen Wechselstrom-Transformators. Weiter tat sich nichts. Angestrengt versuchte ich zu ergründen, ob sich irgendwo im Labor etwas veränderte. Ich behielt den Laser und den Absorberblock im Auge, doch dort blieb alles ruhig. Lediglich das Summen der Apparatur schien sich minimal zu verstärken. Zudem mischte sich in das Summen eine Art Knistern und Knacken. Nicht wie von einer elektrischen Entladung, sondern eher wie das Geräusch einer leeren Coladose, die zusammengedrückt wird. Ich überlegte angestrengt, was das sein könnte. Dabei wanderte mein Blick über Meiers Apparate. Alles schien unverändert, und obwohl es mich nicht gewundert hätte, zeigten sich auch an den Spulen keinerlei Entladungsblitze oder Ähnliches. Dann fiel mein Blick auf die Blechkiste mit den Kondensatoren.

„Verdammt", entfuhr es mir. Während ich einen Moment wie gelähmt dastand, blähte sich einer der blauen „Blecheimer“ ballonförmig auf. Ich ließ mich zu Boden fallen und zog Susanne mit mir. Mit einem ohrenbetäubenden Knall explodierte der Eimer.

Wir verharrten einen Moment auf dem Boden.

„Bist du okay?“, fragte ich Susanne, die neben mir kauerte.

„Ja, alles klar.“

Ich versuchte festzustellen, ob irgendwo in mir ein Metallsplitter oder Ähnliches steckte. Doch dies schien nicht der Fall zu sein. Dafür breitete sich an der Decke des Labors pilzartig eine dicke ölig-schwarze Rauchwolke aus. Da ich keinen Wert darauf legte, die unzweifelhaft nicht gerade gesundheitsfördernden Inhaltsstoffe der Wolke zu inhalieren, robbte ich mit Susanne zur Tür. Dort betätigte ich den auf halber Höhe angebrachten Notschalter, der auch die Türverriegelung unverzüglich freigab. Leider hatte ich nicht bedacht, dass an diesen Schalter auch ein Notsignal gekoppelt war, das eine Sirene auf dem Flur und einen Alarm in unserer Schließzentrale auslöste.

Wenige Minuten später waren wir umringt von drei Feuerwehrmännern in Vollschutzanzügen, denen wir Bericht erstatteten. Aus Sicherheitsgründen mussten wir anschließend hinter der nächsten Ecke warten, während die Feuerwehr die Tür zu Meiers Labor öffnete.

Glücklicherweise war kein Brand ausgebrochen, und einige Zeit später stellte sich heraus, dass nur einer der Hochspannungskondensatoren von Meiers ominöser Apparatur unter gehöriger Lärm- und Rauchentwicklung explodiert war. Die Feuerwehr musste lediglich ein Fenster öffnen und platzierte einen großen Ventilator in der Mitte des Raumes, um den Rauch aus dem Fenster zu blasen. Gegen Abend war das Labor wieder freigegeben, und nennenswerter Schaden war keiner entstanden.

Wie befürchtet machte die Geschichte allerdings in Windeseile die Runde. Von illegalen Experimenten bis hin zu einem explosiven Schäferstündchen wurde uns alles unterstellt.

Leider fand der Vorfall sogar Einzug in die lokale Presse, die am nächsten Tag ein Foto der FTI-Fassade zeigte, wo man – offensichtlich mit Photoshop ein wenig intensiviert – dicken Rauch aus einem Fenster quellen sah. Dies veranlasste den Reporter zur Frage, wie es um die Sicherheit am FTI bestellt sei und wie man solche „Beinahe-Katastrophen“ künftig zu vermeiden gedenke, wodurch sich wiederum unsere Kommunikationsabteilung zur Abfassung eines Presse-Kommuniqués genötigt sah.

TERMIN BEI LARS

Am nächsten Tag wurden wir zu Lars zitiert. Er kam gerade von einer Konferenz und hatte die Geschichte per WhatsApp und Telefon erfahren. Der Anblick der rauchenden FTI-Fassade in der Zeitung hatte das Fass zum Überlaufen gebracht.

„Seid ihr von allen guten Geistern verlassen?" Er knallte uns die Zeitung mit dem FTI-Artikel auf den Tisch. „Und darf ich fragen, was Sie in dem Labor zu suchen hatten?" Lars zeigte mit dem Finger auf Susanne.

Sie setzte schon zu einer Erklärung an, doch ich entschied, dass es besser wäre, wenn ich das übernahm. „Es war meine Schuld. Ich wollte eines von Meiers Geräten in Betrieb nehmen. Ich dachte, ich könnte es brauchen. Aber nur, wenn es funktioniert. Daher habe ich es eingeschaltet. Susanne war nur zufällig da. Sie wollte mich zum Mittagessen abholen, aber da ich noch nicht fertig war, hab ich sie hereingebeten." Diese Geschichte hatte ich mir schon am Vorabend überlegt, und sie schien mir einigermaßen plausibel und unverfänglich. Doch Lars durchschaute mich ziemlich schnell.

„Für wie blöd haltet ihr mich eigentlich? Du hast dir ja vielleicht schon ein paar Geräte angeschaut, aber Sie", dabei sah er Susanne durchdringend an, „Sie haben rumgeschnüffelt, weil Sie irgendwelchen verschrobenen Mordgeschichten hinterherhängen. Aber das können wir nicht gebrauchen, genauso wenig wie Rauch aus der Fassade vom FTI. Wahrscheinlich haben Sie irgendwo rumgefummelt und die Explosion ausgelöst, oder?" Abwechselnd sah er von mir zu Susanne, und ich beeilte mich, zu versichern, dass ich das Gerät aktiviert hatte, wobei ich vermied zu erwähnen, dass es durchaus Susannes Idee gewesen war.

„Egal“, wischte er meinen Einwand zur Seite und sah Susanne durchdringend an. „Frau Wagner, ich möchte Sie künftig nicht mehr in diesem Labor sehen! Sie können von Glück sagen, dass ich Ihnen nicht gleich Hausverbot erteile. Aber ich würde Ihnen trotzdem nahelegen, das Hauptgebäude in nächster Zeit zu meiden. Sie arbeiten in Bau 7 im Schaltungsdesign und sollten sich mehrheitlich dort aufhalten, sonst wüsste ich nicht, wie Sie Ihre Aufgaben ordnungsgemäß erledigen können. Haben wir uns verstanden?“

Susanne nickte. Sie wusste durchaus, wann es besser war zu schweigen.

„Gut, dann haben wir das ja geklärt. Sie können gehen.“ Als Susanne die Tür geschlossen hatte, begann der zweite Teil der Befragung.

„Was war das für ein Gerät, das ihr angeschaltet habt?“

„Ich denke, es war eine Stromversorgung für den Laser, der ihn im Impulsbetrieb mit genügend Energie versorgen sollte.“

„Und wozu solltest du das brauchen?“ Lars klang skeptisch.

„Ich dachte, ich könnte es zur Stromversorgung anderer Geräte einsetzen. Außerdem sah das Teil wirklich interessant aus, und ich wollte wissen, was es macht.“

„Na, das hast du ja nun herausgefunden“, erwiderte Lars und ich hatte den Eindruck, den Anflug eines Lächelns zu sehen. Dennoch blieb ich vorsichtig und nickte nur. Aber für Lars schien die Sache damit zum Glück abgeschlossen zu sein.

„Ich schlage vor, wir lagern alle Eigenkonstruktionen vom Meier fürs Erste im Keller ein. Die üblichen Standardgeräte, die im Originalzustand belassen wurden, können natürlich verwendet werden. Ich habe gesehen, du hast das Präzisions-Voltmeter und den Szintillationszähler reserviert. Ach ja, und die Kaffeemaschine." Genau wie Susanne rümpfte er die Nase. „Nimm dir die Teile und bring sie in dein neues Labor. Anschließend wird Steven die verbleibenden Sachen in Augenschein nehmen und alles, was er nicht eindeutig identifizieren kann, wird er einlagern lassen. Nichts davon wird in Betrieb genommen!" Lars sah mich mit ernster Miene an.

Ich nickte.

„Danach wird das Labor freigegeben und alle können ihre Ansprüche auf die noch vorhandenen Geräte geltend machen."

Ich war froh, die Sache halbwegs glimpflich hinter mich gebracht zu haben. Auch Susanne, dachte ich, war eigentlich noch ganz gut weggekommen. Es hätte schlimmer kommen können.

DIE THEORIE

Der Meinung war auch Susanne, die offensichtlich ein schlechtes Gewissen hatte, mir den Ärger mit Lars und den Spott meiner Kollegen eingebrockt zu haben.

Sie rief mich am späten Nachmittag an und fragte, ob ich nicht Lust hätte, zum Abendessen zu ihr zu kommen. Man könne ja darauf anstoßen, dass die Sache so glimpflich ausgegangen sei. Gut, so konnte man es auch sehen und da ich ein Abendessen bei Susanne eigentlich immer sehr genoss, sagte ich zu.

Pünktlich um halb acht stand ich auf der Schwelle zu ihrem kleinen, aber schicken Apartment und roch den verführerischen Duft von etwas Exotischem.

„Es gibt indisches Curry mit Reis", sagte Susanne.

Ich folgte ihr in die Küche, wo mehrere Töpfe auf dem Herd dampften. Während Susanne in den Töpfen rührte, unterhielten wir uns über das Gespräch bei Lars. Wir waren beide froh, dass die Sache kein größeres Nachspiel haben würde. Auch die Aufmerksamkeit der Öffentlichkeit würde sich sicher schnell wieder anderen Dingen zuwenden.

Wenig später setzten wir uns an Susannes für einen Singlehaushalt viel zu großen Esszimmertisch und ließen uns ein vorzügliches indisches Curry mit einem nicht ganz stilechten, aber umso süffigeren Lambrusco schmecken.

„Sag mal, das mit der Wiederaufnahme von Meiers altem Projekt scheint ja eine größere Sache zu sein. Es ging damals um Energiegewinnung, nicht wahr?"

„Genau. Man verspricht sich ziemlich viel davon. Eine Forschungsgruppe aus Japan, die vor zwei Jahren Meiers Arbeiten quasi in der Luft zerrissen hat, hat nun bestimmte Teile von seinen Versuchen reproduzieren können. Dazu haben sie eine eigene Theorie formuliert. Eine ziemlich eigene, wenn man so sagen darf."

„Klingt spannend. Und was sagt diese neue Theorie? Also nur so ungefähr, so dass ich es auch verstehe."

„Vielleicht erinnerst du dich, dass Meier damals Elektronen auf Leiterbahnen nachgewiesen hat, die da eigentlich nicht sein sollten."

„Kenn ich, damit hab ich mich heute schon den ganzen Tag herumgeschlagen. Ich hab mindestens drei Stunden vor dem PC gesessen und mit unserer neuen Optimierungs-Software versucht, Leiterbahnen, durch die erfahrungsgemäß viel Strom fließt, von solchen fernzuhalten, durch die schwache Signale übermittelt werden."

Mir wurde bewusst, dass Susanne von ihrer früheren Arbeit in meiner Abteilung und ihrem neuen Job beim Schaltungsdesign sehr wohl über die grundlegenden Sachverhalte im Bilde war. Ihre gespielte Naivität war daher nicht wirklich ernst zu nehmen.

„Die Yamamoto-Leute behaupten, sie hätten zusätzliche Elektronen nachgewiesen, die zweifelsfrei nicht durch Induktion oder Tunneleffekte aus benachbarten Leiterbahnen kommen und auch nicht in sonst einer Form extern eingekoppelt worden sein können."

„Dann also doch die mysteriöse Paarbildung mit Positronen, die niemand finden kann?", warf Susanne ein und zeigte damit, dass sie sich noch recht gut an Meiers Arbeit erinnerte.

„Eben nicht. Viel mysteriöser", sagte ich und nahm einen kräftigen Schluck Lambrusco.

Susanne schaute mich erwartungsvoll an.

Ich konnte es nicht lassen, meine rhetorische Pause noch ein wenig auszudehnen, bis Susanne ungeduldig drängte: „Also los, was ist das für eine Theorie?"

„Die Theorie besagt, dass ein Wurmloch mittels oszillierender Mikrostrukturen inflationär ausgedehnt werden kann und zu mikroskopischer Größe anwächst. Genauer gesagt, dass es vom Bereich der Planck-Länge von so ungefähr 10^{-35} Meter auf einen Bereich von 10^{-9} Meter, also rund einem Nanometer, expandiert. Das ist ein Faktor von 10^{26}. Nicht schlecht, oder?"

„Das ist doch Blödsinn", ereiferte sich Susanne. „Wie soll eine Mikrostruktur es bewerkstelligen können, ein Wurmloch aus dem Quantenschaum so stark zu expandieren?"

„Das ist tatsächlich keine einfache Frage und in meinen Augen haben die Yamamoto-Leute diese Frage auch nicht beantwortet. Sie haben einige Ideen geäußert und versucht, sie mathematisch zu belegen, aber ich finde die Argumentation äußerst dünn und würde ihre Ideen bestenfalls als vage Arbeitshypothesen bezeichnen."

„Klingt aber reichlich unausgegoren", sagte Susanne. „Und außerdem, was sollte das bringen, ein Wurmloch auf Nanometergröße? Erstens dürfte das extrem instabil sein und kollabieren, bevor auch nur ein Elektron daran denken könnte, hindurchzufliegen. Und selbst wenn es lange genug stabil bliebe, würde es nur das Signal-Rausch-Verhältnis kaputt machen. Wie ein Kurzschluss. Energie gewinnt man da keine." Offensichtlich war Susanne der Überzeugung, die Sache damit ad absurdum geführt zu haben.

Ich kam nun nicht mehr darum herum, auch den spektakulärsten Teil der Yamamoto-Hypothese auf den Tisch zu bringen. „Die Yamamoto-Leute vermuten etwas anderes. Sie denken, es könnte sein, dass sich ein Ende des Wurmloches von unserem Universum ablöst und mit einem sehr nahen, aber energetisch höher liegenden Universum verbindet. Von dort würden dann auch die Elektronen kommen, die sie behaupten, nachgewiesen zu haben."

„Das ist nicht dein Ernst?" Sie starrte mich an, als hätte sie einen Geist gesehen. „Lassen sich die Yamamoto-Leute auch darüber aus, wie das funktionieren soll, dass sich ein Wurmloch von unserem Universum ablöst? Und was ist das für ein anderes Universum? Wo soll das sein? Bei ihnen im Labor, eine Art Mikrokosmos? Das ist doch totaler Quatsch."

„Von Mikrokosmos war keine Rede", versuchte ich sie wieder etwas auf den Boden zu bringen. „Der Ansatz der Yamamoto-Leute basiert auf der nicht völlig abwegigen Idee, dass unser Universum nur eines von vielen ist. Einige ungelöste Aspekte der Quantentheorie lösen sich wie von selbst auf, wenn man annimmt, dass sich das Universum bei jedem Quantenereignis in so viele Universen aufspaltet, wie es Möglichkeiten für das Ereignis gibt. Das sind, gelinde gesagt, ziemlich viele, und die allermeisten unterscheiden sich erst einmal nicht merklich voneinander. Erst im Laufe der Zeit driften sie auseinander."

„Und die Yamamoto-Leute glauben ernsthaft, dass sie ein solches nahes Universum, was immer das in diesem Zusammenhang bedeuten soll, erreichen können?"

„Genau. Als ein nahes Universum bezeichnen die Yamamoto-Leute eines, das sich gerade erst durch ein Quantenereignis von unserem Universum abgespalten hat. Sie ziehen auch die Möglichkeit in Betracht, dass sich das Wurmloch genau im Moment der Abspaltung der beiden Universen bildet und die beiden Enden von den beiden nun auseinanderdriftenden Universen mitgezogen werden."

„Das ist echt eine schräge Geschichte." Susanne hielt einen Moment nachdenklich inne. „Und sie haben zweifelsfrei neue

Elektronen nachgewiesen? Du weißt, wie schwierig solche Messungen sind."

„Es sieht so aus. Wenn man ihren experimentellen Daten glauben darf, haben sie das. Sie haben sogar behauptet, sie hätten in einigen Experimenten eine positive Energiebilanz nachgewiesen, also mehr Energie aus dem Schaltkreis herausgeholt als hineingesteckt."

Susanne nickte anerkennend. „Nicht schlecht. Und ihr wollt ihnen jetzt nacheifern und einen Wurmloch-Generator bauen, der Handys und so mit Energie versorgt, wie damals bei Meiers Arbeiten."

„So in etwa."

„Aber sag mal, wenn das alles von so großer Brisanz ist, dann sind da doch bestimmt auch schon andere aktiv. Der Artikel, den Lars begutachten sollte, ging auch an andere Gutachter. Und in den entsprechenden Kreisen war allseits bekannt, dass Meier ein Experte auf dem Gebiet war." Sie machte eine Pause, dann schaute sie mich fragend an. „Könnte es nicht sein, dass jemand Kontakt mit dem Meier aufgenommen hat? Jemand, der auch von der Publikation wusste und der den Meier abwerben wollte? Vielleicht hat Meier abgelehnt und durchblicken lassen, dass das Projekt am FTI wieder gestartet werden soll. Und diejenigen, die ihn abwerben wollten, dachten, wenn sie ihn schon nicht selbst bekommen, dann bitte schön auch niemand anders."

„Nicht schon wieder", stöhnte ich. „Wir hatten doch schon mehr als genug Mordtheorien. Wieso kannst du den Meier nicht in Frieden sterben lassen?"

Aber Susanne war bereits nicht mehr von ihrer neuesten Theorie abzubringen. „Aber überleg doch mal", warf sie ein. „Der Tod vom Meier ist und bleibt komisch. Aber niemand, der bisher in Frage kam, hatte ein wirklich gutes Motiv. Das war ja immer unser Problem. Aber eure Konkurrenz, die nicht will, dass ihr euch mit dem Meier einen Vorsprung verschafft, die hätte ein einwandfreies Motiv. Und du hast doch schon öfters gesagt, dass einige eurer Konkurrenten in Asien über Leichen gehen würden."

„Okay, von mir aus. Aber ich kann mir nicht vorstellen, dass sich jemand unbemerkt an den Meier herangemacht hat. Wahrscheinlich wäre Arnim sofort zu Lars gerannt und hätte es ihm brühwarm erzählt. Arnim war doch nicht der Typ, der so etwas lange für sich behalten konnte. Und dass sich jemand ins FTI einschleicht und ihn in seinem Labor umbringt, kann ich mir schon gar nicht vorstellen. Solche Leute hätten wahrscheinlich genug Möglichkeiten, ihn einfach verschwinden zu lassen."

„Aber das hätte Fragen aufgeworfen", konterte Susanne. „Im Gegensatz zu einem Unfall oder einer vorgetäuschten natürlichen Todesursache. Und dass Meier nichts lange für sich behalten konnte, denke ich auch." Susanne schaute mich nachdenklich an. „Vielleicht hat er es auch nicht für sich behalten, sondern jemandem erzählt. Aber nicht Lars – sondern Maggie!"

MAGGIE

Zwei Tage später traf ich mit Susanne gegen sieben Uhr abends bei Joe's ein. Aufgrund der frühen Stunde hielten sich gerade einmal zwei weitere Gäste dort auf. Maggie sah uns sofort und winkte uns zu.

„Schön, dass ihr wieder einmal den Weg zu Joe's gefunden habt."

Ich hatte den Eindruck, dass es sich dabei nicht nur um geschäftsmäßig zur Schau getragene Freundlichkeit handelte. Sie schien sich ehrlich zu freuen.

„Was möchtet ihr trinken?"

Ich bestellte ein Bier und Susanne einen Campari.

„Wie geht es dir?", fragte ich Maggie.

„Ich kann noch gar nicht glauben, dass er an einem Herzanfall gestorben sein soll." Natürlich wusste sie bereits davon. Joe's war die Stammkneipe etlicher FTI-Angestellter.

„Dann hat er dir gegenüber nie etwas von Herzproblemen erwähnt?", nahm Susanne den Faden auf.

„Nein, überhaupt nicht." Maggie schüttelte den Kopf. „Ganz im Gegenteil, er war voller Tatendrang. Er hat sich sehr auf die Arbeit an dem neuen Projekt gefreut."

„Das ist ja auch ein tolles Projekt und das FTI kann froh sein, einen so engagierten Mitarbeiter wie Arnim gehabt zu haben", sagte Susanne. „So ein kompetenter Fachmann war sicher bei anderen Firmen auch sehr gefragt. Hat er mal erzählt, dass er vielleicht irgendwo anders arbeiten wollte oder dass man versucht hat, ihn abzuwerben?"

„Wieso das?" Maggie schien irritiert.

„Ach, ich dachte nur. Beim FTI wurde er in den letzten Jahren nicht so gut behandelt. Mit der Versetzung in die QS-Abteilung könnte ich es gut verstehen, wenn er gewechselt hätte, wenn man ihm ein gutes Angebot unterbreitet hätte."

„Du hast ja recht. Und es stimmt, er hatte wohl ein anderes Angebot. Ich sollte es nicht weitersagen. Aber jetzt spielt das wohl keine Rolle mehr", erklärte Maggie mit traurigem Blick.

Susanne war elektrisiert. „Was war das für ein Angebot?"

„Keine Ahnung, das hat er nicht gesagt. Wieso fragt ihr? Ist das wichtig?" Maggie sah Susanne unsicher an, doch bevor Susanne etwas erwidern konnte, beschloss ich, Maggie bezüglich unseres Verdachts reinen Wein einzuschenken. Sie weiter in Unkenntnis zu lassen, wäre mir hinterhältig vorgekommen.

„Uns kommt Arnims Tod komisch vor. Niemand wusste von irgendwelchen Herzproblemen. Klar, es kann sein, dass man so etwas selbst gar nicht weiß. Es ist einfach ein seltsamer Zufall, dass es gerade dann passiert ist, als entschieden wurde, dass er seine alten Arbeiten weiterführen soll."

„Ihr glaubt, dass ihn jemand umgebracht hat?", fragte Maggie, und an der Art, wie sie das sagte, hörte ich, dass auch ihr dieser Gedanke schon gekommen war.

„Es ist nur eine vage Theorie", erwiderte ich beschwichtigend. „Wir haben gedacht, dass es sein könnte, dass jemand von der Konkurrenz, vielleicht aus Asien, Wind von dem neuen Projekt bekommen hat und ihn uns wegschnappen wollte. Und als das nicht geklappt hat, na ja …"

„Wegen so einem blöden Projekt würde jemand einen Mord begehen?", fragte Maggie ungläubig.

„Bei dem blöden Projekt, wie du es nennst, dürfte es um Milliardengewinne gehen. Leute sind schon für viel weniger gestorben."

Maggie schluckte lautlos und Susanne nutzte die Stille zur Fortsetzung ihres „Verhörs".

„Hat Arnim irgendeinen Namen oder eine Firma erwähnt? Oder hat er sich vielleicht sogar mit jemandem getroffen?" Susanne sah Maggie durchdringend an, und insgeheim dachte ich, dass sie Kommissar Gerber alle Ehre machte. Besser hätte auch er eine Zeugenbefragung kaum durchführen können.

„Er sagte etwas in der Art, dass er froh war, als die vom FTI endlich eingesehen haben, dass er recht hat, und dass er sonst wahrscheinlich bald nicht mehr da gewesen wäre, sondern sehr weit weg. Sehr weit sogar, das hat er betont. Mehr hat er nicht gesagt."

„Asien, das könnte doch sein?" Susanne sah mich fragend an.

„Kann schon sein. Aber trotzdem, es ist ziemlich vage. Hat er keinen Namen oder sonst etwas gesagt?"

„Nein, aber einmal hat er erzählt, dass jemand ihn dazu bringen wollte, seine Arbeiten einzustellen. Ich glaube, derjenige hat ihm sogar gedroht." Maggie sah uns verunsichert an. „Meint ihr, ich sollte das der Polizei erzählen?"

„Na ja, diese Drohungen, nur so vom Hörensagen, sind schon etwas vage. Dass jemand versucht, einen guten Mitarbeiter abzuwerben, und ihn dann umbringt, wenn es nicht klappt, das scheint mir ziemlich weit hergeholt. Da müsste schon etwas anderes dahinterstecken. Hat er sich denn zu dieser Drohung nicht konkreter geäußert? Oder gibt es etwas Schriftliches? Eine SMS oder sonst etwas in der Art? Ich glaube ehrlich gesagt nicht, dass der Gerber der Sache Bedeutung beimessen würde, solange wir nichts Konkretes in der Hand haben."

Ich musste allerdings gestehen, dass meine Abneigung gegen die Polizei auch vom Wissen beeinflusst wurde, dass Lars uns den Kopf abreißen würde, wenn wir das FTI wieder in eine Mordgeschichte reinziehen würden.

Da machte Maggie zu meiner Verblüffung einen Vorschlag, den ich eigentlich von Susanne erwartet hätte. „Könnt ihr nicht selbst versuchen, etwas mehr darüber in Erfahrung zu bringen?“

Susanne war natürlich sofort begeistert. „Pete, hast du dir eigentlich Arnims E-Mails schon angesehen?“

Ich verneinte wahrheitsgemäß, da ich natürlich keinen Zugriff auf Arnims Mails hatte. „Die Mails werden in so einem Fall archiviert, und eine Einsicht in die Mails muss intern genehmigt werden“, klärte ich sie auf.

„Jetzt stell dich doch nicht so an! Du gehst zu Lars und bittest ihn um Zugriff auf Arnims Mails. Als Projektleiter musst du dir doch ein Bild von seinen früheren Arbeiten inklusive der Mailkontakte verschaffen.“

Ich musste Susanne recht geben. Das würde wahrscheinlich funktionieren, und mich interessierte Arnims Korrespondenz tatsächlich. Vor allem von der wissenschaftlichen Seite her. Und den Fall, dass jemand nach Austritt eines Mitarbeiters Zugriff auf dessen Mailkonto erhielt, gab es hin und wieder. Voraussetzung für einen solchen Mailzugriff war, dass der Vorgesetzte zustimmte und den Antrag begründete. Aber Lars würde sicher zustimmen. Alles, was dem schnellen Projektfortschritt dienlich wäre, würde bei ihm auf offene Ohren stoßen.

Ich versprach, Lars gleich am nächsten Morgen auf die Mails anzusprechen und anschließend Bericht zu erstatten. Auch Maggie bat uns, sie auf dem Laufenden zu halten.

„Jemand hat dem Meier gedroht und jemand wollte ihn abwerben“, sagte Susanne wenig später auf dem Heimweg. „Findest du nicht, dass das ein völlig neues Licht auf die Sache wirft?“

„Ich weiß nicht. Ein missglückter Abwerbeversuch und irgendwelche ominösen Drohungen. Ich kann mir da keinen Reim darauf machen." Ich zuckte mit den Schultern und eine Weile liefen wir schweigend nebeneinanderher.

„Ich bin wirklich gespannt, ob du bei Arnims Mails etwas findest", sagte Susanne gedankenverloren.

Ja, das war ich allerdings auch.

TOTENKOPF

Am nächsten Morgen bat ich Lars um Einsicht in Arnims Mails. Ich erklärte ihm, dass ich mir davon wichtige Impulse für die vor uns liegende Arbeit erhoffte. Wie erwartet zeigte Lars sich kooperativ und unterschrieb den von mir vorbereiteten Antrag an unsere EDV-Abteilung.

Schon am Nachmittag erhielt ich ein Passwort, das mir den Zugang zu Arnims Mailkorrespondenz ermöglichte. Sofort loggte ich mich auf meinem Laptop ein, worauf sich mir ein Wust von Tausenden von Mails aus den letzten fünf Jahren eröffnete, die Meier offensichtlich mittels eines komplizierten Systems von Ordnern, Unterordnern und Schlagworten strukturiert hatte.

In den kommenden Stunden arbeitete ich mich Stück für Stück durch Arnims Ablagesystem, und im Laufe der Zeit begann ich, sein System immerhin ansatzweise zu verstehen. Immer wieder stieß ich auf Korrespondenzen mit verschiedenen Wissenschaftlern aus der ganzen Welt, die aus wissenschaftlicher Sicht äußerst interessant waren. Viele der Leute kannte ich, es gab aber auch Namen, die mir überhaupt nichts sagten.

Einige Mails von einem gewissen Johnny schienen mir besonders interessant. Eine davon öffnete ich. Es ging um tiefgehende fachliche Fragen zum Energiegewinnungsprojekt. So tiefgehend, dass ich sie beim flüchtigen Lesen nicht nachvollziehen konnte. Der Schreiber schien sich ebenfalls sehr gut mit dem Thema auszukennen.

In einer späteren Mail fragte Johnny, ob Arnim sich das Angebot überlegt habe. Das klang schon sehr nach einem Abwerbeversuch. Aus praktischen Erwägungen beschloss ich, mich erst später mit diesen Mails zu beschäftigen. Im Moment interessierten mich die Droh-Mails, die Maggie erwähnt hatte.

Ich sortierte die Mails chronologisch und schaute mir die Korrespondenzen der letzten Monate genauer an. Schließlich wurde ich fündig.

Es war eine Mail von einem TM34209: „Stoppen Sie Ihre Experimente! Ich habe Ihnen gesagt, was passiert ist, und es wird wieder passieren, wenn Sie nicht sofort aufhören! Zerstören Sie Ihre Apparaturen, vernichten Sie alle Aufzeichnungen! Ich war gestern da, aber Sie sind nicht gekommen!"

Sehr mysteriös.

Offensichtlich hatte sich der Unbekannte mit Arnim treffen wollen und Arnim war nicht erschienen. Wo hatten sie sich treffen wollen und wieso? Und vor was hatte der Unbekannte Arnim warnen wollen? Arnim war tot, hatte der Unbekannte das vorausgeahnt? Hatte er Arnim davor warnen wollen? Oder war Arnims Tod nur ein Zufall und die ominöse Mail ein plumper Schachzug der Konkurrenz gewesen, um Arnim zu verunsichern und seine Arbeiten zu verzögern? Aber irgendwie wäre das fast zu plump, fand ich. Zudem war es offensichtlich nicht das erste Mal, dass dieser ominöse TM34209 mit Arnim Kontakt gehabt hatte.

„Ich habe Ihnen gesagt, was passiert ist", hatte er geschrieben. Möglicherweise nahm er Bezug auf eine frühere Mail. Ich druckte die Mail aus und scannte Arnims Maileingang, den Papierkorb und alle Verzeichnisse, die ich finden konnte, nach weiteren Mails des ominösen TM34209.

Im SPAM-Ordner wurde ich schließlich fündig. Die Mail war noch als ungeöffnet gekennzeichnet. Vielleicht hatte Arnim sie nicht gesehen. Wahrscheinlich hatte er nie dort nachgeschaut.

Absender war ebenfalls der ominöse TM34209: „Warum haben Sie mir nicht geantwortet? Die Versuche dürfen nicht weitergehen! Ich werde das verhindern. Wenn Sie mir nicht glauben, hier der letzte Beweis!"

Also war auch das nicht die erste Mail. Aber sie sollte den finalen Beweis für die Argumente des Unbekannten beinhalten. Das klang interessant.

Ungeduldig öffnete ich den Anhang und klickte die aufpoppenden Sicherheitsabfragen weg. Es war ein ständiges Ärgernis, dass man am FTI beim Öffnen jedes Anhangs auf etliche Bestätigungen klicken musste. Ich schaute da schon lange nicht mehr hin.

Der Mailanhang öffnete sich entnervend langsam. Nach einigen Sekunden erschien einfach nur ein Totenkopf. Wie witzig. War das vielleicht doch ein schlechter Scherz von irgendwelchen FTI-Kollegen? Vielleicht von Steven Johnson? Den Totenkopf, den würde ich ihm zutrauen. Und er hätte es auch so einrichten können, dass man ihn nicht als Absender herausfinden konnte. Aber der Text klang nicht nach Steven. Er klang nach jemandem, dem es sehr ernst war, dass Arnim seine Forschungen stoppte. Sie schienen dem Absender große Angst zu machen. Steven würde so nicht schreiben, vermutete ich wenigstens.

Vom Bildschirm starrte mich immer noch der Totenkopf an. Je länger ich hinsah, desto mulmiger wurde mir. Weiterhelfen würde mir der Totenkopf jedenfalls nicht. So entschloss ich mich, nochmals auf die Suche nach weiteren Mails dieses ominösen TM34209 zu gehen. Ich schloss das Foto, woraufhin Arnims Mailverzeichnis wieder auf dem Bildschirm erschien. Ein Mailverzeichnis, das im Vergleich zu dem, was ich noch vor wenigen Minuten gesehen hatte, dramatisch geschrumpft war. Vor meinen Augen verschwanden in rascher Folge weitere

Maileinträge. Mir wurde schwindelig, als ich meinen fatalen Fehler erkannte.

Ich drückte sofort auf den Aus-Knopf des Laptops und wartete bange Sekunden, dass der Rechner sich endlich abschaltete. Aber nichts passierte. Mail um Mail verschwand vom Bildschirm. Es würde keine Minute mehr dauern, bis alle Mails gelöscht, überschrieben, verschlüsselt oder sonst etwas wären.

Mit fahrigen Händen drehte ich den Laptop auf den Rücken und riss so schnell ich konnte den Akku heraus. Endlich war der Bildschirm dunkel. Aber ich machte mir keine Illusionen, es dürfte zu spät gewesen sein. Die meisten Mails waren gelöscht worden. Und nicht nur das. Mein Laptop war über WLAN mit unserem Zentralserver verbunden. Es gab zwar noch verschiedene Firewalls, aber nicht auszudenken, wenn der Virus, den ich offensichtlich aktiviert hatte, nun auch dort sein Unwesen trieb.

Ich wählte mit dem Handy die Servicenummer unserer IT. Nach entnervenden Minuten in der Warteschleife meldete sich endlich jemand.

„Hören Sie, mein Name ist Peter Bellert. Ich glaube, ich hab mir auf dem Laptop einen Virus eingefangen. Er hat Mails gelöscht."

Der IT-Mitarbeiter schien den Ernst der Lage zu erahnen.

„Wer ist der Client?"

„FT78554."

„Bleiben Sie dran."

Ich hörte Tippen im Hintergrund, dann einige Stimmen. Wieder Tippen, eine Weile Ruhe und wieder nervtötendes Tippen. Dann plötzlich eine Stimme am Telefon: „Sind Sie noch dran?"

„Ja, klar."

„Wir haben da etwas gefunden. Es scheint nicht mehr aktiv zu sein. Wir müssen uns das aber genauer anschauen. Läuft der Client noch?"

„Nein, ich habe den Akku rausgenommen."

„Sehr gut. Bitte lassen Sie den Akku draußen und starten Sie den Laptop nicht wieder. Bringen Sie das Gerät morgen in der IT in Bau 13 vorbei. Am besten direkt bei mir. Timmer, dritter Stock. Möglicherweise habe ich dann noch ein paar Fragen an Sie."

Das klang immerhin nicht so, als ob die komplette IT des FTI abgestürzt wäre, aber es würde sicher einige unangenehme Fragen geben. Mit reichlich schlechtem Gewissen traf ich am nächsten Morgen in unserer IT-Abteilung ein. Herr Timmer, ein hagerer Anfang-Dreißiger im schwarzen Rollkragenpullover, nahm den Laptop in Empfang.

„Haben Sie einen Moment Zeit?"

Ich nickte. Die Frage war ohnehin rhetorisch gemeint. Er erwartete, dass ich Zeit hatte, und wenn nicht, dass ich sie mir nehmen würde.

In der folgenden halben Stunde erklärte ich Timmer, dass ich bei der Durchsicht von Arnims Mails eine Nachricht gefunden hätte, in deren Anhang ich interessante Daten vermutet hätte, und sie daher geöffnet hätte. Von irgendwelchen Droh-Mails mit suspekten Anhängen erwähnte ich nichts.

„Haben Sie die Warnmeldungen beim Öffnen des Anhangs nicht gesehen?" Natürlich wusste er, dass ich sie gesehen und entgegen den ständigen Warnungen unserer IT gedankenlos weggeklickt hatte.

„Na ja, ich hab in der Eile nicht so darauf geachtet", murmelte ich betreten.

„Wie auch immer. Der Virus, den Sie uns da beschert haben, dürfte ziemlich interessant gewesen sein. Das war kein Werk eines Dilettanten. Da kannte sich jemand ziemlich gut aus. Der Virus hat alle Mails von Arnim Meier aus dem letzten Jahr gelöscht. Und zwar lokal und die Backups auf unserem Sicherheitsserver, bevor er sich dann selbst löschte. Das hätte viel schlimmer kommen können, kann ich Ihnen sagen. Jemand, der so etwas durch unsere Firewall bringt, der hätte es auch so programmieren können, dass es wesentlich mehr Schaden anrichtet. Jemand hatte es nur auf Arnim Meiers Mailkorrespondenz abgesehen. Können Sie sich das erklären?"

„Nein, keine Ahnung." Trotz des Verlustes von Arnims Mails war ich heilfroh, dass die Sache nicht anders ausgegangen war. Und die verfängliche Mail inklusive Virus war ebenfalls weg. So konnte ich wenigstens bei meiner Geschichte mit dem „wissenschaftlichen" Interesse bleiben, was man mir als engagiertem Wissenschaftler wohl nachsehen würde. Immerhin hatte auch Timmer mir die Geschichte abgekauft. Bei der garantiert noch folgenden Audienz bei Lars dürfte das schon schwieriger werden. Er würde garantiert Lunte riechen, auch wenn er mir nichts beweisen konnte.

Wie auch immer, die ganze Sache wurde immer mysteriöser und ich beschloss, die neueste Entwicklung erst einmal mit Susanne zu besprechen. Sie hatte in diesen Dingen ein gutes Gespür und ihre Vorschläge, was als Nächstes zu tun wäre, waren meistens gar nicht so schlecht. Von so Fällen wie unserem nächtlichen Besuch in Arnims altem Labor einmal abgesehen.

ASIEN

„Erzähl, was hast du herausgefunden?"

„Immer mit der Ruhe." So zwischen Tür und Angel wollte ich die Geschichte nicht erzählen. Ich hängte meine Jacke an die Garderobe und schaute in die Küche. „Was gibt es eigentlich zu essen?"

„Spaghetti mit Tomatensoße."

„Na, ich hoffe, du hast einen guten Roten dazu?"

Natürlich hatte Susanne den und so saßen wir kurz darauf mit einer Flasche Barolo an ihrem Küchentisch.

„Also, was hast du gefunden?" Susanne prostete mir zu und nach einem kräftigen Schluck aus meinem Glas begann ich zu berichten.

„Ich habe zwei Mails gefunden. Beide von einem ominösen TM34209. Das ist seine Mailadresse. Die erste Mail, die er Arnim geschickt hat, hab ich ausgedruckt und mitgebracht. Die zweite Mail, nun ja, da ist mir leider ein kleines Missgeschick passiert."

„Hast du sie versehentlich gelöscht?"

„So könnte man es sagen. Nur habe nicht ich sie gelöscht, sondern der Adressat der Mail. Und auch nicht nur diese, sondern auch alle anderen Mails."

„Was?" Susanne sah verwirrt aus, doch dann dämmerte es ihr. „Oh nein, du hast dir einen Virus unterjubeln lassen."

Ich wiederholte, was mir Herr Timmer zu dem Virus erklärt hatte. Schließlich schob ich Susanne den Ausdruck der Mail über den Tisch.

„Zerstören Sie Ihre Apparaturen, vernichten Sie alle Aufzeichnungen! Ich war gestern da, aber Sie sind nicht gekommen!“, wiederholte Susanne den letzten Teil der Mail.

„Wusste ich’s doch“, rief sie triumphierend. „Da steckt viel mehr dahinter! Jemand hat Arnim bedroht und wollte ihn treffen. Aber Arnim ist nicht gekommen.“

„Sieht so aus. Zumindest wollte jemand unbedingt mit ihm reden.“

„Allerdings, aber nicht nur das. Dieser Unbekannte sagt: ‚I was there yesterday but you didn’t come!‘ Weißt du, wie das für mich klingt?“ Susanne schaute mich kurz an. „Mir kommt das vor, als wenn jemand Arnim am FTI treffen wollte.“

„Ich weiß nicht, das kann ich mir kaum vorstellen. Jemand droht Arnim und dann besucht er ihn am FTI? Du weißt selbst, dass man bei uns ohne Anmeldung nicht reinkommt und dass alle Besucher registriert werden.“

„Eben.“ Susanne nickte mir auffordernd zu.

„Ich halte es zwar für ziemlich unwahrscheinlich, aber nicht für unmöglich, dass jemand Arnim am FTI besuchen wollte und dass dieser Jemand in unseren Besucherlisten zu finden ist“, ging ich auf Susannes Gedankengang ein. „Also gut, ich muss Lars die ganze Sache mit dem Virus ohnehin noch beichten. Da kommt es auch nicht mehr darauf an, wenn ich ihn noch nach der Besucherliste frage. Immerhin kann ich mir vorstellen, dass es ihn auch interessiert, wenn sich komische Leute am FTI herumtreiben.“

DIE BESUCHERLISTE

Am nächsten Morgen hatte ich einen Termin bei Lars. Natürlich war die Sache mit dem Virus zu ihm durchgedrungen und ich musste ihm wohl oder übel reinen Wein einschenken.

So erzählte ich die unrühmliche Geschichte ein weiteres Mal und wie schon am Abend zuvor bei Susanne schob ich auch ihm den Mailausdruck des ominösen TM34209 über den Tisch.

„Interessant.“ Lars schob den Ausdruck wieder in meine Richtung. Anscheinend schien für ihn die Sache damit erledigt.

„Lars, ich denke, wir sollten wissen, wer mit Arnim Kontakt aufgenommen hat. Offensichtlich hat man ihm gedroht! Und hast du gelesen, dass ihn jemand treffen wollte? Wir, ähm, ich glaube, dass dieser Jemand sogar hier war.“

Lars sah mich ob meines Versprechers verärgert an. Natürlich wusste er, dass ich mich nach wie vor mit Susanne über die Sache beriet, und vermutete wohl auch, dass sie meine aktuellen Nachforschungen maßgeblich beeinflusste.

„Hier: ‚Ich war gestern da, aber Sie sind nicht gekommen!‘“ Ich wiederholte die verfängliche Passage, um Lars keine Gelegenheit zu geben, das Thema Susanne noch einmal anzuschneiden. Dabei deutete ich mit dem Finger auf die entsprechende Textstelle. „Wäre es nicht möglich, dass der Unbekannte ihn hier am FTI besuchen wollte? Vielleicht jemand von der Konkurrenz, der ihn hier treffen und etwas ausspionieren oder gar sabotieren wollte.“

Lars sah nachdenklich aus und ich nutzte die Gelegenheit, meinen Vorschlag auf den Tisch zu bringen. „Wenn jemand den Meier besucht hat, dann muss er auf unserer Besucherliste zu finden sein. Ich denke, es wäre gut, da einmal einen Blick darauf zu werfen."

„Okay, das können wir gleich machen." Lars griff zum Telefon und orderte beim Empfang eine Kopie der Besucherliste vom besagten Tag. Keine fünf Minuten später hatten wir den Ausdruck vor uns liegen und studierten die Einträge.

„Schau mal an, mir ist der Termin gleich bekannt vorgekommen", sagte Lars. „An dem Tag war die Delegation des japanischen Außenhandelsministeriums hier."

Ich erinnerte mich nun auch wieder daran.

„Es ging um den Kooperationsvertrag mit NipponTec. Du weißt, dass wir dadurch mit unserer neuesten Prozessorengeneration einen exzellenten Marktzugang in Japan bekommen? Wir erwarten Mehrumsätze im Bereich von mindestens 100 Millionen dadurch."

Ich nickte. „Und die vom japanischen Außenhandelsministerium haben den Deal abgesegnet."

„Genau. Deswegen möchte ich mit den Leuten auch nicht den geringsten Ärger!" Lars sah mich warnend an.

„Ist schon klar", beschwichtigte ich. „Aber es waren ja auch noch andere Besucher an dem Tag da. Denkst du nicht auch, es könnte interessant sein, einmal einen Blick auf die Aufzeichnung der Kamera vom Eingangsbereich zu werfen? Vielleicht fällt uns etwas auf."

„Peter, bitte! Was soll das denn bringen? Ich möchte wirklich keinen Ärger hier, wir hatten schon genug Aufmerksamkeit nach der Explosion im Labor."

Aber auch die Anspielung auf die unrühmliche Laborgeschichte brachte mich nicht mehr von meiner Idee ab.

„Verdammt, möchtest du nicht wissen, ob hier bei uns irgendwelche Konkurrenztypen rumlaufen und unsere Leute bedrohen oder Schlimmeres? Wer sagt dir, dass nicht noch andere Sachen passieren? Betriebsspionage zum Beispiel. Vielleicht finden sie einen wunden Punkt bei einem Mitarbeiter und erpressen ihn oder sonst etwas." Ich war jetzt richtig in Fahrt. „Ich finde, wir sollten uns die Aufzeichnungen ansehen."

„Meinetwegen. Ich lasse sie mir schicken, aber nicht mehr heute. Ich melde mich, wenn ich sie mir angeschaut habe."

Das war mehr, als ich erwartet hatte. Ich griff mir noch rasch meine beiden Mailausdrucke und verabschiedete mich. Dass ich dabei ‚aus Versehen' auch den Ausdruck der Besucherliste mit den Namen der japanischen Delegation eingepackt hatte, entging Lars' Aufmerksamkeit.

BEI SUSANNE

Kaum war ich in meinem Büro, klingelte das Telefon.

„Wie ist es gelaufen?“, fragte Susanne.

„Gut.“

„Was heißt ‚gut‘?“

„‚Gut‘ heißt, wir haben uns die Besucherliste angesehen.“

„Und habt ihr etwas Verdächtiges gesehen?“ Susanne war hörbar genervt.

„Wir haben gesehen, dass an diesem Tag eine Delegation des japanischen Außenhandelsministeriums da war.“

„Bingo!“ Für Susanne schien damit alles klar zu sein.

„Es war eine Delegation des japanischen Außenhandelsministeriums da. Nicht mehr und nicht weniger. Ob das was mit Arnim zu tun hat, ist völlig offen!“

„Ist dir sonst noch was aufgefallen?“

„Nein, aber du kannst dich gerne selbst davon überzeugen“, antwortete ich bereitwillig, nicht ohne den Hintergedanken, Susanne bald wiederzusehen.

„Du hast also die Liste. Prima. Um neun bei mir, okay? Ich koch auch was.“

Susanne nahm es als selbstverständlich hin, dass ihre Einladung bei mir oberste Priorität hatte. Und damit hatte sie nicht einmal unrecht. Mir hatten die letzten Abende mit ihr wirklich gutgetan. Ich war froh, dass ich sie zum Reden hatte, und mit dem Detektivspielen um Arnims Tod hatte ich mich fast schon angefreundet.

„Aber nicht wieder Spaghetti“, sagte ich.

Susanne lachte. „Nein, nein, kein Problem. Ich mach was anderes, Makkaroni vielleicht."

Bevor ich etwas erwidern konnte, zeigte ein konstantes Tuten an, dass Susanne aufgelegt hatte. Also Makkaroni um neun bei Susanne. Immerhin würde sie sicher wieder einen guten Roten dazu offerieren. Damit ließ sich nahezu jede Art von Pasta genießen.

Wenige Stunden später saßen wir an Susannes Küchentisch.

„Hast du die Liste dabei?", fragte sie.

Ich schob ihr den Ausdruck zu und nippte andächtig an meinem Glas. „Woher bekommst du immer diese tollen Weine?", fragte ich.

Aber Susanne studierte schon die Namen auf der Liste und reagierte nicht auf meine Frage. „Außer der japanischen Delegation waren 15 weitere Besucher da. Ein oder zwei Namen kommen mir bekannt vor, aber ich glaube nicht, dass die etwas mit der Sache zu tun haben. Ich für meinen Teil tippe auf die japanische Delegation. Kennst du einen von den Typen?"

„Zumindest nicht den Namen nach. Aber wer weiß, vielleicht vom Sehen."

„Vom Sehen?", fragte Susanne überrascht. „Hast du die denn gesehen?"

„Nein, noch nicht. Aber vielleicht werde ich es noch."

„Die Kamera von der Eingangshalle!", dämmerte es Susanne.

„Ich habe Lars davon überzeugt, sich die Kameraaufzeichnung anzuschauen."

„Du machst dich!" Susanne lachte und nickte anerkennend. „Wann bekommst du die Aufzeichnung? Ich würde sie mir auch gerne anschauen."

„Zuerst wird Lars sie sich ansehen. Er meldet sich bei mir, wenn er damit durch ist."

„Denkst du, du kannst dir eine Kopie ziehen? Ich würde da wirklich gerne einen Blick drauf werfen."

„Ich werde es versuchen", versprach ich Susanne, aber ich hatte keine große Hoffnung, dass Lars die Aufzeichnungen herausrücken würde. Nicht solange er befürchten musste, dass diese früher oder später in Susannes Händen landen würden.

MAN IN BLACK

Zwei Tage später rief Lars mich an.

„Kannst du heute Nachmittag vorbeikommen?"

Schon an der Art, wie er sich meldete, vermutete ich, dass es um die Videoaufzeichnung ging und dass damit etwas nicht stimmte.

Und so war es auch. Nach einer kurzen Begrüßung setzten wir uns an seinen Besprechungstisch. Lars schaltete den Rechner ein und drehte den Monitor, so dass wir beide die Aufzeichnung sehen konnten. Leider war die Qualität nicht sehr berauschend, aber man konnte das Wichtigste erkennen. Zuerst ließ Lars die knapp fünfminütige Sequenz unkommentiert ablaufen. Die japanische Delegation kam an. Sie standen an der Empfangstheke, und Frau Zumstein von der Rezeption beeilte sich, alle mit Besucherausweisen zu versehen. Gleichzeitig trugen sich die Gäste in die Besucherliste ein. Einige schauten sich die ausgestellten Exponate im Eingangsbereich an, nickten anerkennend, redeten, lächelten diplomatisch und liefen durcheinander. Einige Minuten später kam unser Verkaufsleiter Dr. Lembrecht ins Bild und begrüßte die Gäste mit herzlichem Händeschütteln und Kopfnicken. Dann folgten sie Lembrecht zum Sitzungszimmer und verschwanden aus dem Erfassungsbereich der Kamera.

„Ist dir was aufgefallen?" Lars schaute mich an.

„Ehrlich gesagt, nein."

„Dann schau nochmal genau." Er startete die Sequenz erneut. „Zu deiner Info, es waren sechs Personen angekündigt. Jetzt schau mal genau hin."

„Es sind sieben!"

„Genau", bestätigte Lars. „Einer ist zusätzlich gekommen, und zwar der hier." Lars zeigte auf einen für japanische Verhältnisse recht groß gewachsenen Mann in einem schwarzen Anzug. „Der ist etwa eine Minute später gekommen. Die anderen waren schon alle da. Schau hier, jetzt geht er zur Zumstein und sie füllt per Hand einen Besucherausweis für ihn aus."

Unterdessen kreuzte Lembrecht auf und begrüßte die Gruppe, während der „Man in black", wie wir ihn ab sofort nannten, noch bei der Zumstein stand und ihr einen Zettel reichte. Erst ganz zum Schluss, als die anderen Lembrecht schon ins Sitzungszimmer folgten, schloss er sich der Gruppe an. Er folgte ihnen in einigem Abstand und war gerade dabei, den Erfassungsbereich der Kamera zu verlassen, als Lars das Bild anhielt.

„Pass jetzt auf", sagte er. „Schau, wohin er geht." Er startete die Aufzeichnung erneut, und ganz kurz bevor unser Man in black aus dem Bild verschwand, sah man, wie er sich im Durchgang zum Laborkomplex nach links wandte und verschwand. Die japanische Delegation aber war Lembrecht gefolgt, und zwar nach rechts. Der Man in black schien sich irgendwo andershin abgesetzt zu haben. Interessanterweise war das auch die Richtung, in der sich Meiers altes Labor befand.

„Wow, das ist ja ein Ding!"

„Ich muss zugeben, dass mich das etwas beunruhigt hat", sagte Lars. „Irgendjemand hat sich hier im Haus herumgetrieben, und wir haben nicht die leiseste Ahnung, wer das war." Ich wollte schon zu einer Entgegnung ansetzen, doch Lars kam mir zuvor. „Die Sache hat mir natürlich keine Ruhe gelassen, und ich war am Empfang und hab mit der Zumstein geredet. Sie erinnerte sich noch gut an die Delegation, weil ja vorher schon ein recht großes Trara gemacht wurde, dass auch alles klappt, weil das ja wirklich wichtige Leute sind. Die Zumstein hat auch schön alles vorbereitet, inklusive der sechs Besucherausweise. Als dann noch ein siebter Besucher kam, war sie etwas überfordert, zumal der Japaner schlecht Englisch sprach. Er hat ihr dann einen Zettel mit seinem Namen hingelegt, und die Zumstein hat ihm aufgrund dieses Zettels einen Besucherausweis ausgestellt, obwohl es eigentlich üblich ist, dass von unangemeldeten Besuchern mindestens der Ausweis gescannt wird. Aber die Zumstein ist naheliegender Weise davon ausgegangen, dass er zur japanischen Delegation gehört, und sie wollte da natürlich keinen Ärger machen. Ich mache ihr da auch keinen Vorwurf, aber das ist natürlich schon eine komische Sache."

Im Prinzip musste ich Lars beipflichten, doch dann fiel mir noch eine andere Erklärung ein. „Aber vielleicht gehörte er tatsächlich zur Delegation. Vielleicht hat er nur ein WC gesucht und ist dann zu den anderen dazugestoßen."

„Daran habe ich auch gedacht. Deswegen habe ich Lembrecht gefragt, wie viele Teilnehmer bei dem Meeting dabei waren. Er hat mir bestätigt, dass es wie geplant sechs Personen waren. Dass am Empfang sieben Leute waren, ist ihm gar nicht aufgefallen."

„Und die Japaner von der Delegation? Ich hatte den Eindruck, unser Man in black kannte die. Die müssten ihn dann ja auch kennen. Auf dem Video habe ich jedenfalls gesehen, wie er Leuten aus der japanischen Delegation zugenickt hat."

„Das ist mir auch aufgefallen", bestätige Lars. „Aber jetzt pass mal auf. Ich kenne Kanaye Takahashi, den japanischen Botschafter, ein wenig. Ich habe ihn gebeten, mir die aktuellen

Mailadressen der Besucher zu schicken, da ich mich bei allen nochmals bedanken wolle. Er hat mir sechs Namen und sechs Mailadressen geschickt. Ich habe dann nochmal nachgehakt und angedeutet, ich hätte in Erinnerung, dass am Empfang sieben Gäste aus Japan waren. Aber Mr. Takahashi hat geantwortet, dass seine Delegation nur aus sechs Teilnehmern bestanden habe. Ich habe dann nicht weitergebohrt. Nicht dass der Botschafter den Eindruck bekommt, wir hätten hier etwas nicht im Griff. Und die Sache mit dem Zunicken: Weißt du, was ich glaube? Unser Man in black hat einfach Hallo gesagt. So wie wir es machen würden, wenn wir Landsleute bei einem Kunden in Asien träfen. Man sagt Hallo. Das ist ganz natürlich. Für die Gastgeber wirkt das dann leicht so, als würde man sich kennen. Vielleicht hat er das sogar ganz bewusst gemacht, damit wir genau den Eindruck bekommen, dass er dazugehört."

„Das ist wirklich sehr suspekt. Also hat sich jemand an die japanische Delegation rangehängt und sie benutzt, um bei uns reinzukommen. Aber der müsste sehr genau über den Besuch informiert gewesen sein."

„Das sehe ich auch so. Entweder wusste er von jemandem vom FTI, dass genau an dem Tag und zu der Zeit eine japanische Delegation bei uns aufkreuzt, oder er wusste es von jemandem aus der japanischen Delegation. Das halte ich übrigens für wesentlich wahrscheinlicher. Ich hab mir die Videoaufzeichnung nochmal durchgesehen, ob er mit jemandem intensiver Kontakt hatte. Du kannst es dir nachher gerne auch noch einmal anschauen. Aber ich kann dir gleich verraten, du wirst nicht viel mehr sehen als ich. Der Typ nickt den anderen Japanern zu, und die nicken zurück und sagen ‚Konnichiwa', aber er unterhält sich mit niemandem von ihnen. Mir ist auch nicht aufgefallen, dass er jemandem ein Zeichen gibt oder etwas in der Art."

„Und was machen wir jetzt?", fragte ich Lars. Ich war gespannt, wie er die Sache einschätzte.

„Wir werden künftig vorsichtiger sein müssen, was unsere Besucherkontrollen angeht. So etwas darf nicht noch einmal passieren und ganz bestimmt nicht, wenn das neue Projekt läuft."

„Sollten wir nicht die Polizei einschalten?", fragte ich vorsichtig. „Ich meine, auch wegen Meiers Tod?"

„Jetzt lass mich bitte mit dem Meier in Ruhe. Meier ist an einem Herzanfall gestorben, Punkt!" Lars war sichtlich ungehalten. „Das hier hat höchstens was mit Industriespionage zu tun, und das bekommen wir auch so in den Griff. Wir werden die Zutrittskontrollen verschärfen und zusätzliche Überwachungskameras mit Gesichtserkennungssoftware installieren. Da brauche ich keine Polizei. Die Sache hat so schon genug Staub aufgewirbelt." Lars sah mich durchdringend an. „Und Peter, ich weiß, dass du die Geschichte spätestens heute Abend Susanne Wagner erzählen wirst. Meinetwegen! Aber ich warne dich: Wenn ihr anfangt, irgendwelchen komischen Theorien nachzugehen, oder irgendetwas unternehmt, was dem FTI eine schlechte Presse einbringt, dann bekommst du Ärger, und zwar richtig, haben wir uns verstanden?"

Ich schluckte, nickte und brachte ein heiseres „Ja" zustande. Mir war klar, dass Lars es ernst meinte und dass er, obwohl er mir wohlgesonnen war und mir so manches durchgehen ließ, in dieser Sache keinen Spaß verstehen würde. Und natürlich hatte er recht. Susanne würde die eine oder andere Theorie entwickeln und versuchen, diese mittels aller möglichen legalen und vielleicht auch nicht ganz so legalen Mittel zu bestätigen oder zu widerlegen. Aber obwohl mir das Detektivspielen die Gelegenheit gab, Susanne öfter als sonst zu sehen, würde ich sie diesmal bremsen müssen. Ganz besonders hinsichtlich irgendwelcher Aufsehen erregender Aktivitäten in dem und um das FTI.

Zwei Tage später saß ich wieder mit Susanne zusammen. Diesmal in der Pizzeria Local, einem Szenerestaurant, das frisch eröffnet und sich auf italienische Spezialitäten spezialisiert hatte. Ich bestellte, wie immer, eine Pizza Madagaskar mit extra Banane und Susanne schüttelte wie immer bei meiner Bestellung den Kopf.

„Madagaskar mit Banane, wie kann man nur …"

Ich grinste Susanne an und prostete ihr zu. Dann erzählte ich von dem Treffen bei Lars und von der Aufzeichnung der Eingangskamera. Susanne hörte konzentriert zu und unterbrach mich unerwarteterweise nicht, bis ich mit meinem Bericht fertig war. Ich verschwieg auch nicht, welche Botschaft mir Lars am Ende unseres Gespräches sehr eindringlich mit auf den Weg gegeben hatte.

„Okay, aber denkt Lars nicht auch, dass der Man in black etwas mit dem Tod vom Meier zu tun haben könnte?"

„Wenn er es denkt, dann ist es ihm nicht wichtig. Wenigstens nicht so wichtig, wie zu verhindern, dass das FTI in einen Mordfall verwickelt wird."

„Verdammt, ein Mensch ist vielleicht umgebracht worden und Lars lässt das kalt!"

„Es lässt ihn nicht kalt, er denkt einfach pragmatisch. Meier ist tot, und rückgängig machen können wir es auch nicht. Und ob der Schuldige je zur Rechenschaft gezogen werden würde, wenn irgendwelche internationalen Verwicklungen zu befürchten sind, scheint mir auch sehr zweifelhaft. Außerdem, denke ich, glaubt Lars wirklich nicht an einen Mord. Und um ehrlich zu sein, ich auch nicht. Auch wenn sich da irgendeiner beim FTI eingeschlichen hat, muss das noch lange nicht heißen, dass das etwas mit Arnims Tod zu tun gehabt hat."

„Und die Mails und das Projekt, alles Zufall?" Susanne begann, sich zu ereifern, und ich war froh, dass in dem Moment der Kellner mit unserer Pizza kam.

„Lass uns erst mal was essen."

Susanne nickte. Doch auch während des Essens ließ sie nicht locker und kam immer wieder auf das Thema zu sprechen. Dass der schwarzgekleidete Unbekannte etwas mit Meiers Tod zu tun haben musste, schien ihr sicher. Und auch wenn ich meine Zweifel hatte, ausgeschlossen war das nicht. Dennoch blieben viele Fragezeichen. Insbesondere das Motiv schien mir sehr zweifelhaft. So richtig passte das nicht zusammen.

Außerdem nahm ich die Warnung von Lars ernst. Ich wollte nicht meine Karriere aufs Spiel setzen. Insbesondere, wenn sich das Ganze letztendlich als heiße Luft herausstellen sollte oder, was ich für wahrscheinlicher hielt, nie aufgeklärt werden würde. So wiegelte ich die meisten von Susannes Ideen zu weiteren Recherchen und Aktivitäten so gut es ging ab. Allerdings hatte sie schließlich einen Vorschlag, dem ich mich anschließen konnte. Ich würde Lars bitten, sich eine weitere Besucherliste und Kameraaufzeichnung anzuschauen. Nämlich die Kameraaufzeichnung und Besucherliste von Arnims Todestag und vom Tag zuvor. Einfach um zu sehen, ob unser Man in black oder sonst eine verdächtige Person an einem dieser Tage dort aufgetaucht war. Daran dürfte auch Lars interessiert sein. Zudem beunruhigte mich der schwarz gekleidete Unbekannte auch ein wenig. Schließlich war ich als Nachfolger vom Meier und Projektleiter naturgemäß die erste Zielperson für Leute, die sich in irgendeiner Weise Zugang zu dem Projekt verschaffen wollten. Oder, was ich auch für möglich hielt, die es sabotieren wollten. Ein toter wissenschaftlicher Projektleiter war durchaus geeignet, einem solchen Projekt nennenswerten Schaden zuzufügen. Und verständlicherweise konnte ich mich mit der Rolle eines toten Projektleiters nicht besonders anfreunden.

Wenn sich bewahrheiten sollte, dass unbekannte Personen kurz vor Meiers Tod am FTI herumspaziert waren, würde mich das doch ziemlich beunruhigen.

Dementsprechend gelang es mir am nächsten Tag, Lars meine Bedenken überzeugend zu vermitteln, und er versprach, sich die entsprechende Aufzeichnung anzusehen. Allerdings mit der sehr eindringlichen Bitte, wenn auf der Aufzeichnung nichts Bedenkliches zu Tage kommen würde, mich anschließend ausschließlich mit meinem Projekt zu beschäftigen. Dabei ließ er nicht unerwähnt, dass er eigentlich schon vor zwei Tagen mit einem Investitionsantrag von mir gerechnet hatte, damit wir endlich die notwendigen Geräte für die neuen Labors beschaffen konnten. Mit reichlich schlechtem Gewissen versprach ich, die Anträge heute noch fertig zu machen.

„Das wäre prima! Wir wollen doch alle, dass wir bei dieser Technologie ganz vorne mit dabei sind. Und das geht nur, wenn wir uns ab sofort voll und ganz auf das Projekt konzentrieren, nicht wahr?"

Mit „wir" meinte er natürlich in erster Linie mich, also beeilte ich mich, zustimmend zu nicken.

Spät am Nachmittag machte ich mich dann an die Arbeit und knapp sechs Stunden später hatte ich die wichtigsten Unterlagen für Lars zusammen. Investitionsanträge für fast drei Millionen.

INVESTITIONEN

„Drei Millionen. Das ist ein ziemlicher Brocken!" Lars pfiff durch die Zähne, während er die umfangreiche Liste meiner geplanten Anschaffungen studierte. „Nur das Beste, wie ich sehe." Ich war schon versucht, mich zu rechtfertigen, doch Lars winkte ab. „Ist schon okay, das ist ein wichtiges Projekt. Aber ich habe im Moment keine drei Millionen. Ich habe ein wenig gerechnet. Ich kann in den nächsten zwei Monaten höchstens eineinhalb Millionen vom Budget anderer Projekte abziehen. Das ist schon ziemlich heikel und entspricht nicht in allen Punkten unseren Konzernrichtlinien. In sechs Wochen habe ich dann einen Termin in der Konzernzentrale. Ich werde 20 Millionen für die nächsten zwei Jahre für das Projekt beantragen. Sie werden schlucken, und es wird große Diskussionen geben, aber ich denke, sie werden einsehen, dass es den Aufwand lohnt. Ich habe eine schöne Präsentation, in der ich das Potenzial der Entwicklung beziffere. Das liegt natürlich hoch im dreistelligen Millionenbereich. Das wird sie überzeugen! Ich rechne damit, dass ich die Freigabe für weitere Mittel ein bis zwei Wochen später bekomme. Dann können wir den Rest bestellen. Kannst du damit leben?"

Und ob ich konnte. Ich hatte nicht damit gerechnet, dass es so glatt über die Bühne gehen würde, und es schien mir nun eine gute Gelegenheit, unseren „Man in black" noch einmal anzusprechen. „Sag mal, Lars, hast du dir eigentlich schon die Besucherliste und die Aufzeichnung vom Empfangsbereich angeschaut?"

„Ja, hab ich", antwortete Lars. „Ziemlich langweilig, kann ich dir sagen. Gott sei Dank war wenig los an dem Tag und ich kann dir jetzt schon verraten: Der einzige Asiate, den ich gesehen habe, war Chen Yang, der neue Chemiker aus der Analytik. Aber schau es dir selbst an. Ich habe dir die Datei vorhin geschickt. Sie wird sich in 24 Stunden selbst löschen."

Zurück im Büro öffnete ich die Datei. Sie enthielt die Besucherlisten und die Aufzeichnungen aus der Empfangshalle. Die Besucherlisten würde ich später überfliegen, ich rechnete nicht damit, dort etwas Brauchbares zu finden. Wesentlich mehr interessierten mich die Aufzeichnungen aus dem Eingangsbereich.

Gott sei Dank konnte man per Mausklick alle Zeiten, in denen keine Bewegungen detektiert wurden, überspringen. So klickte ich mich durch die Aufzeichnung und musterte etwa 150 Personen beim Betreten und Verlassen des Gebäudes. Die meisten waren FTI-Mitarbeiter, und fast alle kannte ich persönlich oder zumindest vom Gesicht her. Und von denen, die ich nicht kannte, sah keiner unserem „Man in black" auch nur im Entferntesten ähnlich.

Dennoch filmte ich mit meinem Handy alle Sequenzen mit unbekannten Personen direkt vom Bildschirm ab. Kopieren konnte ich die Datei nicht und es war auch nicht möglich, einen Screenshot zu machen, da die Datei mit unserem neuen MTSE-Sicherheitssystem ausgerüstet war. Dies sorgte auch dafür, dass sich die Datei nach einer voreingestellten Zeit unweigerlich selbst löschen würde. Ich wusste, dass Lars es nicht gern gesehen hätte, dass ich mir mit der Handykamera eine Kopie machte. Aber da ohnehin nichts Verwertbares darauf zu sehen war und ich meine Aufzeichnung am nächsten Tag löschen würde, schien mir das vertretbar.

So hatte ich immerhin einen Vorwand, mich wieder mit Susanne zu treffen. Und nachdem ich ihr von der Aufzeichnung erzählt hatte, lud sie mich wie erwartet für den nächsten Abend zum Essen ein.

SUSANNE

„Hast du die Aufzeichnung dabei?“ Ich hatte kaum die Türschwelle überschritten, als Susanne schon zur Sache kam.

„Ja und nein“, antwortete ich zweideutig. „Ich habe eine Aufzeichnung der Aufzeichnung dabei.“

„Hat er dir eine MTSE-Datei geschickt?“

„Genau. Aber ich habe die wichtigsten Szenen mit dem Handy vom Bildschirm gefilmt. Ich würde nur vorschlagen, dass du mich erst einmal hereinkommen lässt.“

Wenig später saßen wir an Susannes Küchentisch. Ich hatte eine Flasche Wein geöffnet und wir prosteten uns zu. Dann schauten wir uns die aufgezeichneten Filmsequenzen an. Susanne kannte noch einige der mir unbekannten Personen und konnte sie als FTI-Mitarbeiter identifizieren. Zum Schluss blieben noch fünf Personen, die wir beide nicht kannten. Wir waren uns aber einig, dass keiner von denen unser gesuchter Man in black sein konnte.

„Nun, das will ja nichts heißen. Ganz im Gegenteil. Es wäre naiv zu glauben, dass sie den gleichen Mann schicken, um den Meier aus dem Weg zu räumen. Es könnte jemand ganz anderes gewesen sein. Wir müssten versuchen, die Liste weiter einzuschränken. Du könntest dich doch mal bei deinen Bekannten vom FTI erkundigen, wen von den Personen sie kennen, und ich mach das Gleiche bei meinen Bekannten –“

„Susanne“, unterbrach ich ihren Redefluss, „ich werde nichts dergleichen tun und du auch nicht! Die ganze Sache ist zu einer fixen Idee geworden. Wir entwickeln immer neue Mordhypothesen, von denen die eine mit der anderen nichts zu tun hat und die allesamt nirgendwo hinführen. Weißt du was? Arnim ist eines natürlichen Todes gestorben. Damit sollten wir uns langsam mal abfinden. Und im Übrigen muss ich mich jetzt wirklich um das neue Projekt kümmern. Das ist eine große Verantwortung und für mich wirklich wichtig."

„Hat dir Lars mal wieder ins Gewissen geredet?", unterbrach sie mich.

„Das auch. Und soll ich dir was sagen, er hat recht! Eigentlich freue ich mich auf das Projekt und hätte schon dringend wichtige Vorbereitungen treffen müssen. Aber ich komme gar nicht zum Nachdenken, weil ich dauernd irgendwelchen Verschwörungstheorien um Arnims Tod nachhänge. Ich muss damit aufhören. Es ist nicht böse gemeint, aber ich glaube wirklich, dass Arnims Tod eine natürliche Ursache hatte. Immerhin wurde eine Obduktion durchgeführt, und so unwahrscheinlich ist ein Herzanfall nicht. Das gibt es immer wieder. Auch bei jüngeren Leuten. Jedenfalls halte ich es durchaus für wahrscheinlicher als einen Mord, für den es kein richtiges Motiv gibt und der dazu noch so gut ausgeführt sein müsste, dass er unentdeckt bleibt."

„Vielleicht hast du recht", sagte Susanne nachdenklich. „Aber du musst zugeben, die Sache ist trotzdem komisch. Ist das wirklich alles Zufall?" Susanne lehnte sich zurück. „Ich weiß, dass du dich um das Projekt kümmern musst. Ich hab auch schon ein ganz schlechtes Gewissen", fuhr sie nach einer kurzen Pause fort. „Ich glaube, wir brauchen beide etwas Abstand von dem Thema. Ich schlage vor, du kümmerst dich ab sofort um dein Projekt, und ich versuche auch, einige Wochen nicht an die Sache zu denken. Vielleicht ergeben sich ja von alleine neue Aspekte." Susanne machte eine kurze Pause, dann schaute sie mich ernst an. „Aber versprich mir, dass du mir Bescheid sagst, wenn dir etwas auffällt oder du etwas Ungewöhnliches beobachtest oder seltsame Mails bekommst."

„Hast du Angst um mich?", fragte ich überrascht.

„Ja, hab ich. Also, gib mir Bescheid, wenn dir etwas auffällt oder wenn du einfach nur reden möchtest. Okay?"

„Klar, mach ich. Ich hoffe ja ohnehin, dass ich hin und wieder deine Gastfreundschaft genießen darf, auch ohne dass wir uns über Mordhypothesen unterhalten müssen."

„Natürlich. Außerdem bin ich echt gespannt, wie sich euer Projekt entwickelt. Du musst mich unbedingt auf dem Laufenden halten."

„Kannst dich drauf verlassen!" Ich war froh, dass der Abend diese Wendung genommen hatte und sich Susanne von ihren Plänen hatte abbringen lassen. Zumindest für einige Zeit. Und die Aussicht, Susanne bei einem guten Essen und einer guten Flasche Wein über den Fortschritt meines Projektes auf dem Laufenden zu halten, hob meine Stimmung deutlich.

Schon auf dem Heimweg war mein Kopf viel freier und mir kamen eine Menge neuer Ideen. Welche Geräte wo und wann installiert werden müssten, wen ich in meinem Team haben wollte, wie ich das Projekt strukturieren wollte und welche Versuche unbedingt zuerst durchgeführt werden müssten. Kaum zu Hause, machte ich Skizzen von Versuchen, die ich durchführen wollte, und stellte erste Berechnungen an. Erst lange nach Mitternacht fiel ich müde, aber zufrieden ins Bett.

SIMONE SCHUMANN

Am nächsten Morgen erwachte ich voller Tatendrang. Ich stand auf, bereitete mir ein reichhaltiges Frühstück mit Rührei und Speck und eine große Tasse doppeltstarken Milchkaffee zu. Gestärkt machte ich mich auf den Weg zum FTI, wo ich gegen halb neun eintraf. Zur Überraschung meiner Kollegen berief ich für den Nachmittag ein Team-Meeting ein, um über den aktuellen Stand zu informieren und die nächsten Schritte zu besprechen.

Kurz darauf rief mich Lars an und gab grünes Licht, dass die ersten Geräte bestellt werden konnten. Er war erleichtert, dass ich offensichtlich mit der Mordgeschichte abgeschlossen hatte und nun ein gewisser Zug in das Projekt gekommen war. Das war auch unbedingt notwendig. Lars hatte den Yamamoto-Artikel mit einigen Kommentaren und Korrekturvorschlägen freigegeben, so dass mit der Publikation in den nächsten Wochen zu rechnen war. Bis dahin wollte er unsere Startposition so gut es ging ausbauen.

Anschließend besprachen wir die Auflösung von Arnims altem Labor. Auch hier gab er grünes Licht. Im Laufe der nächsten Tage sollte das Labor bis auf einige Wandschränke und die Glovebox geräumt werden. Der Raum würde weiterhin meinem Projekt zugeordnet bleiben, er sollte jedoch künftig als Chemielabor genutzt werden. Lars stellte dafür ebenfalls ein nicht unerhebliches Budget in Aussicht, was mir natürlich sehr entgegenkam. Für meine Versuche würde ich neue Materialien benötigen, deren Synthese anspruchsvoll war und die garantiert teuer werden würde. Ein neues, gut ausgestattetes Chemielabor wäre da überaus hilfreich. Unser bisheriges Labor hatte sich hauptsächlich mit der Synthese neuartiger Isolationsmaterialien beschäftigt und war etwas in die Jahre gekommen. Mir fiel ein, dass wir für dieses Projekt vor einigen Monaten eine neue Stelle ausgeschrieben hatten, und ich sah in meinem Kalender, dass sich morgen eine Frau Schumann bei uns vorstellen wollte. Da das Isolationsprojekt unterdessen gestoppt und die neue Chemikerstelle mir zugeordnet worden war, wollte ich bei dem Termin unbedingt dabei ein.

Frau Schumann war eine junge Chemikerin und kam direkt von der Uni. Sie hatte bei einem renommierten Professor im Bereich organische Chemie promoviert. Ich erinnerte mich noch, dass Lars mich gefragt hatte, ob ich wirklich einen Uniabgänger nehmen wollte oder ob jemand mit Berufserfahrung nicht besser geeignet wäre. Doch die Doktorarbeit und zwei Publikationen von Frau Schumann hatten mich neugierig gemacht. Ihre Arbeiten betrafen exakt das Gebiet, das uns brennend interessierte, und waren, soweit ich das beurteilen konnte, inhaltlich absolut top.

So fand ich mich am nächsten Morgen kurz vor zehn Uhr in unserem kleinen Seminarraum ein. Simone Schumann würde dort einen kurzen Vortrag über ihre bisherigen Arbeiten halten. Anschließend waren Einzelgespräche mit Lars und mir geplant.

Frau Schumann traf pünktlich ein und präsentierte uns ihre Arbeiten mit einer Professionalität, die ich einem Uniabgänger nicht zugetraut hatte. Dabei verstand sie es, ihre Forschungen und deren Resultate in einer auch für Nicht-Chemiker verständlichen Art und Weise zusammenzufassen, ohne die Kerninhalte aus den Augen zu verlieren. Mich hatte sie jedenfalls schon begeistert und ich freute mich auf das geplante Gespräch mit ihr.

Ich blätterte gerade in ihrer Dissertation und studierte Messungen zur Leitfähigkeit organischer Polymere, als sie an der offenen Bürotür klopfte.

„Herr Bellert, ich sollte mich bei Ihnen melden."

„Frau Schumann, kommen Sie herein."

Ich bat Frau Schumann an meinen Besuchertisch und nach einigen einführenden Worten erklärte ich ihr den geänderten Sachverhalt mit dem neuen Projekt. „Frau Schumann, es ist so, es gab bei uns einige Veränderungen. Das Projekt zur Entwicklung neuartiger Isolationsmaterialien, das man Ihnen bei Ihrem ersten Vorgespräch angedeutet hat, ist zurückgestellt worden. Es gibt aber ein neues Projekt, das ich Ihnen gerne vorstellen möchte. Im Rahmen dieses Projektes würden Sie dann auch unter meiner Leitung arbeiten."

Frau Schumann nickte und ich fuhr mit meiner Erklärung fort. „Haben Sie schon einmal etwas von supraleitenden organischen Mikroresonatoren gehört?", fragte ich geradeheraus. Ich war mir allerdings ziemlich sicher, dass sie zu diesem speziellen Thema aus dem Stegreif nicht viel würde sagen können.

„Das sind Strukturen, die für eine gewisse Zeit Photonen speichern können, oder?"

Ich nickte anerkennend und wollte gerade zu weiteren Erklärungen ansetzen, als Frau Schumann schon weiterredete:

„Wenn ich mich recht erinnere, gab es dazu vor knapp einem Jahr einen interessanten Übersichtsartikel in der ‚Angewandten Chemie'. Ich glaube, Polythiole waren da erfolgversprechende Kandidaten, aber ich erinnere mich leider nicht mehr genau." Frau Schumann zuckte entschuldigend die Schultern.

„Ich glaube, das ist völlig ausreichend", sagte ich und lächelte. Das war immerhin wesentlich mehr, als ich erwartet hatte, und ich war in dem Moment schon ziemlich sicher, dass Frau Schumann die Stelle bekommen würde.

Ich fuhr fort, sie über die Hintergründe der geplanten Arbeiten zu informieren, und war gespannt, wie weit sie mir würde folgen können. „Konkret sind wir auf der Suche nach neuartigen organischen Mikroresonatoren. Solche mit wesentlich besserem Wirkungsgrad und längeren Speicherzeiten, die idealerweise bei nicht zu tiefen Temperaturen supraleitend werden."

„Das klingt spannend! Durch die supraleitenden Eigenschaften sollte es möglich sein, sehr hohe Ringströme zu induzieren, nicht wahr? Damit könnte man nicht unerhebliche Mengen an Energie auf kleinstem Raum speichern."

Ich war verblüfft, wie rasch Frau Schumann den Kern der Sache erfasst hatte. Ich nickte anerkennend. „Gut erkannt, aber das ist eigentlich nicht das, auf das wir hinauswollen."

Ich holte kurz Luft, bevor ich zum Kern der Sache kam. „Meine Idee ist, dass wir im Zentrum der mikroskopischen Struktur starke elektromagnetische Felder erzeugen. Ich hoffe, durch geschickte Wahl der Frequenz und Intensität der gespeicherten Photonen in einen Resonanzbereich zu kommen, wodurch die Struktur durch Kopplungsphänomene zu einer ultraschnellen mechanischen Schwingung angeregt wird."

„Okay." Frau Schumann nickte nachdenklich. Diesmal schien ich sie überrascht zu haben. „Das ist interessant. Aber für was soll das gut sein?"

„Tja, das kann ich Ihnen heute noch nicht sagen. Aber ich verspreche Ihnen, das ist eine ganz spannende Sache!" Ich lächelte etwas schelmisch. „Frau Schumann, wenn ich Sie jetzt fragen würde, würden Sie die Stelle nehmen?"

„Ja klar!" Es kam wie aus der Pistole geschossen. Sie schien ehrlich begeistert von der neuen Ausrichtung zu sein und wir vereinbarten, dass ich mich in den nächsten Tagen melden würde. Ich machte aber keinen Hehl daraus, dass ich an einer künftigen Zusammenarbeit sehr interessiert war.

Schon am Nachmittag unterhielt ich mich diesbezüglich zuerst mit Lars und anschließend mit unserer Personalabteilung und wir vereinbarten, Frau Schumann einen Arbeitsvertrag zu senden.

Kaum zwei Wochen später saß Simone Schumann zum zweiten Mal in meinem Büro und wir vertieften die Diskussion, die wir während ihres Vorstellungsgesprächs begonnen hatten.

„Diese supraleitenden Mikroresonatoren", begann Simone, nachdem wir uns rasch auf ein gemeinschaftliches „du" verständigt hatten, „die sollen die Struktur zu ultraschnellen Schwingungen anregen. Hab ich das das letzte Mal richtig verstanden?"

„Ja genau. Du fragtest dich, für was das gut sein soll. Lass mich dazu etwas ausholen. Du weißt, was virtuelle Teilchenpaare sind?"

Sie nickte und so fuhr ich mit meiner Erklärung fort.

„Virtuelle Teilchenpaare bilden sich spontan im Vakuum, entfernen sich kurz voneinander, um sich wenig später wieder zu vereinigen, wobei sie sich dann wieder auflösen. Ich stelle mir solche virtuellen Teilchenpaare wie zwei Läufer vor, die Rücken an Rücken stehen und durch ein elastisches Gummiband verbunden sind. Hin und wieder laufen beide aus Übermut gleichzeitig los, bis sie das Gummiband wieder zurückzieht. Je nachdem wie schnell sie loslaufen, kommen sie unterschiedlich weit, bevor sie das Gummiband wieder zurückzieht. Keiner der beiden Läufer ist aber kräftig genug, das Gummiband zu zerreißen. Erst wenn einer der beiden Läufer plötzlich eine Art Haltegriff zu fassen bekommt, der sich zyklisch vor- und zurückbewegt, kann sich die Situation ändern. Wenn der Läufer den Griff bei maximaler Spannung des Gummibandes genau dann zu fassen bekommt, wenn er sich vom Läufer wegbewegt, kann er den Läufer mitziehen, und das Gummiband zwischen den beiden Läufern könnte reißen."

„Du denkst, mit den schwingenden Mikroresonatoren kann man virtuelle Teilchenpaare trennen?"

Simones Einwand bewies mir einmal mehr, dass ihr analytisches Denkvermögen und ihr Sachverstand weit über das hinausgingen, was man von einem Uniabgänger erwarten konnte. Einmal mehr war ich froh, dass ich sie für den Job hatte gewinnen können. „Genauso ist es", bestätigte ich ihre Überlegungen. „Ich möchte einem der Läufer, nämlich dem Elektron aus einem virtuellen Elektron-Positron-Paar, einen hin- und herschwingenden Haltegriff in Form einer positiv geladenen, hochfrequent schwingenden Elektrode bieten. Dann würde sich nach meiner Hypothese das virtuelle Elektron in Richtung der schwingenden positiven Elektrode bewegen. Sobald es sich nahe genug an der positiven Elektrode befände, wäre deren Anziehungskraft eine Art Haltegriff für das Elektron. Wenn das Elektron im Moment der maximalen Spannung des Gummibandes diesen Haltegriff zu fassen bekäme, würde es noch ein wenig weiter vom Positron weggezogen, und möglicherweise würde dann die Verbindung zum Positron ganz abreißen. Und in diesem Moment würden aus den virtuellen Teilchen reale Teilchen. Oder was meinst du, begehe ich da einen Denkfehler?"

Simone zögerte. Diesmal brauchte sie offensichtlich Zeit, das Gesagte zu verdauen. „Das übersteigt mein Wissen bezüglich Quantenphysik", gab sie schließlich zu. „Aber ich werde dazu einmal recherchieren. Das ist jedenfalls wahnsinnig interessant!"

Sie schien ehrlich begeistert und ich war auf das Ergebnis ihrer Recherchen ebenfalls sehr gespannt. Es konnte gut sein, dass ich einen Denkfehler begangen hatte und sie mich darauf hinweisen würde. Nach unseren Gesprächen traute ich ihr das ohne Weiteres zu.

Anschließend diskutierten wir noch fast eine Stunde über verschiedene Ideen zur Herstellung photoaktiver supraleitender Materialien. Simone machte sich eifrig Notizen und lieferte Beiträge, die mein chemisches Wissen bei Weitem überstiegen.

Nach unserer Diskussion rief ich Thomas Möller dazu. Thomas Möller war ein gesetzter, aber aufgeschlossener und unkomplizierter Mittfünfziger mit 30 Jahren praktischer Erfahrung im Labor. Ich hoffte, dass er Simone helfen konnte, ihre anspruchsvollen Ideen für komplexe chemische Synthesen in Form von realen Materialien umzusetzen.

Ich bekräftigte ihm gegenüber nochmals, dass die Einrichtung des Labors wirklich sehr dringend sei. Ich stellte mir einen Zeitraum von höchstens vier Wochen vor, bis die wichtigsten Gerätschaften angeschafft und das Labor operativ werden sollte. Möller schluckte ein wenig, meinte aber, dass es zu schaffen sei. Bei manchen Geräten könne er dann aber nicht lang Offerten einholen und den günstigsten Anbieter auswählen, sondern müsse dort bestellen, wo die Geräte kurzfristig lieferbar seien.

„Kein Problem, ich habe erst einmal achthunderttausend für das Chemielabor budgetiert. Kommt ihr damit aus?"

Möller nickte. „Das sollte gut reichen."

Simone Schumann sagte gar nichts. Wahrscheinlich hatte es ihr die Sprache verschlagen. Ich nahm an, dass sie ein Budget in dieser Größenordnung von der Universität her nicht gewohnt war. Ich erinnerte mich selbst noch gut an meine Studentenzeit, wo man für ein Gerät für fünftausend Franken zehn Anträge hatte ausfüllen müssen und nach einem Dreivierteljahr dreitausend genehmigt bekommen hatte, mit der Begründung, mehr hätte das Budget nicht hergegeben und man solle halt die nächstgünstigere Version kaufen. Ob diese Version dann überhaupt geeignet war, die geforderte Aufgabe sinnvoll zu bearbeiten, interessierte nicht besonders. Bei uns war es anders. Die Aufgaben mussten gelöst werden. Eine Investition von achthunderttausend war da eher zweitrangig. Ich schätzte den Gesamtaufwand für das Projekt ohnehin im Bereich von mindestens drei Millionen ein, und das nur für das erste Jahr.

DER RUN GEHT LOS

Unterdessen gewann das Projekt auch anderweitig an Dynamik. Das renommierte „Journal of Applied Physics" hatte den Artikel der Yamamoto-Gruppe schon in seiner nächsten Ausgabe publiziert. In der wissenschaftlichen Gemeinde löste er – ähnlich der Publikation von Meiers Artikel vor gut zwei Jahren – erneut einen Aufschrei aus. Die einen waren fasziniert von den neuesten Ergebnissen und den ungeahnten wissenschaftlichen Möglichkeiten und Fragestellungen. Die anderen hielten es für Humbug und Effekthascherei, um leichter an Fördergelder zu kommen. Die dritte Partei hielt sich etwas im Hintergrund und merkte an, dass die Ergebnisse überprüft werden müssten, bevor man weitere Aussagen machen könne.

Diesmal fand das Thema mit einiger Verzögerung sogar den Weg in die Tagespresse. Diese nahm sich des Themas je nach Seriosität des Blattes mit mehr oder weniger plakativen Schlagzeilen an. Titel wie „Perpetuum mobile entdeckt" oder „Ende aller Energieprobleme greifbar nahe" waren da noch harmlose Beispiele. Und natürlich wurde das Thema politisch ausgeschlachtet. Alle größeren Industrienationen verkündeten, sofort weitere Mittel für die Erforschung und Nutzbarmachung der Technologie freizugeben. Ein russisches Institut ließ verlauten, dass man daran schon seit geraumer Zeit arbeite, und aus Nordkorea war zu hören, dass die Technologie dort schon weit entwickelt wäre und ein Einsatz zum Wohle des Volkes kurz bevorstünde.

Natürlich dauerte es nicht lange, bis sich auch zahlreiche Kritiker zu Wort meldeten. So wurde eine neuartige Quantenbombe vorhergesagt, die eine Atombombe wie einen kleinen Funken aussehen lassen würde und mit der man nicht nur die Erde, sondern das ganze Sonnensystem, wenn nicht gar die ganze Milchstraße, in die Luft jagen könnte. Und auch aus klerikalen Kreisen wurde kritisch angemerkt, dass es sich rächen würde, wenn man dem lieben Gott ins Handwerk pfuschte.

Natürlich schossen auch unzählige Expertenforen im Internet wie Pilze aus dem Boden. Dort tummelten sich selbsternannte Experten, deren grundlegendes physikalisches Wissen schon bei kurzem Studium ihrer Beiträge als maximal auf Mittelschulniveau zu entlarven war.

Auch Verschwörungstheorien standen hoch im Kurs. So sollte die Technik ein Werk der Illuminaten sein, um sich damit den Rest der Welt unterwerfen zu können. Eine interessante These war auch, dass Außerirdische die Technologie quasi für die Erde freigeschaltet hatten, damit wir die nächste Stufe der Evolution erreichen könnten. Die mit der Technologie mögliche unerschöpfliche Energiequelle würde der Menschheit die interstellare Raumfahrt ermöglichen, was unserer Aufnahme in die galaktische oder gar intergalaktische Gemeinschaft gleichkäme.

All diese Theorien schienen nicht ernsthaft in Erwägung zu ziehen, dass es vielleicht niemals möglich sein würde, auch nur kleinste Energiebeträge durch die angedachte Technologie zu gewinnen. Jedenfalls wäre nach dem aktuellen Stand der Forschung der eindeutige Nachweis von einigen Mikrowatt an Energie, die eindeutig dem vorhergesagten Effekt zugewiesen werden könnten, schon eine Sensation. Denn auch die Yamamoto-Gruppe musste nach einigen kritischen Beiträgen eingestehen, dass sie letztendlich rund zehn Millionen Mal mehr Energie in ihren Versuchsaufbau hineingesteckt hatte, als sie generiert zu haben glaubte. Da konnten sehr leicht kleine Fehler passieren, die dazu führten, dass die nachgewiesene Energie von einem sekundären Effekt herrührte.

Es war ähnlich wie bei Experimenten zur Kernfusion. Wenn man ein paar Millionen Watt Laserleistung auf ein kleines Kügelchen aus flüssigem Wasserstoff schießt und dann nachweisen möchte, dass bei der eventuell stattgefundenen kurzzeitigen Kernfusion ein Watt Energie entstanden ist, gestaltet sich das schwierig. Man muss zu indirekten Methoden greifen, wie dem Nachweis der entstehenden Strahlung oder des gebildeten Heliums.

So war es auch bei den Experimenten der Yamamoto-Gruppe. Kern ihrer Argumentation war Gamma-Strahlung einer ganz bestimmten Energie, die sie nachgewiesen hatten und die sie auf den Effekt zurückführten. Allerdings kann Gamma-Strahlung durchaus auch natürlichen Ursprungs sein. So blieben, trotz statistischer Untermauerung der Daten, gewisse Zweifel an den Ergebnissen der Yamamoto Gruppe.

In der Folge versuchten zahlreiche akademische Institute wie auch Industrieunternehmen diese Zweifel in der einen oder anderen Weise zu beseitigen. Da seitens Akademia eine große Skepsis gegenüber der Yamamoto-Theorie herrschte, versuchten die meisten Institute die Theorie zu widerlegen, während alle Industrieunternehmen, die sich damit beschäftigten, von der Hoffnung getrieben wurden, dass an der Sache etwas dran war und man damit richtig Geld machen könnte.

Erleichtert wurde die Forschung des Yamamoto-Effekts, wie er von da an genannt wurde, dadurch, dass innerhalb kürzester Zeit erhebliche finanzielle Mittel aus öffentlicher Hand zur Verfügung standen. Auch das FTI hatte sich erfolgreich um ein solches Projekt bemüht. Nur knapp sechs Wochen nach dem offiziellen Start des Programms verkündete Lars freudig, dass er gerade zwei Millionen Franken an Fördergeldern erhalten habe.

So mussten wir, was Apparate oder Personal anging, nicht sparen und das Projekt nahm rasch an Fahrt auf.

Auch ich stürzte mich in die Arbeit und war meistens schon morgens vor sieben im Büro. Eine Zeit, zu der bei vielen meiner Kollegen gerade erst der Wecker klingelte. Ich arbeitete fast jeden Tag bis spät am Abend und nahm mir anschließend noch ein paar Fachartikel als Bettlektüre mit nach Hause. Das Abendessen bestand oft nur aus einem Fertiggericht, außer wenn sich Susanne meiner erbarmte und mich zu einer leckeren, selbstgekochten Pasta einlud oder zu einer Pizza in der Taverna überredete. Meistens hatte ich aber so viel zu tun, dass ich schweren Herzens absagte.

Dafür ging das Projekt gut voran. Wir kamen mit den Vorbereitungen zur Herstellung neuartiger mikromechanischer Strukturen weiter, wozu auch Simone Schumann im Chemielabor erheblich beitrug. In einem anderen Labor konnten wir einen durchstimmbaren Laser in Betrieb nehmen, und die Justierung der hochempfindlichen Messgeräte zur Detektion von sehr kleinen Spannungen gelang immer besser. Leider wurden diese wenig plakativen Fortschritte von unserem Management, das wöchentlich nach einem Durchbruch in der Energieerzeugung fragte, nicht besonders honoriert. Ich fragte mich, wozu ich eigentlich einen detaillierten Projektplan erstellt hatte, aus dem hervorging, dass mit einem ersten Nachweis des Effektes nicht vor Ende des Jahres zu rechnen war.

Einmal sprach ich Lars auf das Thema an. Er war mit der Situation auch nicht sehr glücklich und hatte ein gewisses Verständnis für meinen Unmut, bemerkte aber, dass ich es auch verstehen müsse, dass das Management bei einem Projekt, für das Investitionen von über fünf Millionen allein in diesem Jahr vorgesehen waren, schon hin und wieder nach ersten Erfolgen fragen dürfe.

„Wir sind nicht die Einzigen, die auf dem Gebiet arbeiten, aber wir wollen die Ersten sein, die Erfolg haben", sagte er dazu.

Das war leicht gesagt, aber die Herausforderungen in dem Projekt waren hoch und der Zeitrahmen knapp. Dennoch stimmte ich ihm grundsätzlich zu und stürzte mich in die Arbeit.

Woche für Woche verging und ich arbeitete ohne Unterlass. Lars' Worte hatten durchaus Wirkung gezeigt und ich hatte den Ehrgeiz entwickelt, dass ich derjenige sein wollte, dem ein entscheidender Durchbruch gelang.

Doch sosehr ich mich auch anstrengte, wir blieben immer mehr hinter dem ursprünglich vorgesehenen Projektplan zurück. Einmal ging ein Messgerät kaputt, und wir mussten zwei Wochen auf ein Ersatzteil warten. Ein anderes Mal zeigten die im Chemielabor synthetisierten Polymere nicht das gewünschte Verhalten. Anstatt der geplanten zwei Wochen benötigten wir vier Wochen und unser Polymer wies immer noch nicht exakt die Eigenschaften auf, die wir für die geplanten Experimente benötigten.

Susanne bemerkte meinen Stress, als wir uns nach längerer Zeit wieder einmal in der Taverna trafen.

„Was ist denn mit dir los? Du bist blass wie ein Leichentuch!"

„Ich bin einfach ein bisschen überarbeitet", antwortete ich ausweichend.

„Ich habe den Eindruck, du bist mehr als nur ein bisschen überarbeitet. Du ruinierst noch deine Gesundheit. Du musst mal abschalten", ermahnte mich Susanne. „Nimm dir doch ein paar Tage frei. Ich fahre nächsten Monat zu Rebecca nach Italien. Komm doch einfach mit. Du erinnerst dich noch an Rebecca aus meiner WG?"

Ich konnte mich gut an Rebecca erinnern und ein verlängertes Wochenende in Italien, fernab von allem Laborkram, könnte ich gut gebrauchen. Lars würde es sicher nicht verbieten, aber er würde es missbilligen, und wenn anschließend irgendwas schiefginge, würde er mir Vorhaltungen machen.

„Tja, wenn man mitten in so einem wichtigen Projekt in Italien am Strand liegt, kann man sich natürlich nicht um alles kümmern." Sowas in der Art würde ich dann zu hören bekommen. Außerdem war da auch noch mein eigener Ehrgeiz. Ich würde es mir nie verzeihen, wenn ich drei Tage Pause gemacht hätte und uns jemand genau die drei Tage mit der Publikation der entscheidenden Ergebnisse zuvorkäme.

„Ne, sorry, das geht im Moment echt nicht. Ich kann jetzt unmöglich weg, vielleicht in ein paar Wochen."

„Du bist selbst schuld, wenn du deine Gesundheit für ein doofes Projekt ruinierst", sagte Susanne gereizt.

Ich erwiderte nichts darauf. Ich hatte im Moment nicht die Energie, ihr meine Beweggründe zu erklären. „Warst du mal wieder bei Maggie?", fragte ich daher, um vom Thema abzulenken.

„Ja, zwei- oder dreimal. Sie hat Arnims Tod immer noch nicht überwunden. Und ich kann sie verstehen. Das ist einfach keine saubere Sache. Irgendetwas stimmt an der ganzen

Geschichte nicht. Ja, ich weiß, dich nervt das", sagte Susanne, als sie sah, wie ich die Augen verdrehte. Hätte ich besser ein anderes Thema angeschnitten. Ich musste gestehen, dass ich die letzten Wochen überhaupt nicht mehr an Arnim gedacht hatte.

„Wo genau nach Italien fährst du denn?", versuchte ich das Gespräch nochmal in eine andere Richtung zu lenken.

„Rebecca ist in Loreto, das ist ein kleiner Ort an der Adria, südlich von San Marino. Sie arbeitet dort in einem Übersetzungsbüro. Sie kann ja auch mindestens fünf Sprachen fließend", fügte Susanne anerkennend hinzu. „Übrigens ist sie nach wie vor single." Sie zwinkerte mir zu. „Na, willst du nicht doch mitkommen?"

„Ich würde total gerne mitkommen", erwiderte ich wahrheitsgemäß. „Nicht weil Rebecca single ist, sondern wegen dir und wegen mir und weil mir eine Auszeit guttäte. Aber ich kann gerade jetzt einfach nicht weg. Ich würde mir nie verzeihen, wenn eine andere Arbeitsgruppe deshalb vor uns den Durchbruch schafft. Aber vielleicht können wir das nachholen."

„Okay." Susanne nickte und bohrte nicht weiter. Sie hatte meinen inneren Zwiespalt bemerkt und wollte mich nicht weiter unter Druck setzen, was ich ihr hoch anrechnete.

So ließen wir das Thema auf sich beruhen und unterhielten uns noch eine Weile über alte Zeiten. Es war fast Mitternacht, als ich mich endlich auf den Heimweg machte. Auf einen Heimweg, an den ich mich noch lange erinnern würde.

FATALES TREFFEN

Es war ein windiger Abend. Wolkenfetzen flogen über den Himmel, einen bevorstehenden Wetterwechsel ankündigend. Hin und wieder blitzte die fahle Sichel des Mondes hinter den Wolken hervor. Noch war es trocken, aber lange dürfte es nicht mehr dauern, bis die ersten Regentropfen fielen. Mit hochgezogenem Jackenkragen eilte ich durch die Nacht, um dem Regen zu entgehen. Ich hatte weder Schirm noch Kapuze. Die Straßen waren menschenleer.

Ich kam rasch voran. Auf dem Fußweg von Susanne zu mir kannte ich jede Abkürzung, jeden Schleichweg. Am kleinen Klingenpark vorbei, durch die engen Gassen hinter dem Röntgenplatz und schließlich durch die ersten Ausläufer des alten Industrieparks, an dessen Grenze sich mein Apartment in einem hübsch renovierten alten Fabrikgebäude befand.

Es waren kaum 200 Meter bis zu meiner Wohnung, als ich in einem kurzen Moment, in dem sich der Wind gelegt hatte, plötzlich etwas hinter mir hörte. Mit einem unguten Gefühl drehte ich mich um. Kaum zehn Meter hinter mir zeichnete sich im blassen Mondlicht die Silhouette eines Mannes vor der grauen Fassade des alten Heizwerks ab. Ich konnte nicht erkennen, woher er so plötzlich gekommen war, und vermutete, dass er mir schon eine Weile gefolgt sein musste.

Ich war noch am Überlegen, wie ich reagieren sollte, als mich der Fremde ansprach. „Herr Bellert, warten Sie, ich muss mit Ihnen reden.“ Der Fremde wirkte unsicher, während er langsam auf mich zuging.

Instinktiv wusste ich, dass der Mann, der mir gegenüberstand, der gleiche sein musste, der mit Arnim Kontakt aufgenommen hatte. Sein Akzent war unverkennbar asiatisch und von der Größe her konnte er ohne Probleme auch unser „Man in black" sein, der sich unerlaubt Zugang zum FTI verschafft hatte, um Arnim Meier zu treffen.

„Was wollen Sie? Woher kennen Sie mich?", fragte ich und wich zurück. Dieser Fremde, auch wenn seine ersten Worte einen unsicheren Eindruck gemacht hatten, erschien mir gefährlich und unberechenbar.

Er schien meine Angst zu spüren und hob beschwichtigend die Hände. „Herr Bellert, warten Sie. Ich kenne Sie über Arnim Meier. Sie haben zwei Patente mit ihm, auf denen steht auch Ihre Adresse. So habe ich Sie gefunden. Sie müssen mir zuhören", rief mir der Fremde durch den wieder auffrischenden Wind zu.

„Haben Sie etwas mit Arnims Tod zu tun?", fragte ich und wich noch etwas weiter zurück.

„Nein, damit habe ich nichts zu tun, das müssen Sie mir glauben. Arnim hätte auf mich hören sollen. Aber er war ganz versessen. So wie ich, bis es passiert ist."

Der Fremde war bei diesen Worten wieder näher auf mich zugekommen, während ich in Richtung des schmalen Durchgangs zwischen dem alten Heizwerk und der angrenzenden Fabrikhalle zurückwich. Der Durchgang lag in völliger Dunkelheit, doch ich kannte ihn gut. Ebenso die beiden Abzweigungen nach wenigen Metern. Mit zwei, drei großen Sätzen würde ich den Durchgang erreicht haben. Wenn der Fremde sich hier nicht perfekt auskannte, wovon ich ausging, würde er Mühe haben, mir zu folgen. Mit dem Fluchtweg im Hinterkopf wurde ich etwas mutiger. „Was ist passiert? Wieso haben Sie Arnim gedroht?"

„Alles hat sich geändert", stieß der Fremde hastig hervor. „Verstehen Sie nicht? Die Welt hat sich geändert, es ist nicht mehr wie vorher. Diese Experimente, Sie müssen sie stoppen." Der Fremde sprach schnell und gehetzt. Er schien mir wie ein in die Enge getriebenes Tier. Unsicher, aber überaus gefährlich.

Meine Sinne waren geschärft, die Muskeln angespannt. Jederzeit bereit, mich durch einen rettenden Sprint in den dunklen Durchgang dem Einflussbereich dieses unberechenbaren Mannes zu entziehen. „Hören Sie, lassen Sie uns an einem anderen Ort darüber reden", versuchte ich ihn zu beschwichtigen. „Rufen Sie mich morgen im Büro an. Dann können Sie mir alles ausführlich erklären."

„Sie glauben mir nicht." Der Fremde schüttelte langsam den Kopf. Wie er mich anschaute, gefiel mir ganz und gar nicht. „Sie glauben mir nicht", wiederholte der Fremde. „Sie sind wie Arnim, aber dieses Mal werde ich es verhindern. Es darf nicht noch einmal passieren."

Plötzlich nahm ich alles in Zeitlupe wahr. Der Fremde bewegte seine rechte Hand auf seine Manteltasche zu. Sofort rannte ich los, dem rettenden Durchgang entgegen. Ich warf einen Blick zurück. Der Fremde zog eine Pistole aus der Manteltasche. Sekunden später verschwand ich im Schatten des Durchgangs. Ein Knall wie von zwei kräftig zusammengeschlagenen Holzlatten ließ mich in Panik verfallen.

Ich raste davon, an den Abzweigungen vorbei, immer auf das helle Ende des Durchgangs zu.

Ein weiterer Knall. Kein Schmerz.

Am Ende des Gangs schlug ich einen Haken nach rechts, um aus dem Sichtfeld des Fremden zu kommen. Ich rannte durch die Gassen des alten Industrieareals bis zur Giessereistrasse, wo sich mein Apartment befand. Mit fahrigen Fingern schloss ich die Eingangstür auf und verriegelte sie hinter mir. Ich hastete die drei Stockwerke zu meiner Wohnung empor und wurde erst ein wenig ruhiger, als ich die Eingangstür zweimal abgeschlossen und einen Stuhl unter die Türklinke gestellt hatte.

Langsam ordneten sich meine Gedanken und ich begann, meine Situation zu analysieren. Ein Fremder hatte mir aufgelauert und hatte mich davon abhalten wollen, meine Experimente weiter fortzusetzen. Dabei schreckte er nicht einmal vor einem Mord zurück. Der Fremde wusste, wo ich wohnte. Er würde innerhalb weniger Minuten meine Wohnung erreichen können. Aber zumindest war er mir nicht unmittelbar gefolgt. Er war sicher auch kein professioneller Killer. Dazu hatte er sich viel zu ungeschickt angestellt.

Ich ging ans Fenster und schob vorsichtig die Gardine zur Seite. Die Straße war menschenleer. Die Straßenlaternen tauchten die gesamte Häuserzeile in helles Licht. Der Fremde würde sich nicht unbemerkt anschleichen können.

Ich beschloss, die Straße nicht aus den Augen zu lassen, und stellte mir einen Stuhl ans Fenster. Musste ich nicht sofort die Polizei alarmieren? Würden sie mir glauben? Wenn der Unbekannte die beiden Patronenhülsen eingesammelt oder einen Revolver benutzt hatte, würde man keine Spuren finden. Die beiden Projektile konnten Kilometer entfernt heruntergekommen sein oder steckten irgendwo in einer der hohen Backsteinwände des alten Heizwerks. Und Lars? Er wäre sicher auch wenig begeistert. Dass der Unbekannte mich von meinen Forschungen abhalten wollte, ließ darauf schließen, dass das FTI irgendwie involviert war. Die Polizei würde Nachforschungen anstellen, Mitarbeiter vom FTI befragen, sie verunsichern und von der Arbeit abhalten.

Aber auf der anderen Seite konnte ich nicht einfach so weitermachen. Der Fremde konnte mir jederzeit wieder auflauern oder versuchen, mich in meinem Apartment abzupassen. Irgendetwas musste ich tun.

Ich entschied mich, erst einmal mit Susanne und dann mit Lars zu reden, bevor ich weitere Schritte unternahm. Lars war zwar gerade auf einer Geschäftsreise und würde erst in zwei Tagen zurückkommen, aber Susanne sollte da sein.

Nach einer ziemlich kurzen Nacht, die ich auf dem Küchenstuhl am Fenster verbracht hatte, nahm ich mir früh am Morgen ein Taxi zum FTI. Zwar hatte sich der Unbekannte während der Nacht nicht blicken lassen, dennoch war mir nicht danach, auch nur die kurze Strecke zur nächsten Straßenbahnhaltestelle zu laufen.

Am FTI versuchte ich, Susanne zu erreichen, doch auf meine Mail kam lediglich eine Abwesenheitsnotiz und am Telefon meldete sich jedes Mal der Anrufbeantworter. Ich hinterließ eine Nachricht, dass sie mich dringend zurückrufen sollte, doch bis zum Abend kam kein Anruf. Eigentlich hätte ich nun nach Hause gehen können, doch ich zögerte. Solange der Unbekannte unterwegs war, wollte ich keinesfalls noch eine Nacht in meiner Wohnung verbringen. Also buchte ich ein Hotelzimmer in der Stadtmitte. Dann bestellte ich mir ein Taxi und kaufte auf dem Weg ins Hotel noch ein paar dringend benötigte Dinge wie Zahnbürste, Zahnpasta und Unterwäsche. Auch zwei Dosen Bier fanden den Weg in meinen Einkaufswagen.

Kaum war ich im Hotel angekommen, klingelte mein Handy und ich hatte Susanne am Apparat.

„Hi Peter, was gibt's? Du hast mich angerufen."

„Hast du Zeit? Ich muss dringend mit dir reden."

„Können wir das nicht am Telefon besprechen? Ich bekomme heute Abend Besuch von meiner alten Schulfreundin Barbara Winkler. Sie ist ein paar Tage hier in Zürich und wollte später mit ihrem neuen Freund zu mir zum Essen kommen. Ich bin noch am FTI und wollte gerade los. Bist du denn noch hier? Dann könnten wir uns vielleicht kurz treffen."

„Nein, ich bin im City-Hotel."

„Was machst du denn da?"

„Man hat auf mich geschossen und ich möchte im Moment die Nacht nicht in meiner Wohnung verbringen."

Einen Moment herrschte Stille. „Okay, ich komme. Barbara und ihrem neuen Freund wird auch etwas anderes einfallen für heute Abend. Ich bin in einer halben Stunde da."

CITY-HOTEL

Kaum eine halbe Stunde später klopfte Susanne an meine Zimmertür.

„Komm rein, schön, dich zu sehen!“ Ich war ehrlich erleichtert. Endlich würde ich mit jemandem über diese mysteriöse Sache reden können.

„Mensch, Peter, was ist denn los?“

„Erinnerst du dich noch an die ominösen Drohungen an den Meier?“

Susanne nickte und in der nächsten halben Stunde berichtete ich ihr von den Ereignissen der letzten Nacht, so detailliert, wie ich konnte. Susanne hörte schweigend zu, ohne mich ein einziges Mal zu unterbrechen. Erst als ich fertig war, nickte sie kurz.

„Ich muss kurz in die Lobby. Ich glaube, ich weiß, wer letzte Nacht auf dich geschossen hat.“ Susanne stand auf und noch bevor ich etwas darauf erwidern konnte, war sie verschwunden.

Ein paar Minuten später kam sie mit einer Zeitung zurück.

„Dein Unbekannter … Sein zweiter Schuss ging nicht daneben.“ Mit diesen Worten schob sie mir die aktuelle Ausgabe des Tages-Anzeigers über den Tisch.

„Toter am alten Heizkraftwerk“, stand auf der ersten Seite. Mit zitternden Fingern las ich den darunter stehenden Artikel.

„In den frühen Morgenstunden wurde am alten Heizkraftwerk ein toter Mann mit einer Schussverletzung gefunden. Die Polizei geht von einem Suizid aus. Hinweise auf ein Fremdverschulden gibt es nicht. Bei dem Toten handelt es sich laut Polizeiangaben um einen japanischen Wissenschaftler, der unter psychischen Problemen gelitten haben soll."

„Oh mein Gott", entfuhr es mir. „Er hat sich umgebracht. Das war der zweite Schuss." Der Unbekannte hatte verzweifelt gewirkt. Dass er psychische Probleme gehabt hatte, daran zweifelte ich keine Sekunde. Und dass er sich, nachdem der Mord an mir nicht geklappt hatte, selbst umgebracht hatte, passte ins Bild.

„Ein japanischer Wissenschaftler. Hast du eine Ahnung, wer das gewesen sein könnte?" Susanne schaute mich an.

„Keine Ahnung. In Japan gibt es eine große Forschergruppe um Professor Yamamoto. Die arbeiten an dem gleichen Thema wie wir. Die meisten Leute der Yamamoto-Gruppe kenne ich vom Namen her und einige habe ich auch schon auf Konferenzen getroffen. Aber ich glaube, den Unbekannten von gestern Nacht habe ich noch nie gesehen."

„Aber das müsste man doch irgendwie herausfinden können", überlegte Susanne.

„Morgen ist Lars wieder am FTI. Ich werde gleich zu ihm gehen und ihm die Geschichte erzählen. Vielleicht weiß er mehr. Er kennt Yamamoto ganz gut. Wenn es einer seiner Leute war, wird er es wissen oder zumindest in Erfahrung bringen können."

„Ja, mach das! Mensch, Peter, ich bin so froh, dass dir nichts passiert ist." Susanne schaute mich mit Tränen in den Augen an.

„Ist ja nochmal gutgegangen", beruhigte ich sie. „Und so tragisch es ist, aber ich bin froh, dass er tot ist. Ich hätte keine ruhige Minute mehr gehabt mit dem Wissen, dass jemand draußen herumläuft, der mich umbringen möchte, und das noch aus Gründen, die ich nicht mal kenne."

DAS YAMAMOTO-MYSTERIUM

Am nächsten Morgen traf ich Lars in seinem Büro und zeigte ihm den Zeitungsartikel. Er hatte bereits von dem Toten am alten Heizkraftwerk gehört und wusste auch, wer es war.

„Takomi Makkuro", sagte er. „Du kennst die Geschichte?"

Langsam dämmerte es mir. Takomi Makkuro kam aus der Yamamoto-Gruppe, wie ich vermutet hatte. Makkuro war Mitautor des Yamamoto-Artikels gewesen, in dem Arnims erste Publikation zerrissen wurde. Daher kannte ich den Namen. Persönlich getroffen hatte ich ihn aber nie. Aber mir fiel etwas ein. „War da nicht mal etwas mit einem Unfall?"

„Allerdings! Vor knapp einem Jahr gab es in einem Labor der Yamamoto-Gruppe einen Zwischenfall. In Makkuros Labor. Yamamoto selbst hat mir das damals erzählt. Die Umstände wurden nie eindeutig geklärt. Es hat wohl keine Explosion oder so etwas gegeben. Lediglich einige Geräte sind zerstört worden. Aber Makkuro lag bewusstlos auf dem Boden und war nicht ansprechbar. Er lag monatelang im Koma, ohne dass die Ärzte eine Ursache finden konnten. Nachdem er aufgewacht ist, hat er Wahnvorstellungen entwickelt. Er forderte den unverzüglichen Stopp aller Experimente, die auch nur ansatzweise in Richtung Energiegewinnung aus Quantenfluktuationen gingen. Und er hat ominöse Bemerkungen gemacht, dass die Experimente die Welt zerstören würden, dass alle tot wären, es nur noch nicht wüssten, und solche Dinge. Eines Nachts hat er mit einer Axt die gesamte Laboreinrichtung zertrümmert. Daraufhin wurde Makkuro in die geschlossene

Abteilung einer psychiatrischen Klinik eingeliefert. Danach habe ich nie wieder von ihm gehört."

„Wahnsinn", entfuhr es mir.

„Allerdings. Anscheinend wurde Makkuro entlassen. Ich frage mich, was er hier wollte. Sag mal, das alte Heizkraftwerk, ist das nicht ganz bei dir in der Nähe?"

„Ja, das ist es", sagte ich, „und ich kann dir auch sagen, was Makkuro wollte. Er wollte mich umbringen."

„Was?"

„Er hat mich vorletzte Nacht abgepasst und wollte mich davon abbringen, weiter an dem Projekt zu arbeiten. Als ich darauf nicht eingegangen bin, hat er eine Waffe gezogen und auf mich geschossen. Aber er hat mich verfehlt und ich bin in einen schmalen Durchgang beim alten Kraftwerk geflüchtet. Dann hab ich einen zweiten Schuss gehört. Ich hatte Angst, dass er mich doch noch erwischen würde. Aber offensichtlich galt der zweite Schuss nicht mir." Ich atmete durch, ehe ich fortfuhr: „Mich wundert eigentlich, dass die Polizei von Selbstmord ausgeht und nicht noch in andere Richtungen ermittelt. Immerhin hat er auf mich geschossen. Jemand könnte zwei Schüsse gehört haben und es sollte auch zwei leere Patronenhülsen geben. Entweder auf dem Boden oder, wenn er einen Revolver benutzt hat, in der Trommel."

„Vielleicht hat niemand zwei Schüsse gehört. Die Gegend ist ziemlich abgelegen und gestern Abend war ein Gewitter. Man könnte es leicht für Donner gehalten haben." Lars zuckte mit den Schultern und ich musste ihm recht geben. Die fehlende Patronenhülse konnte durchaus übersehen worden sein, wenn sie an eine uneinsichtige Stelle gerollt war. Am alten Kraftwerk lag allerlei Unrat, zudem gab es etliche Gullydeckel, unter denen Wasser floss. Wenn die Hülse dort hineingefallen war, würde man sie nie finden. Und all zu intensiv dürfte die Polizei auch nicht gesucht haben. Die Hinweise auf Selbstmord waren wohl eindeutig. Dann noch Makkuros Vorgeschichte. Ein Verrückter, der erst kürzlich aus einer geschlossenen Anstalt entlassen worden war und sich nun umgebracht hatte. Das schien durchaus plausibel.

Da ich offensichtlich außer Gefahr war und Lars, wie erwartet, keinerlei Interesse an einer Weiterverfolgung der Geschichte hatte, ließen wir die Sache auf sich beruhen.

Also stürzte ich mich wieder in die Arbeit. Anfangs dachte ich noch hin und wieder an die ominösen Warnungen von Takomi Makkuro, aber mit der Zeit nahmen mich meine Experimente so in Beschlag, dass die Sache immer mehr in den Hintergrund trat. Zudem kamen wir nur langsam voran und im Laufe der Zeit hatte sich eine gewisse Frustration breitgemacht. Brauchbare Ergebnisse gab es nur selten und oftmals wurden diese von kurz darauf eintretenden Misserfolgen wieder zunichtegemacht.

DER UNFALL

Eines Morgens kam ich wie gewohnt ins Büro und bereitete mich auf die anstehende Projektsitzung vor. Mit einer Tasse Kaffee in der einen und einem Stapel Papier in der anderen Hand schaffte ich es, mit nur einer Minute Verspätung zur Sitzung zu erscheinen. Alle anderen waren schon da. Nach einer kurzen Begrüßung kamen wir zur Sache und besprachen den aktuellen Stand des Projekts. Leider hatten die Misserfolge und Verzögerungen die Oberhand. Dennoch gab es auch einige Lichtblicke in Form von vielversprechenden Ergebnissen, die aber noch untermauert werden mussten. Ich klopfte in Gedanken dreimal auf Holz und hoffte, dass sich nicht alle Lichtblicke zur nächsten Sitzung schon wieder in Luft aufgelöst haben würden.

Nach gut zwei Stunden intensiver Diskussion ging ich erschöpft in mein Büro und schloss die Tür. Ich musste mir dringend überlegen, wie ich das Projekt beschleunigen konnte. Eine innere Unruhe hielt mich jedoch von jeglichen tiefergehenden Überlegungen ab. Als ob etwas Entscheidendes bevorstünde, was ich bisher übersehen hatte. Aber was konnte das sein? Was hatte ich, was hatten alle bisher übersehen?

Mein Magen knurrte und machte mich darauf aufmerksam, dass die Mittagszeit schon deutlich überschritten war. Da ich mit meinen Überlegungen ohnehin nicht weiterkam, ging ich in die Cafeteria. Die Mittagszeit war vorbei und es hielten sich nur noch wenige Mitarbeiter dort auf.

Ich setzte mich zu Urs Möller an den Tisch. Urs war der Leiter unserer Mikromechanik. Seit das neue Energiegewinnungsprojekt lief, hatte ich öfters mit ihm zu tun. Urs hatte vor gut einem Jahr seinen Job in der traditionellen Schweizer Uhrenindustrie zugunsten der vielseitigeren und spannenderen Stelle beim FTI aufgegeben. Während ich ein Schinken-Käse-Sandwich aß, unterhielten wir uns über die aktuellen Arbeiten in der Mikromechanik. Ich wollte mit Urs gerade die Planung für die nächsten Wochen besprechen, als Simone Schumann völlig aufgelöst in die Cafeteria gestürmt kam.

„Es ist etwas passiert", stammelte sie. „Thomas Möller, er liegt im Labor. Ich glaube, er ist tot."

Ich rannte los. Das durfte doch nicht wahr sein. Erst der Meier, jetzt Thomas Möller! Mit sich überschlagenden Gedanken erreichte ich das Labor und riss die Tür auf. Thomas Möller lag fast an der gleichen Stelle, an der Arnim Meier gelegen hatte. Ich kniete mich auf den Boden und beugte mich über ihn, als er stöhnend den Kopf hob und sich aufrichtete.

Ich kann nicht sagen, wie erleichtert ich war, nicht noch einen Toten am FTI zu haben. Und auch Simone Schumann, die unterdessen mit einigen Kollegen eingetroffen war, atmete hörbar auf.

Thomas hielt sich den Kopf. „Was ist denn los?", fragte er mich.

Genau das hätte ich gerne von ihm gehört! „Keine Ahnung, du hast bewusstlos auf dem Boden gelegen. Simone hat dich gefunden und Hilfe geholt. Kannst du dich nicht erinnern?"

Thomas stöhnte. „Ich glaube, ich wollte gerade den Schrank etwas zur Seite schieben. Vielleicht bin ich ausgerutscht. Das Ding ist sauschwer." Thomas lächelte gequält und sah zu dem Geräteschrank, der schräg an der Wand stand. „Ja, ich glaube, so war es. Ich weiß noch, dass ich geflucht habe, weil das Ding so schwer ist. Aber den Unger wollte ich deswegen auch nicht holen. Der Kasten sollte ja nur ein paar Zentimeter zur Seite, damit die neue Thermowaage daneben passt. Da hab ich geschoben wie verrückt, und dabei bin ich wohl ausgerutscht und mit dem Kopf an den Kasten geknallt. Jedenfalls brummt mir ordentlich der Schädel."

Erleichtert klopfte ich Thomas auf die Schulter. „Na da bin ich froh, dass sonst nichts passiert ist. Du hast uns einen ganz schönen Schrecken eingejagt!"

„Kann ich mir vorstellen", erwiderte Thomas. Er stand auf und rieb sich den Kopf.

Nachdem sich die Situation entspannt hatte, gingen die meisten Kollegen zurück an ihren Arbeitsplatz. Einige begannen schon Witze zu machen. Dass Thomas uns allen einen kleinen Adrenalinschub versetzen wollte, damit wir richtig wach würden und aufgeweckt an die Arbeit gingen.

Mir war nur bedingt zum Lachen zumute, und ich war froh, als sich die Menge zerstreute. Thomas schickte ich mit der dringenden Bitte nach Hause, sich ein wenig zu erholen und einen Arzt zu konsultieren, sollten die Kopfschmerzen nicht rasch verschwinden. Ich selbst ging zurück in die Cafeteria, wo noch mein mittlerweile kalter Kaffee stand. Da mir im Moment nicht zum Arbeiten zumute war, ließ ich mir einen neuen Kaffee aus dem Automaten und setzte mich an einen der Tische am Fenster. Nachdenklich schaute ich in den gepflegten Park des FTI. Die hohen Koniferen wiegten im Wind und übten eine beruhigende Wirkung aus, die ich gut gebrauchen konnte.

Was für eine Aufregung, dachte ich mir. Rammt sich doch der Möller den Kopf so heftig am Schrank, dass er ohnmächtig im Labor liegt. Im gleichen Labor, in dem der Meier sein Ende gefunden hatte. Und liegt auch noch fast an der gleichen

Stelle. Konnte das wirklich Zufall sein? Aber alle Geräte vom Meier waren weg. Bis auf die Glovebox. Aber selbst aus der waren alle Installationen entfernt worden. Und eine Glovebox ist im Wesentlichen einfach ein Kasten. Zwar luftdicht und mit Handschuhen zum Hineingreifen, aber dennoch nur ein Kasten. Davon konnte keine Gefahr ausgehen. Sowohl der Meier als auch Möller hatten auch nicht vor der Glovebox, sondern vor dem Schrank gelegen. Konnte von dem eine Gefahr ausgehen? Wohl kaum. Er enthielt lediglich Bücher und Ordner. Trotzdem, irgendetwas stimmte an der ganzen Sache nicht.

Unwillig schüttelte ich den Kopf und ging in mein Büro. Dort arbeitete ich einige Literaturstellen durch und markierte mir die Passagen, zu denen ich später noch intensiver in unserem Science-Net recherchieren wollte. Jetzt hatte ich nicht die Muße dazu. Immer wieder drängten sich Gedankenfetzen zu Meiers Ableben und zu Möllers Unfall in meine Überlegungen. Mein Gehirn versuchte, die zwei Fälle irgendwie zusammenzubringen, was ihm aber nicht gelang.

Ich stellte mir vor, wie ich Susanne von der Geschichte berichten würde, und musste grinsen, als ich mir ausmalte, wie sie sich nach wenigen Sekunden die ersten Theorien zusammenreimen würde, wie die beiden Fälle miteinander zusammenhingen. Wer weiß? Vielleicht würde ihr etwas einfallen, was ich übersehen hatte.

Nachdenklich begann ich, wieder in einem Artikel zu lesen. Aber nach einigen Seiten wurde mir bewusst, dass nicht das Geringste von dem, was ich gerade gelesen hatten, den Weg in mein Gehirn gefunden hatte. Ich legte den Artikel wieder zur Seite. So machte das keinen Sinn. Im Moment brachte ich einfach keinen vernünftigen Gedanken zu meiner Arbeit zustande.

Ich entschied mich, die Zeit bis zum Abend zu nutzen, um mir Möllers Labor noch einmal genauer anzusehen. Der Gedanke, dass mit dem Labor etwas nicht stimmte, hielt sich hartnäckig.

Gedankenversunken machte ich mich auf den Weg und fragte mich, nach was ich überhaupt suchen sollte. Allerdings kam ich erst einmal nicht zu meiner Inspektion, da Simone Schumann dort noch am Arbeiten war. Sie saß am Schreibtisch und trug Messergebnisse in eine Excel-Tabelle ein.

„Hallo Simone, na, noch fleißig?“, fragte ich. „Thomas hat uns einen gehörigen Schrecken eingejagt, nicht wahr?“

„Das kann man wohl sagen. Ich bin immer noch ganz aufgeregt. Ich glaube, viel Produktives werde ich heute nicht mehr zustande bringen. Ich wollte eigentlich gerade Schluss machen. Möchtest du noch etwas von mir?“

„Nein, nein“, winkte ich ab. „Ich wollte mich ein bisschen im Bereich Chemie weiterbilden und mir die Bücher hier im Labor einmal ansehen“, antwortete ich. „Vielleicht leihe ich mir eines aus“, sagte ich und musterte die Bücher in ihrem Wandschrank.

„Nur zu! Ich brauche die eigentlich gar nicht“, ermunterte mich Simone lächelnd, fuhr den Computer herunter und packte einige Unterlagen in ihre Tasche. So ganz mit der Arbeit aufhören wollte sie für heute anscheinend doch noch nicht. Wenig später fiel die Labortür mit einem Klicken hinter ihr ins Schloss.

DAS LOCH

Jetzt war ich alleine in dem mysteriösen Labor und sah mich um. Instinktiv wanderte mein Blick zur Glovebox. Groß und massig stand das Teil an der hinteren Laborwand. Ich musste lachen, als ich mich daran erinnerte, wie ich mit Susanne unter der Box durch die Lüftungsklappe gekrochen war und uns der Unger erwischt hatte. Mein Gott, war das peinlich gewesen! Aber hatten wir nicht recht damit behalten, dass irgendetwas mit dem Labor nicht stimmte? Immerhin gab es jetzt einen zweiten Vorfall. Oder überinterpretierte ich das Ganze maßlos?

Erneut musterte ich die Glovebox. Der einzige Apparat, der sich schon hier befunden hatte, als der Meier gestorben war. Aus der durchsichtigen Plexiglasscheibe an der Vorderseite der Box reckten sich mir bedrohlich zwei schwarze Nitrilhandschuhe entgegen. Fast als ob sie mich in die Box hineinziehen wollten. Wie zum Trotz schubste ich einen der Handschuhe an, worauf dieser hin- und herschwang, als würde er mir winken.

Nur mit Mühe gelang es mir, meinen Blick von den schwarzen Handschuhen zu lösen, und ich begann, den Rest der Box zu inspizieren. Seitlich an der Glovebox war die Luftschleuse mit der Vakuumpumpe angebracht. Diese wurde benötigt, um luftempfindliche Substanzen in das Innere der Box zu bringen. Man stellte sie in die Schleuse, evakuierte diese mit einer starken Vakuumpumpe und flutete die Schleuse anschließend mit Argon.

Bei dem Gedanken an das Argon fiel mir wieder ein, dass ich damals ein Leck in einer Argonleitung zu hören geglaubt hatte. Ich hatte das eigentlich melden wollen, aber aufgrund der ganzen Vorkommnisse hatte ich es komplett vergessen. Das Leck hatte sich damals durch ein leichtes Zischen zu erkennen gegeben. Ich fragte mich, ob es immer noch da war. Jetzt, da das Labor nicht mehr so mit Geräten vollgestopft war, sollte es eigentlich gut zu lokalisieren sein.

Ich setzte mich auf Simones Schreibtischstuhl und konzentrierte mich auf die leisen Geräusche in meiner Umgebung. Unterdessen war es draußen dunkel geworden. Die meisten FTI-Mitarbeiter waren nach Hause gegangen. Nur noch selten hörte man das Brummen des Aufzuges oder Schritte in der Ferne. Hier und da war ein Knacken zu hören, wohl von Heizungsrohren, die sich aufgrund der Wärme ausdehnten. Und tatsächlich hörte ich nach einer Weile ein leises Zischen. Es kam allerdings nicht aus Richtung der Glovebox. Eher aus der Richtung des Wandschrankes, an dem sich Thomas Möller den Kopf angestoßen hatte.

Wahrscheinlich war hinter dem Schrank eine Argonleitung in der Wand verlegt, was auch das sehr leise Zischen erklären würde. Da würde sich der Hausdienst nicht gerade freuen, wenn er die Wand aufstemmen musste, um ein Gasleck zu finden. Und auch ich war nicht besonders glücklich darüber. Bauarbeiten würden den Laborbetrieb erheblich stören, was ich im Moment überhaupt nicht gebrauchen konnte.

Sollte ich das Leck überhaupt melden? Vielleicht täuschte ich mich und hörte nur das Rauschen einer Wasserleitung.

Ich beschloss, die Wand noch einmal genauer zu untersuchen, und ging zum Wandschrank. Das Zischen war hier tatsächlich deutlich zu hören. Mit zusammengekniffenen Augen musterte ich die Wand neben dem Schrank und versuchte, etwas Verdächtiges zu erkennen.

Da sah ich es.

Zuerst dachte ich, es wäre ein Fliegendreck an der Wand. Ein kleiner schwarzer Punkt. Aber der Punkt war nicht an der Wand. Er war vor der Wand. Ganz in der Nähe des Schranks, an dem sich der Meier den Kopf angehauen hatte. Aber er war auch nicht am Schrank. Der Punkt war in der Luft. Ein kleiner schwarzer Punkt, keinen Millimeter groß, schwebte direkt vor mir unbeweglich in der Luft. Und der Punkt zischte!

Vorsichtig näherte ich mich dem mysteriösen Objekt. In etwa zehn Zentimetern Entfernung konnte ich das feine Zischen deutlich hören. Es hörte sich an, als ob Gas ausströmte. Mit zusammengekniffenen Augen starrte ich auf den schwarzen Fleck. Aus zehn Zentimetern Entfernung war er deutlich zu sehen. Näher heran traute ich mich nicht. Ich muss gestehen, ich hatte Angst. Angst vor diesem kleinen Punkt, der frei vor mir in der Luft schwebte. Sowas konnte es eigentlich nicht geben.

Langsam trat ich etwas zur Seite. Der Punkt verschwand. Ich hielt den Atem an und starrte auf die Stelle, wo er eben noch gewesen war. Nichts. Der Punkt war weg.

Irgendwo hatte ich mal gelesen, dass schwarze Punkte im Blickfeld auf zu viel Stress hindeuteten. Und Stress hatte ich in letzter Zeit mehr als genug. Einigermaßen erleichtert atmete ich auf und sprach die seltsame Beobachtung meinen überreizten Sinnen zu. Doch in dem Moment merkte ich, dass der Punkt zwar verschwunden, das leise Zischen aber, dessen Ursache ich ja ergründen wollte, immer noch da war.

Langsam umrundete ich die Stelle, an der ich den Punkt zuerst zu sehen geglaubt hatte, und plötzlich war er wieder da.

Wie aus dem Nichts stand dieser kleine schwarze Punkt wieder vor mir in der Luft. Genau an der gleichen Stelle. Ein Augenflimmern, eine optische Täuschung konnte das kaum sein.

Wie gebannt starrte ich auf ihn, bis mir die Augen tränten. Was zum Teufel war das? Dieser Punkt, so klein und unscheinbar er auch aussah, war etwas, was es nicht geben durfte. Er war bedrohlich. Instinktiv scheute ich mich davor, mich ihm weiter zu nähern. Schon gar nicht wollte ich ihn berühren, aber genauso wenig konnte ich meine Augen von diesem seltsamen Objekt abwenden.

Erst als meine Augen tränten und sich mein Blick verschleierte, trat ich vorsichtig zurück und atmete tief durch. Mit dem Taschentuch trocknete ich meine tränenden Augen und sah aus dem Fenster, bis sich mein Herzschlag, den ich plötzlich deutlich spürte, wieder etwas beruhigt hatte.

Die ersten vernünftigen Gedanken zu dem seltsamen Phänomen begannen Gestalt anzunehmen und der Wissenschaftler in mir erwachte. Bevor ich mich zu vorschnellen Theorien hinreißen lassen würde, wollte ich einige Versuche durchführen.

Langsam ging ich wieder zur Wand. Diesmal sah ich den Punkt sofort. Ich griff mir ein Blatt von Simones Schreibtisch. Ich wollte wissen, was passieren würde, wenn der Punkt mit dem Papier in Berührung kam. Würde ich ihn beeinflussen können? Würde das Papier anfangen zu brennen? Oder würde ich eine Explosion verursachen?

Hoffentlich nicht! Die letzte Explosion hatte mir schon genug Ärger eingebracht. Aber wenn ich genau darüber nachdachte, schien mir das doch unwahrscheinlich. Schließlich strömte unentwegt Luft in das Loch, ohne dass dies eine dramatische Reaktion hervorrief. So siegte meine Neugier.

Vorsichtig näherte ich das Blatt dem schwarzen Fleck und hielt den Atem an, als ihn das Papier schließlich berührte … und ohne jeden Effekt durch ihn hindurchdrang. Sowohl das Papier als auch der Punkt schienen völlig unverändert. Kein Aufflammen, keine Explosion. Doch als ich mir das Blatt genauer ansah und es vor Simone Schumanns Schreibtischlampe hielt, sah ich ein winzig kleines Loch im Papier, durch das das helle Licht der Schreibtischlampe wie ein kleiner Stern aufblitzte. Vorsichtig wiederholte ich das Experiment einige Male, stets darauf bedacht, dem Loch mit meinen Händen nicht zu nahe zu kommen.

Erst als ich das Papier schließlich mit einem Dutzend kleiner Löcher perforiert hatte, legte ich es beiseite. Etwas mutiger geworden, schaute ich mich nach einem anderen Versuchsobjekt um. Dieses fand ich in Form eines altmodischen Brieföffners. Vorsichtig näherte ich die glänzende Stahlklinge des Brieföffners dem schwarzen Punkt. Wie zuvor beim Papier machte sich das Auftreffen der Klinge auf den Punkt nicht bemerkbar. Ich bewegte die Klinge einige Male hin und her, wobei der Punkt jedes Mal einfach in der Klinge verschwand und auf der anderen Seite wieder zum Vorschein kam. Und wie zuvor sah ich bei genauerer Betrachtung des Brieföffners vor Simone Schumanns Schreibtischlampe deutlich mehrere winzige Löcher im massiven Stahl der Klinge. Irre!

Der Meier hat in seinem Labor ein Schwarzes Loch erzeugt, fuhr es mir durch den Kopf. Ein Schwarzes Loch, das Materie in sich aufsaugt.

Plötzlich verbanden sich die zahlreichen losen Fäden in meinen Kopf wie von selbst und alles ergab einen Sinn! Der Meier hatte ein Mini-Black-Hole erzeugt. Wahrscheinlich, ohne es zu merken. Irgendwie hatte ihn das umgebracht. Was, wenn er versehentlich durch das Black Hole gelaufen war? Das Loch befand sich etwa in Brusthöhe. Wenn ich durchlaufen würde, könnte es mir ein kleines Stück aus dem Herzen stanzen. Vielleicht sogar aus dem Sinusknoten, der den Herzschlag steuert. Wenn es die richtige Stelle träfe – zack, wäre es aus. Ich würde wie vom Blitz getroffen zu Boden fallen und ziemlich genau dort zum Liegen kommen, wo man Arnim gefunden hatte.

Und Thomas Möller! Thomas hatte über Kopfschmerzen geklagt. Er hatte den Schrank verschieben wollen. Den Schrank neben dem Schwarzen Loch. Ich konnte es genau vor mir sehen: Möller bückt sich ein wenig und versucht, den Schrank ein Stück zur Seite zu schieben. Dabei berührt er mit dem Kopf das Schwarze Loch. Es stanzt ihm ein winziges Stück Gehirn heraus. Möller wird bewusstlos und fällt zu Boden. Wahrscheinlich hatte er eine kleine Gehirnblutung, die rasch von selbst zum Stillstand gekommen war.

Man musste ihn umgehend untersuchen! Beim Meier war es leider zu spät. Er war kurz nach seinem Tod kremiert worden.

Ich muss unbedingt verhindern, dass noch ein Unfall geschieht, schoss es mir durch den Kopf. Das Labor musste geschlossen werden. Und sicher wäre es besser, wenn niemand von dem Schwarzen Loch erfuhr. Niemand außer Lars. Ihm musste ich es sagen. Er sollte dann entscheiden, was zu tun wäre.

Aber was war mit Simone Schumann? Sie würde morgen früh in ihr Labor wollen. Da kam mir eine Idee. Immerhin war der Raum ein Chemielabor. Und in einem Chemielabor gab es gefährliche und giftige Chemikalien. Was wäre, wenn ich aus Unachtsamkeit etwas Giftiges verschüttet hätte? Vorsichtshalber müsste man den Raum verschlossen halten. Es wäre auch absolut nachvollziehbar, dass man das nicht an die große Glocke hängen wollte. Ein Chemieunfall am FTI wäre schließlich keine gute Publicity. Ja, so würde es gehen. Aber wie sollte ich den Raum verschließen? Am FTI gab es ein programmierbares Schließsystem. Das brachte mich auf eine Idee.

Rasch machte ich mich auf den Weg ins Erdgeschoss. Einige Räume neben dem Haupteingang lag die Schließzentrale. Die war immer mit mindestens einer Person besetzt und von dort aus hatte man Zugriff auf das Schließsystem des FTI. Wie erwartet sah ich schon von Weitem durch das Glasfenster der Eingangstür einen FTI-Mitarbeiter. Ich kannte ihn vom Sehen, aber an seinen Namen konnte ich mich nicht erinnern. Ich klopfte an und betrat den hellen, mit Computermonitoren vollgepackten Raum.

„Ah, Herr Bellert“, begrüßte mich ein Mittfünfziger mit schütterem Haar und deutlichem Bauchansatz. Offensichtlich kannte er mich. Das war vorteilhaft und ersparte mir umständliche Erklärungen zu meiner Person und dazu, was ich hier noch am späten Abend zu suchen hatte.

„Guten Abend, gut, dass Sie hier sind!“

Der Mittfünfziger starrte mich verständnislos an.

„Mir ist leider im Labor von Frau Schumann ein Missgeschick passiert. Ich habe eine Flasche mit einer giftigen Flüssigkeit umgestoßen. Sie ist auf den Boden gefallen und zerbrochen. Keine Angst, es kann nichts passieren“, erklärte ich beschwichtigend, „aber es wäre besser, wenn niemand das Labor betritt und das Zeugs im ganzen FTI verteilt. Ich werde in den nächsten Tagen die Reinigung veranlassen. Könnten Sie den Raum so lange blockieren, außer für mich und Lars

Forsberg? Simone Schumann habe ich schon eine WhatsApp geschrieben."

„Sie meinen das alte Labor von Arnim Meier?" Er tippte eine Weile auf seiner Tastatur.

„Genau."

„Sie haben es nicht umgemeldet", sagte er vorwurfsvoll.

Ich war versucht zu sagen, er solle das Scheiß-Labor doch bitte einfach sperren. In letzter Sekunde verkniff ich mir aber jeglichen Kommentar und wartete geduldig, bis er den Nutzer geändert hatte.

„So", sagte er schließlich, hörte auf zu tippen und wendete sich demonstrativ wieder dem Studium seiner Überwachungsmonitore zu.

„Ach ja", ergänzte ich und versuchte, so belanglos wie möglich zu klingen, „es wäre schön, wenn Sie die Sache nicht an die große Glocke hängen würden. Sie wissen schon, wegen Gerüchten und der Presse und so …"

„Ist schon klar", winkte er jovial ab.

Ich konnte jeden seiner Gedanken lesen, die da lauteten, dass ich und wahrscheinlich alle anderen Wissenschaftler die größten Idioten waren, die nicht einmal eine Flasche richtig festhalten konnten.

Nun, mir war das egal. Es war mir sogar ganz recht. Er hatte sich sein eigenes Bild gemacht und würde keinen Verdacht schöpfen, dass an der Sache etwas nicht stimmte.

Ich verließ den Überwachungsraum und ging in mein Büro. Ich musste Simone noch die WhatsApp über den „Laborunfall" schreiben. Ich überlegte, auch Lars eine Nachricht zu hinterlassen oder ihn auf seiner Privatnummer anzurufen, aber ich entschied mich dagegen. Auch Susanne würde ich erst später informieren. Nachdem ich nicht mit nach Italien zu ihrer Freundin Rebecca gekommen war, hatte sie ihre Italienreise verlängert und würde erst in ein paar Tagen zurückkommen. In ihren Ferien wollte ich sie nicht damit behelligen. Im Moment konnte ich selbst noch keinen klaren Gedanken fassen. Erst einmal wollte ich eine Nacht darüber schlafen.

Wie in Trance fuhr ich nach Hause und ging eine Stunde später, immer noch aufgewühlt, ins Bett. Den Wecker stellte ich auf 5:30 Uhr. Ich wollte unbedingt gleich am Morgen zu Lars, und ich wollte auch Simone Schumann abfangen, bevor sie zu viel Wind wegen der Sache mit dem geschlossenen Labor machte.

Ich fiel in einen unruhigen Schlaf, in dem mich Schwarze Löcher verfolgten und versuchten, mich in sich hineinzuziehen. Ich versuchte, davonzulaufen, aber meine Beine waren aus Blei und ein Schwarzes Loch zog mich unerbittlich immer näher zu sich heran.

Ein anderes Mal blähte sich das Loch plötzlich zu Ballongröße auf und schien wie ein riesiger schwarzer, alles verschlingender Schlund. Dann sah ich Arnim Meier vor mir, der verrückt lachte und „Ich hab's, ich hab's!" schrie und plötzlich mit einer verzerrten Fratze mitten im Lachen erstarrte und wie ein Sack zu Boden sank. Dann stand ich plötzlich im Labor, um mich herum Personen in weißen Einweg-Overalls. Einer davon hatte einen Geigerzähler in der Hand und lief damit im Labor umher. Er näherte sich mit dem Gerät dem Schwarzen Loch. Der Geigerzähler reagierte mit einem penetranten Biep, biep, biep – biep, biep, biep …

Schweißgebadet richtete ich mich auf. Der Wecker zeigte 5:30 und piepte. Ich stellte ihn ab und bewegte mich stöhnend aus dem Bett. Was für eine Nacht.

DER TAG DANACH

Nach mehreren abwechselnd kalten und warmen Schauern unter der Dusche ging es mir besser. Ich nahm mir noch Zeit für einen starken Kaffee und einen Toast. Dann fuhr ich zum FTI.

Ich hatte Glück, Lars war gerade gekommen und hatte noch keinen Termin.

„Was machst du denn schon so früh hier?" Verwundert starrte er mich an.

Verständlich, ich hielt es sonst ähnlich wie die anderen Wissenschaftler und startete morgens eher spät, blieb dafür aber nicht selten bis spät am Abend. „Ich muss etwas mit dir besprechen. Dringend!", sagte ich und schloss hinter mir die Tür.

Lars zog die Augenbrauen hoch. Er ahnte, dass es um etwas Wichtiges gehen musste. Vielleicht befürchtete er, ich wolle kündigen oder etwas Ähnliches. Jedenfalls nahm er sichtlich angespannt hinter dem Schreibtisch Platz und bedeutete mir, mich zu setzen.

Doch ich blieb stehen. „Der Meier hat ein Schwarzes Loch produziert."

Einen Moment lang starre Lars mich ungläubig an, dann wich seine Anspannung einem Lächeln. „Hat das nicht Zeit bis morgen Nachmittag? Ich bin heute ziemlich im Stress. Nachher kommen Leute von Microsystems, und ich muss noch einiges vorbereiten."

Er glaubte mir nicht oder hielt meine Ausführungen für den Beginn einer Erklärung zu einer neuen Hypothese in Zusammenhang mit Meiers alten Arbeiten. „Der Meier hat wirklich ein Schwarzes Loch produziert", wiederholte ich. „Zumindest so etwas Ähnliches." Mir war unterdessen klar geworden, dass es sich bei dem Objekt nicht um ein Schwarzes Loch im klassischen Sinne handeln konnte. Bevor Lars etwas erwidern konnte, fuhr ich fort.

„Es ist hier, in seinem alten Labor. Es saugt Luft in sich hinein und …" Ich machte eine kleine Pause. „Wahrscheinlich hat es den Meier umgebracht."

Lars erstarrte. „Ich glaube, du hast in letzter Zeit zu viel gearbeitet –"

„Komm mit und sieh es dir einfach an."

Er seufzte, stand aber auf. Vermutlich hoffte er, die Sache durch einen kurzen Spaziergang rasch hinter sich bringen zu können. Schweigend liefen wir nebeneinanderher. Das Labor war Gott sei Dank noch verschlossen, und auch Simone war noch nirgends in Sicht. Ich hielt mein Badge an die Sensorfläche und war erleichtert, als das Türschloss mit einem melodischen Piepsen, gefolgt von einem leisen Klicken, freigegeben wurde. Ich zog Lars in den Raum, in dem helles Licht aufflammte.

„Sei vorsichtig, bleib dicht hinter mir", ermahnte ich Lars und hielt ihn am Ärmel seiner Jacke fest, als er sich anschickte, im Labor herumzulaufen.

Lars starrte mich an und es war ihm anzusehen, dass er mich für verrückt hielt. Ich ließ mich nicht beirren und zog ihn langsam und vorsichtig in Richtung des Wandschranks, vor dessen Seitenwand ich gestern das Loch gesehen hatte. Einen Moment lang kam ich mir tatsächlich albern vor und rechnete damit, ja hoffte, nichts mehr zu finden und die ganze Sache meinen überreizten Sinnen zuschreiben zu können.

Doch da sah ich es. An genau der gleichen Stelle wie tags zuvor. Vorsichtig deutete ich auf den schwarzen Punkt. Lars kniff die Augen zusammen.

Eine Weile starrten wir wortlos auf den Punkt. Wir trauten uns kaum zu atmen und in der Stille war auch das Zischen deutlich zu hören.

Eine unnatürliche Blässe breitete sich auf Lars' Gesicht aus. „Was zum Teufel ist das?", flüsterte er.

„Ich weiß nicht", antwortete ich zögernd. „So eine Art Schwarzes Loch."

„Das ist kein richtiges Schwarzes Loch", erwiderte Lars mit Bestimmtheit. „Aber es ist etwas, was hier nicht hingehört", fügte er nach einer kurzen Pause hinzu.

Auch mir war klar, dass das kein Schwarzes Loch im eigentlichen Sinne sein konnte. Ein Schwarzes Loch, selbst in der Größe von weniger als einem Millimeter, hätte eine gigantische Masse haben müssen. So groß, dass die von ihr verursachte Raumkrümmung sich durch eine spürbare Gravitationsanziehung hätte bemerkbar machen müssen. Aber davon war nicht das Geringste zu spüren.

„Wer weiß davon?", riss mich Lars aus meinen Gedanken.

„Niemand. Das heißt, nur wir zwei", antwortete ich.

„Das bleibt auch so!"

Wir traten von der Wand zurück und standen in der Mitte des Labors. Schon aus dieser Entfernung war von dem Loch nichts mehr zu sehen und zu hören. Nichts wies darauf hin, dass hier etwas nicht stimmte.

„Hast du eine Ahnung, was das sein könnte?", fragte ich.

Lars zuckte mit den Schultern. „Ein Schwarzes Loch ist es jedenfalls nicht. Wenn es eines wäre, würden wir längst nicht mehr hier stehen. Wir nicht und wohl auch das ganze FTI nicht." Lars starrte auf die weiße Wand mit dem aus dieser Entfernung unsichtbaren schwarzen Punkt davor.

„Was machen wir jetzt?", fragte ich leise.

„Wir müssen das Labor schließen. Niemand darf davon erfahren. Wir müssen überlegen …" Lars sah unschlüssig aus dem Fenster.

„Ich habe in der Schließzentrale bereits veranlasst, dass das Labor wegen einem Chemieunfall vorerst geschlossen bleiben muss."

„Okay, das ist gut. Dann müssen wir nur noch sehen, wie wir mit der Schumann klarkommen. Verdammt, die wird jeden Augenblick hier aufkreuzen!"

Wir verließen das Labor daraufhin und vergewisserten uns, dass die Tür hinter uns wieder verschlossen war. Zurück in Lars' Büro wies Lars seine Sekretärin an, weder Telefonate durchzustellen noch Besucher vorzulassen.

In der folgenden Stunde klärte ich mit Lars zuerst verschiedene organisatorische Punkte. Der schwierigste war, wie wir Simone Schumann die Schließung ihres Labors erklären und sie davon abhalten konnten, das Labor zu betreten. Die Geschichte mit der zerbrochenen Giftflasche war in ihrem Fall wenig hilfreich. Es wäre nur logisch, dass sie als Chemikerin die Sache in Augenschein nähme. Zudem wusste sie genau, welche Chemikalien in ihrem Labor standen, und soweit mir bekannt war, war nichts so Giftiges dabei, was die dauerhafte Schließung des Labors auch nur annähernd gerechtfertigt hätte.

„Wir müssen Simone einweihen", schlug ich vor, doch Lars wollte nichts davon wissen. „Wer sagt, dass sie nicht was ausplaudert, und wenn nur aus Versehen?"

Ich hielt Simone durchaus für verschwiegen und sagte das Lars auch. Doch in gewisser Weise hatte er recht. Wenn

Simone die Wahrheit nicht kannte, bestand auch nicht die Gefahr, dass sie aus Versehen eine falsche Bemerkung machte. Ohnehin würde der eine oder andere sich bestimmt fragen, was in dem Labor vor sich ginge. Immerhin war es absehbar, dass im Zuge der weiteren Untersuchung des Lochs Arbeiten im Labor durchgeführt werden würden und Personen dort ein und aus gehen würden.

Schließlich verständigten wir uns auf folgende Strategie:

Die Geschichte mit der verschütteten Chemikalie würden wir beibehalten. Ich wusste, dass Simone gerade leitfähige Polymere auf Schwefelbasis herstellte, und ich wusste, dass sie dafür Rohstoffe brauchte, die erstens giftig waren und zweitens stanken wie die Pest. Ich würde ihr erzählen, dass mir so eine Flasche auf den Boden gefallen war.

Außerdem würde ich ihr sagen, dass ich mit Lars bereits vor einiger Zeit besprochen hätte, dass sie ein neues und größeres Labor bekommen sollte, und dass jetzt doch die ideale Gelegenheit dazu wäre.

Etwa eine halbe Stunde später erschien Simone bei mir im Büro und fragte aufgeregt, was in ihrem Labor passiert sei.

Mit einem mulmigen Gefühl im Bauch tischte ich ihr die ausgedachte Geschichte auf, nicht ohne hervorzuheben, für wie wichtig ich ihre Arbeit hielt und dass sie sich darauf freuen könne, einen der modernen und deutlich größeren Räume im Erdgeschoss zu bekommen sowie einen ordentlichen Zusatzetat für die Anschaffung neuer Geräte.

Simone schwankte zwischen Wut und Überraschung und hielt sich mit Kommentaren nicht zurück. Ich hätte sie ja wohl früher über diese Pläne informieren können.

„Simone, ich wollte dich wirklich in den nächsten Tagen informieren. Ich wollte mir gestern nur nochmal ein Bild von den Platzverhältnissen in deinem Labor machen.“

„Okay, aber wo soll ich denn jetzt arbeiten?"

„Bis das neue Labor eingerichtet ist, kannst du das leerstehende Büro im Erdgeschoss benutzen. Ich schlage vor, dass du dich mit Vollgas an die Bestellung der neuen Geräte machst. Der Etat ist auch schon bewilligt. Ansonsten kannst du ja einige Zeit mehr theoretisch arbeiten", versuchte ich Simone die Sache schmackhaft zu machen.

„Gut, ich brauche aber noch einige Unterlagen aus dem Labor. Ich hole die rasch und dann fange ich gleich an."

„Das Labor ist noch geschlossen und wird von einer Fachfirma dekontaminiert. Danach bekommst du alle Unterlagen. Das dauert sicher nur ein oder zwei Tage."

„Soll das ein Witz sein? Ich hab keine so gefährlichen Chemikalien, dass man eine Spezialfirma zur Dekontamination bräuchte." Simone hielt kurz inne und sah mich nachdenklich an.

Ich wandte den Blick ab und kramte verlegen in einigen Unterlagen.

„Peter, ich kenne dich zwar noch nicht so lange, aber ich bin mir sicher, dass an dieser Geschichte etwas faul ist. Aber egal, anscheinend kannst du, willst du oder darfst du es mir nicht sagen. Ich respektiere das. Und gegen ein größeres und besser ausgestattetes Labor habe ich auch nichts einzuwenden. Aber wenn du einmal darüber reden möchtest …" Mit den Worten verließ sie mein Büro.

„Simone …", rief ich ihr noch zögerlich hinterher, doch sie war schon hinter der Gangbiegung verschwunden. Eigentlich war ich froh darüber. Was hätte ich ihr auch sagen sollen?

Mit einem reichlich schlechten Gewissen berichtete ich Lars am späten Nachmittag vom Verlauf meines Gesprächs mit Simone. Lars war nicht direkt glücklich, meinte aber, es hätte schlimmer kommen können.

EIN LOCH IM SCHRANK

In den folgenden Tagen entfaltete sich eine rege Umzugs- und Bautätigkeit. Einerseits in Meiers altem Labor, andererseits in den erst kürzlich renovierten Räumen im Erdgeschoss. Dort wurde in Windeseile, und ohne Kosten zu scheuen, ein nagelneues Labor für Simone Schumann eingerichtet. Simone merkte schnell, dass man ihr deutlich mehr als üblich an Geräten bewilligte, solange sie nicht nach den näheren Umständen ihres überraschenden Umzugs fragte. Und sie nutzte dies, um sich ein topmodernes und mit den neuesten und teuersten Geräten ausgestattetes Labor einzurichten. Mir sollte das recht sein. Immerhin würde ich im Laufe der folgenden Arbeiten von ihrem Labor dadurch umso mehr profitieren. So waren für den Moment alle zufrieden, außer vielleicht Lars, der den zusätzlichen Etat für Simones Labor vor irgendwelchen Gremien in der Geschäftsleitung rechtfertigen musste. Aber das waren seine Probleme. Dafür war er auch der Chef und hatte am Monatsende einen erheblich größeren Betrag auf dem Gehaltskonto als ich.

Ich musste mich dagegen mit dem Umbau von Meiers altem Labor herumschlagen. Das war weniger einfach, als es auf den ersten Blick ausgesehen hatte. Immerhin musste ich sicherstellen, dass niemand durch das Schwarze Loch, oder was auch immer es war, verletzt wurde, was mir schlaflose Nächte bescherte. Ich löste das Problem, indem ich den Bücherschrank einmal nach Feierabend ausräumte und ihn so verschob, dass das Loch innerhalb einer Seitenwand des Schrankes verschwand. Es war faszinierend zu sehen, wie das Loch dabei ein winzig kleines Löchlein im Lack hinterließ. Wieder einmal lief es mir kalt den Rücken herunter. Anschließend räumte ich die Bücher wieder ein und versah den Schrank mit einem großen, handgeschriebenen und unterschriebenen Schild: „Unbedingt stehen lassen, nicht verschieben!“ Sollten mich die Arbeiter für verrückt halten. Hauptsache, ich konnte einen weiteren Unfall verhindern, und das Loch blieb unentdeckt.

In den folgenden Tagen ging ich mehrmals täglich in das Labor, um die Umbauarbeiten zu überwachen. Hauptsächlich aber, um sicherzustellen, dass niemand sich an dem Schrank zu schaffen machte. Dies schien aber nicht der Fall zu sein.

Der Schrank war mittlerweile mit einer Plastikfolie verhängt worden, und das Ausräumen von Simones altem Labor verlief ohne Zwischenfälle. Lars schlug vor, mein Büro schon einmal in den Nachbarraum zu verlegen, durch den ich mit Susanne damals durch die Wartungsklappe in Meiers Labor eingestiegen war. Eigentlich hatte ich nichts dagegen, es war schließlich vorteilhaft, wenn ich meine Experimente in der Nähe des Lochs vorbereiten und auswerten konnte. Auf der anderen Seite wollte ich mich nicht permanent in der Nähe dieses mysteriösen Phänomens, das sich bisher niemand erklären konnte, aufhalten. Es bereitete mir Unbehagen.

So einigte ich mich mit Lars schließlich darauf, die Tür von Meiers altem Labor zum Gang mit einer massiven Platte zu verschließen. Ich würde mein Büro behalten, aber im Nebenraum zu Meiers altem Labor würde zusätzlich ein kleines Büro eingerichtet werden. Dieses Büro würde hauptsächlich als Durchgangsschleuse zu Meiers altem Labor dienen. Es sollte mit einer autonomen Schließung ausgestattet werden, auf die nur Lars und ich Zugriff hätten und die nicht von unserer Schließzentrale beeinflusst werden konnte. Die Verbindungstür vom neuen Büro zu Meiers altem Labor würde sich nur öffnen lassen, wenn die Tür vom Büro zum Gang geschlossen war. Dadurch sollte verhindert werden, dass jemand vom Gang aus durch das Büro versehentlich einen Blick in Meiers Labor werfen konnte. „Für alle Fälle", wie Lars es ausdrückte, sollte zudem in Meiers altem Labor eine Videoüberwachung installiert werden, die alle Vorgänge aufzeichnen würde. Ich kam mir vor wie in Fort Knox oder beim FBI.

Da Lars ziemlich Druck machte und nahezu jeden von den Lieferanten geforderten Mehrpreis für die schnellere Fertigstellung zahlte, kamen die Umbauarbeiten gut voran und waren in wenigen Wochen abgeschlossen.

Ich stürzte mich unterdessen in die Arbeit an dem Energiegewinnungsprojekt. Ich hoffte, dabei auf einen Hinweis zu stoßen, wie der Meier es fertiggebracht hatte, dieses seltsame Loch zu erzeugen. Aber ich kam nicht wirklich voran. Oft konnte ich keinen klaren Gedanken fassen, und nicht selten sah ich plötzlich auf den Unterlagen, die ich gerade studierte, kleine schwarze Punkte und zuckte erschrocken zurück.

Außerdem dachte ich beim Studium von Meiers alten Aufzeichnungen immer wieder an Takomi Makkuro. Einerseits war ich über seinen Tod erleichtert, auf der anderen Seite bedauerte ich es. Wie gerne hätte ich mich mit ihm über Meiers Forschungen unterhalten. Nach wie vor gaben mir viele seiner Versuche Rätsel auf.

Ich fragte mich auch, hinter was Takomi Makkuro noch gesteckt hatte. Die Kontaktaufnahme mit Arnim und die anschließenden Drohungen, das war mir klar. Aber der Abwerbeversuch oder unser „Man in black"? Hatte der verrückte japanische Wissenschaftler damit auch etwas zu tun? Und vor was hatte er Arnim und mich warnen wollen? Es musste etwas sein, das ihm panische Angst gemacht hatte. So große Angst, dass er bereit gewesen war, einen Mord zu begehen und sich schließlich umzubringen. Das Loch war die einzig logische Erklärung, die mir einfiel. Vielleicht hatte er selbst ein Loch erschaffen und war dann, ähnlich wie Möller, mit dem Kopf hindurchgelaufen. Dabei könnte er einen Hirnschaden davongetragen haben. Hatte Lars nicht erzählt, dass es einen Unfall gegeben hatte und Makkuro anschließend wochenlang im Koma gelegen hatte? Das würde perfekt zusammenpassen. Erklärte das seine konfusen Äußerungen, waren das einfach die Wahnvorstellungen eines Verrückten? Oder steckte mehr dahinter?

„Die Welt hat sich geändert, nichts ist wie vorher." So hatte er sich ausgedrückt. Die Worte waren mir noch gut in Erinnerung.

Das Loch war ein Phänomen, das es bisher nicht gegeben hatte. So gesehen hatte es die Welt verändert. Aber ich hatte den Eindruck, dass er das anders gemeint hatte.

Und was war mit seinem Loch passiert, sofern er tatsächlich eines produziert hatte? Befand es sich noch in seinem Labor und wurde von Leuten aus der Yamamoto-Gruppe untersucht? War es vielleicht wieder verschwunden? Oder hatte Takomi Makkuro das Loch zwar wegbekommen, aber dabei hatte es einen Unfall gegeben? Das hätte mich alles brennend interessiert.

Ich wusste, dass Lars einen guten Draht zu Haruki Yamamoto hatte. Lars war einige Male in Japan gewesen und es hielt sich hartnäckig das Gerücht von einer Karaoke-Bar, in der die beiden abgesackt waren, und einige munkelten, dass da noch mehr gewesen sei. Von Geishas und von offiziell eigentlich nicht existierenden Etablissements war da die Rede.

Jedenfalls kannten die beiden sich ziemlich gut und ich sprach Lars bei nächster Gelegenheit direkt darauf an. Ich fragte ihn, ob er nicht einmal vorsichtig bei Haruki Yamamoto persönlich vorfühlen könnte, ob sie dort vielleicht auch so ein mysteriöses Objekt beobachtet hatten.

Lars war sofort einverstanden. Er wollte Haruki Yamamoto ohnehin nach Takomi Makkuro fragen. Immerhin war Makkuro in der Nähe vom FTI ums Leben gekommen und Lars war gespannt, was Yamamoto zu der Sache sagen würde.

Einige Tage später bat mich Lars zu sich. „Ich habe mit Haruki gesprochen. Er schien meinen Anruf erwartet zu haben. Natürlich wusste er von Makkuros Tod und er hat schon vermutet, dass das irgendwas mit uns zu tun hat. Aber ich kann dir gleich sagen, viel mehr habe ich nicht in Erfahrung gebracht. Haruki hat bestätigt, dass Takomi Makkuro ebenfalls am Energiegewinnungsprojekt gearbeitet hat und dass es einen Unfall gegeben hat, dessen Ursache bis heute nicht geklärt werden konnte. Ich hab noch eine Weile rumgebohrt, aber Haruki hat nichts weiter gesagt. Entweder sie haben kein Loch oder sie haben es noch nicht entdeckt. Dass sie es nicht entdeckt haben, wenn sie eines hätten, kann ich mir aber nicht vorstellen. Das Labor wurde nach dem Unfall garantiert gründlich inspiziert. Und dass sich Haruki so verstellt und mir gegenüber nicht einmal eine Andeutung macht, glaube ich auch nicht. Dazu kennen wir uns zu gut und dazu ist er auch zu sehr Wissenschaftler."

„Und Takomi Makkuro? Hast du ihn nochmal nach ihm gefragt? Hatte er noch Kontakt mit ihm? Hat er seine Pläne vielleicht irgendwie angedeutet?"

Lars zuckte mit den Schultern. „Nein, sieht nicht so aus. Zumindest nicht Yamamoto gegenüber. Aber Yamamoto hatte auch seit Monaten keinen Kontakt mehr mit Makkuro. Nachdem Makkuro das Labor zertrümmert hat und in die psychiatrische Klinik eingewiesen wurde, ist der Kontakt abgebrochen."

Nun, das war nicht besonders viel. Immerhin schien es so, als ob die Yamamoto-Gruppe kein Loch hatte.

Zur Aufklärung der Natur unseres Lochs halfen mir jedenfalls weder die Informationen von Lars noch das theoretische Studium von Meiers alten Arbeiten weiter. Wenn ich etwas über das Loch herausfinden wollte, würde ich es untersuchen müssen.

Ich stellte mir eine Liste von Geräten zusammen, die ich zur Untersuchung benötigen würde. Interessanterweise war diese Liste nicht besonders lang. Ich wusste schließlich noch nicht genau, nach was ich suchen sollte. Ich hoffte, die ersten Basismessungen würden mir eine vielversprechende Richtung vorgeben.

In den folgenden Tagen schaffte ich zuerst alle Geräte auf meiner Liste, die bei uns im Hause vorhanden waren, in Meiers altes Labor. Obwohl ich diese Aktivitäten in die Randzeiten verlegte, blieben sie nicht unbemerkt. Auch wunderte man sich über den Umbau von Meiers Labor. So machten bereits die ersten Gerüchte über ein neues Geheimprojekt die Runde. Ich versuchte, die Spekulationen, so gut es ging, zu entkräften. Ich wies darauf hin, dass das Energiegewinnungsprojekt tatsächlich einen hohen Geheimhaltungsstatus besaß und dass ich es vermeiden wollte, dass empfindliche Messungen durch plötzlich eintretende Personen gestört wurden.

So ganz nahm man mir diese Erklärung nicht ab, auf der anderen Seite konnte man sie aber auch nicht widerlegen. Daher schob man die übertrieben erscheinenden Sicherheitsmaßnahmen einer Art Paranoia zu, die jeder zu entwickeln schien, der längere Zeit an diesem Projekt arbeitete.

ERSTE INSPEKTION

Kaum eine Woche später waren die ersten Messgeräte installiert. Mein kleines Büro im Nachbarraum war eingerichtet und die spezielle Schließung aktiviert. Die frühere Eingangstür des Labors war von innen mit stabilen Stahlwinkeln am Türrahmen festgeschraubt worden. Ab sofort konnte man das Labor nur noch durch das neu eingerichtete Durchgangsbüro betreten.

Wiederum einige Tage später stand den ersten Messungen nichts mehr im Wege. Obschon ich von der wissenschaftlichen Seite her darauf brannte, mehr über das Loch herauszufinden, scheute ich mich auch davor, es wieder freizulegen. Ich hatte Angst davor und mir wurde bewusst, dass ich diesen Moment bisher mehr als notwendig hinausgezögert hatte.

Jetzt aber gab es keine Ausflüchte mehr, und so betrat ich schließlich das Labor mit einer Mischung aus Ehrfurcht und einem flauen Gefühl im Magen.

Die neuen Messapparaturen standen wahllos auf Labortischen und fahrbaren Rollwagen aus Edelstahl. Der mit Plastikfolie verhangene Bücherschrank stand wie ein Fremdkörper unangetastet an der Wand.

Aufmerksam näherte ich mich ihm und entfernte die Plastikfolie. Dann nahm ich alle Bücher und Ordner heraus. Nachdem ich den Schrank leergeräumt hatte, wollte ich ihn zur Seite schieben. Ich überlegte, wie ich es anstellen sollte, nicht versehentlich mit dem Kopf oder sonst einem Körperteil in die Nähe der Stelle zu kommen, an der sich das Loch befinden musste.

Musste? Musste es noch an der gleichen Stelle sein? Was, wenn das Loch nun an einer anderen Stelle war? Ich hatte es nicht lange genug beobachtet, um ausschließen zu können, dass es sich bewegte. Wir wussten rein gar nichts über dessen Verhalten.

Ich erstarrte, als mir bewusst wurde, in welcher Gefahr ich mich befand. Vorsichtig drehte ich den Kopf und musterte die nähere Umgebung. Gleichzeitig hielt ich die Luft an und lauschte. Wenn das Loch in der Nähe war, sollte es sich durch ein Zischen bemerkbar machen. Nachdem ich nichts dergleichen hörte und auch nirgends einen verräterischen schwarzen Punkt entdecken konnte, näherte ich mich langsam der Seite des Schrankes.

Das Loch schien immer noch in der Schrankwand zu sein. Jedenfalls vernahm ich von dort ein leises Zischen. Vorsichtshalber entschied ich, den Schrank nicht zu schieben, sondern ihn von der gegenüberliegenden Seite zu ziehen. Dadurch würde ich vermeiden, versehentlich mit dem Loch in Berührung zu kommen. Stück für Stück zog ich den auch ohne Bücher noch recht schweren Schrank zur Seite.

Ich fragte mich, was meine Kollegen sagen würden, wenn sie mich so sähen. Sie würden sicher fragen, was ich hier machte. Ich würde ihnen erklären, ich hätte ein Schwarzes Loch im Schrank versteckt und wollte es nun wieder hervorholen. Sie würden mich für verrückt halten.

Für einen Moment hielt ich es selbst für verrückt. Unwillkürlich musste ich lachen. Aber als ich auf die andere Seite des Schrankes ging, erstarb mein Lachen. Das Loch war wieder da. An derselben Stelle, an der es vor gut zwei Wochen in der Schrankwand verschwunden war.

Mir lief ein eisiger Schauder über den Rücken. Jetzt, als das Loch wieder frei in der Luft schwebte, schien mir das Zischen lauter zu sein. Und das Loch schien auch größer zu sein als vor zwei Wochen. Oder täuschte ich mich? Immerhin schien es auch jetzt noch deutlich kleiner als ein Millimeter zu sein. Und würde ich einen Unterschied zwischen 0,5 und 0,6 Millimetern nach einigen Wochen überhaupt bemerken?

Ein ungutes Gefühl blieb. Was, wenn sich das Loch tatsächlich ausdehnte? Das Zischen schien durch einströmende Luft verursacht zu werden. Luft, die in das Loch einströmte! Aber wohin? Sie schien einfach zu verschwinden. Ich nahm nicht an, dass sie an einer anderen Stelle wieder herauskam. Oder gab es irgendwo ein zweites Loch, das sich genau umgekehrt verhielt? Ein Loch, aus dem die Luft und sonstige Materie, die in meinem Loch verschwand, wieder herauskam? Wenn ja, wo war das Loch? In einem anderen Raum des FTI, irgendwo sonst auf der Erde, in der Luft, im Weltraum, auf Andromeda, in einem anderen Universum? Fragen über Fragen.

Und was, wenn sich meine Befürchtung, das Loch könnte sich ausgedehnt haben, bewahrheitete? Was, wenn es ständig größer wurde? Mir schwindelte. Ich nahm mir vor, die Größe des Lochs so schnell wie möglich zu vermessen.

Diese Messung schien auf den ersten Blick nicht sonderlich schwierig. Ich hatte ein gutes Lichtmikroskop mit Kamera und Bildverarbeitungssoftware. Damit sollte sich ein Objekt dieser Größe auch bei geringer Vergrößerung ziemlich genau vermessen lassen. Der Nachteil war allerdings, dass ich das Messobjekt, also das Loch, nicht wie sonst üblich auf dem Objektträger des Mikroskops platzieren konnte. In diesem Fall musste ich das gesamte Mikroskop exakt im rechten Winkel vor dem Loch platzieren. Dazu brauchte ich ein Stativ, mit dem ich das Mikroskop in horizontaler Lage dem Loch nähern konnte. Das Stativ musste stabil, massiv und schwingungsgedämpft sein, um Verwackler durch kleine Erschütterungen zu vermeiden. Die Anfertigung eines solchen Statives würde unsere Werkstatt bestimmt zwei oder drei Tage beschäftigen. So lange würde ich warten müssen. Die Zeit bis dahin nutzte ich für einige einfache Experimente.

Um das Loch von allen Seiten beobachten zu können, schob ich den Schrank noch etwas weiter zur Seite. Allerdings barg die gute Zugänglichkeit auch die Gefahr, das Loch versehentlich zu berühren. Zusätzlich zum angedachten Mikroskopstativ würde ich auch eine Art Berührungsschutz anfertigen lassen müssen.

Bis dahin musste ich einfach besonders vorsichtig sein. Ein ähnliches Schicksal wie Thomas Möller oder gar Arnim Meier wollte ich verständlicherweise nicht erleiden.

Vorsichtig umrundete ich das Loch. Fasziniert sah ich, wie es dabei zuerst zu einem langgezogenen Oval wurde, dann zu einem winzigen schwarzen Strich schrumpfte, der bei einer Betrachtung genau von der Seite schließlich verschwand. Bei der weiteren Umrundung wiederholte sich das Schauspiel in der umgekehrten Reihenfolge. Das Loch war also auch von der Rückseite zu sehen.

Ein schwarzes Loch konnte es also definitiv nicht sein. Oder gab es zweidimensionale Schwarze Löcher? Ein zweidimensionales Schwarzes Loch hätte aufgrund der fehlenden räumlichen Ausdehnung auch keine Masse, überlegte ich. Masse war schließlich Volumen mal Dichte und Volumen war Länge mal Breite mal Dicke. Wenn die Dicke null wäre, wäre auch der ganze Rest null. Aber wieso sollte ein Schwarzes Loch ohne Masse Materie anziehen? Die umgebende Luft schien ja immerhin in das Loch einzuströmen. Im gleichen Moment bemerkte ich meinen Denkfehler. Natürlich wurde die Luft nicht hineingezogen! Lediglich die Luftmoleküle, die aufgrund der Molekularbewegung in das Loch flogen, verschwanden darin. Und immerhin bewegen sich Luftmoleküle bei Raumtemperatur mit rund 1800 Kilometer pro Stunde.

Ich überlegte, ob das Verschwinden der Luftmoleküle vielleicht von irgendwelchen sekundären Effekten begleitet wurde. Materie, die in ein Schwarzes Loch fällt, tut dies unter Aussendung von allen möglichen Arten von Strahlung. Dies schien hier nicht der Fall zu sein. Zumindest wurde keine sichtbare elektromagnetische Strahlung, also kein Licht, ausgesendet. Was aber war mit langwelligerer Strahlung? Radiowellen zum Beispiel. Oder kurzwelligerer Strahlung? Gammastrahlung könnte auch mir ziemlich gefährlich werden.

Rasch suchte ich nach dem Geigerzähler, der gerade heute geliefert worden war. Ich schaltete das handliche Gerät ein und lauschte eine Weile dem unregelmäßigen Klicken, das durch die natürliche Umgebungsradioaktivität verursacht wurde. Dann näherte ich das Gerät dem Loch, bis es sich nur noch wenige Zentimeter vor diesem befand. Das stetige, aber unregelmäßige Klicken blieb unverändert. Der Anzeigebildschirm, auf dem Intensität und Energiegehalt der einfallenden Strahlung aufsummiert wurden, zeigte nichts Ungewöhnliches. Obschon dies an sich beruhigend war, deutete sich damit auch an, dass sich die Untersuchung des Loches nicht so einfach gestalten würde.

Ich nahm mir vor, die Messungen später nochmal mit genaueren Messgeräten systematisch über einen längeren Zeitraum durchzuführen. Allerdings würde es einige Zeit dauern, bis ich die Geräte aufgebaut hätte. Daher wollte ich zuerst noch einen weiteren einfachen Versuch durchführen.

Das menschliche Auge war, was Licht anging, ziemlich empfindlich. Vielleicht würde ich ja auch ohne komplizierte

Messgeräte etwas sehen, wenn ich den Raum abdunkelte. Also löschte ich das Licht und fuhr die elektrischen Rollläden herunter. Es wurde stockdunkel.

Ich blieb etwa einen Meter vor dem Loch ruhig stehen und wartete, bis sich meine Augen an die Dunkelheit gewöhnt hatten. Außer einem winzigen hellgrauen Spalt an der Unterseite der heruntergelassenen Läden sah ich nur undurchdringliche Schwärze. Ich starrte auf die Stelle, wo das Loch sein musste. Irgendwie erwartete ich, dort etwas zu sehen. Vielleicht ein geheimnisvolles Leuchten oder gelegentliche kleine Lichtblitze. Aber es blieb einfach nur dunkel.

Ernüchtert schaltete ich das Licht an und fuhr die Rollläden wieder hoch. Für heute würde ich meine Untersuchungen beenden. So einfach würde ich dem Geheimnis des mysteriösen Loches also nicht auf die Spur kommen. Dazu würde ich mir etwas anderes überlegen müssen. Die Frage war nur was? Im Moment fiel mir nichts Brauchbares ein. Ich merkte, dass ich dringend etwas Abstand brauchte, und nahm mir vor, den Abend mit einer Flasche Wein und einer Fertigpizza zu Hause vor dem Fernseher zu verbringen. Das hatte mir schon öfters geholfen, schwierige Probleme zu lösen. Aber schon auf dem Nachhauseweg begann mein Handy ohne Unterlass zu brummen. Ich kramte es aus meiner Tasche. Es war Susanne.

„Peter, wieso meldest du dich nicht? Ich hab dir schon ein paar WhatsApps geschrieben."

„Ich sehe es gerade. Ich hab ganz vergessen, auf mein Handy zu schauen. Ich dachte, du wärst noch in Italien. Hast du nicht gesagt, dass du länger bei Rebecca bleiben wolltest, nachdem ich nicht mitgekommen bin?"

„Ja schon, aber ich bin vorgestern zurückgekommen", sagte sie offensichtlich verärgert. „Bist du heute Abend zu Hause?"

„Ja, ich bin gerade auf dem Heimweg."

„Gut, ich komm vorbei. Ich bin in einer Stunde da. Kochst du Spaghetti? Ich bringe eine Flasche Wein mit."

„Ja, weißt du –"

„Prima!", unterbrach sie mich und legte auf.

Mit dem gemütlichen Abend vor dem Fernseher würde es nichts werden. Aber ich freute mich auch, Susanne wiederzusehen. Wie gerne würde ich mich mit ihr über alles, was vorgefallen war, unterhalten. Der Wermutstropfen war allerdings, dass ich nicht offen mit ihr reden konnte. Lars hatte es zwar nicht explizit erwähnt, aber es war klar, dass seine Vorstellung von Geheimhaltung auch Susanne, ja ganz besonders Susanne mit einschloss.

So überlegte ich auf dem Nachhauseweg, welche Version der Geschehnisse der letzten Wochen ich ihr präsentieren könnte, schon ahnend, dass Susanne mir das nicht abkaufen würde.

DAS GESTÄNDNIS

„Hallo, schön, dich zu sehen! Wie war dein Urlaub in Italien?", begrüßte ich Susanne und versuchte damit, unsere Unterhaltung in eine unverfängliche Richtung zu lenken.

„Sehr schön, danke der Nachfrage. Und wie geht es dir? Ich habe gehört, du hast das alte Labor vom Meier wieder in Beschlag genommen?"

Nun ja, damit war mein Versuch, eine unverfängliche Unterhaltung zu starten, schon zunichtegemacht. „Setz dich erst einmal. Kann ich dir was zu trinken anbieten?"

„Ja, gerne." Susanne setzte sich und reichte mir die mitgebrachte Flasche Salice Salentino.

„Oh, der sieht gut aus. Hast du den aus Italien mitgebracht?", kommentierte ich den Wein, während ich die Flasche öffnete und zwei Gläser füllte. „Auf deine Ferien", startete ich einen letzten Ablenkungsversuch. „Ich hoffe, ihr hattet eine gute Zeit?"

„Ja, es war sehr schön. Tolles Wetter, eine schöne Landschaft, und Rebecca ist ja sehr pflegeleicht. Wenn sie jeden Tag ein Flasche Wein und alle paar Tage einen hübschen Italiener abbekommt, ist sie sehr umgänglich." Susanne, die meine leicht hochgezogenen Augenbrauen zu bemerken schien, lächelte mich an. „Keine Angst, ich habe mich an der schönen Landschaft erfreut, hauptsächlich wenigstens."

Bevor ich zu einer Bemerkung ansetzen konnte, schwenkte Susanne aber schon wieder auf das Thema ein, das ihr offensichtlich unter den Nägeln brannte. „Jetzt sag schon, was ist da los am FTI? Was machst du in Meiers altem Labor? Und was sollen die komischen Sicherheitsvorkehrungen? Man sagt, die Tür zum Labor sei zugenagelt, und man könne das Labor nur noch durch das kleine Büro nebenan betreten. Und auch dessen Tür sei immer abgeschlossen. Baut ihr an einer Atombombe, oder was?“

„Nein, keine Atombombe.“ Aber vielleicht an etwas noch Gefährlicherem, hätte ich fast hinzugefügt.

Susanne schien mein Zögern bemerkt zu haben. „An was dann? Was wolltest du noch sagen? Jetzt spann mich nicht so auf die Folter.“

„Es ist nichts Besonderes“, erklärte ich. „Ich habe mir ein paar Experimente überlegt und möchte dazu einige der alten Apparaturen vom Meier in Betrieb nehmen. Du weißt ja, was da passieren kann.“ Ich lächelte und spielte auf unsere Exkursion in Meiers Labor an, die in einer kleinen Explosion und einem großen Aufruhr geendet hatte.

„Und was sind das für Experimente und wieso kannst du die nicht woanders machen?“

„Das kleine Labor ist einfach ideal und Simone Schumann sollte ohnehin seit längerem ein größeres Labor bekommen. Jetzt hat sich das halt so ergeben.“

Ich war froh, dass endlich die Spaghetti fertig waren. Während des Essens verlief unsere Unterhaltung Gott sei Dank in unverfänglicheren Bahnen. Wir redeten über neuen Klatsch vom FTI, über Susannes Italienferien mit ihrer Freundin Rebecca und deren Vorliebe für italienischen Wein und ebensolche Männer. Erst nach dem Essen kam Susanne wieder auf das Thema zurück, und zwar mit einem Vorschlag, den ich gleichermaßen vorausgeahnt wie befürchtet hatte.

„Weißt du was, ich komm morgen mal bei dir im Labor vorbei. Ich bin gespannt, wie es jetzt aussieht. Ich habe es ja das letzte Mal gesehen, als noch der ganze Krempel von Arnim kreuz und quer drinstand. Du hast das bestimmt alles ganz systematisch aufgebaut, nicht so chaotisch wie der Meier. Dann kannst du mir ja erklären, na ja, oder zumindest versuchen, mir zu erklären, was du da vorhast." Susanne lächelte mich entwaffnend an und ignorierte geflissentlich meinen gequälten Gesichtsausdruck.

„Susanne, du erinnerst dich, dass Lars nach der … Geschichte damals, als wir im Labor waren, ziemlich deutlich gesagt hat, dass er dich dort nicht mehr sehen will."

„Komm schon, das ist doch Schnee von gestern. Außerdem ist das jetzt nicht mehr dem Meier sein altes Labor, jetzt ist es dein Labor. Und da darfst hoffentlich du entscheiden, wer da reindarf."

„In dem Fall leider nicht. Lars hat explizit verboten, dass jemand anderes als ich in dem Labor arbeiten soll. Das geht also gar nicht gegen dich."

„Ich will ja nicht in dem Labor arbeiten. Ich will nur mal einen Blick reinwerfen", meinte Susanne leichthin.

„Lars hat verboten, dass jemand außer ihm und mir das Labor betritt", versuchte ich die Sache endgültig zu klären.

„Das ist ja albern. Was soll denn das? Wenn ich mir das Labor anschauen möchte, dann komm ich schon rein, verlass dich drauf." Susanne schaute mich spitzbübisch an. „Ich geh einfach mal nach Feierabend beim Krause in der Schließzentrale vorbei. Ich bin sicher, ich kann ihn überzeugen, mir mal kurz die Tür zum Labor zu öffnen, nur so aus Versehen."

Natürlich wusste ich, dass Susanne das nicht ernst meinte, dennoch konnte ich mir eine Bemerkung nicht verkneifen. „Das glaube ich, dass du den Krause rumkriegen würdest, aber es würde dir nichts nützen." Im gleichen Moment ärgerte ich mich ob meiner unbedachten Äußerung, doch es war schon zu spät.

„Was soll das heißen?“ Susanne schaute mich mit großen Augen an. „Der Krause könnte mir die Tür also nicht aufmachen. Das heißt, ihr habt das Labor komplett aus der Schließung herausgenommen. Nur du und Lars habt einen Zugangscode. Pete, was läuft da? Da ist doch was faul. Was in Gottes Namen macht ihr in dem Labor?“ Susanne hatte nun definitiv erkannt, dass sich das, was sich im Labor tat, erheblich von anderen Forschungsaktivitäten am FTI unterschied.

Nachdenklich lehnte ich mich zurück, aber eigentlich hatte ich schon entschieden, Susanne reinen Wein einzuschenken. Ich überlegte nur noch, wie ich ihr den Ernst der Lage klarmachen konnte und dass diesmal absolutes Stillschweigen wirklich notwendig war.

„Okay, Susanne. Ich erkläre es dir. Aber bitte hör mir jetzt gut zu. Dieses Mal ist es kein Spaß, dieses Mal ist es Ernst. Was ich dir jetzt sage, ist absolut vertraulich. So vertraulich, dass Lars nicht auch nur eine leise Ahnung davon bekommen darf, dass du etwas weißt. Jemand anderes schon gar nicht. Auch nicht in der Art: Ich erzähl dir mal was, aber sag’s nicht weiter. Oder irgendeine komische Bemerkung nach dem Motto: Wenn du wüsstest, was da läuft. Kein Wort zu niemandem! Und das nicht nur, weil Lars dich sofort feuern würde, wenn er das mitbekommen würde, sondern auch, weil ich das nicht verantworten könnte.“ Ich schaute Susanne ernst an.

Sie blieb ungewohnt still.

„Kannst du damit leben? Weißt du, ich muss dir nichts sagen, obschon ich es schätzen würde, jemanden zu haben, mit dem ich reden kann. Aber mir ist völlig bewusst, dass das eine große Verantwortung ist, die ich dir da aufbürden würde. Ist dir das klar? Du musst dich auch nicht jetzt entscheiden, du kannst gerne auch eine Nacht drüber schlafen."

Es folgte einer der seltenen Momente, in denen ich Susanne wirklich nachdenklich sah. Schließlich nahm sie noch einen Schluck Wein, dann schaute sie mich ungewohnt ernst an. „Peter, ich verspreche dir, das, was du mir sagen möchtest, für mich zu behalten."

Ich nickte. „Okay. Also hör zu. Der Meier hat offensichtlich bei seinen Versuchen etwas erzeugt, was es bisher noch nie gab und was sich bisher niemand erklären kann. Wahrscheinlich hat der Meier das selbst weder bewusst gemacht noch bemerkt, bis ... ja, bis es ihn getötet hat."

„Was!", entfuhr es Susanne.

„Ja, der Meier ist möglicherweise doch nicht eines natürlichen Todes gestorben, wenn man so will. Er wurde aber auch nicht umgebracht. Es war wohl ein Unfall. Der Meier hat ein Loch erzeugt. Ich weiß, es klingt komisch, aber in seinem Labor ist ein winzig kleiner Fleck, keinen Millimeter groß. Schwarz. Er steht frei in der Luft und saugt Luft in sich hinein. Weißt du noch, wie wir nachts im Labor waren? Wir hörten ein leises Zischen, und ich vermutete, dass es von einer undichten Argonleitung käme. Das war das Loch. Es war damals schon da, nur haben wir es nicht gesehen. Auch der Meier hat es wahrscheinlich nicht bemerkt. Ich vermute, dass er versehentlich hineingelaufen ist. Da hat das Loch ein winzig kleines Stück aus ihm herausgestanzt. Vielleicht direkt aus dem Herzen. Vielleicht hatte er auch schon einen Herzfehler, und das gab ihm dann den Rest."

„Wie meinst du das, dass das Loch ein Stück aus ihm herausgestanzt hat?", fragte Susanne, die sich von ihrem ersten Schrecken erholt zu haben schien.

„Ich habe ein paar einfache Versuche gemacht", erklärte ich. „Ich habe zuerst ein Stück Papier durch das Loch hin- und herbewegt. Das geht ohne Probleme. Man merkt nichts. Kein Widerstand, kein Aufflammen, nichts. Aber dort, wo das Loch durch das Papier ging, waren kleine Löcher. Wie herausgestanzt. Glatte Ränder, keine Brandspuren. Ich hab das Experiment dann noch mit einem Brieföffner von Simone Schumanns Schreibtisch wiederholt. Ich habe die Stahlklinge des Brieföffners durch das Loch hin- und herbewegt. Mit genau dem gleichen Ergebnis. Kein Widerstand, kein Funke, kein Lichtblitz, nichts. Und du kannst es dir schon denken: In der Stahlklinge des Brieföffners waren anschließend lauter kleine Löcher. Ich habe mir die Löcher später nochmal mit dem Mikroskop angeschaut. Die Ränder sind völlig glatt und blank. Der Lack ist nicht abgeplatzt. Es sieht genauso aus, wie wenn eine unendlich scharfe Stanze das Loch herausgestanzt hätte. Daher ist mir die Vermutung gekommen, der Meier könnte durch das Loch durchgelaufen sein. Von der Höhe könnte es passen. Das Loch ist etwa in Brusthöhe."

„Wahnsinn", entfuhr es Susanne. „Und das Loch? Was ist das – ein Miniatur-Black-Hole?"

„Das war auch mein erster Gedanke. Aber das kann nicht sein. Ein Black Hole hätte eine enorme Gravitationsanziehung, selbst wenn es nur einen Millimeter groß wäre. Es hätte wohl längst das ganze FTI und alles drum herum hineingezogen."

Susanne wurde blass und leerte ihr halbvolles Glas in einem Zug. „Hast du noch eine Flasche? Ich glaube, ich könnte jetzt noch einen Schluck vertragen."

„Ja, ich auch", stimmte ich zu und holte meine eiserne Reserve aus dem Unterschrank in der Küche.

Nachdem wir unsere Gläser wieder gefüllt hatten, hakte Susanne nach: „Wenn es kein Schwarzes Loch ist, was ist es dann – ein Wurmloch?“

„Ja, vielleicht eher etwas in der Richtung. Aber das Loch verhält sich nicht so, wie es nach der ursprünglichen Theorie von Einstein und Rosen der Fall sein sollte. Ein Wurmloch müsste zum Beispiel kugelförmig sein. Ach ja, das hab ich dir ja noch gar nicht gesagt. Unser Loch ist eine Scheibe. Man sieht es nur von vorne oder von hinten als runden Kreis. Betrachtet man es mehr von der Seite, wird es zuerst zu einem langgezogenen Oval, dann zu einem dünnen schwarzen Strich, und genau von der Seite sieht man rein gar nichts mehr.“

„Irre“, fand Susanne. Ich konnte ihr da nur zustimmen.

„Aber hast du denn gar keine Ahnung, was es sein könnte, eine Vermutung, eine vage Hypothese?“

„Ehrlich gesagt, bisher nicht. Alles, was ich mir überlegt hatte, konnte ich schon nach kurzer Zeit widerlegen, oder es lief den anerkannt gültigen Naturgesetzen dermaßen zuwider, dass ich es von vorneherein nicht weiter verfolgte. Es ist irgendwie nichts, einfach ein Stück Raum, welches fehlt, ein Stück Nichts, ja, das trifft es am besten.“

„Wie in der unendlichen Geschichte …“, murmelte Susanne. „Kennst du das?“

„Was?“ Ich schaute Susanne verständnislos an.

„Okay, vergiss es“, winkte sie ab, „erzähl weiter.“

„Viel mehr gibt es nicht zu erzählen. Das Loch ist da, saugt Luft in sich rein, und wir wissen nicht, was es ist. Wir wissen nicht, wie es zustande gekommen ist, und wir wissen nicht, wie wir es wegbekommen könnten.“

„Na, das ist nicht sehr viel“, erkannte Susanne richtig. „Aber wieso wollt ihr es wegbekommen? Klar, es ist irgendwie unheimlich, aber es ist ja auch ein faszinierendes Studienobjekt. Vielleicht könnt ihr dabei Erkenntnisse gewinnen, die das FTI einen riesigen Schritt weiterbringen. Vielleicht lässt sich daraus eure unerschöpfliche Energiequelle fabrizieren oder sonst etwas, was man so richtig zu Geld machen kann."

„Ja, vielleicht", entgegnete ich gedankenverloren. „Diese vielen ‚Vielleicht' sind es, die mir Sorgen machen. Vielleicht wächst das Loch! Hast du dir das einmal überlegt? Klar, jetzt ist es winzig. Das bisschen Luft, das es einsaugt, ist nicht der Rede wert. Was aber, wenn es größer wird? Ein Zentimeter, ein Meter, zehn Meter! Okay, da könnte man noch eine luftdichte Halle drum herum bauen, aber was ist bei 100 Metern, 1000 Metern? Was machen wir dann?"

Trotz der unterdessen eineinhalb Flaschen Rotwein sah ich Susanne nun ein zweites Mal blass werden.

„Denkst du denn, es könnte sein, dass sich das Loch vergrößert?", fragte Susanne vorsichtig.

„Ich … ich weiß nicht. Ich hoffe, ich habe mich getäuscht."

„Oh, mein Gott, du denkst, dass das Loch größer wird?", fragte Susanne ungläubig.

„Ich weiß es nicht genau. Das erste Mal, als ich es sah, war es vielleicht einen halben Millimeter groß. Dann vergingen ein paar Wochen, bis das Labor umgebaut war. In der Zeit habe ich das Loch im Schrank versteckt. Ich weiß, das klingt albern, aber ich hab tatsächlich den alten Bücherschrank in Meiers Labor so hingeschoben, dass das Loch in einer Seitenwand zu liegen kam. Als ich den Schrank dann gestern weggeschoben habe, kam das Loch wieder zum Vorschein. Und es schien mir größer als vorher. Nicht viel, sicher immer noch kleiner als ein Millimeter. Ich bin mir auch nicht sicher. Du weißt ja, es ist keine Kugel, sondern eine Scheibe. Je nachdem, aus welchem Winkel man sie anschaut, sieht sie unterschiedlich groß aus. Vielleicht hat sich die Scheibe unterdessen etwas gedreht, und das erste Mal hab ich sie mehr von der Seite angeschaut. Ich war damals viel zu aufgeregt, als dass ich auf so etwas geachtet hätte."

„Das kann ich mir denken." Susanne nippte nachdenklich an ihrem Glas. „Das Loch, ich meine, die Scheibe oder was auch immer – kann ich es einmal sehen?"

„Auf keinen Fall", antwortete ich lauter als beabsichtigt. In ruhigerem Ton fuhr ich fort und erklärte Susanne den Sachverhalt. „Im Labor sind Kameras installiert. Auch davon weiß niemand etwas, schon gar nicht unsere IT. Die Aufzeichnungen werden über eine gesicherte Funkverbindung zu einem PC in Lars' Büro übertragen. Der PC steht in einem abgeschlossenen Schrank. Das hat alles eine externe Spezialfirma gemacht. Alle Rechnungen gingen nur über Lars' Tisch. Frag mich nicht, wie er das verbucht hat. Aber ich habe eine andere Idee", schlug ich ihr vor. „Ich kann dir wahrscheinlich bald ein Foto von dem Loch zeigen. In ein paar Tagen bekomme ich eine spezielle Halterung. Damit kann ich mein Mikroskop exakt auf das Loch ausrichten. Die Mikroskopkamera filmt das Loch dann kontinuierlich und überträgt die Bilder an meinen Mess-PC. Über die Bildverarbeitung kann ich Umfang und Fläche des Lochs in Echtzeit messen. Dann sollte auch klar werden, ob das Loch wächst. So ein Bild von der Mikroskopkamera kann ich dir problemlos mitbringen."

„Da bin ich wirklich gespannt. Vielleicht fällt mir ja etwas auf, was ihr übersehen habt!"

„Ja, vielleicht", entgegnete ich gedankenverloren. Schon wieder dieses „Vielleicht", in dem sich alle Ereignisse der letzten Monate zu kondensieren schienen. Wie viele „Vielleicht" hatte ich in letzter Zeit gehört! Mit Meiers Tod fing alles an. Vielleicht wurde der Meier umgebracht, vielleicht war es Selbstmord, vielleicht war es ein Unfall? Vielleicht hatte er etwas entdeckt. Vielleicht wollte man ihn abwerben, vielleicht, vielleicht, vielleicht …

Mir schien, dass sich meine Welt der exakten Wissenschaften, des Ja/Nein, des Richtig/Falsch zu einer Vielleicht-Welt gewandelt hätte. Alles war unsicher. Was gestern noch Gültigkeit gehabt hatte, war heute plötzlich ganz anders.

„Peter!"

Ich schreckte hoch.

Susanne lächelte mich an. „Ich glaube, du warst gerade etwas abwesend."

„Ja, stimmt. Ich fürchte, ich habe ein bisschen zu viel Wein getrunken."

„Ja, ich auch", sagte Susanne und leerte ihr Glas mit einem großen Schluck. „Ich bin total müde. Kann ich heute Nacht bei dir schlafen? Ich meine auf dem Sofa natürlich."

„Natürlich, ich hole dir eine Decke."

Mir wurde ganz komisch zumute. Susanne und ich, ob das doch nochmal was werden konnte? Jedenfalls hätte ich sie gerne in den Arm genommen. Und wahrscheinlich hätte auch Susanne nichts dagegen. Aber morgen würde sie mir vielleicht Vorwürfe machen, dass ich die Situation ausgenutzt hätte. Schließlich war sie ziemlich angeheitert. Um die Sache nicht noch mehr zu verkomplizieren, verzichtete ich schweren Herzens auf jegliche Aktivitäten zur Reaktivierung unserer Beziehung, und so landeten Susanne und ich keine halbe Stunde später im Bett. Ich in meinem und Susanne auf dem zurechtgemachten Sofa im Wohnzimmer.

Eine Weile noch hörte ich ihre gleichmäßigen Atemzüge, die nach kurzer Zeit in ein leicht krächzendes Schnarchen übergingen. Ich musste grinsen, doch dann fielen auch mir die Augen zu.

Mit überraschend klarem Kopf wachte ich am nächsten Morgen auf. Susanne war schon wach. Ich hörte sie in der Küche hantieren – und schimpfen.

„Wie kann man mit so einem antiquierten Teil überhaupt einen Kaffee zustande bringen?"

„Das ist ganz einfach", rief ich, schwang mich aus dem Bett und ging im Pyjama in die Küche. „Du brauchst den hier!" Ich holte einen Kaffeefilter aus dem Küchenschrank und hielt ihn ihr hin. „Dann brauchst du noch Kaffee und Wasser, aber das hast du ja schon gefunden. Ach ja, und eine gute Kaffeemaschine, aber die hast du ja auch schon gefunden." Ich lachte und legte den Filter in die Maschine.

„Das ist keine Kaffeemaschine, das ist ein prähistorisches Artefakt."

„Na wenn schon", entgegnete ich. „Sie macht guten Kaffee und produziert nicht tonnenweise Aluminiumabfall wie deine neumodische Kapselmaschine."

„Erstens ist meine Kapselmaschine schon seit mindestens 20 Jahren nicht mehr neumodisch, und außerdem wird das alles recycelt."

Es tat richtig gut, sich wieder einmal über so etwas leicht Durchschaubares wie Kaffeemaschinen zu unterhalten anstatt über Schwarze Löcher oder Scheiben, die sich niemand erklären konnte.

Dennoch blieb das Loch präsent wie ein Dämon, der, einmal aus der Flasche gelassen, unser künftiges Leben unumkehrbar beeinflussen sollte. Auch wenn wir uns während des anschließenden Frühstücks über belanglose Sachen unterhielten, beeinflusste das Loch unsere Unterhaltung allein durch die Tatsache, dass wir krampfhaft vermieden, es anzusprechen.

Erst als sich unser erstes gemeinsames Frühstück seit langem dem Ende zuneigte, kam Susanne auf das Thema zurück. „Installierst du heute schon das Mikroskop?"

„Das kommt darauf an, ob das Stativ schon fertig ist."

Susanne nickte. „Gut, ich bin echt gespannt darauf, wenigstens ein Foto von dem Ding zu sehen."

Kurze Zeit später machte ich mich guter Dinge auf den Weg zum FTI. Die Unterhaltung mit Susanne hatte mir gutgetan. Mein Kopf war freier als noch vor einigen Tagen und ich war froh darüber, dass ich Susanne eingeweiht hatte. Ich war mir sicher, dass sie den Ernst der Lage erkannt hatte und Stillschweigen bewahren würde – wenngleich es ihr schwerfallen dürfte.

DIE MESSUNGEN

Am FTI angekommen wollte ich so schnell wie möglich mit den Messungen starten. Die Mikroskophalterung war bereits geliefert worden und ich konnte sie an der Warenannahme in Empfang nehmen. Ich beeilte mich, die schwere und vor allem sperrige Halterung unbemerkt in Meiers Labor zu bringen. Ich wollte vermeiden, dass mich jemand damit sah und mir unangenehme Fragen stellte.

Die nächsten anderthalb Stunden verbrachte ich damit, das Mikroskop an der, wie erwartet, sehr präzise gearbeiteten Halterung zu befestigen. Anschließend bugsierte ich die komplette Installation vorsichtig mit einem Hubwagen zum Loch. Es dauerte eine Weile, bis ich alles exakt ausgerichtet hatte. Das Loch musste schließlich genau im Fokus des Objektivs liegen, der sich nur wenige Millimeter vor dessen Abschlusslinse befand. Dabei musste ich tunlichst vermeiden, dass die Linse in Kontakt mit dem Loch kam. Das hätte sie sofort zerstört.

Für die ersten Aufnahmen wählte ich eine 100-fache Vergrößerung. Das sollte für die Vermessung völlig ausreichend sein. Nach einigen zusätzlichen Feinjustierungen am PC erschien in der Mitte meines Computerbildschirms ein unspektakulärer schwarzer Kreis von etwa zehn Zentimetern Durchmesser. Wenn man genau hinsah, konnte man sogar erkennen, dass der Kreis nicht exakt rund war, sondern dass es sich um eine Ellipse handelte. Möglicherweise hatte ich das Mikroskop doch nicht genau senkrecht vor dem Kreis platziert. Ich vermutete, dass es sich bei dem Loch um einen Kreis handelte. Und tatsächlich, nach einigen vorsichtigen weiteren Justierungen zeigte mir das Messprogramm einen exakten Kreis mit einem Durchmesser von 0,6703 mm an.

Bei hundertfacher Vergrößerung schien der Rand völlig glatt und konturlos zu sein. Um ihn mir genauer ansehen zu können, erhöhte ich die Vergrößerung Schritt für Schritt bis auf den Höchstwert. Doch selbst bei 1500-facher Vergrößerung waren keine Konturen zu erkennen. Der Rand des Loches war völlig glatt und strukturlos, wie eine mit dem Zirkel gezogene scharfe und leicht gebogene Trennlinie. Richtete ich das Mikroskop auf das Loch, sah ich nur ein konturloses Schwarz, richtete ich es daneben, nur Weiß.

Als ich die Intensität der eingebauten Ringbeleuchtung erhöhte, war hin und wieder ein kurzes Aufleuchten zu sehen. Ich glaubte schon, einer interessanten Sache auf der Spur zu sein. Doch als ich mir das Aufblitzen an meinem PC in Zeitlupe ansah, erkannte ich, dass das Aufblitzen von Staubteilchen hervorgerufen wurde, die durch den Lichtvorhang der Ringleuchte flogen.

Ich verfolgte einige dieser Staubteilchen mit dem Autofokus. In dem Moment, in dem sie die Oberfläche der schwarzen Scheibe berührten, verschwanden sie spurlos. Wieder einmal wurde mir bewusst, dass das Loch unaufhaltsam Materie in sich hineinsaugte, über deren Verbleib ich nur rätseln konnte.

Ich speicherte die Serie mit den Staubteilchen zusammen mit einigen Fotos vom Loch auf einem USB-Stick. Ich hatte Susanne Fotos versprochen und war gespannt, was sie dazu sagen würde.

Der verschwindende Staubfaden brachte mich aber noch auf eine andere Idee. Ich wollte das Loch nun mit einem solideren Material beaufschlagen.

In meinem Schreibtisch hatte ich noch ein paar Stecknadeln, die ich mir einmal zum Reinigen von Sputterdüsen organisiert hatte. Ich nahm eine der Nadeln und näherte sie dem Loch. Unwillkürlich hielt ich den Atem an, als die Nadelspitze anscheinend ohne jeglichen Effekt in der kleinen schwarzen Scheibe verschwand. Außer dass der Teil, der sich im Loch befunden hatte, danach einfach fehlte.

Ich inspizierte die Schnittkante, wenn man das so nennen konnte, mit dem Mikroskop. Die Kante war absolut glatt. Wie poliert. Keine optisch sichtbare Rauigkeit, keine Verfärbung, wie sie durch Hitzeeinwirkung zu erwarten gewesen wäre. Verunsichert legte ich die Nadel auf ein Stück Papier. Was konnte ohne jegliche merkbare Krafteinwirkung einen solchen Schnitt verursachen? Ich würde die Nadel bei nächster Gelegenheit von unserer Mikrostrukturanalytik untersuchen lassen. Ich war gespannt, ob sich an der Bruchkante irgendwelche Veränderungen im Gefüge oder der Zusammensetzung des Materials nachweisen ließen. Aber wenn ich ehrlich war, große Hoffnungen machte ich mir nicht.

Den Rest des Tages verbrachte ich damit, weitere Messgeräte um das Loch herum zu platzieren. Im Einzelnen waren dies ein hochempfindlicher Geigerzähler, ein Spectrum Analyzer, der einen großen Bereich elektromagnetischer Strahlung von Niederfrequenz bis knapp in den Terraherzbereich messen konnte, eine Infrarotkamera, eine optische Kamera und ein empfindliches Mikrofon. Das war alles, was ich im Moment auftreiben konnte.

Ich schaltete die Geräte ein und startete die Datenaufzeichnung. Alle Daten würden auf meinen PC übertragen werden und wahrscheinlich würde meine Festplatte morgen bereits ziemlich voll sein. Aber da würde sich eine Lösung finden. Anschließend brachte ich die „abgesägte“ Nadel ins Mikrostrukturlabor und ging danach noch kurz bei Lars vorbei. Wie vereinbart berichtete ich ihm von den sehr spärlichen Resultaten.

Auf dem Nachhauseweg rief ich Susanne an und fragte, ob sie am Abend nicht Lust hätte, sich ein paar Fotos bei mir anzuschauen. Susanne verstand sofort und versprach, in einer guten Stunde bei mir zu sein. So kam es, dass ich wenig später erneut auf die schwarze Scheibe starrte, diesmal zusammen mit Susanne. Doch auch Susanne konnte den Fotos nicht mehr abgewinnen als ich.

„Na ja, viel sieht man nicht", kommentierte sie enttäuscht, und ich musste ihr recht geben. Diese schwarze Scheibe auf dem Bildschirm hätte ich auch in zwei Sekunden mit dem Zeichentool meines Textverarbeitungsprogramms zeichnen können. Erst als ich ihr die Fotos von den angeleuchteten und in der Scheibe verschwindenden Staubteilchen zeigte, pfiff sie anerkennend durch die Zähne.

„Wow, das ist echt irre! Und das Zeugs verschwindet einfach in dem Loch? Es kommt nicht auf der anderen Seite wieder heraus oder so?"

„Auf der anderen Seite jedenfalls nicht. Das hätte ich spätestens bei dem Experiment mit der Nadel bemerkt."

„Wenn dauernd was reinfliegt, muss es dann nicht irgendwann voll sein?"

„Hmm, eine gute Frage. Wenn es ein Schwarzes Loch wäre, würde es einfach größer werden. Aber bei den kleinen Mengen an Materie, die bisher eingeströmt sind, wäre das nicht messbar. Und da es ja kein Schwarzes Loch ist … Ehrlich gesagt, habe ich keine Ahnung!"

Aber es war ein interessanter Aspekt. Was wäre, wenn ich versuchen würde, größere Mengen Materie in das Loch hineinzudrücken? Zum Beispiel ein paar Kilogramm eines dünnen Metalldrahts. Mit einer Führung und einem elektrischen Antrieb sollte das gehen. Ob es ab einer gewissen Zufuhrgeschwindigkeit Probleme gäbe? Ob das Loch vielleicht verstopfte? Ich nahm mir vor, den Versuch in den nächsten Tagen durchzuführen. Wenn nicht meine über Nacht gesammelten Daten schon andere Hinweise ergeben würden.

0,6722

Obwohl es noch ziemlich spät geworden war, machte ich mich am nächsten Morgen schon früh auf den Weg zum FTI. Ich brannte darauf, die über die Nacht gesammelten Daten und Messwerte zu analysieren. Noch vor halb acht traf ich am FTI ein, und einige Kollegen zogen überrascht die Augenbrauen hoch, als sie mich zu der ungewohnten Uhrzeit dort sahen.

Mit zügigen Schritten eilte ich durch die hellen Gänge und war erleichtert, als ich an meinem Behelfsbüro angekommen war, ohne von jemandem in ein Gespräch verwickelt worden zu sein. Ich öffnete die Tür zu meinem neuen Büro und wartete ungeduldig, bis die Tür hinter mir wieder zugefallen war. Erst dann konnte ich den Code für die Tür zum benachbarten Labor eingeben. Ich wusste, dass nun eine Kamera meine Gesichtszüge analysierte und das Schloss erst freigab, wenn sie mich einwandfrei identifiziert hatte. Lars hatte sogar angedeutet, das System könne meinen Gemütszustand erfassen. Wenn es zum Schluss käme, dass ich unter Zwang oder unter Drogen stand oder es signifikante Zweifel an meiner geistigen Gesundheit detektierte, würde mir der Zutritt verwehrt werden.

Dies schien Gott sei Dank nicht der Fall zu sein, denn nach wenigen Sekunden hörte ich das leise Piepen, das die Tür zum Labor freigab. Ungeduldig und mit klopfendem Herzen ging ich ins Labor und schaltete sofort den Bildschirm des Analyse-PCs ein. Der quoll schon über vor Messwerten, und sekündlich kamen etliche neue dazu, was ich an den nach unten rückenden Zahlenkolonnen erkennen konnte. Aber schon auf den zweiten Blick erkannte ich, dass sich nichts Spektakuläres ereignet hatte. Die Anzeige des Geigerzählers pendelte mit großer Regelmäßigkeit um den Mittelwert der natürlichen Hintergrund-Radioaktivität, und als ich mir die Werte der letzten zwölf Stunden in einer Grafik anzeigen ließ, war nur ein waagrechter Strich zu sehen. Kein aufsehenerregender Peak, keine langsame Zunahme und keine zyklische Schwankung.

Auch die Aufzeichnung des Spectrum Analyzers zeigte keine Auffälligkeiten. Natürlich gab es in einigen Frequenzbereichen durchaus deutliche Signale. Die Lage der Frequenzbänder, in denen Signale auftraten, verriet mir jedoch, dass diese mit sehr hoher Wahrscheinlichkeit von anderen Quellen kamen. Da war das fette 50-Hertz-Brummen der Netzspannung. Dann noch sich stetig verändernde Signale im Bereich 800 bis 2600 Megahertz, die von Handys und den zugehörigen Sende- und Empfangsantennen stammen dürften. Man konnte ziemlich genau sehen, wenn jemand in der Nähe sein Handy benutzt hatte. Dann natürlich die ganzen Radiofrequenzen, zum Beispiel der UKW-Bereich zwischen 80 und 110 Megahertz und so weiter. Ich würde wohl einen zweiten Analyzer in einiger Entfernung vom Loch aufstellen müssen, um die von diesem Gerät empfangenen Signale von den direkt am Loch gemessenen abziehen zu können. Nur so wäre es möglich, Signale zu identifizieren, die zweifelsfrei vom Loch stammten.

Die Aufzeichnungen des Mikrophons und der Infrarotkamera wollte ich mir später ansehen. Hier erwartete ich nichts, was ich mit bloßem Auge oder bei der manuellen Durchsicht der Resultate sehen könnte. Das Einströmen der Umgebungsluft dürfte sich in Form eines konstanten weißen Rauschens äußern, und auch im Infrarotbereich konnte ich mir keine spektakulären Effekte vorstellen. Ich würde später unser hauseigenes AI-Programm darüber laufen lassen. Vielleicht fand sich damit ein Hinweis auf etwas Außergewöhnliches.

Zu guter Letzt schaltete ich wieder auf die Mikroskopkamera um. Bedrohlich stand die schwarze Scheibe des Lochs sogleich wieder auf dem Bildschirm. Eine Veränderung war nicht zu erkennen. Zur Sicherheit verglich ich die aktuellen Messdaten mit der Aufzeichnung vom Vortag – und zuckte zusammen. Das Loch war größer geworden!

Es war nicht viel, aber messbar. Gestern hatte das Bildverarbeitungsprogramm den Durchmesser mit 0,6703 Millimeter angegeben. Heute wurde ein Wert von 0,6722 Millimetern angezeigt.

Der Durchmesser des Lochs war also – ich tippte einige Zahlen in den PC – um rund 0,28 Prozent größer geworden. Das klang nach nicht viel, aber seit der letzten Messung war nicht einmal ein Tag vergangen. Ich rechnete weiter. Wenn das Loch weiter so wachsen würde, dann wäre es in 100 Tagen 0,89 Millimeter groß, in einem Jahr etwa 1,9 Millimeter und in zehn Jahren sage und schreibe über 20 Meter. Konnte das sein? Dann wäre es vor knapp zwei Wochen, als ich es das erste Mal gesehen hatte, 0,65 Millimeter groß gewesen. Das schien mir durchaus möglich. Ich hatte das Loch damals tatsächlich kleiner in Erinnerung.

Das Loch wuchs also. Und das war beunruhigend. Sehr beunruhigend sogar. Würde das Loch in einigen Jahren tatsächlich auf eine Größe von einem Meter anwachsen, würde die Luft in einem donnernden Orkan hineinstürzen. Und zwar riesige Mengen Luft. So große Mengen, dass wahrscheinlich die Lufthülle der Erde bald merklich dünner werden würde. Ich konnte es schwer abschätzen, aber ich hatte das Gefühl, dass ein Einmeterloch, durch das die Atmosphäre der Erde abströmte, bereits zu einem deutlichen Effekt führen würde. Und es würde sich weiter vergrößern.

Klar, um ein Einmeterloch könnte man einen luftdichten Kasten bauen. Auch noch, wenn es zehn Meter groß wäre. Aber was, wenn es eine Größe von hundert oder tausend Metern erreichte? Oder zehntausend? Ein zehn Kilometer großer luftdichter Kasten war schwer vorstellbar. Wann wäre es so weit? Ich rechnete und kam auf einen Wert zwischen 16 und 17 Jahren. Das war kein allzu langer Zeitraum.

Und wenn sich die Ausdehnung des Lochs beschleunigte? Dann hätten wir noch sehr viel weniger Zeit zur Reaktion. Mir wurde schwindelig, als ich an die Konsequenzen dachte. Ich zwang mich dazu, aus dem Fenster zu schauen und einige Male tief durchzuatmen. „Immer mit der Ruhe", sagte ich mir. Ich hatte gerade mal zwei Messwerte, der eine größer als der andere. Das konnte alles und nichts bedeuten. Vielleicht oszillierte die Größe zwischen den beiden Werten. Oder die Ausdehnung verlangsamte sich immer mehr und näherte sich einem Grenzwert. Vielleicht war es auch ein Messfehler. Bevor ich weitere Schlüsse zog, musste ich die Größe des Loches einige Tage weitermessen. Danach würde ich klarer sehen. Und solange nichts bewiesen war, wollte ich auch Lars erst einmal nichts von dem vermuteten Wachstum erzählen.

Den Rest des Nachmittags verbrachte ich damit, mich durch alte Aufzeichnungen von Arnim durchzuarbeiten. Ich wollte herausfinden, ob es darin Hinweise auf die Entstehung des Loches gab. Arnim hatte vieles handschriftlich notiert, teils in gebundenen Laborbüchern, teils als lose Blattsammlung in Klarsichtmäppchen. Allerdings hatte er seine Aufzeichnungen weder besonders systematisch noch besonders sorgfältig ausgeführt. Das galt besonders für die losen Blätter. Auf vielen war für mich nur Gekritzel zu erkennen, das ich kaum entziffern konnte. Und auch bei dem, was ich lesen konnte, blieb mir der tiefere Sinn oft verborgen. Ich hoffte, dass es mir im Laufe der Zeit gelingen würde, mich besser in Arnims Gedankenwelt hineinzuversetzen und dadurch auch seine Aufzeichnungen besser zu verstehen.

Bis zum späten Nachmittag studierte, analysierte und sortierte ich Arnims Unterlagen, ohne etwas zu entdecken, was ich als Hinweis auf die Entstehung des Loches hätte werten können.

Den Abend verbrachte ich alleine, obwohl Susanne darauf brannte, die Ergebnisse meiner Messungen zu erfahren. Aber Susanne war von ihrem Chef dazu verdonnert worden, die Wissenschaftlergruppe eines befreundeten Arbeitskreises zu betreuen, was auch ein gemeinsames Abendessen beinhaltete.

Am nächsten Morgen traf ich, wie schon an den Tagen zuvor, früh am FTI ein und ging sofort zum Labor. Ungeduldig brachte ich die Zutrittsprozedur hinter mich. Ich schaltete den Monitor ein und schaute mir die aktuelle Aufnahme des Lochs an. Zumindest auf den ersten Blick schien es nicht größer geworden zu sein, dennoch zitterten meine Hände, als ich das Fenster mit der aktuellen Messung öffnete.

0,6741 Millimeter. Eine so kleine, unscheinbare Zahl, und doch jagte sie mir einen großen Schrecken ein.

Das Loch wuchs. Es wuchs, wie ich es berechnet hatte. In diesem Moment war ich mir völlig sicher, dass es weiter wachsen würde, unaufhaltsam. Irgendwann wären wir nicht mehr in der Lage, einen Kasten darum zu bauen, der groß genug war, es von der Lufthülle abzuschirmen.

Ich sah die apokalyptische Vision eines riesigen Gebäudes, dessen Wände sich nach innen wölbten, bis plötzlich das ganze

Gebäude in Richtung eines riesigen Schwarzen Lochs gezogen wurde und darin verschwand. Gleich darauf stürzte sich die Luft in einem gigantischen, selbstmörderischen Orkan in das Loch. Die Atmosphäre der Erde wäre dann nach wenigen Stunden so dünn, dass kein Sauerstoff atmendes Wesen auf der Erde mehr zu atmen vermochte.

Bereits jetzt fiel mir das Atmen schwer. Instinktiv tat ich einen tiefen Atemzug und starrte gebannt auf den Größenwert des Lochs, bis mir die Augen tränten. Die Größe des Lochs schwankte stetig zwischen 0,6738 und 0,6741 Millimeter. Das lag im Bereich der Messauflösung der Apparatur.

Langsam erholte ich mich von dem Schrecken, und schließlich wandte ich den Blick vom Bildschirm ab. Okay, das Loch wuchs. Aber bis es wirklich kritisch wurde, hatten wir einige Jahre Zeit. Ich würde mit Lars reden müssen. Wir durften das nicht länger geheim halten. Die besten Wissenschaftler der Welt mussten sich damit beschäftigen, nicht ich. Nicht nur ich, korrigierte ich mich in Gedanken.

Aber vorher wollte ich mir wenigstens noch die Aufzeichnungen der installierten Messgeräte und Sensoren anschauen. Irgendein Hinweis musste sich doch finden lassen.

Ich arbeitete wie ein Besessener und gönnte mir bis zum Abend keine Pause. Ich las alle Messdaten aus. Ich ließ mir die Werte in unterschiedlicher Auflösung und Verstärkung grafisch darstellen und ließ jedes Diagnoseprogramm darüber laufen, dessen ich habhaft werden konnte.

Was dabei herauskam, war – nichts! Es war deprimierend. Eigentlich war das Loch völlig harmlos. Es sandte keinerlei gefährliche Strahlung aus und ungefährliche auch nicht. Keine Radioaktivität, keine Radio- oder sonstige mit meinen Geräten detektierbare elektromagnetische Wellen. Auch bei völliger Dunkelheit und mit dem Restlichtverstärker betrachtet, blieb das Loch einfach nur schwarz. Alles, was in das Loch eintrat, verschwand darin, egal, ob ein dünner Stahldraht oder ein fokussierter Laserstrahl.

Auch Flüssigkeiten wurden aufgesaugt. Den ersten Versuch machte ich mit einem Glas Leitungswasser. Ich näherte das Glas vorsichtig von unten, bis das Loch im Wasser verschwand. Das Glas leerte sich wie von Zauberhand. Nicht besonders schnell, aber gut sichtbar. Etwa wie man es erwarten würde, wenn das Wasser durch ein millimetergroßes Loch herausfließen würde.

Bei einem zweiten Versuch füllte ich das Glas mit Quecksilber. Ich wollte sehen, ob sich ein Material mit einer hohen Dichte anders verhielt. Für dieses Experiment fixierte ich das Glas vorsichtshalber mit einer Klammer so, dass das Loch knapp über dem Boden des Glases lag. Dann schüttete ich 100 Milliliter Quecksilber in die Flasche. Das waren immerhin gut 1,3 Kilogramm. Wie zuvor das Wasser wurde auch das Quecksilber rasch aufgesaugt. Ich schüttete weiter Quecksilber nach, aber die Geschwindigkeit, in der es aufgesaugt wurde, veränderte sich in keiner Weise. Nach fünf Minuten war mein gesamter Quecksilberbestand von zehn Kilogramm verschwunden. Ich fragte mich, wohin. Kam es an einer anderen Stelle wieder zum Vorschein? Irgendwo im Weltraum, an einer anderen Stelle unseres Universums oder in einem Paralleluniversum, was auch immer das sein sollte? Konnte ich es verantworten, kilogrammweise Quecksilber irgendwohin zu schütten, ohne die leiseste Ahnung zu haben wohin?

Mit diesen Ergebnissen wollte, nein, musste ich schweren Herzens zu Lars gehen. Er wartete schon auf meinen Bericht.

„Wie schaut es aus, hast du schon etwas herausgefunden?" Noch gab sich Lars betont locker.

„Ja“, sagte ich ernst, „das Loch dehnt sich aus!“

Lars nickte.

Mir schien, er hatte das erwartet.

„Okay, wie schnell?“

„Ich weiß es noch nicht genau. Ich habe erst ein paar Messungen. Es sieht so aus, als ob es jeden Tag um 0,28 Prozent größer wird.“

„Und das heißt?“, fragte Lars, jetzt deutlich ungeduldiger.

„Das heißt, wenn es so weitergeht, ist es in zehn Jahren 18 Meter groß und in etwas mehr als 15 Jahren einen Kilometer!“

„Wann erreicht es etwa einen Meter?“

„Ich schätze, in fünf oder sechs Jahren.“

„Gut, in der Zeit sollte es möglich sein, einiges über das Loch herauszufinden. Was es ist, wie wir es wegbekommen oder besser, wie wir es stabilisieren und nutzen können.“ Lars sah mich durchdringend an, als ahnte er, was ich sagen wollte.

„Lars“, sagte ich gedehnt, „wir dürfen das nicht für uns behalten. Wir müssen die Öffentlichkeit informieren, zumindest die wissenschaftliche Fachwelt …“

„Okay, und was soll das bringen? Im Moment, meine ich. Es wird ein Riesen-Trara geben. Geh davon aus, dass wir genötigt werden, den ganzen Komplex unter staatliche, wenn nicht gar internationale Kontrolle zu stellen. Und glaub mir, Pete, du bist dann weg vom Fenster. Obwohl du das Loch und die Arbeiten vom Meier am besten kennst! Da werden andere wirkliche und selbsternannte Experten kommen. Wahrscheinlich wird jedes Land eine Abordnung stellen, die sich dann monatelang streiten, wer welche Experimente durchführen darf. Und zum Schluss entscheiden Politiker, was gemacht wird. Denkst du wirklich, dass das zielführend ist? Glaubst du, damit kommt man dem Geheimnis des Lochs schneller auf die Spur?“

Obwohl ich es nicht ganz so drastisch sah, konnte ich es auch nicht ganz von der Hand weisen. Lars entgingen meine Zweifel nicht und so bot er mir einen Kompromiss an.

„Pete, ich denke, du hast im Moment die besten Chancen, etwas Entscheidendes über das Loch herauszufinden. Wie groß wird das Loch in einem halben Jahr sein?"

„Ich schätze, ein bisschen mehr als ein Millimeter."

„Gut, ein Millimeter ist nicht viel größer als jetzt. Jedenfalls ist es noch problemlos handhabbar. Pete, lass uns die Sache in Ruhe angehen. Nimm dir sechs Monate Zeit, in denen du das Loch intensiv studierst. Du bekommst alle Unterstützung, die du brauchst. Die Geheimhaltung muss aber gewährleistet bleiben. Wenn etwas Außergewöhnliches passiert oder sich das Wachstum des Lochs plötzlich stark beschleunigt, sehen wir weiter. Aber wenn nicht, schätze ich, dass du in dem halben Jahr mehr herausfindest als Horden von Wissenschaftlern, die von der Sache weniger verstehen als du und sich in kleinlichen Kompetenzstreitigkeiten aufreiben."

Ganz überzeugt war ich nicht, aber ich gab ihm recht. Nachdenklich sah ich aus dem Fenster und versuchte, meine Gedanken zu ordnen, bis mich Lars' eindringlicher Blick zurückholte. Er erwartete eine Antwort.

„Ich denke, du hast recht", sagte ich unsicher. Ganz wohl war mir bei der Sache nicht. Hatte ich das Recht, das Loch geheim zu halten? War es wirklich so, dass ich mehr herausfinden konnte als alle Wissenschaftler der Welt zusammen? Das schien mir sehr vermessen. Auf der anderen Seite hatte Lars nicht ganz unrecht. Wem würde das Recht zugestanden werden zu entscheiden, welche Experimente an dem Loch durchzuführen waren? Würden zum Schluss Politiker darüber entscheiden? Ich wusste es nicht. Aber noch einige Tage oder Wochen ungestört Zeit zu haben, dem Geheimnis des Loches auf die Spur zu kommen, war verlockend. Und wenn ich etwas herausfinden würde, was ich selbst nicht mehr überblicken konnte, oder wenn ich überhaupt nicht weiterkäme, konnte man die Sache immer noch öffentlich machen. So ging ich schließlich auf Lars' Vorschlag ein.

Als ich das FTI verließ, war es draußen schon dunkel. Es wehte ein warmer Frühlingswind, und ich genoss die frische Luft. Langsam ging ich an dem kleinen Park mit den im Wind rauschenden Weiden vorbei. Einen Moment lang beruhigte mich das leise Rauschen der Blätter, doch dann erinnerte es mich an das Zischen der Luft, die unaufhaltsam auch in diesem Moment in das Loch einströmte. Trotz des warmen Frühlingswindes fröstelte ich plötzlich.

Ich nahm mir vor, so bald wie möglich eine luftdichte Kammer um das Loch herum zu installieren. Dann würde zumindest das beängstigende Zischen verschwinden. Vielleicht wären dann andere Geräusche aus dem Loch zu hören. Vielleicht war das Loch ein Tor zur Hölle, und wenn man nur genau genug hinhörte, hörte man die Schreie der Verdammten im Fegefeuer. Noch vor einigen Wochen hätte ich bei solchen Gedanken laut lachen müssen, jetzt gelang mir das nicht. Es blieb ein beklemmendes Gefühl hilfloser Unwissenheit. Das Loch konnte alles sein, bis jetzt hatte ich nicht das Geringste herausgefunden.

Ein leises Brummen in meiner Hosentasche riss mich aus den Gedanken. Mein Handy vibrierte, und ich ahnte schon, wer mich anzurufen versuchte.

„Hallo Susanne", sagte ich nach einem kurzen Blick aufs Display.

„Hi Pete, endlich meldest du dich. Hast du meine WhatsApp nicht gelesen?"

„Nein, ich habe bei meinem Handy fast alles abgestellt. Ich mag dieses penetrante Brummen und Piepsen einfach nicht."

„Okay, lassen wir das."

Susanne hatte es aufgegeben, mich zu belehren, dass man heutzutage immer und überall erreichbar zu sein hatte. Wobei mir schien, dass dies insbesondere für ihre Anrufe galt. Aber jetzt war sie ungeduldig.

„Was hast du herausgefunden, was gibt's Neues vom Loch?"

„Susanne, ich möchte das nicht am Telefon erzählen. Hast du heute Abend Zeit?"

„Klar. Wollen wir uns bei Joe's treffen und dort eine Kleinigkeit essen?"

Der Vorschlag war verlockend. Ich hatte ohnehin Hunger und ich war froh, dass sie angerufen hatte. Ich brauchte jemanden, mit dem ich über die Sache sprechen konnte. Ganz besonders über die Entscheidung von Lars und letztendlich auch von mir, das Loch erst einmal geheim zu halten.

Wir verabredeten uns für halb sechs. Zu der Zeit war es bei Joe's erfahrungsgemäß noch recht leer, und wir würden einen der unattraktiveren, dafür aber ruhigeren Tische im hinteren Teil des Restaurants nehmen können.

BEI JOE'S

Eine knappe Stunde später saßen wir in einer schummrigen Ecke von Joe's Bar. Ich kam mir vor wie ein Kleinkrimineller, der mit seiner Komplizin in einer zwielichtigen Kneipe ungestört den nächsten Coup plant. Ich musste lachen.

„Was ist so lustig?"

„Nichts", erwiderte ich. „Kommt es dir nicht komisch vor, dass wir uns in diese dunkle Ecke verziehen, obwohl weiter vorne so schöne Tische frei sind?"

Susanne grinste. „Ja, stimmt, aber wir haben auch wirklich etwas zu besprechen, was nicht jeder hören soll. Also, was hast du herausgefunden?"

Ich rückte meinen Stuhl zurecht. „Also, ehrlich gesagt, nicht viel. Das Loch gibt keinerlei Strahlung oder sonst irgendetwas von sich. Jedenfalls nichts, was ich mit meinen Geräten detektieren könnte."

„Das ist aber nicht alles?"

„Ja", erwiderte ich langsam, „es sieht so aus, als würde das Loch tatsächlich größer werden."

„Mist!", rief Susanne lauter als beabsichtigt.

„Immer mit der Ruhe." Nervös schaute ich mich um. „Es ist nicht viel, kaum messbar. Wir wissen auch noch nicht, ob die Größe nicht einfach fluktuiert. Vielleicht wird es nach einer Weile wieder kleiner?"

„Ja, vielleicht. Aber Peter, was ist, wenn sich die Ausdehnung beschleunigt! Wenn ihr nichts wisst, woher wollt ihr dann wissen, dass es sich nicht immer schneller ausdehnt?"

Susanne hatte den Nagel auf den Kopf getroffen. Das war genau der Punkt, der auch mir Unbehagen bereitete. Wir wussten einfach zu wenig.

„Was macht ihr jetzt?"

„Wir werden es weiter beobachten, um herauszufinden, wie sich die Größe weiterentwickelt. Und ich werde nächste Woche ein paar zusätzliche Messinstrumente installieren."

„Du?" Susanne schaute mich fragend an. „Du machst das alles alleine?" Sie schien kurz zu überlegen, doch bevor ich etwas erwidern konnte, setzte sie nach. „Verdammt, Lars hat dich rumgekriegt, die ganze Sache immer noch geheim zu halten. Nicht wahr?"

„Susanne, ich hab natürlich mit Lars darüber geredet, und natürlich will er die Sache vorerst noch geheim halten. Aber nur vorerst, und außerdem glaube ich auch, dass das im Moment das Beste ist."

Susanne war erwartungsgemäß nicht sonderlich begeistert. Doch nachdem ich in den nächsten zehn Minuten im Großen und Ganzen die Argumente von Lars wiederholt hatte, gab sie mir in einigen Punkten recht. Dennoch blieb sie skeptisch und war der Meinung, wenn ich nicht innerhalb von ein paar Tagen etwas Entscheidendes herausfinden würde, müsste ich mit der Sache an die Öffentlichkeit gehen.

„Das mach ich", versprach ich ihr und ebenfalls, dass ich sie über meine Versuche auf dem Laufenden halten würde. Ich war froh, dass ich mit Susanne darüber reden konnte, und schätzte ihren Rat. Sie sah viele Dinge in einem anderen Licht als ich oder gar Lars. Es konnte nicht schaden, wenn ich meine künftige Strategie in Bezug auf das Loch von zwei verschiedenen Meinungen abhängig machen würde.

Unser Gespräch wurde schließlich von Maggie unterbrochen, die uns unsere Pizzen brachte.

„Hi Pete, hi Susanne. Ich hab euch sitzen sehen und wollte rasch Hallo sagen."

„Hi Maggie, schön, dich zu sehen, wie geht's?", fragte ich mit ehrlichem Interesse, und auch Susanne schien sich zu freuen.

„Danke, eigentlich ganz gut. Ich hab jetzt immer Spätschicht, das ist gar nicht so schlecht. Da kann ich am Morgen ausschlafen und hab den ganzen Nachmittag frei. Abends ist zwar immer viel los hier, aber das macht mir nichts aus. Ich habe gerne Leute um mich." Maggie lachte eine Spur zu unbekümmert, als dass es echt wirkte. Offensichtlich war sie über Arnims Tod noch lange nicht hinweg.

„Was ist mit euch?", fragte sie. „Ich hab euch schon eine ganze Weile nicht mehr gesehen."

Ich sagte etwas von viel Arbeit und dass sich ein Besuch bei Joe's in den letzten Wochen einfach nicht ergeben hatte.

„Arbeitest du immer noch an Arnims Forschungen?", fragte Maggie interessiert.

„Ja, schon", antwortete ich verlegen. Ich hatte ein schlechtes Gewissen ihr gegenüber. Mir wurde bewusst, dass Maggie nach wie vor davon ausging, dass Arnim an einem natürlichen Herzversagen gestorben war. Ich fand, sie hatte ein Recht darauf zu wissen, wie Arnim, zumindest höchstwahrscheinlich, gestorben war. Aber zum jetzigen Zeitpunkt konnte ich ihr das nicht sagen. Vielleicht später, in ein paar Tagen oder Wochen.

„Übrigens, vor ein paar Tagen war ein Kollege von euch da und hat sich nach Arnim erkundigt", riss mich Maggie aus meinen Überlegungen.

„Wer hat sich nach Arnim erkundigt?" Beide schauten wir Maggie aufmerksam an.

„Er sagte, er wäre ein Kollege von Arnim und würde an dem gleichen Projekt arbeiten. Und er meinte, dass sie nicht weiterkommen, weil einige wichtige Aufzeichnungen von Arnim fehlen. Er wollte wissen, ob Arnim mir einen USB-Stick oder etwas in der Richtung gegeben hat."

„Und?", fragte Susanne.

„Nein. Arnim hat mir nichts dergleichen gegeben, und ich hab eurem Kollegen das auch gesagt. Er ist dann gegangen und hat mir einen Zettel mit einer Telefonnummer dagelassen, falls mir noch etwas einfallen sollte."

„Können wir die Nummer mal sehen?", fragte Susanne, doch Maggie schüttelte den Kopf.

„Ich hab sie nicht mehr", gestand Maggie. „Ich hab den Zettel in meinen Quittungsblock gesteckt und dort vergessen. Mir ist es dann zwei Tage später wieder eingefallen, aber da war der Block weg."

„Mist!", entfuhr es Susanne.

„Der Kollege, wie hieß er denn?"

„Er nannte sich Joe. Wie die Kneipe. Aber er war asiatischer Abstammung", fügte Maggie hinzu. „Ich würde auf Chinese tippen."

„Joe, wie originell", sagte Susanne.

Ich musste an Takomi Makkuro denken. Aber der war tot. Gab es jemand anderen aus der Yamamoto-Gruppe, der ebenfalls an Meier interessiert gewesen war? Vielleicht nicht, um seine Arbeiten zu sabotieren, sondern wegen der Resultate. Jemand, der vermutete, Maggie könnte etwas von Arnim haben. Oder gab es einen weiteren Player, den wir noch nicht kannten?

Maggie sah uns unsicher an. Sie schien unsere Zweifel zu spüren. Wahrscheinlich waren ihr im Nachhinein selbst welche gekommen. „Ihr denkt, dass er nicht vom FTI war?"

„Nein, ich glaube nicht", antwortete ich wahrheitsgemäß. „Wahrscheinlich jemand von der Konkurrenz, der an Arnims Forschungsergebnissen interessiert ist." Maggie nickte.

„Wollte er sonst noch etwas wissen? Oder hat er etwas Auffälliges gesagt?" Susanne sah Maggie erwartungsvoll an.

„Nein", antwortete Maggie kurz.

Mir schien es, als hätte sie noch etwas sagen wollen und Susannes forsche Art hätte sie abgeschreckt. Sie meinte jedenfalls, sie müsse sich jetzt um die anderen Gäste kümmern, und ging. Ich nahm mir vor, bei Gelegenheit nochmal alleine zu Joe's zu kommen und mich in Ruhe mit Maggie zu unterhalten. Vielleicht würde ich ihr sogar zu verstehen geben, dass Arnim durch einen Unfall ums Leben gekommen war.

„Du denkst auch, was ich denke?" Susanne schaute mich fragend an.

„Ja." Ich nickte. „Irgendjemand ist hinter Arnims Ergebnissen her. Und dieser Jemand muss herausbekommen haben, dass Arnim und Maggie was miteinander hatten, und da hat er sich an sie rangemacht."

„Mist, dass sie den Zettel mit der Telefonnummer verloren hat."

„Ja, das ist ärgerlich. Aber auf der anderen Seite bin ich auch ganz froh. Was hätten wir tun können? Den Unbekannten zu einem Treffen überreden? Und dann? Dass die Konkurrenz hinter Arnims Ergebnissen her ist, ist nichts Neues. Dass einer es bei Maggie versucht hat, okay. Das ist vielleicht nicht die feine englische Art, aber verboten ist es nicht direkt. Die Polizei würde das kaum interessieren. Außerdem hat er nichts erfahren und seit dem Treffen mit Takomi Makkuro hab ich mir eigentlich vorgenommen, Scherereien so gut es geht aus dem Weg zu gehen."

„Du hast recht. Aber trotzdem, irgendwas stimmt hier nicht."

„Ja, das Loch stimmt nicht", sagte ich mit Bestimmtheit. „Und ehrlich gesagt, habe ich damit im Moment mehr als genug zu tun. Irgendwelche Chinesen, die an Meiers Ergebnissen interessiert sind, sind mir im Moment ziemlich egal, solange sie mich in Ruhe lassen."

Susanne verzichtete auf weitere Einwände. Sie hatte gemerkt, dass es besser war, nicht weiter nachzubohren. So unterhielten wir uns noch eine Weile über meine Strategie zur Erforschung des mysteriösen Lochs und Susanne machte Vorschläge für weitere Messungen.

Plötzlich kam Susanne mit einer interessanten Idee. Sie schlug vor, in der Vakuumkammer eine Vorrichtung zur Messung des Casimir-Effektes zu installieren, und zwar so, dass sich das Loch exakt parallel zu den Messplatten befand.

„Wenn das Loch alles verschluckt, dann müsste es auch alle virtuellen Photonen-Paare zwischen den Platten absorbieren. Dementsprechend sollte sich eine unerwartet hohe Casimir-Kraft einstellen", erläuterte sie ihre Idee.

Ich nickte anerkennend. Darauf war ich noch nicht gekommen. Ob sich der Effekt so einstellen würde? Oder ob wir etwas ganz anderes beobachten würden? Jedenfalls könnte uns der Versuch wichtige Erkenntnisse über die Natur des Loches bringen.

Einmal mehr war ich froh darüber, dass ich Susanne eingeweiht hatte. Aber es war auch eine Mahnung. Eine Mahnung, das Loch nicht allzu lang geheim zu halten. Wenn Susanne schon nach einer Stunde einen guten Vorschlag zur Erforschung des Loches machen konnte, zu welchen Schlüssen würde dann die vereinigte Kompetenz aller Wissenschaftler der Welt kommen? Es war vermessen, die Erforschung des Loches auch nur eine Sekunde lang für mich alleine zu beanspruchen. Und doch wollte ich zumindest dieses Experiment noch durchführen. Ich und nicht eine Gruppe internationaler Wissenschaftler, deren Ergebnisse ich vielleicht erst Monate oder gar Jahre später zu sehen bekommen würde, wenn überhaupt. Und auf eine nennenswerte Mitsprache bei der Gestaltung weiterer Experimente brauchte ich nicht zu hoffen, dafür war ich als Industriewissenschaftler schon viel zu weit weg von der akademischen Elite, als dass sie meinen Ideen besondere Beachtung schenken würde.

BEUNRUHIGENDE BEOBACHTUNG

Am nächsten Tag begann ich mit den Vorbereitungen zur Messung der Casimir-Kraft. Ich fand Susannes Idee wirklich gut und brannte darauf, das Experiment so schnell wie möglich zu starten. Allerdings musste ich mich noch etwas gedulden. Die Vorbereitungen würden mehrere Wochen in Anspruch nehmen, da ich einige hochpräzise Spezialbauteile benötigte, die erst einmal hergestellt werden mussten. Allein die Konstruktion der Vakuumkammer würde schwierig werden. Die Kammer musste Kabeldurchführungen für verschiedene elektrische und optische Kabel besitzen und dennoch absolut dicht sein. Dazu waren Dichtmaterialien notwendig, die auch im Hochvakuum keine flüchtigen Bestandteile wie Lösungsmittel oder Weichmacher abgaben, womit alle gängigen Materialien ausschieden. Immerhin war die Eigenschaft des Loches, Luft einzusaugen, hier von Vorteil. Sobald die Vakuumkammer geschlossen war, würde das Loch die Evakuierung übernehmen. Eine kostspielige Hochvakuumpumpe würde ich somit nicht benötigen. Allerdings wollte ich die Kammer unbedingt aus einem durchsichtigen Material angefertigt haben. Am besten aus Plexiglas. Eine Kammer aus Stahl, in der ich das Loch nicht mehr sehen konnte, war mir nicht geheuer. Ich scheute mich davor, das Loch unbeobachtet zu lassen. Insgeheim hatte ich Angst, dass etwas Bedrohliches passieren würde, wenn das Loch unbeobachtet war.

Ich gab die Vakuumkammer in unserer hauseigenen Werkstatt in Auftrag. Da am FTI öfters Versuche unter Hochvakuum durchgeführt wurden, war die Werkstatt in solchen Konstruktionen sehr erfahren. So konnten sie bereits mit einer groben Skizze von mir arbeiten und ich musste mich nicht um jedes Detail selbst kümmern. Auch dass ich den Auftrag als sehr dringend deklarierte, erregte keinen Verdacht. Sie wussten, dass ich an dem Energiegewinnungsprojekt arbeitete, und das hatte aktuell höchste Priorität. Nach einem Blick auf meine Skizze versprach mir der Werkstattchef, dass die Kammer in etwa einer Woche fertig sein würde. Das war schneller, als ich erwartet hatte.

Anschließend machte ich mich an die Detailplanung des Casimir-Versuches. Außer der Vakuumkammer gab es noch weitere Hürden zu nehmen. Bei dem Experiment mussten Kräfte im Bereich von wenigen Nano-Newton gemessen werden und dazu benötigte ich sehr spezielle Bauteile. Das fing an bei hauchdünnen und extrem planen Metallplatten, ging über hochgedämpfte Aufhängungen bis hin zum Einsatz einer ultrasensitiven Torsionswaage.

Diese Arbeiten nahmen mich die nächsten Tage voll und ganz in Beschlag und ich konnte so gut wie keine weiteren Messungen am Loch vornehmen. Lediglich den Lochdurchmesser behielt ich im Auge. Der vergrößerte sich ziemlich exakt mit dem berechneten Faktor von 0,28 Prozent pro Tag.

Während der nächsten Tage arbeitete ich oft bis tief in die Nacht. Lars erstattete ich nur hin und wieder kurz Bericht, und auch ein Treffen mit Susanne lag einfach nicht drin. Ich wollte unbedingt die Berechnungen zur Casimir-Apparatur fertigbekommen, damit ich die notwendigen Spezialteile bestellen konnte. Bis die Teile geliefert wurden, konnte ich mich immer noch mit Susanne treffen. Im Moment gab es ohnehin nichts zu berichten.

Nach drei Tagen hatte ich endlich alle Berechnungen fertig und die Bestellungen abgeschickt. Nun hatte ich Zeit, mich intensiver mit der Größenmessung des Lochs zu beschäftigen. Die Beobachtung der Messwerte der letzten Tage hatte mir zwar gezeigt, dass sich das Loch offenbar mit der prognostizierten Geschwindigkeit ausdehnte, aber ob die Ausdehnung gleichmäßig erfolgte, sich verlangsamte oder schneller wurde oder ob es Fluktuationen gab, konnte ich nicht erkennen. Für eine genaue Auswertung hatte mir die Zeit gefehlt. Jetzt aber analysierte ich die Daten genauer. Wir hatten am FTI leistungsfähige, AI-unterstützte Statistikprogramme. Damit konnte man auch bei stark verrauschten Messwerten Regelmäßigkeiten erkennen.

Ich importierte die Tabelle mit den Messwerten in das AI-Programm und startete die Auswertung. Zu meiner Überraschung war das Programm schon nach wenigen Sekunden durchgelaufen – mit einem verblüffenden Ergebnis. Das Loch vergrößerte sich mit der ursprünglich angenommenen Geschwindigkeit. Allerdings tat es dies nicht gleichmäßig, zumindest nicht immer. In der gestrigen Nacht hatte die Messapparatur bei zwei aufeinanderfolgenden Messungen eine plötzliche Vergrößerung von 0,675 auf 0,68 Millimeter registriert. Das war deutlich mehr als der prognostizierte Größenzuwachs von 0,28 Prozent pro Tag. In der darauffolgenden Zeit war die Größenzunahme dann wieder geringer als angenommen, so dass sich der Effekt in der Summe ausglich. Daher hatte ich ihn auch bei der oberflächlichen Betrachtung der Messwerte übersehen. Dennoch bereitete mir diese plötzliche Vergrößerung Unbehagen. Sie zeigte, dass wir das Loch nicht verstanden und dessen Verhalten nicht vorhersagen konnten.

Besonders beunruhigend war für mich die Tatsache, dass

sich der plötzliche Größenzuwachs in keiner Weise angedeutet hatte. Das Messmikroskop nahm alle zehn Millisekunden ein Bild auf. Und zwischen zwei dieser Bilder hatte der Größenzuwachs stattgefunden. Unvermittelt, von einem auf den anderen Augenblick. Durch nichts hatte er sich angedeutet, zumindest durch nichts, was länger als zehn Millisekunden zurücklag. Und zehn Millisekunden sind eine verdammt kurze Zeit, wenn es darum geht, etwas vorherzusagen oder gar gegenzusteuern.

Alles, was ich bisher über das Loch in Erfahrung gebracht hatte, schien darauf abzuzielen, mir Angst zu machen. Jetzt gab es auch noch beim Größenwachstum Unstetigkeiten. Auf der anderen Seite, sagte ich mir, hatte ich immerhin etwas Außergewöhnliches gemessen. Und jeder Messwert barg schließlich die Chance, weitere Erkenntnisse zu gewinnen.

NEUER PROJEKTLEITER

Am nächsten Morgen rief Lars an. Ich sollte mich bei ihm im Büro melden. Ich vermutete, dass er über die neuesten Ergebnisse meiner Versuche informiert werden wollte, aber dem war nicht so. Vielmehr ging es ihm um die Leitung des Energiegewinnungsprojektes, die ich ja immer noch innehatte. Diese hatte ich zugegebenermaßen in den letzten Tagen und Wochen nicht nennenswert wahrgenommen. Und obschon die meisten Wissenschaftler in der Gruppe eigentlich selbständig arbeiteten, wurde mein fehlendes Engagement doch langsam negativ spürbar. Einige Kollegen hatten schon bei Lars vorgesprochen und meine schlechte Erreichbarkeit bemängelt. Auch war bereits aufgefallen, dass ich oft nicht recht bei der Sache war, wenn Versuchspläne oder Ergebnisse besprochen wurden.

Ich konnte dem nur zustimmen. Ich konnte mich nicht gleichzeitig intensiv mit der Erforschung des mysteriösen Loches beschäftigen und dabei ein so komplexes Projekt wie das Energiegewinnungsprojekt leiten.

Lars redete eine Weile um den heißen Brei herum, dann fragte er, was ich davon halten würde, wenn man die Projektleitung – natürlich nur, um mich zu entlasten, und nur temporär – an Steven Johnson übertragen würde. Lars wusste, dass ich mit Steven nicht besonders gut auskam. Daher hatte es wohl so lange gedauert, bis er mit der Sache herausrückte. Aber in diesem Fall war es mir egal. Ich war froh, mich auf die Erforschung des Lochs konzentrieren zu können, und Steven würde die Projektleitung des Energiegewinnungsprojektes garantiert liebend gerne und mit großer Genugtuung übernehmen. Ihn hatte es von Anfang an gewurmt, dass Lars mich dafür vorgesehen hatte. Steven würde mit seiner Meinung, dass Lars nun offensichtlich eingesehen hatte, dass er der richtige Mann für die Projektleitung war, sicher nicht hinter dem Berg halten. Ich nahm mir vor, ihm seinen Triumph zu gönnen und ihm möglichst aus dem Weg zu gehen. Da Lars mich offiziell aus der Energiegewinnungsgruppe herausnehmen würde, dürfte mir das nicht besonders schwerfallen. Für Steven war das natürlich ein kleiner Wermutstropfen. Er hätte mich bestimmt zu gern spüren lassen, dass nun er der Chef im Projekt war.

Zu Lars' Überraschung erklärte ich mich sofort mit der Übertragung der Projektleitung an Steven Johnson einverstanden. Die neue Konstellation würde mich entlasten, und ich würde nicht mehr mit unangenehmen Fragen nach dem Fortgang des Energiegewinnungsprojektes konfrontiert werden. Allerdings würde ich mit der Frage konfrontiert werden, an was ich denn stattdessen arbeitete.

„Wie willst du mein Aussteigen aus dem Energiegewinnungsprojekt begründen? Wenn ich nicht mehr daran arbeite, an was arbeite ich dann? Also, offiziell, meine ich."

„Das ist ganz einfach", sagte Lars. „Du arbeitest an Arnims altem Projekt zur Verbesserung des Signal-Rausch-Verhältnisses. Das ist nach wie vor hochaktuell und von enormer finanzieller Tragweite. Und die Apparaturen und Messgeräte, die du dazu benötigst, dürften sich nicht groß von denen zur Untersuchung des Loches unterscheiden. Das sollte also keinen Verdacht erregen."

Lars hatte recht, das würde tatsächlich gut passen. Das Signal-Rausch-Projekt war ebenfalls äußerst wichtig, stand aber weit weniger im Fokus als das Energiegewinnungsprojekt. So würde ich relativ ungestört arbeiten können.

Die Arbeit begann gleich am nächsten Morgen. Ich hatte einen Anruf von der Werkstatt bekommen, dass die Vakuumkammer fertig war. Ich machte mich sofort auf den Weg.

Die Kammer war schon von der Tür aus zu sehen. Ein würfelförmiger Kasten aus Plexiglas mit einer Seitenlänge von etwa 70 Zentimetern. Die Kammer stand auf einem Hubwagen, und ein erster Augenschein zeigte mir, dass die Werkstatt ganze Arbeit geleistet hatte. Die Kammer war aus gut zehn Zentimeter dicken Plexiglasplatten gefertigt. An der Rückseite befanden sich die eingegossenen Kabeldurchführungen. Die vordere Plexiglasplatte war mit zwei überdimensionalen Scharnieren an der Box befestigt und konnte aufgeklappt werden. So konnte ich Messsonden installieren und letztendlich auch das Loch in die Kammer bekommen.

„Wow, waren die Scharniere mal an einer Tresortür?“, witzelte ich.

„Das nicht, aber sie wären dafür geeignet“, sagte Reto Hügli, unser Werkstattleiter, unbeeindruckt. „Die vordere Abdeckplatte wiegt knapp 60 Kilogramm. Wir dachten, dass es einfacher wäre, sie aufklappbar zu machen, als sie per Hand mit ein paar Schrauben zu befestigen.“

Ich schluckte. „Was wiegt denn die ganze Kammer, wenn ich fragen darf?“

„Ziemlich genau 200 Kilo. Deshalb bekommen Sie auch den fahrbaren Hubwagen mit dazu.“

Hügli dachte wirklich mit. Im Labor angekommen machte ich mich gleich daran, die Kammer um das Loch zu platzieren. Das Loch musste dabei ziemlich genau in der Mitte der Kammer und kurz vor der hinteren Wand zum Liegen kommen. Nur so hatten meine Messgeräte, die ich in der Kammer installieren wollte, genügend Platz. Die exakte Platzierung der Kammer erwies sich dabei als schwieriger als gedacht. Trotz

Hubwagen musste ich ziemlich aufpassen, dass das Loch nicht in direkten Kontakt mit der Kammer kam und ein Stück Plexiglas herausstanzte. Das hätte die Kammer sofort unbrauchbar gemacht. Und genauso wenig wollte ich selbst beim Hantieren mit der Kammer mit dem Loch in Kontakt kommen. Was dabei passieren konnte, hatten wir ja unterdessen in zwei Fällen schon erfahren müssen.

Nach gut einer halben Stunde hatte ich es geschafft. Das Loch befand sich an der richtigen Stelle. Durch die noch offene Abdeckplatte konnte ich nun verschiedene Messsensoren installieren. Da die Casimir-Apparatur noch nicht fertig war, entschied ich mich für das Mikroskopmodul zur Größenmessung und einen Breitbandsensor zur Messung elektromagnetischer Strahlung. Dann verschloss ich die Box, indem ich die vordere Abdeckplatte hochklappte. Die massiven Scharniere leisteten dabei gute Dienste. Die schwere Platte ließ sich mühelos bewegen. Es war faszinierend zu sehen, wie die 60 Kilogramm schwere Platte durch den einsetzenden Unterdruck sofort auf die Türdichtungen gezogen wurde. Die schwarzen Nitrilgummidichtungen wurden durch den zunehmenden Druck der Platte breitgedrückt. Nach der kompletten Evakuierung der Kammer würde die Platte durch den äußeren Luftdruck mit einem Druck von nahezu fünf Tonnen auf den Rahmen gedrückt werden. Eine zusätzliche Verriegelung war da nicht nötig.

Ein Blick auf das angeschlossene Manometer bestätigte mir, dass der Druck in der Box sank. Der Drucksensor funktionierte also. Das Loch leistete in diesem Sinne gute Arbeit, indem es die Evakuierung der Kammer übernahm. Was für eine kuriose Situation. Ein freischwebendes Loch ohne sichtbare Verbindung irgendwohin im Inneren einer geschlossenen Kammer saugte die Luft aus derselben.

Ich war gespannt, bis zu welchem Wert der Innendruck sinken würde. Nach kurzer Zeit hatte er sich schon auf 0,5 Bar reduziert und sank stetig weiter. Wieder einmal wurde mir die Gefahr, die vom Loch ausging, bewusst. Obwohl es mit bloßem Auge kaum zu sehen war, saugte es bereits erhebliche Mengen Luft in sich hinein. Ich war froh, dass ich es mit der Vakuumkammer unterbinden konnte.

Eine Weile beobachtete ich noch die Anzeige des stetig sinkenden Innendruckes. Nach kaum zehn Minuten zeigte es null Bar an. Kurz darauf begann das empfindliche Hochvakuummessgerät zu arbeiten. Dessen Messbereich begann bei einem Millibar. Aufmerksam beobachtete ich den stetig weiter sinkenden Innendruck. Nach etwa einer halben Stunde waren 10^{-3} Bar im Inneren der Kammer erreicht, und die Anzeige änderte sich nur noch langsam. Es dürfte einige Stunden dauern, bis sich der Druck auf die für meine Experimente notwendigen 10^{-5} Bar verringert haben würde.

ABEND MIT SUSANNE

Ich beschloss, für heute Feierabend zu machen, und warf noch einen letzten Blick auf die Vakuumbox und die angeschlossenen Sensoren. Dann löschte ich das Licht und verließ das Labor. Auf dem Nachhauseweg schickte ich Susanne eine WhatsApp und fragte, ob sie heute Abend schon etwas vorhätte. Nur Sekunden später brummte mein Handy.

„Hallo Pete, endlich meldest du dich mal. Erzähl, gibt es etwas Neues vom … du weißt schon?"

„Hi Susanne, immer langsam. Hast du Lust, heute Abend bei mir vorbeizukommen?"

„Ja, klar! Kochst du was?"

„Was würdest du davon halten, wenn wir uns eine Pizza bestellen?"

„Super! Ich hatte schon lange keine Pizza mehr. Bestellst du mir eine Olivenpizza? Dann mache ich mich gleich auf den Weg."

„Mach ich. Ich freu mich!"

Etwa eine Dreiviertelstunde später trafen fast zeitgleich zwei Pizzen und Susanne bei mir ein. Der aromatische Duft beim Öffnen der Pizzaschachteln machte mir so richtig Appetit. Doch kaum hatte ich das erste Stück im Mund, wurde Susanne schon ungeduldig.

„Los, erzähl! Wie sind deine Experimente gelaufen? Hast du etwas herausgefunden? Wird das Loch immer noch größer?"

„Immer mit der Ruhe." Ich gönnte mir erst einmal einen herzhaften Biss in meine Quattro Stagioni. „Hmm, sehr gut!

Probier die Pizza, die ist echt lecker. Ich erzähl dir danach, was es Neues gibt."

Susanne platzte fast vor Neugier, aber sie griff sich nun auch ein Stück. Ich holte Gläser und öffnete einen Primitivo di Manduria. Wir stießen an, dann erzählte ich Susanne von den neuen Messergebnissen und der plötzlichen Vergrößerung des Lochs. Genau wie ich empfand auch Susanne diese Beobachtung als ziemlich beunruhigend.

„Diese Vergrößerung, hat sie sich durch nichts angedeutet?"

„Nein, jedenfalls durch nichts, was ich bisher messen kann. Zugegebenermaßen ist das aber auch nicht besonders viel."

„Hast du nicht Angst, dass es sich plötzlich viel stärker ausdehnt? Doppelt so groß oder hundertmal so groß?"

„Ja, hab ich", gab ich unumwunden zu. „Das ist alles sehr beängstigend. Wir wissen so gut wie nichts und wir können die künftige Entwicklung des Lochs nicht voraussagen." Ich schaute resigniert auf den Tisch.

Dann erzählte ich Susanne, dass ich die Vakuumkammer bereits in Betrieb genommen hatte. Bis die Apparatur zur Messung des Casimir-Effektes fertig wäre, würde es allerdings noch einige Wochen dauern. Aber vielleicht würde die Vakuumkammer alleine schon neue Erkenntnisse bringen, indem sie den störenden Lufteinfluss eliminierte. Das Bild vom Rand des Loches sollte jedenfalls schärfer werden. Bisher hatten Dichteschwankungen der einströmenden Luft immer eine gewisse Unschärfe verursacht.

Nachdem die Pizza fast gegessen und die Flasche Wein leer war, sinnierten wir noch eine ganze Weile über verschiedene mögliche und unmögliche Hypothesen zur Natur des Loches. Allerdings hielt keine unserer Hypothesen einer näheren Betrachtung stand. Die erste Idee eines Schwarzen Loches war schon seit langem vom Tisch. Eine andere Idee, dass unser Loch eine Einstein-Rosen-Brücke sein könnte, auch als Wurmloch bezeichnet, war kaum denkbar. Zu dessen Aufrechterhaltung wäre exotische Materie notwendig, und diese war nicht ansatzweise nachzuweisen. Zudem ging man davon aus, dass eine Einstein-Rosen-Brücke durch einströmende Materie in Sekundenbruchteilen kollabieren müsste. Und in unser Loch strömte schon seit Wochen Luft in nicht unerheblichen Mengen ein.

„Was meinst du, könnte es nicht einfach so etwas Ähnliches wie ein Wurmloch sein? Lassen wir doch diese ganze Einstein-Rosen-Theorie mal beiseite", schlug Susanne vor.

Trotz des Ernstes der Lage konnte ich mir ein Grinsen nicht verkneifen.

Susanne sah das, aber sie war in Fahrt und ließ sich dadurch nicht beirren. „Ein Wurmloch ist doch eine bidirektionale Verbindung. Also eine Verbindung, die von beiden Seiten durchquert werden kann. Vielleicht ist das bei unserem Loch auch so. Dass wir bis jetzt noch nichts aus dem Wurmloch herauskommen gesehen haben, könnte daran liegen, dass die einströmende Luft dies verhinderte. Jetzt, unter Vakuum, könnte das doch anders sein, oder?" Susanne schaute mich herausfordernd an. Und tatsächlich hielt ich das für einen interessanten Aspekt. Vielleicht trat nun tatsächlich etwas aus dem Loch aus.

Ich nahm mir vor, die Vakuumkammer nach einiger Zeit auf das Vorhandensein von Molekülen, die eventuell aus dem Loch gekommen waren, zu untersuchen. Wenn das Gegenstück des Loches allerdings irgendwo im Weltraum lag, konnte man womöglich lange warten, bis irgendetwas aus dem Loch kam. Allerdings müssten Licht und Strahlung durchkommen.

Mir gingen die verrücktesten Gedanken durch den Kopf. Müsste man nicht sogar durchsehen können? Bisher stellte sich das Loch allerdings als rein schwarz dar. Vielleicht war nun im Vakuum etwas zu sehen. Oder lag es einfach nur am Fokus des Mikroskops? Ich fokussierte schließlich immer auf den Rand des Loches. Alles, was dahinterlag, würde ich nicht sehen, schon gar nicht, was sich Lichtjahre dahinter befand. Der Fokus eines Mikroskops beträgt schließlich nur einige Mikrometer. Um weiter zu sehen, bräuchte ich eher ein Teleskop. Aber wo gab es ein Teleskop, das durch ein millimetergroßes Loch schauen konnte? Leistungsfähige Teleskope waren groß wie ein Haus, hatten mehrere Meter durchmessende Spiegel und ebensolche Beobachtungsöffnungen. So interessant die Idee auch war, so schwierig dürfte sie zu realisieren sein. Ich würde den Rat und die Hilfe von Experten brauchen und denen würde ich nur schwer verständlich machen können, wieso ich mit einem Teleskop durch ein nicht einmal millimetergroßes Loch blicken wollte. Da würde ich mir wohl noch etwas einfallen lassen müssen.

Ich öffnete noch eine Flasche Wein und während diese langsam leerer wurde, philosophierten wir über die Natur des Loches und wie wir diese enträtseln konnten. Wir spannen immer verrücktere Hypothesen und Ideen, und doch war ich froh, Susanne als Gesprächspartnerin zu haben. Ihre Ideen kamen oft sehr spontan und waren nicht sehr durchdacht, aber sie brachten neue Aspekte ins Spiel. Und durchdenken und verfeinern konnte man sie schließlich später noch. Nach der zweiten Flasche Wein war ich dazu ohnehin nicht mehr in der Lage.

Es war schon nach Mitternacht, als wir es uns auf meinem alten Sofa gemütlich machten. Die Reste der Pizza und die beiden leeren Weinflaschen standen auf dem alten Achtzigerjahre-Beistelltisch. Langsam ging uns der Gesprächsstoff aus. Gedankenverloren griff ich nach einem Stück kalter Pizza und berührte dabei Susannes Hand. Wie selbstverständlich fanden sich unsere Hände. Mit geschlossenen Augen ließ Susanne ihren Kopf an meine Schulter sinken, und auch ich schloss die Augen und genoss die Sicherheit und Wärme, die von Susanne ausging und die ein Kontrapunkt zur Kälte und Unsicherheit dieses seltsamen Loches in meinem Labor war.

Wie sehnte ich mich in diesem Augenblick nach Susanne. Wie gerne wollte ich diese Nacht mit ihr verbringen. Zärtlich strich ich über ihr Haar. Sie schien meine Berührung zu genießen. Einen Moment schmiegte sie sich enger an mich, doch plötzlich räusperte sie sich und rückte ein wenig von mir ab.

„Es ist spät geworden“, sagte sie und reckte sich. „Ich glaube, ich sollte langsam nach Hause.“

Enttäuscht ließ ich meine Hand sinken. Es war ein seltsamer Augenblick. So wenig, so schien es mir, hatte gerade gefehlt, und Susanne und ich wären vielleicht wieder zusammengekommen. Eben noch so nahe und schon entfernten sich unsere Welten wieder voneinander. Einen Augenblick lang schien alles möglich gewesen zu sein. Ein Augenblick, der die Zukunft hätte verändern können. Wie dieser ominöse Flügelschlag des Schmetterlings, der Monate später irgendwo auf der Welt für einen Wirbelsturm verantwortlich sein sollte. Oder wie ein Bleistift, der auf der Spitze stand und durch eine winzige Erschütterung dazu gebracht wurde, auf eine Seite zu fallen.

Wehmütig trauerte ich dem verlorenen Augenblick nach, während Susanne ihre Jacke suchte und ihre Schuhe wieder anzog. Langsam und ohne ein Wort erhob ich mich. Mir fiel nichts zu sagen ein. Nachdem Susanne ihre Sachen gefunden hatte, begleitete ich sie zur Tür. Ich versprach ihr, sie zu informieren, wenn ich etwas Neues über das Loch herausfinden würde.

Still und leise stand ich noch eine Weile vor der geschlossenen Wohnungstür. Susannes Schritte verhallten im Treppenhaus, und wenig später hörte ich die Eingangstür zufallen. In meiner Wohnung hörte ich das leise Ticken der altmodischen Wanduhr und das Knacken des Holzbodens, der sich unter der Hitze der gerade angesprungenen Heizung ausdehnte. Langsam schlenderte ich zu meinem Bett, in dem auch Platz für zwei gewesen wäre.

DER VAKUUMSCHOCK

Gespannt betrat ich am nächsten Morgen mein Behelfsbüro und wartete ungeduldig, bis sich die äußere Tür geschlossen hatte und ich das Labor betreten konnte. Die Vakuumbox schien unverändert, das Loch war ohnehin nur aus kurzer Entfernung zu sehen. Doch als ich den Bildschirm der Mikroskopübertragung einschaltete, zuckte ich zusammen. Das Loch war größer geworden, viel größer!

Ich erinnerte mich genau. Gestern hatte ich das Loch so fokussiert, dass es gerade so den Bildschirm ausfüllte. Jetzt war der Bildschirm fast schwarz. Der helle Hintergrund war nur noch in den vier Ecken in Form kleiner Dreiecke zu sehen. Mit zitternden Fingern aktivierte ich die Größenberechnung. 0,802 Millimeter! So groß hätte das Loch nie sein dürfen.

Ich wusste so gut wie nichts über das Loch, trotzdem war mir sofort klar, dass diese Vergrößerung etwas mit der Vakuumkammer zu tun haben musste. Ohne lange zu überlegen, öffnete ich den Belüftungshahn. Mit immer lauter werdendem Zischen strömte Luft in die Kammer. Die geplante Analyse der Inhaltsstoffe der Vakuumkammer hatte ich völlig vergessen. Fieberhaft rief ich die Größenwerte des Lochs von der vergangenen Nacht auf. Ich befürchtete, dass es wieder einen Sprung in der Größenzunahme gegeben hatte. Aber diesmal war es anders. Es schien, dass mit der Erzeugung des Vakuums gleichzeitig eine raschere, aber kontinuierliche Größenzunahme des Loches eingesetzt hatte. Als ob das Loch ein gasgefüllter Ballon wäre, der sich beim Anlegen eines Vakuums ausdehnte. Bei dem Gedanken keimte in mir die Hoffnung auf, das Loch könnte, jetzt, als wieder Luft in die Kammer eingeströmt war, wieder zusammengefallen sein. Aber ein kurzer Blick auf den Monitor zerstörte diesen Gedanken. 0,803 Millimeter.

Ich hoffte innig, dass sich die Expansion nicht noch mehr beschleunigen würde, denn eines wurde mir klar: Wenn sich das Loch beim Anlegen eines Vakuums noch rascher ausdehnte, würde man das Einströmen von Luft mit einer luftdichten Kammer nicht verhindern können. Ich musste unbedingt Lars informieren. Wir mussten die Existenz des Lochs zumindest der wissenschaftlichen Gemeinschaft mitteilen. Es wäre unverantwortlich, es noch länger geheim zu halten.

Kaum zehn Minuten später saß ich bei Lars im Büro. Lars gab sich betont locker. Aber er ahnte, dass ich mit etwas Unangenehmem an ihn herantreten würde.

„Lars, das Loch wird größer! Viel zu schnell!“ Ich sah ihn ernst an und redete weiter, bevor er etwas erwidern konnte. „Ich habe gestern eine Vakuumkammer um das Loch installiert, als Vorbereitung für das Casimir-Experiment.“

Lars nickte. „Und?“

„Exakt mit dem voranschreitenden Vakuum begann das Loch zu expandieren. Kontinuierlich bis heute früh. Es ist jetzt über 0,8 Millimeter groß. Ich hab heut früh natürlich sofort Luft in die Kammer gelassen. Wenn ich das geahnt hätte, hätte ich die Kammer nie über Nacht evakuiert gelassen.“ Eindringlich sah ich Lars an. „Lars, wir dürfen das nicht länger geheim halten. Das Loch stellt eine riesige Gefahr dar. Wir können es nicht einmal mit einer Vakuumkammer abschirmen. Wenn es weiter in der Geschwindigkeit wächst und wir es nicht abschirmen können, weil es dadurch noch schneller wächst, wird es bald ziemlich große Mengen an Luft einsaugen."

„Okay, Pete. Ich seh das. Aber lass uns in Ruhe überlegen. Ich finde, es gilt immer noch das Gleiche, was wir während unseres letzten Treffens besprochen haben. Du kennst das Loch gut, und du hast in nur ein paar Tagen eine Möglichkeit gefunden, die Größe des Loches zu beeinflussen. Okay, das Loch ist größer geworden, aber das zeigt doch nur, dass wir einen Einfluss darauf ausüben können. Wieso sollten wir es nicht auch kleiner bekommen? Wenn Vakuum es größer macht, vielleicht macht Druck es dann kleiner?"

Ich wollte schon etwas erwidern, doch Lars redete einfach weiter. „Pete, du hast etwas herausgefunden in so kurzer Zeit. Du bist vielleicht ganz nah dran, das Ding unter Kontrolle zu bringen. Willst du das alles aufgeben? Wenn wir das jetzt publizieren, werden wir die Bude eingerannt bekommen von der Presse, von Politikern und was weiß ich nicht alles. Vielleicht erwirkt einer vor Gericht eine einstweilige Verfügung, die uns verbietet, überhaupt weitere Experimente anzustellen. Ich glaube kaum, dass das der Sache dienen würde. Du bist Wissenschaftler, jetzt atme mal tief durch. Schau dir das Loch an, führe die Messungen weiter. Probier, ob du das Experiment mit der Expansion im Vakuum reproduzieren kannst. Es muss ja nur für ein paar Minuten sein, nur, bis du sichere Messwerte hast. Dir muss ich das ja nicht erklären. Dann probier es mit Druck. Vielleicht lässt sich die Expansion zum Stillstand bringen oder umkehren, wenn man dem Loch irgendwas mit hohem Druck zuführt. Oder ein Gas mit hoher Atommasse, Xenon, Schwefelhexafluorid oder was auch immer. Das kannst du in ein paar Tagen austesten, dann lass uns weitersehen. Okay?"

Lars schaute mich auffordernd an, und mein Zögern verriet ihm schon, dass er mich wieder herumgekriegt hatte. Er hatte recht. Es gab einige Experimente, die ich durchführen konnte und die bei einer Publikation möglicherweise nicht mehr möglich wären. Das war eine Chance, die ich nutzen wollte.

EXPERIMENTE

Die nächsten Tage verbrachte ich damit, das Loch, so akribisch es ohne Vakuum ging, zu vermessen. Immer wieder ließ ich unser hausinternes AI-Programm über die Messwerte laufen. Wie schon vermutet, ergab die Auswertung, dass mit einer 99,8-prozentigen Wahrscheinlichkeit ein Zusammenhang zwischen dem Druck und der Expansionsgeschwindigkeit des Loches bestand. Allerdings in der Gestalt, dass eine messbare Beschleunigung der Expansion erst stattfand, wenn der Außendruck kleiner als ein Zehntel Bar war. Bei größeren Drücken und erst recht bei Atmosphärendruck schien sich die Expansion einer Konstanten zu nähern. Ein Stopp der Expansion oder gar eine Umkehr war nicht in Sicht. Somit dürften die von Lars vorgeschlagenen Druckexperimente wohl nicht erfolgreich sein. Dennoch wollte ich die Experimente in den nächsten Tagen durchführen. Vielleicht würde ich ja eine Überraschung erleben. Hoffentlich endlich mal eine positive, fügte ich in Gedanken hinzu. Bisher, so musste ich allerdings zugeben, hatte das Loch noch keine positiven Überraschungen bereitgehalten.

Das erste geplante Experiment nahm ich am kommenden Tag in Angriff. Die Vorbereitungen erwiesen sich allerdings als recht aufwendig. Ich musste das Ventil einer kleinen Druckgasflasche abschrauben und die Flasche mit der schmalen Öffnung vorsichtig über das Loch schieben, so dass sich dieses nun innerhalb der Flasche befand. In dieser Lage fixierte ich die Flasche mit zwei Laborklammern. Über eine Druckgasleitung verband ich die kleine Gasflasche, in der sich nun das Loch befand, mit einer großen 100-Liter-Xenonflasche, von der ich bereits den Druckminderer abgeschraubt hatte. Nur noch das Hauptventil hinderte das unter einem Druck von fast 400 Bar stehende Xenon am Ausströmen.

Nachdem ich alle Schraubverbindungen der Druckgasleitung nochmal nachgezogen hatte, öffnete ich das Ventil. Unter lautem Zischen strömte das Gas in die Flasche mit dem Loch. Nach kaum einer Sekunde wurde das Zischen leiser, aber es hörte nicht auf. Die Druckanzeige der großen Xenonflasche sank unaufhaltsam. Nach zwanzig Minuten war die Flasche leer. Ich löste alle Verbindungen und legte das Loch wieder frei. Dann fuhr ich vorsichtig das Messmikroskop heran und justierte die Größenmessung. Wenn die Größenzunahme des Loches durch das Einströmen des Gases unter hohem Druck reduziert worden war, müsste die nun gemessene Größe hinter der berechneten zurückbleiben. Doch dem war nicht so. Die Größe des Loches entsprach genau der erwarteten Größe ohne Druckbeaufschlagung. Sollte ein hoher Druck die Expansionsgeschwindigkeit des Loches reduzieren, war der Effekt zumindest so klein, dass ich ihn derzeit nicht messen konnte.

Nach diesem Ergebnis schienen mir alle weiteren Versuche in dieser Richtung aussichtslos. Als ob ich mit etwas Gasdruck eine offensichtliche Anomalie in unserem Raum-Zeit-Kontinuum schließen könnte. Es war, als wolle man die Kontinentaldrift mit einem Stück Bindfaden stoppen.

DIE ZEIT RINNT DAHIN

Trotz, oder vielleicht gerade wegen, des Fehlschlages mit der Gasbeaufschlagung machte ich mich mit großem Eifer daran, weitere Experimente zu planen und Messungen durchzuführen. Irgendetwas an verwertbaren Informationen musste man dem Loch doch entlocken können.

Obwohl ich mir vorgenommen hatte, die Versuche spätestens nach ein paar Wochen abzuschließen, arbeitete ich mittlerweile seit fast drei Monaten ununterbrochen daran. Das lag einerseits daran, dass der Aufbau bestimmter Apparaturen deutlich mehr Zeit in Anspruch genommen hatte als vorgesehen, andererseits daran, dass ich einige Male der festen Überzeugung gewesen war, ich hätte etwas Entscheidendes entdeckt. Oft waren die Effekte aber nahe an der Nachweisgrenze meiner Messgeräte gewesen, und ich hatte entweder die Messapparaturen aufwendig verbessern oder zahlreiche Wiederholungsmessungen durchführen müssen, um zu statistisch abgesicherten Daten zu gelangen.

Dies alles kostete Zeit. Obwohl ich nahezu jeden Tag, oft bis spät in die Nacht und an den Wochenenden arbeitete, kam ich nur langsam voran. Nach wie vor erstattete ich Lars regelmäßig Bericht. Das Loch wuchs, aber seitdem ich wusste, dass man Vakuum vermeiden musste, verlief das Wachstum ungefähr in dem erwarteten Rahmen. Das wäre an sich beruhigend gewesen, wenn es nicht im Wachstumsprozess des Loches gewisse Unregelmäßigkeiten gegeben hätte, die sich jeglichen Berechnungs- und Erklärungsversuchen hartnäckig entzogen. Manchmal schien es, als würde das Wachstum des Loches über mehrere Tage stagnieren, dann dehnte es sich plötzlich zwischen zwei im Abstand von nur 0,1 Millisekunden aufgenommenen Größenmessaufnahmen um einen deutlich messbaren Betrag aus. Nur eines tat es nie, nämlich schrumpfen. Die Ausdehnung schien unaufhaltsam, und so langsam gingen mir die Ideen aus.

So saß ich an einem lauen Spätsommerabend wieder einmal ratlos vor meinen Apparaturen. Das leise Zischen des Loches hörte ich schon fast nicht mehr.

Ich sah aus dem Fenster auf die dunkelrote Scheibe der Sonne, die sich gerade anschickte, hinter dem Horizont zu verschwinden. Bald würde der Herbst kommen. Hatte der Sommer nicht erst vor kurzem angefangen? Mir wurde schmerzhaft bewusst, wie lange ich mich schon mit dem Loch beschäftigte. Erfolglos, wie ich mir eingestehen musste.

Den Abend verbrachte ich zu Hause. Ich hatte Handy und Telefon abgeschaltet. Ich wollte allein und ungestört sein, und ich musste mir über mein weiteres Vorgehen klarwerden.

Gedankenverloren starrte ich weiter aus dem Fenster. Draußen war es dunkel geworden. Einige helle Wolkenfetzen zogen vor dem zunehmenden Mond vorbei. Ein weißes Loch auf schwarzem Grund, dachte ich. Dann glitten meine Gedanken wieder zu meinem schwarzen Loch.

Die bald abgeschlossene hochauflösende Langzeitmessung der Größenentwicklung, so beschloss ich, würde die letzte Messung sein, die ich in eigener Verantwortung durchführte. Morgen würde ich entweder Lars dazu bewegen, das Loch zu publizieren, oder es selbst tun.

Es wurde höchste Zeit, dass sich andere, kompetentere Leute der Sache annahmen. Auch wenn ich dadurch keinen großen

Einfluss mehr auf die Forschungen haben würde. Aber hier ging es um mehr als um meine persönlichen Befindlichkeiten.

Nachdem ich diesen Entschluss gefasst hatte, ging ich zu Bett und fiel in einen tiefen, erholsamen Schlaf. Mein Entschluss, das Wissen um das Loch und damit letztendlich auch die Verantwortung für dessen Erforschung bald auf andere, breitere oder zumindest zahlreichere Schultern verteilen zu können, hatte eine große Last von mir genommen.

DIE KONFERENZ

Erfrischt wie schon lange nicht mehr wachte ich am nächsten Morgen auf, duschte, frühstückte und machte mich auf den Weg zum FTI. Im Labor kontrollierte ich die über Nacht aufgelaufenen Daten und warf noch einen Blick auf die aktuelle Größe des Loches. Diese lag mit 1,033 Millimeter im erwarteten Bereich. Erleichtert nahm ich zur Kenntnis, dass über Nacht wenigstens keine spontane Vergrößerung stattgefunden hatte. Die detaillierten Daten würde ich mir später ansehen.

Ich wollte mich gerade auf den Weg zu Lars machen, als das Telefon klingelte. Lars war am Apparat und bat selbst um eine kurze Unterredung. Ich fragte mich, ob er wohl zur gleichen Einsicht gekommen war wie ich. Aber dem war nicht so.

„Pete, ich wollte mit dir kurz über die CEQ reden", begrüßte mich Lars.

CEQ? Ich musste kurz überlegen.

Offenbar sah Lars mir das an. „Die First International Conference about Energy Harvesting by Quantum Effects, um die so viel Wind gemacht wurde."

„Findet die jetzt doch statt?", fragte ich. Ich erinnerte mich an die Konferenz, die ins Leben gerufen worden war, als nach der Publikation von Meiers Ergebnissen der Hype um die Energiegewinnung aus Quantenfluktuationen begonnen hatte.

„Ja, tut sie", klärte Lars mich auf. „Anfangs gab es zwar gewisse Widerstände und einige Wissenschaftler waren der Meinung, man könne keine Konferenz über etwas veranstalten, von dem man nicht einmal weiß, ob es überhaupt existiert. Aber ich glaube, seitens der Veranstalter hat man gemerkt, dass sich mit einer Konferenz zu dem Thema Geld verdienen lässt. Jedenfalls findet sie statt und ich habe gehört, es gibt ein paar hochkarätige Redner. Auch Falcon wird einige Arbeiten präsentieren. Von unserer Seite wird Steven Johnson dort sein."

Lars schien das etwas peinlich zu sein. Ursprünglich hatten wir einmal darüber geredet, dass ich dort vortragen sollte. Doch nachdem Steven die Projektleitung des Energiegewinnungsprojektes übernommen hatte, wurde ihm die Ehre zuteil, den einführenden Plenarvortrag zu halten.

„Ich finde, du solltest da hingehen", unterbrach Lars meine Gedanken. „Es gibt ein paar wirklich gute Redner und die Vortragstitel sind vielversprechend. Möglicherweise bringt dich das auch weiter, was das Loch betrifft. Immerhin ist es während Meiers Experimenten zur Energiegewinnung aus Quantenfluktuationen entstanden."

Ganz unrecht hatte Lars nicht. Die ganze Geheimniskrämerei hatte dazu geführt, dass ich mich nicht mit anderen Kollegen austauschen konnte. Was sich aktuell bei dem Energiegewinnungsprojekt tat, wusste ich schon gar nicht. Ich hatte die Publikationen dazu nicht weiterverfolgt. Die Konferenz würde mir beides ermöglichen. Vielleicht fiel bei einem der Vorträge der Groschen. Vielleicht lag die Lösung zum Schließen des Loches schon auf der Hand.

Also stimmte ich zu, sagte Lars aber auch, dass ich fest entschlossen war, das Loch anschließend zu publizieren.

Lars reagierte gelassener als erwartet. Vielleicht hatte er so etwas schon geahnt oder hatte mittlerweile auch kalte Füße bekommen. Auch was rechtliche Konsequenzen betraf. Ich wusste zwar nicht, gegen welche Gesetze wir konkret verstießen, aber die Erforschung respektive Beseitigung einer potentiellen Bedrohung der Menschheit zu verzögern, dürfte durchaus auch eine juristische Relevanz haben.

Obschon alles etwas überraschend kam, konnte ich damit leben. Ich wäre drei oder vier Tage weg. In dieser Zeit würde auch meine Langzeitmessung mehr als genügend Daten liefern, was einer sauberen und statistisch abgesicherten Auswertung zugutekam. Allerdings fragte ich mich, wie das so kurzfristig überhaupt noch zu organisieren war.

„Die Konferenz beginnt aber schon in zwei Tagen. Ich brauche noch einen Flug nach Shanghai und ein Hotel."

„Alles schon organisiert!" Lars schob mir eine Mappe über den Schreibtisch.

Er hatte mir für den folgenden Tag frühmorgens einen sündhaft teuren Business-Class-Flug nach Shanghai und ein nicht weniger teures Zimmer im Ritz-Carlton gebucht.

„Es gab so kurzfristig nichts anderes mehr", sagte Lars, als er meine hochgezogenen Augenbrauen sah.

Ich fragte mich, was er gemacht hätte, wenn ich nicht auf sein Angebot eingegangen wäre.

Viel Zeit zum Nachdenken hatte ich allerdings nicht. Vor meinem Abflug wollte ich noch verschiedene Versuche vorbereiten. So verbrachte ich den Rest des Nachmittags im Labor und installierte alles an Messmöglichkeiten, was ich aufzubieten hatte und wovon ich ausgehen konnte, dass sie drei oder vier Tage ohne Probleme durchlaufen würden.

Am Abend packte ich meine Sachen und telefonierte kurz mit Susanne. Sie wollte vorbeikommen, aber ich sagte ihr, dass ich früh rausmüsse und dass es auch vom Loch nichts Neues gebe, was beides der Wahrheit entsprach.

Susanne gab sich leidlich damit zufrieden und redete mir nochmal intensiv ins Gewissen, was die Publikation des

Loches betraf. Sie meinte, Lars würde mich immer weiter hinhalten, und wenn ich von der Konferenz zurückkäme, würde er sicher den Vorschlag machen, ich solle vor der Publikation doch noch diese oder jene Idee von der Konferenz überprüfen, danach würde man dann sehen.

Ich konnte mich ihrer Argumentation nicht ganz entziehen und beteuerte, dass mein Entschluss zur Publikation nach meiner Rückkehr unumstößlich sei.

„Wir werden sehen", murmelte sie wenig überzeugt.

SHANGHAI

Keine zwölf Stunden später befand ich mich an Bord eines fast neuen Airbus A350 auf dem Weg nach Shanghai. Der ungewohnte Komfort in der Business-Class mit viel Arm- und Beinfreiheit hob meine Laune deutlich. Nachdenklich schaute ich aus dem Fenster und fragte mich ernsthaft, ob ich nach der Publikation des Loches nicht vielleicht eine Position ergattern könnte, die es mir ermöglichen würde, öfters Business-Class zu fliegen. Aber im gleichen Moment musste ich an das Loch denken. Ich schauderte, und mir wurde die Belanglosigkeit meiner Überlegungen bewusst. Die Frage war nicht, ob ich in Zukunft Business-Class fliegen würde, sondern ob in Zukunft überhaupt noch Luft zum Fliegen vorhanden wäre.

Der A350 hatte unterdessen seine Reiseflughöhe erreicht, und das sanfte Rauschen der Triebwerke vereinigte sich in meinen Gedanken mit der Erinnerung an das leise Zischen der in das Loch einströmenden Luft. Ich fiel in einen dämmrigen Halbschlaf, in dem ich das kleine schwarze Loch deutlich vor mir sah. Vor meinem inneren Auge pulsierte das Loch, und das Zischen wurde einmal lauter und einmal leiser. Schließlich expandierte das Loch unvermittelt zu riesenhafter Größe und plötzlich trieb ich im Weltraum. Interessiert schaute ich mich um und betrachtete die Sterne. In der Ferne konnte ich einige größere Sonnen und spiralförmige Galaxien ausmachen. Während ich mich umschaute, spürte ich einen unangenehmen Druck auf der Brust und das Atmen fiel mir schwer. Ohne dass mir die Absurdität meiner Gedanken bewusst wurde, schien mir das für das Atmen im Weltraum normal. Dann bekam ich plötzlich einen trockenen Mund und verspürte zunehmend Durst …

„Möchten Sie Kaffee oder Orangensaft?“

Ich schreckte aus meinen Gedanken und sah in das Gesicht einer hübschen Flugbegleiterin.

„Orangensaft bitte“, sagte ich und schüttelte die letzten Gedanken an meinen absurden Weltraumausflug ab. Der kühle Orangensaft weckte mich vollends. Während unter mir ein weißes Wolkenmeer vorbeizog, fragte ich mich, was mich auf der Konferenz erwarten würde. Insbesondere fragte ich mich, in welche Richtung sich die akademische Meinung aktuell bewegte. Glaubte man, dass die von Meier prognostizierte Energiegewinnung aus Quantenfluktuationen möglich war? Als gänzlich unmöglich schien sie nicht mehr betrachtet zu werden. Ich erinnerte mich an die kürzlich publizierten Berechnungen einer Gruppe theoretischer Physiker. Es ging um die in einem Raumelement enthaltene Energiemenge. Ähnlich wie Einstein die Analogie von Materie und Energie postuliert hatte, so postulierte diese Gruppe die Analogie von Raum und Energie. Glaubte man den Berechnungen, entsprach selbst eine mikroskopisch kleine Raumregion einer unfassbar großen Energiemenge. Gelänge es, auch nur ein winziges Raumstück von zum Beispiel ein oder zwei Atomdurchmessern in Energie umzuwandeln, sollte der Effekt problemlos messbar sein. Gemäß der Theorie würde der in Energie umgewandelte Raum komplett verschwinden. Alles, was sich um das in Energie umgewandelte Raumstück befunden hatte, würde einfach näher zusammenrücken. Und mit „alles“ war das ganze Universum gemeint. Das ganze Universum würde um einen Atomdurchmesser schrumpfen. Es wäre vergleichbar mit einem sehr schweren Stein, der auf einem sehr niedrigen Schemel liegt. Zieht man den Schemel weg, fällt der Stein herunter. Und obwohl die Fallhöhe sehr gering ist, steckt in der Fallbewegung aufgrund der Schwere des Steins eine große Energiemenge. Der Stein wäre das Universum, der weggezogene Schemel der vernichtete Atomdurchmesser.

Genau da fing die Sache an, auch für mich interessant zu werden. War nicht auch das Loch, das ich beobachtete, ein Stück fehlender Raum? Nur viel größer als ein Atomdurchmesser. Was, wenn das Loch plötzlich zusammenfallen und der von ihm vereinnahmte Raum in Energie umgewandelt würde? Das würde niemand mehr bewusst wahrnehmen, denn die Energiemenge, die dabei freigesetzt werden würde, wäre so gewaltig, dass wahrscheinlich unser ganzes Sonnensystem in eine glühende Plasmawolke verwandelt werden würde.

Mich fröstelte. War es unter diesen Überlegungen überhaupt wünschenswert, das Loch kleiner zu bekommen? Was, wenn es nur über die Freisetzung von gigantischen und völlig unbeherrschbaren Energiemengen ging? Dann hätten wir die Wahl zwischen langsamem Ersticken durch das Aufsaugen der Lufthülle in das sich vergrößernde Loch oder einem schnellen Ende in einer kataklastischen Explosion. Aber das waren alles völlig unbewiesene Hypothesen. Ich schüttelte den Gedanken von mir und war froh, dass gerade das Abendessen serviert wurde.

Nach dem überraschend guten Essen dachte ich eine Weile darüber nach, wen ich auf der Konferenz treffen würde, wen ich treffen und wem ich eher aus dem Weg gehen wollte. Wen ich wohl treffen musste, war Steven Johnson. Doch darüber wollte ich mir erst Gedanken machen, wenn ich in Shanghai war. Jetzt war ich zu müde. Ich stellte meinen Sitz in waagrechte Position und machte es mir für die Nacht so gut es ging gemütlich.

Als ich aufwachte, ging das Flugzeug gerade in den Sinkflug über, und ich war froh, als ich endlich wieder festen Boden unter den Füßen hatte. Noch erleichterter war ich, als ich nach einer hektischen Taxifahrt durch das morgendliche Verkehrschaos von Shanghai in meiner ziemlich noblen Suite im Ritz-Carlton angekommen war.

Erschöpft ließ ich mich auf das weiche Bett fallen und schloss für einige Augenblicke die Augen. Schlafen wollte ich nicht, sonst würde ich in der kommenden Nacht keinen Schlaf finden und wäre während der Konferenz pausenlos am Gähnen. Also stand ich nach ein paar Minuten wieder auf, duschte und schlenderte bis zum Abend durch die Straßen in der Nähe des Hotels.

Wieder im Hotel, gönnte ich mir ein Bier und einen kleinen Snack an der Hotelbar, bevor ich in mein Zimmer ging und dort müde und erschöpft ins Bett fiel. Ich schlief tief und fest, bis mich mein Handy mit einer stetig lauter werdenden Melodie weckte. Ich fühlte mich frisch und ausgeruht. Nach einem reichhaltigen Frühstück nahm ich ein Taxi zur Konferenz und traf dort früher als geplant ein. Ich sah nur wenige Besucher, und in der großen Vorhalle waren Studenten noch mit dem Aufhängen von Postern beschäftigt.

Ich schlenderte durch die Reihen der auf großen Rahmen präsentierten Forschungsarbeiten. Die meisten Publikationen stammten von Universitäten, einige von kleineren Firmen. Die Qualität der Präsentationen war sowohl hinsichtlich der Darstellung als auch hinsichtlich der Inhalte recht unterschiedlich. Dennoch schaute ich mir jedes Poster in Ruhe an. In der Vergangenheit hatte ich dabei schon interessante Arbeiten und gute Anregungen für meine eigenen Forschungen gefunden.

Nach und nach begann sich das Foyer mit Konferenzteilnehmern zu füllen. Ich schlenderte zu dem großen Vortragssaal, um mir einen guten Platz zu sichern. Kaum hatte ich den Saal betreten, winkte mir Steven zu. Er stand vorne am Rednerpult bei einem Techniker, der ihm gerade das Funkmikrofon umhängte.

Ich brannte zwar nicht darauf, Steven zu treffen, aber da es sich kaum vermeiden ließ, entschied ich mich, das Treffen gleich hinter mich zu bringen. Vielleicht konnte ich ihm dann während des Rests der Konferenz aus dem Weg gehen. Betont langsam schlenderte ich ans Rednerpult und begrüßte ihn mit einem unverfänglichen „Hallo Steven!".

„Hallo Peter, schön, dich zu sehen", rief Steven übertrieben euphorisch. „Hat Lars es dir doch noch erlaubt, hierherzukommen?" Wie erwartet, konnte er sich eine Spitze mir gegenüber nicht verkneifen.

„Ja, hat er", ging ich auf seine Frage ein, denn ich hatte plötzlich eine Ahnung, wie sich das Gespräch weiterentwickeln würde, und Steven tat mir tatsächlich den Gefallen.

„Dass ihr überhaupt noch so kurzfristig einen Flug bekommen habt ..."

„Das war kein Problem", entgegnete ich geschäftsmäßig, konnte mir aber ein leichtes Grinsen nicht verkneifen. „Es gab allerdings nur noch Sitze in der Business-Class. Auch bei den Hotels gab es natürlich nicht mehr viel Auswahl."

„Das glaube ich dir gerne. Die Hotels sind während der Konferenz immer ziemlich ausgebucht. Wo bist du denn untergekommen?" Vermutlich dachte er, ich wäre in irgendeiner Absteige gelandet.

„Ich bin ganz hier in der Nähe im Ritz", sagte ich.

Steven starrte mich einen Moment lang ungläubig an. Doch dann klopfte er mir jovial auf die Schulter. „Fast hättest du mich drangekriegt. Sag, hast du wirklich hier in der Nähe noch was gekriegt?“

„Wie ich gesagt habe, ich bin im Ritz-Carlton, dem hohen Glasturm direkt neben dem Fernsehturm. Hast du den nicht gesehen?“, fragte ich unschuldig und versuchte krampfhaft, nicht zu lachen.

Stevens Miene verdunkelte sich und ging in ein säuerliches Lächeln über. „Doch, doch, das kenn ich“, antwortete er reserviert, und mit einem kurzen „Na, dann mal viel Spaß auf der Konferenz“ entließ er mich aus der Konversation. Offensichtlich musste er das erst einmal verdauen.

Ich machte mich gutgelaunt davon, erfreut, gleich zwei Fliegen mit einer Klappe geschlagen zu haben. Einerseits schien Steven nicht besonders darauf zu brennen, sich nochmal mit mir zu treffen, und zugleich hatte ich seiner hochnäsigen Art einen kleinen Dämpfer verpasst.

Unterdessen hatte sich der Vortragssaal einigermaßen gefüllt, und ich suchte mir einen guten Platz am Rand einer der mittleren Reihen. Von dort konnte ich die Leinwand gut sehen und hatte die Möglichkeit, den Vortragssaal ohne große Störung zu verlassen, wenn uninteressante Vorträge anstanden. Ich setzte mich neben einen jungen Inder, der mich freundlich anlächelte und sich als Physiker der Universität Mumbai vorstellte. Das FTI kannte er natürlich. Er überreichte mir auch gleich seine Visitenkarte und fragte nach meinem Forschungsgebiet. Ich erklärte ihm vage, ich sei mit Randaspekten der Energiegewinnungsthematik beschäftigt, und war froh, dass der Tagungspräsident die Konferenz eröffnete und ich das Gespräch beenden konnte. Wahrscheinlich war der Inder an einer Anstellung am FTI interessiert und hätte sicher bald danach gefragt, ob ich eine Möglichkeit sehen würde, ihm zu einem Vorstellungsgespräch zu verhelfen.

Nach der Begrüßung und einigen einführenden Worten trat schließlich Steven ans Rednerpult und startete mit seinem halbstündigen Einführungsvortrag. Es war ein buntes Potpourri von mehr oder weniger aktuellen Forschungen des FTI, deren Bezug zum heutigen Thema mir zum großen Teil nicht klar war. Zudem präsentierte er ganz selbstverständlich einige wichtige Teilaspekte von Arnims Basisarbeiten, bei denen er wohl versehentlich vergaß zu erwähnen, dass diese gar nicht von ihm stammten. Wer den Sachverhalt nicht genau kannte, konnte leicht auf die Idee kommen, Steven wäre der Urheber der ganzen Energiegewinnungsgeschichte.

Die folgenden Vorträge gefielen mir besser. Insbesondere zwei Vorträge von Falcon und der Yamamoto-Gruppe zeigten, dass man dort offensichtlich schon ziemlich viel in das Projekt investiert hatte. Die gezeigten Messungen und Ergebnisse waren nur mit einem enormen Einsatz von Manpower und kostspieligen Messgeräten möglich. Die Falcon-Leute berichteten über Fortschritte in der definierten Herstellung von paramagnetischen Mikrostrukturen, die Yamamoto-Gruppe trat mit einem Vortrag über supraleitende Halbleitermaterialien an.

Die Vorträge zeigten, dass man auf diesen Gebieten deutlich weitergekommen war. Das war umso beachtlicher, da ich aus eigener Erfahrung wusste, dass große Firmen auf solchen Konferenzen höchstens zehn Prozent von dem offenbarten, was sie wirklich hatten. Schließlich wollte man seinen Wissensvorsprung bewahren und der Konkurrenz möglichst keine Ergebnisse verraten, die diese für ihre eigene Arbeit nutzen konnte.

Am Nachmittag folgten mehrere kürzere Vorträge von verschiedenen Universitäten. Diese beleuchteten ebenfalls sehr interessante Teilaspekte der Energiegewinnungsthematik und hielten sich deutlich weniger bedeckt, was den aktuellen Forschungsstand anging. Bisweilen interpretierten oder verallgemeinerten sie jedoch einzelne Ergebnisse übertrieben optimistisch. Schließlich wollten sie sich als Benchmark in ihrem Gebiet präsentieren, und es ging letztendlich auch um den immerwährenden Kampf um öffentliche Forschungsgelder und prestigeträchtige Industriepartnerschaften.

Gegen halb sieben verließ ich die Kongresshalle und ging die etwa 800 Meter zu Fuß zum Hotel. Die leicht abgekühlte Abendluft tat mir gut. Dennoch forderte der Jetlag nun seinen Tribut, und kaum im Hotel, merkte ich, wie müde ich war.

ÜBERRASCHENDE WENDUNG

Der nächste Tag begann mit einem interessanten Plenarvortrag von Haruto Oguri vom CIT. Anfangs analysierte er verschiedene Theorien zur Energiegewinnung aus Quantenfluktuationen vor dem Hintergrund des aktuellen Stands der theoretischen Physik. Seine Zusammenfassung lautete in etwa, dass die Energiegewinnung aus Quantenfluktuationen nach heutigem Erkenntnisstand nicht möglich sei. Andererseits räumte er ein, dass viele Sachverhalte noch nicht verstanden seien. Er riet allen Wissenschaftlern, unbefangen vorzugehen und bei der Erklärung von neu auftretenden, nicht verstandenen Phänomenen nicht nur auf bekannte Theorien zurückzugreifen, sondern sich frei zu fühlen, diese auch einmal in Frage zu stellen oder gänzlich neue Ansätze zu versuchen.

Da konnte ich ihm nur recht geben. Mit neu auftretenden und unverstandenen Phänomenen hatte ich schließlich meine ganz eigenen Erfahrungen. Allerdings war mir sein Fazit etwas zu allgemein. Ähnlich den Horoskopen in billigen Klatschzeitschriften wie „Seien Sie offen für Neues“ oder „Vermeiden Sie unbedachte Handlungen“.

Dennoch war herauszuhören, dass er zwar bisher keine Ansatzpunkte gefunden hatte, die Energiegewinnungsgeschichte klar zu belegen, aber das Ganze nicht von vorneherein als Scharlatanerie abtat. Ich hatte den Eindruck, er vermutete hinter den publizierten Ergebnissen durchaus etwas Neues, bisher Unentdecktes, konnte es aber, wie viele andere auch, nicht klar fassen.

Seine Worte hatten mich jedenfalls beeindruckt. Ich überlegte mir ernsthaft, ihm nach der Konferenz von unserem Loch zu erzählen. Vielleicht war genau das das fehlende Puzzleteil in seinen Theorien. Das fehlende Teil, mit dem ein genialer Geist plötzlich alle Beobachtungen zu einem schlüssigen Ganzen zusammenfügen konnte. Wieder einmal kam es mir vermessen vor, das Wissen um das Loch weiterhin für uns zu behalten. Aber ich wollte auch nichts überstürzen. Vielleicht würden sich auf der Konferenz Ansatzpunkte zum Verständnis des Loches ergeben.

Während ich noch meinen Gedanken nachhing, hatte der nächste Vortrag schon begonnen. Henry Williams, ein renommierter Experimentalphysiker, der sich auf hochgenaue Messungen spezialisiert hatte, referierte über die Herstellung und Vermessung von sogenannten Metamaterialien. Interessanterweise ging es in seinem Vortrag hauptsächlich um die Anwendung von Metamaterialien zur Generierung und Vermessung eines repulsiven, also abstoßenden Casimir-Effektes. Und in Messungen zum Casimir-Effekt setzten wir schließlich auch große Hoffnungen. Ahnte er etwas? Hatten sie auch ein Loch erschaffen? Vielleicht ohne es zu wissen? Ein Loch von ein paar Mikrometern, möglicherweise im Inneren einer Messapparatur, wäre schwer nachweisbar. Das Wissen und die Erfahrung eines Mannes wie Williams würden die Analyse des Lochs beflügeln. Sein Vortrag machte mir eines klar: Die Zeit der Geheimhaltung war definitiv vorbei.

Während des Nachmittags gab es weitere Vorträge, aber keiner inspirierte mich so wie die am Vormittag. Daher war ich froh, als ein leises „Pling-pling" in der Lautsprecheranlage an die Nachmittagspause erinnerte und den gerade Vortragenden dazu ermahnte, seine bereits überzogene Redezeit in den nächsten Minuten zu beenden.

Zwei Minuten später strömten alle in den Vorraum und beeilten sich, eine der Kaffeestationen zu erreichen. Ich hatte es nicht besonders eilig. Auf die letzten beiden Vorträge würde ich verzichten und mir in dieser Zeit noch einmal in Ruhe die Poster ansehen. So schlenderte ich, nachdem der erste Run vorüber war, zu einer der Kaffeestationen und kurz darauf mit einem dampfenden Milchkaffee zu den Postern. Langsam ging ich an den zahlreichen Rahmen vorbei und fragte mich, wie lange diese anachronistisch anmutende Präsentationsvariante auf bedruckten Papierstücken wohl noch Bestand haben mochte. Wahrscheinlich würde ich auf künftigen Konferenzen bald an einer Reihe von interaktiven Monitoren vorbeilaufen.

Noch aber war es bedrucktes Papier, und einiges von dem, was darauf präsentiert wurde, war wirklich interessant. Ich blieb immer wieder stehen und studierte die Resultate oder fotografierte ein Poster mit meiner Handykamera.

„Interessante Ergebnisse, nicht wahr?"

Ich drehte mich um und schaute in das Gesicht eines freundlich lächelnden Asiaten. „Ja, durchaus", antwortete ich und versuchte, etwas Zeit zu gewinnen, um den Fragesteller zu identifizieren. Ich hatte den Eindruck, dass ich ihn schon einmal gesehen hatte. Ich schielte auf das Namensschildchen an seinem Anzug und versuchte den Namen zu entziffern.

Mein Gegenüber bemerkte dies und hielt mir, noch immer lächelnd, sein Schildchen entgegen. „Entschuldigen Sie, ich habe mich gar nicht vorgestellt. Johnny Zhang. Von Falcon. Ja, ich komme von der Konkurrenz, aber keine Angst, ich will Sie nicht aushorchen."

Ich fragte mich, woher er mich kannte. Ich selbst hatte nämlich kein Namensschildchen. Das hatte ich am Vormittag versehentlich an meinem Jackett gelassen und das Jackett dann an der Garderobe abgegeben.

Auch diesmal schien mein Gegenüber meine Gedanken zu erraten. „Herr Bellert, ich kenne Sie natürlich. Ich habe die meisten Ihrer Publikationen gelesen, und ich kann Ihnen verraten, dass ich bei Falcon auch an dem Energiethema arbeite. Ich wollte Sie schon lange einmal kennenlernen und ich freue mich, dass Sie hier sind."

„Ganz meinerseits", antwortete ich, einigermaßen erleichtert über die Offenheit. Dennoch vermutete ich, dass mehr dahintersteckte als der Wunsch, mich kennenzulernen. Entweder würde es auf einen vorsichtigen Abwerbeversuch hinauslaufen, oder er wollte mich doch ein wenig aushorchen und zu unbedachten Äußerungen zum Stand des Energiegewinnungsprojekts am FTI verleiten. Wie auch immer, ganz unerfahren war ich in der Beziehung nicht, und so beschloss ich, erst einmal auf sein Spiel einzugehen. Vielleicht konnte ich im Gegenzug sogar ihm die ein oder andere interessante Information entlocken.

Doch erneut verblüffte mich mein Gegenüber mit seiner Offenheit. „Herr Bellert, ich weiß, Sie denken, da ich von Falcon komme, will ich Sie aushorchen oder abwerben oder etwas in der Art. Aber glauben Sie mir, meine Absichten sind weit weniger eigennützig, als Sie vielleicht vermuten. Ich möchte Ihnen vielmehr etwas zeigen." Er sah mich plötzlich ernst an. „Herr Bellert, wie gesagt vermute ich stark, dass Sie am FTI ebenfalls am Energiegewinnungsprojekt arbeiten. Ich nehme an, dass Sie Arnim Meiers Forschungen weiterführen."

So wie er Arnims Namen aussprach, durchlief mich ein eisiger Schauder. Er hatte Arnim gekannt. Wahrscheinlich persönlich. War er vielleicht sogar schon einmal am FTI gewesen?

„Ich weiß, dass Ihnen das vielleicht etwas suspekt vorkommt. Und wenn Sie vermuten, dass ich Arnim Meier persönlich gekannt habe, liegen Sie richtig. Aber lassen Sie mich das ein anderes Mal erklären. Mit seinem Tod habe ich jedenfalls nichts zu tun."

Ich glaubte ihm. Er wäre nicht in der Form an mich herangetreten, wenn er etwas mit Arnims Tod zu tun gehabt hätte. Jedenfalls vermutete ich das.

Nachdem ich nichts auf seine Ausführungen entgegnete, fuhr er fort: „Lassen Sie mich davon ausgehen, dass Sie Arnims Arbeiten fortsetzen. Gleichzeitig kann ich Ihnen sagen, dass auch ich Arnims Arbeiten intensiv studiert habe und nicht weniger intensiv an deren Fortsetzung arbeite. Und bei meinen Arbeiten ist etwas aufgetreten, was mir die Kontaktaufnahme mit Ihnen als äußerst dringlich erscheinen lässt. Es gibt da ...", er zögerte, „es gibt da eine Lücke, ich sage mal: ein Loch, das sich bei unseren Experimenten aufgetan hat und das wir nicht aus eigener Kraft zu schließen im Stande sind. Sie wissen, von was ich rede?"

Mir stockte der Atem. Sie hatten auch ein Loch! Und sie wussten genauso wenig weiter wie wir. Ich räusperte mich, doch mein Hals war wie ausgedörrt, und so nickte ich nur.

„Ich habe es vermutet", entgegnete Johnny leise. „Ich möchte Sie gerne zu Falcon einladen. Ich möchte Ihnen die Gelegenheit geben, sich die Sache selbst anzusehen. Ich werde Sie umfassend über unsere bisherigen Tests informieren. Sind Sie damit einverstanden?"

Ich überlegte krampfhaft. Ein weiteres Loch! Was waren die Konsequenzen? Was konnte ich gewinnen, was verlieren, wenn ich zu Falcon ginge? Was würde man am FTI, was würde Lars dazu sagen?

Johnny schien meine Gedankengänge erraten zu haben. „Ich denke, von Seiten Ihres Arbeitgebers dürfte man wenig gegen einen Besuch bei uns einzuwenden haben. Sie müssen mir nichts von Ihren Forschungen berichten. Ich möchte Ihnen völlig ohne Gegenleistung einen Einblick in unsere Arbeit gewähren. Anschließend können Sie am FTI Bericht erstatten. Ich mache aber keinen Hehl daraus, dass wir es befürworten würden, in dieser Sache mit dem FTI zusammenzuarbeiten. Ich denke, das wäre in unser aller Interesse."

Ich merkte ihm an, dass er mit „unser aller Interesse" nicht nur Falcon und das FTI meinte. Er hielt das Loch für genauso gefährlich wie ich. „Okay, wann, denken Sie, sollte ich zu Falcon kommen?"

FALCON

„Jetzt", sagte Johnny nur und schaute mir in die Augen.

„Jetzt sofort?", fragte ich ungläubig.

„Ja, mein Fahrer wartet in der Tiefgarage. Das, was ich Ihnen zeigen möchte, befindet sich hier in Shanghai. In unserem Forschungszentrum in Jiading. In einer Stunde können wir dort sein. Sie verpassen hier nichts, die interessanten Vorträge sind vorbei, und zu einem guten Abendessen kann ich Sie auch einladen."

Das gute Abendessen war meine geringste Sorge. Aber der Gedanke, in einer Stunde im hochgeheimen Forschungszentrum, sozusagen im Herzen von Falcon zu sein, elektrisierte mich. Johnny hatte recht, ich hatte nichts zu verlieren, nur zu gewinnen. Ein Einblick in Falcon, in deren neueste Forschungen, wow!

Fast machte sich bei mir Begeisterung breit. Doch dann musste ich wieder an das Loch, den Grund meiner unerwarteten Einladung zu Falcon denken. Ein weiteres Loch, das die geballte Wissenskraft eines Technologieriesen wie Falcon offensichtlich genauso wenig in den Griff bekam wie wir am FTI. Das war mehr als beängstigend. Umso wichtiger war es, dass wir künftig zusammen an einer Lösung arbeiteten. Umso wichtiger war es, dass ich sofort zu Falcon fuhr.

Meine Entscheidung stand fest, und keine zwanzig Minuten später war ich mit Johnny auf dem Weg zur Tiefgarage des Konferenzzentrums, wo uns eine schwarze Limousine erwartete. Johnny und ich nahmen im großzügig ausgestatteten hinteren Teil des Fahrzeugs Platz. Johnny gab dem Fahrer auf Chinesisch einige Anweisungen, worauf der den Wagen in Bewegung setzte und zügig die Tiefgarage verließ.

„Das Loch“, setzte ich gerade zu einer Frage an, als Johnny mich eindringlich ansah.

„Herr Bellert, warten Sie mit dem Thema, bis wir in den Räumen von Falcon sind. Sie wissen, heutzutage kann alles Augen und Ohren haben.“ Er nickte dabei kaum merklich in Richtung des Fahrers. „Genießen Sie die Fahrt, ich werde Ihnen dabei etwas zur Geschichte von Shanghai erzählen. Sie müssen wissen, ich bin hier geboren und habe bis zu meinem siebzehnten Lebensjahr hier gelebt. Anschließend ging ich in die Schweiz und habe an der ETH studiert und in theoretischer Physik promoviert.“

Während der Fahrer uns mit beachtlichem Tempo durch die zu dieser Zeit sehr belebten Straßen von Shanghai-Zentrum fuhr, gab mir Johnny einen interessanten und persönlich geprägten Bericht über die Entwicklung der Stadt. Ich folgte gespannt seinen Ausführungen, und nach einer Weile fühlte ich mich wie auf einer normalen Stadtführung mit einem erfahrenen Guide.

Langsam ließen wir die Glaspaläste der Innenstadt hinter uns und näherten uns dem Stadtteil Jiading. Zwischenzeitlich wurde der Verkehr für kurze Zeit etwas weniger und die Häuser spärlicher und niedriger, doch das änderte sich nach wenigen Kilometern, als wir die imaginäre Grenze zum Stadtteil Jiading überquerten. Der Verkehr wurde wieder dichter und die Häuser höher, allerdings mit deutlich weniger Glas. Vorbei an der Abzweigung zur Formel-1-Rennstrecke fuhren wir noch etwa zwei Kilometer weiter, bis ich schon von weitem das Falcon-Forschungszentrum sah. Das unverkennbare kugelförmige Hauptgebäude war mir bestens bekannt. Vor knapp fünf Jahren hatte Falcon dort fast eine Milliarde investiert. Ich wusste, dass damals im Zuge der Akquirierung von Forschungspersonal auch Leute vom FTI zu Vorstellungsgesprächen bei Falcon gewesen waren. Und einige von denen waren anschließend zu Falcon gewechselt.

Je näher wir kamen, desto imposanter wirkte die fast 80 Meter hohe Kugel, die ohne Stützen nur mit einer winzig kleinen Grundfläche den Boden zu berühren schien.

„Eindrücklich, nicht wahr?", sagte Johnny, der meinen Blick richtig deutete. „Die Kugel scheint den Boden kaum zu berühren. Das ist aber eine optische Täuschung durch die Größe der Kugel. In Wirklichkeit ist die Bodenfläche ein Kreis von acht Metern Durchmesser, in dessen Inneren vier Aufzüge verlaufen. Der Zugang zu den Aufzügen ist unterirdisch, der Eingang ist dort drüben in dem Glaspavillon."

Unser Fahrer hielt jedoch nicht auf die Kugel, sondern auf eines der langgestreckten Nebengebäude zu.

„Den Besuch der Kugel müssen wir auf ein anderes Mal verschieben. Das, was ich Ihnen zeigen möchte, ist in B7, unserem Bereich für angewandte Quantenphysik."

Der Fahrer fuhr in die Tiefgarage unter einem langgezogenen grauen Betonbau. Von dort gelangten wir mit einem Aufzug in einen Empfangsraum im Erdgeschoss. Hinter einer Glasscheibe saß ein junger Chinese in einer blauen Uniform. Johnny wechselte einige Worte mit ihm, worauf der Chinese ihm eine Chipkarte durch einen Schlitz unter der Glasscheibe zuschob. Johnny drückte mir die Chipkarte in die Hand.

„Nicht verlieren", ermahnte er mich. „Normalerweise geben wir keine Chipkarten heraus, schon gar nicht an die Konkurrenz. Eigentlich müssten wir sogar noch Ihren Irisabdruck registrieren, aber dafür haben wir jetzt keine Zeit. Deshalb ist das wohl die einzige Karte, mit der Sie bestimmte Türen auch ohne Irisscan öffnen können."

Auch Falcon schien ähnliche Sicherheitsvorkehrungen getroffen zu haben wie wir, wahrscheinlich sogar noch schärfere. Wir machten uns auf den Weg zum Labor, in dem sich offensichtlich Falcons Loch befand. Zuerst ging es durch eine Glastür ins eigentliche Gebäude, dort mit einem Lift in den dritten Stock. Überall Türen, die wir nur mit der Chipkarte öffnen konnten. Außerdem mussten wir bei jeder Tür in eine Kamera blicken. Ich vermutete, dass uns der Portier, den ich beim Eingang gesehen hatte, die Tür erst nach einer Gesichtskontrolle freischaltete.

Im dritten Stock angekommen, fiel mir ein Brummen und Rauschen auf. Entweder waren hier große Aggregate am Laufen, oder die Klimaanlage war schlecht isoliert. Das Rauschen verstärkte sich, als wir an einer Zwischentür ankamen. Wieder zückten wir unsere Ausweise, und wieder starrte ich in die neben der Tür angebrachte Kamera. Mit einem leisen Klicken zusammen mit dem Aufleuchten eines grünen Lämpchens öffnete sich die Tür, und wir traten in einen kurzen Gang. An dessen Ende befand sich eine identische Tür wie die, durch die wir gerade eingetreten waren. Anscheinend hatte man diesen Gang nachträglich abgetrennt, so dass er eine Art Schleuse bildete.

Ich musste an unser Büro denken, das wir in nahezu identischer Weise zu einer Zugangsschleuse umfunktioniert hatten. Der Gang bei Falcon war allerdings wesentlich weniger wohnlich eingerichtet als mein Durchgangsbüro. An der Decke verliefen dicke Kabelstränge in gitterförmigen Kabelführungen, und etwa in der Mitte des Ganges kreuzten in knapp zwei Metern Höhe zwei riesige Edelstahlröhren den Gang. Zudem hatte das Rauschen deutlich an Intensität zugenommen.

In der Mitte des Gangs, etwa unter den beiden Röhren, befand sich eine massive Stahltür. Fast wie zum Tresorraum einer Bank. Gegenüber an der Wand standen mehrere Regale mit technischem Gerät und ein Schreibtisch mit einem Monitor. Auffallend war das Wandregal daneben, in dem etwa ein halbes Dutzend klobiger Kopfhörer lag.

„Hier, nehmen Sie ein Sprechgerät!“ Johnny reichte mir einen der Kopfhörer.

Jetzt erst sah ich das kleine Mikrofon in Kinnhöhe.

„Setzen Sie es auf, Sie werden gleich verstehen“, sagte Johnny geheimnisvoll und setzte ebenfalls ein Sprechgerät auf. „Verstehen Sie mich?“, hörte ich gleich darauf seine Stimme aus den Ohrmuscheln und bejahte. „Okay, dann gehen wir jetzt rein. Bleiben Sie bitte in meiner Nähe und befolgen Sie meine Anweisungen. Wenn Sie etwas sagen wollen, sprechen Sie laut und deutlich. Aber ich denke, wir werden nicht lange drinbleiben. Okay?“

Ich nickte, woraufhin Johnny seine Chipkarte vor das Lesegerät neben der Tresortür hielt. Anschließend näherte er seine Augen dem Irisscanner, und zu guter Letzt gab er einen numerischen Code in ein Bedienfeld daneben ein.

Man kann es auch übertreiben, dachte ich. Ich kam mir vor wie in einem der alten James-Bond-Filme, wo sich Bond Zugang zum Geheimlabor des Bösewichts verschafft. Viel weiter kam ich allerdings nicht mit meinen Überlegungen, denn da schwang die Tür auf, und an der außerordentlichen Dicke von bestimmt 20 Zentimetern war zu erkennen, dass es sich tatsächlich um eine Art Tresortür handelte.

Mit dem Öffnen der Tür brandete mir ein orkanartiges Donnern entgegen. Bevor ich weiter darüber nachdenken konnte, schob mich Johnny in das hell erleuchtete Labor. Hinter uns schwang die Tür wieder zu.

Der Anblick, der sich mir bot, ließ mir das Blut in den Adern gefrieren. Hinter einer Art Panzerglasbarriere stand, eingerahmt von zahlreichen Messgeräten, eine tiefschwarze Scheibe von fast zehn Zentimetern Durchmesser frei in der Luft. Vor und hinter der Scheibe endeten die sich zur Scheibe hin verjüngenden Öffnungen der beiden Edelstahlröhren, die mir schon draußen auf dem Gang aufgefallen waren. Aus den Öffnungen der Röhren donnerte die Luft mit solcher Gewalt in das Loch, dass an der Seite weiße Kondensstreifen zu sehen waren, ähnlich einem Flugzeug, das sehr schnell durch feuchte Luft fliegt. Trotz der gut isolierten Ohrmuscheln dröhnte das donnernde Brausen schmerzhaft in meinen Ohren.

„Wollen Sie wieder raus?"

Wie durch Watte vernahm ich Johnnys Stimme. Ich nickte und folgte Johnny durch die Panzertür. Ich war entsetzt. Ich hatte ein kleines Loch erwartet, aber nicht so ein Monster. Es war kaum vorstellbar, welche gigantischen Luftmengen das Loch verschlang. Meine Angst schlug in Panik um.

Draußen nahm Johnny mir das Sprechgerät ab und hängte es zurück. „Setzen Sie sich. Sie sind ja leichenblass."

Ich sagte nichts.

„Wie groß ist Ihr Loch?", fragte Johnny.

„Etwa einen Millimeter", antwortete ich.

Johnny nickte. „Ich nehme das einmal als Lichtblick. Vielleicht ist das eine Chance", ergänzte er vorsichtig. „Herr Bellert, ich schlage vor, wir gehen in mein Büro. Das Loch haben Sie gesehen. Hier können wir nicht viel ausrichten."

Wortlos folgte ich Johnny durch die Gänge des Instituts zu einem großzügigen Büro in der obersten Etage. Johnny schloss die Tür hinter uns und bedeutete mir, in einem der Ledersessel an seinem Konferenztisch Platz zu nehmen. Er selbst ging zu einem großen Wandschrank und kam mit einer braunen

Flasche und zwei Gläsern zurück. „Es ist im Institut eigentlich nicht üblich, Alkohol zu trinken, aber ich habe hier einen sehr guten Brandy. Trinken Sie ein Glas mit?"

Brandy gehörte normalerweise nicht zu meinem Repertoire an alkoholischen Getränken, aber im Moment war mir alles recht, was mich etwas entkrampfte.

Johnny schenkte großzügig ein, und wenig später prosteten wir uns mit ernster Miene zu. Obschon ich mich mit Brandy nicht auskannte, traute ich mir zu, diesen als sehr gut zu beurteilen. Nach dem zweiten Schluck breitete sich eine angenehme Wärme in mir aus, und nachdem ich einige Male tief durchgeatmet hatte, fühlte ich mich ruhiger.

„Johnny", stellte er sich nochmal mit Vornamen vor.

„Pete", entgegnete ich bereitwillig und war froh, die Situation damit etwas entkrampfen zu können.

Schweigsam saßen wir uns gegenüber, und ich hatte den Eindruck, dass Johnny darauf wartete, dass ich mehr über ihr Loch wissen wollte. Womit er recht hatte. „Das Loch, wie lang habt ihr das schon und wie schnell ist es zu dieser Größe angewachsen?"

„Das ist schwer zu sagen. Ob du es glaubst oder nicht, wir wissen es nicht genau. Aber ich vermute, es ist vor etwa einem Dreivierteljahr entstanden."

„Erst vor einem Dreivierteljahr? Und da ist es schon so groß?"

„Wir haben das Loch lange nicht bemerkt. Aber lass mich etwas ausholen. Vor fast vier Jahren haben wir mit den Versuchen zur Energiegewinnung durch Vakuumfluktuationen angefangen."

„Dann war der Meier gar nicht der Erste, der auf die Idee gekommen ist", entfuhr es mir.

„Doch, ich denke schon", sagte Johnny. „Arnim hat zu der Zeit noch bei uns gearbeitet." Ich nickte und Johnny fuhr fort. „Er arbeitete damals schon an Mikrostrukturen, natürlich nicht so kleine, wie man sie heute herstellen kann. Aber Arnim dachte damals schon weit voraus. Er hatte viele gute Ideen, aber er nahm dabei wenig Rücksicht darauf, ob seine Ideen auch realisierbar waren. Das war für ihn nicht entscheidend. Für einige andere Leute von Falcon aber schon. So bekam er den Ruf eines Spinners, dessen utopische Ideen ohnehin nicht zu realisieren waren. Aber seine Ideen waren gut. Zumindest vom wissenschaftlichen Standpunkt. Ich diskutierte damals viel mit ihm. Und ich muss gestehen, ich griff auch einige seiner Ideen für meine eigenen Forschungen auf. Nicht, dass ich sie ihm direkt gestohlen hätte, dafür waren sie meistens zu abgehoben. Aber ich habe sie, sagen wir mal, unter dem Gesichtspunkt der Realisierbarkeit verfeinert."

Johnnys Ausführungen erinnerten mich sehr an mein eigenes Verhältnis zu Meier.

„So war das auch mit dem Energiegewinnungsprojekt. Ich glaube, das erste Mal hat mir Arnim vor fast zehn Jahren davon erzählt. Damals dachte ich, er sei komplett übergeschnappt. Perpetuum mobile und so. Aber im Laufe der Zeit und nach etlichen Diskussionen bekam ich langsam eine Ahnung davon, was Arnim meinte. Allerdings gab es zu der Zeit keine Technologie, mit der man auch nur eine von seinen Ideen hätte überprüfen können. Das hat sich vor etwa fünf Jahren geändert, kurz nachdem Arnim zu euch gewechselt war. Kaum ein halbes Jahr später machten wir enorme Fortschritte bei der Herstellung oszillierender Nanostrukturen. Das rückte plötzlich einige Aspekte von Arnims Theorien in den Bereich des Überprüfbaren. Und ich war bei uns damals der Einzige, der sich mit seinen Theorien intensiver auseinandergesetzt hatte. Die meisten wussten nicht einmal davon. Ich schrieb alles zusammen, arbeitete es weiter aus und formulierte ein Projekt, stets darauf bedacht, nicht zu utopisch zu erscheinen. Aber natürlich vergaß ich auch nicht zu erwähnen, dass in der Technologie eine, wenn auch kleine Chance lag, sich eine de facto unerschöpfliche Energiequelle nutzbar zu machen. Ich beantragte also ein Projekt und bekam es genehmigt. Wenn Arnim bei uns geblieben wäre, hätte er also schon wesentlich früher an dem Projekt arbeiten können."

Wer hätte das gedacht? „Wahnsinn", entfuhr es mir. „Aber publiziert hat er dann bei uns."

„Ja, allerdings", bestätigte Johnny. „Wir waren damals auch sehr überrascht. Wir dachten, wir wären die Einzigen, die an der Technologie arbeiten. Aber anscheinend ist es Arnim gelungen, auch euch zu begeistern." Johnny lächelte, und auch ich konnte mir ein Grinsen nicht verkneifen.

„Die Publikation beflügelte unsere Forschungen", fuhr Johnny fort. „Dass ihr auch an dem Thema dran wart, blieb natürlich unseren Leuten in der Teppichetage nicht verborgen. Plötzlich bekamen wir Anfragen vom Management, wann wir einen ersten Prototyp eines sich selbst aufladenden Akkus präsentieren könnten. Ich musste unseren Leuten erst mal klarmachen, dass wir nur daran arbeiteten, einige Teilaspekte von Arnims Theorie zu verifizieren. Ob die angedachte Energiegewinnung jemals möglich wäre, geschweige denn jemals kommerziell umgesetzt werden könnte, war zum damaligen Zeitpunkt überhaupt nicht absehbar. Aber wenn das FTI da aktiv war, musste was dran sein. Ab dem Zeitpunkt sprudelte das Geld. Plötzlich arbeitete eine ganze Abteilung zumindest an Teilaspekten des Projektes. Aber wie das so ist, wenn man absolutes Neuland betritt, dauert es lange, bis sich auch nur kleine Fortschritte einstellen. So verlor das Management ein wenig das Interesse, und wir konnten in Ruhe forschen. Geldsorgen hatten wir keine, da das reichlich bemessene Projektbudget bereits abgesegnet war.

Unsere Anstrengungen gingen ebenfalls in Richtung oszillierender Submikrostrukturen, und für eine Variante zur Anregung von Schwingungen mit Terahertzwellen bauten wir eine große, luftdichte Kammer. Wir experimentierten fast ein Jahr damit und erhielten zahlreiche vielversprechende Resultate. Alles deutete darauf hin, dass an Arnims Theorien etwas dran sein könnte. Aber ab einem bestimmten Zeitpunkt kamen wir nicht mehr weiter. Der Terahertzsender war zu schwach und die Vakuumkammer zu klein. Zumal wir mit der Kammer immer wieder Probleme mit der Dichtigkeit hatten. Wir haben dann beschlossen, die Vakuumkammer aufzugeben und eine neue, wesentlich größere zu bauen, in der wir auch einen wesentlich leistungsfähigeren Sender installieren konnten. Da die alte Kammer mit dem Sender nicht weiter benutzt werden würde, machten wir zum Abschluss noch ein paar, sagen wir mal: Crash-Versuche mit erhöhter Sendeleistung. Wir steigerten bei jedem Versuch die Leistung des Terahertzsenders und kamen im Pulsbetrieb fast bis zur zehnfachen Nennleistung, bis der Sender spektakulär durchbrannte und das Labor mit dickem schwarzen Qualm füllte."

Ich musste spontan grinsen, als ich an die Explosion in unserem Labor dachte. Wie groß doch die Parallelen der beiden Projekte waren.

„Wir ließen die ganze Anordnung stehen und machten uns daran, die neue und wesentliche größere Kammer in einem komplett für das Projekt eingerichteten Großlabor im Untergeschoss aufzubauen. Nach einigen Monaten, als die Inbetriebnahme der neuen Vakuumkammer schon in greifbare

Nähe gerückt war, ging ich nochmal in das alte Labor. Das hatte sich unterdessen in eine Art Rumpelkammer verwandelt. Es stank immer noch nach verschmorter Isolation, und einige Arbeitsgruppen hatten alte Geräte in dem Raum deponiert. Jedenfalls fiel mein Blick dabei auch zufällig auf die alte Vakuumkammer. Wie ein Anachronismus thronte auf dem hinteren Ende der zylindrischen Kammer ein kleines Zeigermanometer. Wir hatten das installiert, um auch bei abgeschaltetem Computer jederzeit sehen zu können, ob die Kammer gerade evakuiert war oder nicht. Als ich damals darauf schaute, zeigte das Manometer null Bar an. Die Kammer sollte also evakuiert sein. Das schien mir ziemlich unwahrscheinlich. Ich erinnerte mich zwar nicht mehr daran, ob wir die Kammer nach unserem letzten missglückten Versuch geflutet hatten, aber auch wenn nicht, sollte nach einigen Monaten über die leidigen Undichtigkeiten mehr als genug Luft eingeströmt sein, um das Vakuum zu brechen. Es dürfte also kein Vakuum mehr in der Kammer vorhanden sein. Ich klopfte kurz an das Manometer, aber auch das änderte nichts an der Anzeige. Interessehalber öffnete ich den hinten an der Kammer angebrachten Belüftungshahn, ohne ernsthaft damit zu rechnen, dass etwas passieren würde. Umso überraschter war ich, sofort ein deutliches Zischen zu hören. Ein untrügliches Zeichen, dass Luft in die Kammer strömte. Normalerweise hätte das Zischen schon nach einigen Sekunden leiser werden sollen. Aber es zischte über mehrere Minuten in gleichbleibendem lautem Ton. Als ob eine starke Vakuumpumpe alle einströmende Luft sofort wieder absaugen würde. Ich denke, du weißt, was die Ursache war?“

Ich nickte. „Ja, ich kann es mir denken. Wie ist es dann weitergegangen? Wann hast du das Loch zum ersten Mal gesehen?“

„Das war gar nicht so ungefährlich. Ich vermutete damals, dass die Kammer noch an eine Vakuumpumpe oder an die zentrale Vakuumleitung des Instituts angeschlossen war. Also ging ich um die Kammer herum und versuchte, die Leitung zu finden. Ich kam aber nicht ganz um die Kammer herum, da jemand direkt dahinter einen schweren Messschrank gestellt hatte. Die Kammer hatte Räder und ich wollte sie ein wenig nach vorne ziehen. Trotz der Räder war das Ding nämlich ziemlich schwer, und ich musste kräftig ziehen. Trotzdem bewegte sich die Kammer jedes Mal nur um einige Zentimeter. Ich gab ihr noch einen letzten Ruck, als es einen lauten Knall gab und ein ohrenbetäubendes Rauschen einsetzte. Ich erschrak und lief instinktiv aus dem Labor. Hinter mir krachte die Tür in den Rahmen und drinnen im Labor hörte ich neben dem infernalischen Tosen Glas splittern. Ich dachte, die Kammer wäre noch an das Hausvakuum angeschlossen, und ich hätte die Leitung abgerissen. Also ging ich erneut in das Labor, um das Leck so schnell wie möglich zu schließen. Aber als ich die Tür zum Labor öffnete, wurde mir doch etwas mulmig. Das Tosen und Rauschen war höllisch laut. Viel lauter, als es eine offene Vakuumleitung verursachen konnte. Ich musste mir die Ohren zuhalten, während ich um die Vakuumkammer herumging und nach der offenen Leitung suchte. Mir fiel auf, dass eine Fensterscheibe zerbrochen war. Konnte eine offene Vakuumleitung so viel Luft einsaugen, dass der entstandene Unterdruck im Raum die Fensterscheiben bersten ließ? Hinter der Kammer suchte ich nach der Leitung, aber es gab keine. Dafür sah ich ein rundes Loch in der Rückseite der Kammer. Von dem ging auch das infernalische Rauschen aus. Außerdem spürte ich einen starken Luftzug. Dennoch beugte ich mich vor und wollte mir das Loch genauer anschauen. Es sah irgendwie komisch aus. Doppelt. Wie zwei Löcher, knapp hintereinander. Was ich damals sah, war ein Loch in der Rückwand der Kammer und das luftsaugende Loch knapp davor. Ich hatte beim Vorrücken die Kammer über das Loch gezogen, welches sich wohl schon seit Monaten in ihrem Inneren befunden hatte. Dadurch hatte ich ein exakt gleich großes Loch aus der Rückwand der Kammer herausgestanzt. Beide Löcher lagen knapp hintereinander und um Haaresbreite wäre ich dem gefährlichen Loch damals zu nahe gekommen."

„Arnim hatte da weniger Glück", sagte ich.

„Wieso?" Johnny starrte mich mit aufgerissenen Augen an.

„Arnim hat unser Loch höchstwahrscheinlich selbst erschaffen, es aber nicht bemerkt. Jedenfalls vermuten wir, also ich vermute, dass Arnim dann versehentlich durch das Loch gelaufen ist und das Loch ihm ein Stück aus dem Herzen herausgestanzt hat. Daher das Herzversagen. Aber genau wissen wir es nicht. Arnim wurde kremiert."

Johnny seufzte. „Wäre ich doch nur früher gekommen."

Plötzlich kam mir Arnims alte Mailkorrespondenz wieder in den Sinn. Waren da nicht auch Mails von einem Johnny gewesen? „Du hattest vor Arnims Tod Kontakt mit ihm, nicht wahr?"

Johnny nickte. „Ja, wir wollten ihn zurückhaben. Du kannst dir vorstellen, dass es damals nach der Freilegung des Loches ziemlich drunter und drüber ging. Wir haben das Loch zuerst wieder in eine Vakuumkammer gepackt, um das Einsaugen von Luft zu unterbinden. Wir haben alle möglichen Sensoren installiert und hunderte von Messungen gemacht. Nach einer Weile hat sich zu unserer Bestürzung herauskristallisiert, dass Vakuum die Ausdehnung des Lochs stark beschleunigt. Wir haben dann in einer Nacht- und Nebelaktion den ganzen Gang abgetrennt und eine Luftzufuhr installiert. Das hat nochmal gut zwei Wochen gedauert. Dann haben wir das Loch wieder dem Atmosphärendruck ausgesetzt. Leider hatte es sich da schon auf fast acht Zentimeter ausgedehnt. Und die Ausdehnung geht weiter voran. Derzeit liegen wir bei knapp einem Millimeter pro Monat." Johnny machte eine kurze Pause.

„Jedenfalls hatte niemand von uns eine Idee, wie wir die Ausdehnung stoppen könnten. Das lag vor allem daran, dass niemand wirklich wusste, um was es sich bei dem Loch überhaupt handelte. Da brachte ich Arnim ins Spiel. Letztendlich war das Loch ein Ergebnis seiner alten Arbeiten. Und Arnims unkonventionelle Denkweise schien irgendwie genau zu dem Loch zu passen. Arnims Ideen verstand niemand, das Loch verstand niemand. Ich weiß, das klingt verrückt, aber so etwa war tatsächlich die Argumentation damals.

Ich hatte während der letzten Jahre hin und wieder Kontakt mit ihm. Und als er mir irgendwann schrieb, dass er in die QS versetzt werden sollte, hab ich ihn ziemlich direkt gefragt, ob er nicht zu uns zurückkommen wolle. Aber er hat wegen seiner Freundin gezögert. Ich bot ihm an, seine Freundin mitzunehmen, und stellte ihm ein Gehalt in Aussicht, das auch zwei Personen einen recht gehobenen Lebensstandard ermöglicht hätte. Aber er blieb reserviert und meinte, er müsse sich das Ganze überlegen."

„Hast du dann nochmal Kontakt mit Arnim gehabt?", fragte ich. „Ich meine, in der Zeit kurz vor seinem Tod?"

„Wir haben noch einige Male telefoniert. Plötzlich tat er ziemlich geheimnisvoll. Das mit der QS habe sich erledigt und er werde wieder an einem ganz spannenden Projekt arbeiten, dürfe aber noch nichts Konkretes sagen. Da hatte ich natürlich schon einen gewissen Verdacht."

„Du hast vermutet, dass er wieder an seinem alten Projekt arbeitet?“

Johnny nickte.

In dem Moment fiel mir ein, dass Maggie von einem Gast erzählt hatte, der sich nach Arnim erkundigt hatte. „Warst du vor kurzem einmal bei Maggie?“

„Ja“, gestand Johnny. „Vor knapp drei Monaten“.

„Dann warst du der Joe, der sich als FTI-Mitarbeiter ausgegeben und sich bei ihr nach Arnim erkundigt hat, ob er vielleicht etwas bei ihr deponiert hätte?“

„Du musst wissen, wir sind ziemlich am Ende mit unserem Latein. Wir brauchen dringend Informationen über das Loch. Und mir kam damals schon der Verdacht, dass ihr auch ein Loch produziert haben könntet und dass Arnim da irgendwie mit drinhängt. Maggie war ein Strohhalm, aber im Moment muss ich nach jedem Strohhalm greifen.“

„Ist schon klar.“ Ich winkte ab. „Uns geht es nicht anders.“

Johnny schien erleichtert. „Wieso habt ihr eigentlich plötzlich wieder mit den Arbeiten angefangen und Arnim darauf angesetzt?“, fragte Johnny.

Das war natürlich ein heikler Punkt. Aber genau wie er mir gegenüber offen geredet hatte, wollte auch ich ihm gegenüber nichts beschönigen. „Erinnerst du dich an die Yamamoto-Publikation?“

„Ja klar, aber die war doch damals noch gar nicht draußen?“

„Mein Chef, Lars Forsberg, ist Reviewer beim Journal of Applied Physics, das Journal, in dem die Yamamoto-Publikation erschien!“

„Jetzt wird mir einiges klar“, sagte Johnny.

„Sagt dir der Name Takomi Makkuro etwas?“, wechselte ich nun das Thema.

„Allerdings. Das war einer von Yamamotos Leuten. Er hatte einen Unfall im Labor und ist dann verrückt geworden. Wenn ich mich recht erinnere, hat er sich vor einigen Monaten umgebracht."

„Genau. Nachdem er versucht hat, mich umzubringen."

„Das ist nicht dein Ernst?"

„Er wollte mich davon abhalten, weiter an dem Projekt zu arbeiten. Und zwar mit allen Mitteln." Ich erzählte Johnny von dem nächtlichen Zusammentreffen. „Ich habe ein paarmal gedacht, die Yamamoto-Leute hätten auch ein Loch. Ein kleines wie wir am FTI. Vielleicht ist Takomi Makkuro damit in Berührung gekommen. Vielleicht ist er mit dem Kopf durch das Loch gelaufen und hat einen Gehirnschaden davongetragen. Das würde erklären, wieso er anschließend verrückt geworden ist."

Johnny schüttelte den Kopf. „Ich habe auch schon in die Richtung gedacht. Aber ich kenne Yamamoto und viele aus seiner Gruppe gut. Ich habe in letzter Zeit ein paarmal mit Yamamoto persönlich und auch mit Leuten aus seiner Gruppe geredet. Ich habe nicht den Eindruck, dass sie ein Loch haben. Das hätte ich gemerkt."

„Lars hat mir das Gleiche gesagt. Er hatte auch Kontakt mit Yamamoto." Einen Moment lang überlegte ich. „Was wäre, wenn Takomi Makkuro ein Loch generiert hat, dieses aber wieder verschwunden ist? Vielleicht hat er eine Möglichkeit gefunden, das Loch wieder zu schließen?"

„Oder es verschwand, ohne dass er es schließen konnte."

„Wie meinst du das?"

„Ich weiß nicht. Vielleicht ist etwas passiert, was sich niemand von uns so recht vorstellen kann", murmelte Johnny.

Einen Moment hatte ich den Eindruck, dass er noch etwas sagen wollte, doch dann winkte er ab.

„Nein, ich denke, sie hatten kein Loch", sagte er laut. „Wir haben mit unseren Löchern ohnehin genug zu tun. Wir müssen uns darauf konzentrieren, wie wir die Dinger wieder wegbekommen."

Er hatte recht. Nachdenklich sah ich aus dem Fenster in den vom Licht der nahen Großstadt erhellten Nachthimmel. Auch Johnny schien nachzudenken. Eine Weile saßen wir schweigend da. Es war spät geworden, und im Gebäude war es ruhig, bis auf ein leises Rauschen, wahrscheinlich von der Klimaanlage. Oder vom Loch, durchzuckte es mich. Richtig, es war nicht die Klimaanlage. Es war das Loch, das ununterbrochen gigantische Mengen an Luft in sich saugte. Auch hier im abgeschlossenen und bequem möblierten Büro drängte es sich in unser Bewusstsein. Bald würde auch hier aus dem leisen Rauschen ein donnernder Orkan werden, der langsam, aber sicher die Lufthülle der Erde verschlingen würde.

Mich überkam ein Gefühl von Panik, und fast wäre ich aufgesprungen und aus dem Büro gestürmt, nur um dem bedrohlichen Rauschen zu entgehen.

„Alles in Ordnung?", fragte Johnny.

„Ja." Ich atmete tief durch. „Alles okay."

„Es ist spät geworden, wir haben noch nichts gegessen. Darf ich dich einladen? Es gibt hier ein paar gute Restaurants. Chinesische, aber auch europäische."

„Chinesisch ist okay", antwortete ich. Ich bemerkte erst jetzt, dass mein Magen knurrte und ich Hunger hatte. Aber so richtig Lust auf einen Restaurantbesuch hatte ich nicht. Nicht vor dem Hintergrund dessen, was ich heute gesehen hatte. Dieses alles verschlingenden Monsters, um was auch immer es sich dabei handeln mochte. Ich hatte das untrügliche Gefühl, dass wir keine Zeit verlieren durften. Wir mussten eine Lösung suchen, wie wir die Expansion der Löcher stoppen konnten. So rasch wie möglich!

Johnny schien meine Gedanken zu erraten. „Wir können uns auch etwas hierher bestellen", schlug er vor. „Du magst also Chinesisch?" Johnny griff zum Telefon, drückte eine Taste und sprach einige Sätze auf Chinesisch, bevor er wieder auflegte. „So, das hätten wir. Was hältst du davon, wenn du mir etwas mehr von eurem Loch erzählst? Vor allem, wie genau es entstanden ist? Was habt ihr für Daten, welche Experimente habt ihr gemacht? Ich versichere dir, alles streng vertraulich zu behandeln."

Ich winkte ab. „Keine Angst, ich denke, die Zeit der Geheimhaltung ist vorbei, zumindest zwischen uns."

In der folgenden halben Stunde gab ich Johnny eine kurze Zusammenfassung der Ereignisse seit der Entdeckung des Lochs am FTI. Ich berichtete von meinen Experimenten und Messungen und versprach, ihm Zugang zu allen Daten zu gewähren. Johnny schlug vor, eine gemeinsame Arbeitsgruppe zur Erforschung der Löcher zu bilden. Er hatte schon grünes Licht seitens der Geschäftsleitung bekommen, allerdings unter der Voraussetzung, die Existenz der Löcher vorerst noch geheim zu halten. Man hoffte, die Löcher durch die gebündelten Aktivitäten des FTI und Falcons in den Griff zu bekommen. Das würde zwar meine Diskussion mit Lars erleichtern, aber so richtig glücklich war ich damit nicht. Immerhin hatte ich mir vorgenommen, mich durch nichts mehr von der Publikation abbringen zu lassen, sobald ich von der Konferenz zurück wäre. Aber immerhin würden sich bald zwei hochkarätige Teams mit dem Problem beschäftigen. Das war allemal besser als ich alleine. Und wahrscheinlich würde sich das Projekt, wenn so viele Leute daran arbeiteten, ohnehin nicht lange geheim halten lassen.

In dem Moment klopfte es an der Tür und ein junger Chinese brachte eine große Styroporkiste. Aus der Kiste zauberte er eine Flasche Wein, Mineralwasser, Gläser, Teller, Besteck und, was das Wichtigste war, etwa ein Dutzend in Aluminium eingewickelte Schälchen, bevor er sich wieder verabschiedete. Als Johnny die Aluminiumfolie von den Schälchen wegnahm, kamen darin appetitlich aussehende Häppchen verschiedener chinesischer Spezialitäten zum Vorschein, welche die düsteren Gedanken an das Loch zumindest eine Zeitlang vertrieben.

„Es gibt auch in China gute Weine." Johnny zeigte mir die Weinflasche, auf der „Changyu Moser" stand. Kurz darauf stießen wir mit dem überraschend guten Tropfen an und ließen uns die chinesischen Spezialitäten schmecken.

Obwohl ich Johnny erst vor ein paar Stunden kennengelernt hatte, war es, als ob zwei Freunde zusammensäßen, die sich schon jahrelang kannten. Wir diskutierten über die Löcher, was sie verursacht haben könnte und welche Möglichkeiten es geben könnte, sie zu beeinflussen. Erst nach Mitternacht kamen wir übereinstimmend zu dem Schluss, dass wir beide zu müde waren, als dass weitere Diskussionen noch etwas Sinnvolles ergeben würden.

In diesem Moment wurde mir bewusst, dass mein Hotel über eine Autostunde entfernt von Falcon lag und ich nicht die geringste Ahnung hatte, wie ich mitten in der Nacht dort hinkommen sollte. Aber auch in diesem Fall hatte Johnny schon vorausgedacht.

„Wir haben hier ganz in der Nähe ein Gästehaus. Ich habe mir erlaubt, dort ein Zimmer für dich zu reservieren. Mein

Fahrer wird dich hinbringen und morgen früh auch wieder abholen. Dann können wir weitersehen."

Ich nahm das Angebot dankend an. Eine Viertelstunde später holte mich ein Fahrer am Eingang ab und setzte mich fünfzehn Minuten später bei einem modernen Wohnblock, nicht weit von Falcon, ab. Im Eingangsbereich erwartete mich ein englischsprechender Portier und begleitete mich in ein luxuriös ausgestattetes Zwei-Zimmer-Apartment. Auf einer Kommode lagen Einweg-Pyjamas und verschiedene Hygieneartikel. Der Portier überreichte mir noch einen Wäschebeutel, in dem ich meine Kleidung vor der Tür deponieren könnte. Er versprach, dass am kommenden Morgen alles gewaschen und gebügelt wäre, inklusive geputzter Schuhe.

Zehn Minuten später lag ich in meinem Einweg-Pyjama im Bett. Obwohl das große Loch bei Falcon mir einen gehörigen Schrecken eingejagt hatte, erleichterte mich die Tatsache, dass bald nicht mehr alles auf meinen Schultern ruhen würde.

Am nächsten Morgen erwachte ich erfrischt und ausgeruht. Erschrocken sah ich, dass es draußen schon taghell war. Ich griff mein Handy. Es war schon kurz vor zehn. Und ich hatte zwölf ungelesene Nachrichten, fünf davon von Susanne. Natürlich, ich hatte Susanne versprochen, mich jeden Abend kurz bei ihr zu melden, aber gestern Abend hatte ich es ganz vergessen. Auch jetzt vertagte ich meinen Bericht an Susanne auf später. Es würde ohnehin schwer werden, ihr alles in wenigen Sätzen zu erklären. Außerdem hielt ich es nicht für klug, ihr das am Handy mitzuteilen. Also sendete ich ihr nur eine kurze WhatsApp, dass es mir gut gehe und alles in Ordnung sei.

Wie nicht anders erwartet, fand ich meine frisch gewaschenen und gebügelten Kleider in Form eines ordentlichen

Päckchens auf einem kleinen Schemel vor der Tür zu meinem Apartment. Jedes Teil war in dünnes weißes Seidenpapier eingeschlagen und unter dem Schemel blitzten mir meine geputzten Schuhe entgegen.

Ich duschte und machte mich mit frischen Kleidern auf die Suche nach dem Portier, der mir hoffentlich eine Fahrgelegenheit zu Falcon organisieren konnte. Lange musste ich nicht suchen. Kaum trat ich aus dem Zimmer, lächelte er mir vom Ende des Ganges zu und winkte mich zu sich.

Während ich noch auf den Portier zuging, sprach der schon einige Worten auf Chinesisch in sein Handy und reichte mir schließlich das Gerät. Johnny war am Apparat und wir verabredeten uns zum Frühstück. Sein Fahrer erwartete mich schon vor dem Apartment und brachte mich zu einem Restaurant.

Johnny war schon da und begrüßte mich mit einem festen Händedruck. „Gut geschlafen?"

„Danke, sehr gut", bejahte ich und wir setzten uns an einen kleinen Tisch an der Fensterfront.

Das Restaurant war um diese Zeit nicht besonders gefüllt. Es war schon elf, also zum Frühstücken eigentlich zu spät und zum Mittagessen noch zu früh. Da ich aber bisher weder das eine noch das andere gehabt hatte, war ich für Johnnys Einladung dankbar. Die Karte war auf Chinesisch, doch Johnny übersetzte bereitwillig. Auf seine Empfehlung hin bestellten wir Jianbing, einige gedämpfte Brötchen, Ölpfannkuchen und Tee-Eier.

Während des Frühstücks besprachen wir das weitere Vorgehen bezüglich der anvisierten Zusammenarbeit zwischen Falcon und dem FTI. Nach meiner Rückkehr würde ich Lars Bericht erstatten und Lars würde die Sache unserer Geschäftsleitung präsentieren. Ich hoffte, dass alles glatt über die Bühne gehen würde, und baute darauf, dass man in unserer Teppichetage erkennen würde, dass eine Zusammenarbeit in diesem Fall unabdingbar war.

Nach unserem chinesischen Brunch fuhren wir wieder zu Falcon. Dort hatte Johnny eine Sitzung mit seinem Team einberufen. Wir starteten mit einer Vorstellungsrunde, während der jeder der rund ein Dutzend Wissenschaftler kurz sich selbst und sein Fachgebiet vorstellte. Anschließend klärten wir noch einige organisatorische Punkte und zum Abschluss gab Johnny einen kurzen Abriss der bisherigen Aktivitäten von Falcon.

Danach berichtete ich, so gut es ohne Vorbereitung ging, von meinen bisherigen Messungen. Ich hätte dabei gerne von ersten Erfolgen berichtet, aber ich hatte schlichtweg keine, weshalb ich mir recht stümperhaft vorkam. Auch mit nur halbwegs brauchbaren Theorien konnte ich nicht aufwarten. Bei Falcon war man schon viel weiter. Zumindest, was Messungen anbelangte. So hatten sie bereits den Casimir-Effekt zwischen zwei Platten mit dem Loch in der Mitte gemessen und tatsächlich den von Susanne bereits prognostizierten Effekt beobachtet. Die Casimir-Kraft zwischen den Platten mit dem Loch war deutlich stärker als zwischen zwei Platten, zwischen denen sich nur Vakuum befand. Zwischen den Platten mit dem Loch befanden sich also weniger virtuelle Teilchen als im Vakuum.

Der Casimir-Effekt schien mir eng mit unserem Problem verknüpft. War nicht der Auslöser der ganzen Sache, dass wir Energie aus dem Nichts gewinnen wollten? Beim Casimir-Effekt ging es um eine Kraft aus dem Nichts. Drängte sich da nicht eine Analogie auf? War der Casimir-Effekt der Schlüssel zum Verständnis des Lochs? Ich hoffte es, denn eines wurde mir bei den Ausführungen von Falcon klar: Von allen durchgeführten Messungen war die Messung des Casimir-Effekts die einzige, die ein brauchbares Ergebnis geliefert hatte.

Auch bei Falcon hatte man trotz eines deutlich höheren Messaufwands keine Emission von Strahlung feststellen können und auch Versuche zur Beeinflussung des Loches mittels starker Magnetfelder oder elektrischer Felder waren ohne Ergebnis verlaufen. Einzig und allein das Einströmen von Luft schien die Ausdehnung des Lochs zu verlangsamen. Dazu hatte man bei Falcon umfangreiche Versuche durchgeführt.

Ich erinnerte mich, dass ich bei meinen Messungen den Grenzdruck, also den Druck, bei dem die Vergrößerung des Loches nicht weiter zu verlangsamen war, mit 0,15 Bar bestimmt hatte. Bei Falcon hatte man mit einer ähnlichen Messanordnung den Grenzdruck bei deren Loch mit 1,04 Bar bestimmt. Also minimal über dem normalen Luftdruck. Man erklärte dies mit der deutlich größeren Fläche des Loches. Der Luftdruck, der notwendig war, um die Ausdehnung des Loches zu bremsen, wuchs mit zunehmender Lochgröße. Aktuell lag dieser Druck beim Falcon-Loch noch nahe beim normalen Luftdruck. Im Laufe der weiteren Ausdehnung müsste man aber den Einströmdruck idealerweise erhöhen, was aufgrund der Fläche des Lochs aber kaum möglich sein würde. Dazu wäre schon jetzt ein immenser Kompressor notwendig.

Dies machte das Dilemma deutlich. Bald schon würde man nicht mehr in der Lage sein, die Ausdehnung des Loches auf dem aktuellen Wert zu halten. Zudem gab es noch immer kein zufriedenstellendes Modell, das die Ausdehnung des Lochs vorhersagen konnte. Beunruhigenderweise hatte man nämlich auch bei Falcon hin und wieder unerklärliche Fluktuationen der Größe des Loches beobachtet. Ein vordringliches Ziel der

Zusammenarbeit würde es sein müssen, diese Anomalien besser zu verstehen.

Ein nicht weniger wichtiger Punkt schien mir die Frage, wieso die einströmende Luft das Loch stabilisierte. Ein Wissenschaftler, der sich mit dem Namen Huang vorstellte, hatte dazu eine Theorie. Er erklärte sich den Effekt so, dass Materie das Loch stabilisierte, indem sie den Rand des Loches vom inneren Nichts fernhielt. Die einströmende Luft bildete eine Art Schutzschicht zwischen dem Loch an sich und dessen Rand. Es folgte eine Erklärung zum Mechanismus der Stabilisierung, der ich aber nicht im Detail folgen konnte. Dazu reichten meine Kenntnisse theoretischer Physik bei Weitem nicht. Lediglich den Grundgedanken seiner Argumentation konnte ich erfassen.

Huang zog zur Erklärung der Stabilisierung verschiedene Teilaspekte der Stringtheorie heran. Wenn ich ihn richtig verstanden hatte, würden die Strings, aus denen jegliche Materie, also auch die einströmende Luft, bestand, mit dem Rand des Loches wechselwirken und es dadurch stabilisieren. Allerdings trat diese Wechselwirkung nur in dem kurzen Moment auf, in dem Materie den Lochrand passierte. Danach wurde jegliche Materie vom Loch verschluckt und konnte somit auch nicht mehr mit dem Rand in Wechselwirkung treten. Es nützte also auch nichts, den Lochrand mit einem Ring aus Metall oder Ähnlichem abzuschirmen. Es brauchte ständig neue Materie, die von außen den Rand des Loches passierte. Materie, die ins Zentrum des Lochs gezogen wurde, sollte keinen Effekt haben. Daher wurde die Idee entwickelt, die Luftzufuhr künftig mittels einer Ringdüse auf den Rand des Loches zu beschränken. So sollte sich immerhin der Luftverbrauch deutlich reduzieren lassen. Immerhin ein kleiner Lichtblick, dachte ich. Ich hoffte, dass es funktionieren würde. Dieses donnernde Einsaugen riesiger Luftmengen war mehr als beängstigend. Könnten wir das reduzieren, hätten wir immerhin etwas Zeit gewonnen.

Nach über vier Stunden intensiver Diskussionen beendeten wir das Meeting und Johnny organisierte die Rückfahrt zurück zum Konferenzort. Er selbst blieb bei Falcon und ich versprach ihm nochmals, gleich nach meiner Ankunft das Thema beim FTI auf den Tisch zu bringen.

Eine knappe Stunde später saß ich im Taxi zurück ins Zentrum. Während draußen die Silhouette von Shanghai vorbeizog, gingen mir alle möglichen Gedanken durch den Kopf. Wie könnten wir diese ominösen Löcher in den Griff bekommen? Würde sich das FTI auf eine Kooperation mit Falcon einlassen? Und wie sollte ich das Lars beibringen – und Susanne? Siedend heiß fiel mir ein, dass sie bestimmt weiter versucht hatte, mich zu erreichen. Ich kramte mein Handy aus der Tasche und schaltete es ein. Sieben Nachrichten nur, drei davon von Susanne, der Rest Firmensachen. Nichts, was nicht noch einen Tag warten konnte. Nur Susanne schrieb ich eine kurze WhatsApp, dass es mir gut gehe und dass ich viele interessante Diskussionen geführt hätte. Ich hoffte, das würde sie erst einmal beruhigen.

Als ich schließlich am Konferenzzentrum ankam, war die Konferenz bereits beendet. Die Mitarbeiter vom Hotelservice sammelten die Getränkeflaschen und Gläser von den Tischen, Arbeiter rollten Kabel zusammen, und in der Vorhalle nahmen Studenten ihre Poster von den Stellwänden. Ich ging zurück ins Ritz-Carlton und duschte. Anschließend ging ich ins Hotelrestaurant und suchte mir zum Abendessen einen kleinen Tisch in einer ruhigen Ecke. Ich musste überlegen, wie ich das hier Erlebte wem und in welcher Form in den nächsten Tagen am besten mitteilen konnte. Nachdem ich mir während des Essens so etwas wie eine Strategie zurechtgelegt hatte, ging ich zurück in mein Zimmer und fiel in einen unruhigen Schlaf. Wieder einmal träumte ich von Schwarzen Löchern, die überall auftauchten und versuchten, mich in sie hineinzusaugen.

WIEDER ZURÜCK

Am nächsten Morgen weckte mich kurz vor sechs das penetrante Brummen meines Handys. Noch im Halbschlaf stand ich auf und packte mechanisch meine Sachen. Eine halbe Stunde später checkte ich aus und bestellte mir ein Taxi zum Flughafen. Glücklicherweise ging die Fahrt ziemlich flott und so konnte ich mir am Flughafen noch ein reichhaltiges Frühstück gönnen. Eine Stunde später ließ ich mich dann satt und müde in meinen bequemen Business-Class-Sitz fallen. Kaum war das Flugzeug gestartet, holte ich den noch fehlenden Schlaf nach. Während des Fluges dachte ich noch ein paarmal an die bevorstehenden Gespräche. Ich wusste nicht, vor welchem ich mehr Bammel hatte: vor dem mit Lars oder dem mit Susanne.

Endlich am Flughafen Zürich angekommen, nahm ich mir ein Taxi, und eine halbe Stunde später war ich bereits in meiner Wohnung. Ich ging kurz die Post durch, dann rief ich Susanne an.

„Na, das ist ja schön, dass du dich endlich mal meldest! Hast du dich gut amüsiert in Shanghai?" Susanne war verärgert.

Ich konnte es ihr nicht übelnehmen. Ich hatte ihr versprochen, mich zu melden, und hatte es, bis auf meine beiden kurzen WhatsApp-Nachrichten, versäumt. Ich versuchte gar nicht, mich zu rechtfertigen. „Susanne, hör zu, können wir uns heute Abend treffen?"

Susanne spürte, dass es um etwas Wichtiges gehen musste. Entgegen ihrem sonstigen Gebaren ersparte sie mir weitere

Vorwürfe. „Okay, ich komme vorbei, sagen wir, in einer halben Stunde."

Danach ging ich unter die Dusche. Das heiße Wasser tat gut. Ich blieb länger als geplant und hatte schon Angst, die Klingel zu überhören, aber nichts passierte.

Die halbe Stunde war schon eine Weile um, als es endlich klingelte. Ich öffnete einer abgehetzten Susanne, die mir triumphierend eine große Plastikbox mit Sushi vor die Nase hielt. „Du hast doch bestimmt nichts im Haus, oder?"

„Jetzt schon", sagte ich. „Komm rein, schön, dich zu sehen!" Ich meinte es so ehrlich wie schon lange nicht mehr. Wieder einmal wurde mir bewusst, wie sehr ich ihre Gesellschaft schätzte, wie wohl ich mich in ihrer Gegenwart fühlte.

„Immerhin hast du einen Wein da", sagte Susanne auf dem Weg in die Küche. „Was war da los in Shanghai? Hast du etwas herausgefunden, was uns weiterhelfen könnte?"

Ich musste schmunzeln über das „uns". Für Susanne schienen wir, was die Erforschung des Loches betraf, ein Team zu sein. Ich öffnete eine Weinflasche und füllte unsere Gläser, während ich überlegte, wie ich ihr die Sache mit dem Falcon-Loch beibringen sollte. Vielleicht würde ein Schluck Wein helfen. Ich prostete ihr zu und nippte an meinem Glas. Susanne schaute mich ungeduldig an und ich holte nochmal tief Luft.

„Es gibt zwei", sagte ich nur.

„Was?"

„Es gibt zwei Löcher", wiederholte ich. „Falcon hat auch eins. Ich war dort und habe es gesehen."

„Du warst bei Falcon!" Susanne musterte mich ungläubig. „Wenn Lars davon erfährt …" Sie schien wirklich Angst um mich zu haben.

„Lars wird es erfahren“, entgegnete ich. „Gleich morgen früh werde ich es ihm erzählen.“

Susanne war sprachlos.

„Die Falcon-Leute haben schon viel länger ein Loch als wir. Und das Loch ist größer, viel größer …“

„Wie groß?“, fragte Susanne leise.

„Fast zehn Zentimeter.“

„Scheiße.“ Susanne war sichtlich erschrocken.

„Ja, allerdings.“ Ich konnte ihr da nur zustimmen.

„Dehnt es sich weiter aus?“

„Ja, leider. Etwa um einen Millimeter pro Monat.“

„Verdammt. Haben die Leute von Falcon denn irgendeine Idee, wie sie die Ausdehnung stoppen oder umkehren können?“

„Ja, es gibt da schon so eine Art Theorie. Du bist im Groben mit der Stringtheorie vertraut?“ Susanne nickte.

„Nun, es scheint so, wie wenn am Lochrand Strings abgelöst werden. Also abgelöst von, sagen wir, unserem Universum. Das können virtuelle Strings des Raumes sein oder Strings von realer Materie. Das Ablösen breitet sich aus, wie eine Art Infektion. Der Rand löst oder verschluckt oder was auch immer die virtuellen Strings des Raumes und damit den Raum selbst. Die Leute von Falcon meinten, innerhalb des Loches sei kein Raum, es sei vielmehr ein Loch im Raum. Innerhalb des Loches scheint es keine Quantenfluktuationen zu geben, also auch keine virtuellen Teilchen oder Strings.

Wenn aber reale Strings von Materie in die Nähe vom Rand kommen, werden hauptsächlich diese aufgelöst und das Ablösen der virtuellen Strings des Raumes verlangsamt sich. Daher kann man den Effekt auch nicht aufhalten. Bestenfalls verlangsamen. Einer von den Falcon-Leuten meinte, man könne theoretisch zeigen, dass der Prozess erst beim Beaufschlagen des Randes mit einer unendlich großen Materiedichte vollständig zum Stillstand kommt. Dann würde sich das Loch zwar nicht mehr weiter ausdehnen, eine Verkleinerung aber wäre nicht möglich. Er meinte, das aktuelle Einströmen von Luft mit einem Druck von einem, vielleicht zwei Bar würde den Ausdehnungsprozess schon um gut 99 Prozent verlangsamen. Aber mit zunehmender Lochgröße steigt der notwendige Druck exponentiell an. Und wenn der Druck nicht aufrechterhalten werden kann, steigt die Wachstumsgeschwindigkeit des Loches drastisch an. Sie gehen davon aus, dass sich die Ausdehnungsgeschwindigkeit des Falcon-Lochs in einigen Monaten verdoppelt, wenn der Einströmdruck nicht erhöht wird."

Susanne sah mich bestürzt an. „Das hört sich an wie eine platzende Seifenblase, bei der man das Platzen verlangsamen möchte, indem man Seifenwasser auf den Rand des sich bildenden Lochs tropft."

Der Gedanke erschreckte mich. Vielleicht, weil er gar nicht so abwegig war.

„Was, wenn die Blase platzt?" Susanne schaute mich an.

Ich wusste nichts darauf zu sagen. Es breitete sich eine unheimliche Stille aus. Wie würde das enden? Ich hatte wirklich Angst.

DER BERICHT

Am nächsten Morgen erwartete Lars mich schon in seinem Büro. Natürlich war er brennend daran interessiert, ob sich auf der Konferenz etwas Neues ergeben hatte. Wahrscheinlich dachte er immer noch daran, die Publikation weiter hinauszuzögern, sofern sich neue Aspekte aufgetan hatten.

„Na, wie war's?", begrüßte er mich mit merklich aufgesetzt wirkender Lässigkeit.

Ich beschloss, nicht lange um den heißen Brei herumzureden.

„Ich war bei Falcon", sagte ich.

„Du warst wo?" Lars sah mich ungläubig an.

„Ich war bei Falcon in Shanghai. In deren Forschungszentrum. Sie haben auch ein Loch."

Lars' ungläubiger Gesichtsausdruck wich reinem Entsetzen. Meine Offenbarung hatte ihn eindeutig aus der Fassung gebracht. Lars hatte gerne alles unter Kontrolle und die schien ihm plötzlich zu entgleiten.

„Bist du verrückt? Bist du von allen guten Geistern verlassen? Was machst du bei Falcon? Du hast ihnen doch wohl nichts von unserem Loch erzählt!", schrie er, und im gleichen Moment wusste er auch schon, dass ich es getan hatte.

„Sie wussten es ohnehin", entgegnete ich und war verwundert, wie ruhig und gelassen ich das sagte. Vielleicht war es diese Ruhe, die Lars dazu brachte, sich ein wenig zu fangen.

„Okay, okay." Er machte eine beschwichtigende Geste. „Also, erzähl, was war los in Shanghai?"

Nach dem Abend mit Susanne war ich bereits geübt in meinem Bericht. Als ich damit zum Ende kam, hoffte ich, dass Lars offen dafür wäre, was wir in Shanghai besprochen hatten. „Falcon schlägt vor, dass wir zusammenarbeiten. Dass beide Firmen ein Team ihrer besten Leute auf die Erforschung der Löcher ansetzen, um sie möglichst bald unter Kontrolle zu bekommen. Vielleicht stoßen wir so auf den alles entscheidenden Hinweis.“ Ganz überzeugt war ich davon nicht, aber im Moment war das wohl das Beste, was wir machen konnten.

„Und die Geheimhaltung?“, fragte Lars.

„Die Falcon-Leute schlagen vor, dass wir noch Geheimhaltung wahren. Zumindest für die ersten Monate. Vielleicht bekommen wir die Löcher ja gemeinsam in den Griff.“

Dieses Argument war Lars offensichtlich sympathisch. Er sträubte sich noch immer mit Händen und Füßen gegen eine Veröffentlichung. Und auch mir war letztendlich nicht wohl bei dem Gedanken. Würde uns das wirklich weiterbringen? Sicher würden sich dann sofort Tausende von Wissenschaftlern auf das Phänomen stürzen. Würden die eine Lösung finden? Oder würden sie bei ihren Versuchen, den Effekt zu enträtseln, sogar weitere Löcher erschaffen?

Mir wurde schwindelig bei dem Gedanken. Würde es eine Panik geben? Wie viele Menschen würden sich allein aus Angst umbringen? Ich war froh, dass wir diese Entscheidung im Moment noch nicht treffen mussten.

„Okay“, sagte Lars. „Ich werde die Sache mit unserem Management besprechen. Ich weiß zwar noch nicht wie und mit wem, aber das soll nicht deine Sorge sein. Ich werde dich auf dem Laufenden halten.“

DIE KOOPERATION

Gut zwei Wochen später waren die wichtigsten Formalitäten geklärt. Falcon und das FTI vereinbarten eine Zusammenarbeit auf höchster Geheimhaltungsstufe. Seitens des FTI würden wir schnellstmöglich ein Team zusammenstellen, das eng mit dem Falcon-Team zusammenarbeiten sollte. Das erste Treffen war bereits in zwei Wochen in Shanghai geplant.

So stand ich an einem sonnigen Septembertag zusammen mit einem Dutzend ausgewählter Wissenschaftler, Techniker und Ingenieure vom FTI am Flughafen Zürich und wartete auf die Maschine nach Shanghai. Es herrschte eine seltsame Stimmung. Jedem von uns gingen Fragen über Fragen durch den Kopf, doch geredet wurde auffallend wenig. Jeder wusste, dass auch die anderen keine Antworten auf all die Fragen hatten. Alle Ideen schienen geäußert, alle Fragen gestellt. Auf zu viele davon wussten wir keine Antwort. Als endlich das Einchecken begann, schienen alle erleichtert.

Zwölf Stunden später landete unsere Maschine planmäßig am frühen Morgen in Shanghai. Direkt nach der Zollkontrolle erwartete uns ein Mitarbeiter von Falcon. Zu meiner Enttäuschung war es nicht Johnny, sondern ein Amerikaner, der sich mit Bill vorstellte und an dessen Gesicht ich mich von meinem ersten Besuch vage erinnerte.

Bill steuerte auf einen kleinen Bus zu und stieg mit uns in den hinteren Teil, der vom Fahrer durch eine grau getönte Glasscheibe abgetrennt war. Dort waren im Halbrund mehrere schwarze Ledersitze angeordnet. In der Mitte war ein runder Tisch am Boden festgeschraubt. Bill hieß uns willkommen und rekapitulierte in kurzen Worten die Entdeckung des Loches. Dann berichtete er in groben Zügen über die zwischenzeitlich durchgeführten Experimente und gab einen Abriss über das Programm der nächsten Tage. Das meiste wusste ich schon.

Gedankenverloren schaute ich durch die stark abgedunkelten Scheiben auf die vorbeiziehenden Hochhaussilhouetten. Was erwartete uns? Wie würden wir zusammenarbeiten? Würde uns etwas Brauchbares einfallen, wie wir dem Geheimnis der Löcher auf die Spur kommen konnten?

Der anfänglich blaue Himmel wurde von dunkelgrauen Wolkenbergen verdrängt. Bald klatschten dicke Tropfen eines sich ankündigenden Gewitterregens auf die Scheiben. Ich hoffte, dass dies kein schlechtes Zeichen für unseren Besuch war. Aber wir waren nur in einen Ausläufer des Gewitters gekommen. Als wir vor unserem Hotel ausstiegen, empfing uns zwar feuchtwarme Luft, aber von Regen zeugten nur noch die nassen Bodenplatten vor dem Hotel. In einiger Entfernung konnte man das Oberteil des kugelförmigen Forschungsgebäudes von Falcon erkennen.

Wir verabredeten mit Bill, dass er uns in eineinhalb Stunden abholen würde. Einigermaßen erfrischt und nach einem kurzen Mittagssnack in der Hotelbar fuhren wir mit Bill zu Falcon. Johnny begrüßte uns und entschuldigte sich dafür, dass er uns nicht persönlich abgeholt hatte. Er hatte bei einer Messung dabei sein wollen, von der er uns später berichten würde.

Anschließend erhielt jeder von uns am Empfang ein Badge. Keinen Besucherausweis, sondern ein normales Falcon-Badge. Ich wertete dies als Zeichen, dass man es mit der Zusammenarbeit ernst meinte und uns als gleichberechtigte Partner akzeptierte.

Anschließend begleitete Johnny uns zu B7, dem langgestreckten Nebengebäude, in dem sich das Falcon-Loch befand. Obschon sich der Komplex innerhalb des gut bewachten Werksgeländes befand, war um das ganze Gebäude ein zusätzlicher Zaun gezogen worden.

Wir hielten auf eine Pforte neben einem Wachhäuschen zu und unter den wachsamen Augen eines Falcon-Mitarbeiters in einer blauen Uniform benutzten wir zum ersten Mal unsere Badges.

Im Gebäude führte Johnny uns in den besonders abgesicherten Bereich mit dem Loch. Seit meinem letzten Besuch hatte es einige Veränderungen gegeben. Der Vorraum war vergrößert worden und das Rauschen der einströmenden Luftmassen war weniger deutlich zu hören. Johnny erklärte, dass man den Raum um das Loch umgebaut hatte, um größere Messapparaturen installieren zu können. Gleichzeitig hatte man die Luftzufuhr und die Geräuschisolation verbessert. Nachdem wir alle mit einem der klobigen, schallisolierten Headsets ausgestattet waren, folgten wir Johnny durch den Gang zum Laborraum, in dem sich das Loch befand.

Das Labor hatte sich seit meinem letzten Besuch deutlich verändert. Wände und Decken zu den Nebenräumen waren entfernt worden. Die Mitte des Raumes wurde von zwei großen, konisch zulaufenden Lufttrichtern dominiert, deren rund zehn Zentimeter große Öffnungen sich in der Mitte zu berühren schienen. Obschon wir wussten, dass sich zwischen den Trichtern das Loch befinden musste, konnten wir es nicht sehen. Durch unser Headset konnten wir nur ein leises Rauschen vernehmen.

Die unmittelbare Umgebung der beiden Trichter war von einem hohen, grellgelben Geländer gesichert. Rechts und links des Geländers waren Techniker damit beschäftigt, eine sperrige Apparatur aufzubauen, die mich an eine Laserkanone aus einem Science-Fiction-Film erinnerte. Nach näherem Hinsehen kam ich zu dem Schluss, dass es tatsächlich ein Laser war, der da aufgebaut wurde. Und zwar ein recht großer. Ich würde Johnny später fragen, was sie damit vorhatten.

Jetzt aber führte Johnny uns zu dem gelben Geländer. Er bat uns, schräg neben den Trichtern zu warten. Wenig später kam er mit einer Art Fernsteuerung zurück. Er stellte sich neben uns und betätigte einen Schalter. Die beiden Trichter bewegten sich nun langsam auseinander. Mit jedem Millimeter, den sich die beiden Trichter voneinander entfernten, schwoll das zuvor leise Rauschen immer stärker an. Als sich die beiden Trichter etwa zwanzig Zentimeter voneinander entfernt hatten, drang trotz der gut isolierten Ohrmuscheln der Headsets ein lautes Tosen hindurch. Jetzt war die schwarze Scheibe des Lochs deutlich zu sehen. Und genauso deutlich waren die weißen Kondensstreifen zu sehen, die sich bilden, wenn feuchte Luft sich aufgrund starker Expansion stark abkühlt.

Wie gebannt starrten wir auf die durch die rasch in sie hineinschießenden Kondensstreifen nur verschwommen sichtbare schwarze Scheibe. Sie schien nicht nur Luft, sondern auch unsere Blicke nahezu mystisch anzuziehen. Endlich betätigte Johnny erneut die Fernbedienung. Die beiden Trichter näherten sich wieder der Scheibe. Es kam mir wie eine Erlösung vor, als sie sich endlich so weit genähert hatten, dass das Loch nicht mehr zu sehen war. Nur langsam lösten sich unsere Blicke von dem beängstigenden Objekt. Auf ein Zeichen von Johnny folgten wir ihm zum Ausgang.

Eine halbe Stunde später trafen wir die Wissenschaftler von Falcon zu einem ersten Austausch. Es war eine recht gemischte Gruppe aus Asiaten, Amerikanern und Europäern. Nachdem sich alle kurz vorgestellt hatten, begannen wir damit, unsere Erfahrungen bei der Untersuchung der Löcher auszutauschen. Die Falcon-Leute waren sehr an der Entwicklung unseres Loches in seiner frühen Phase interessiert, wir naturgemäß eher an dem Verhalten des großen Falcon-Loches. So ergänzten wir uns gut und es entbrannten hitzige Diskussionen. Wir entschieden, uns in Gruppen aufzuteilen. Jede sollte sich einem bestimmten Teilaspekt widmen. Ich selbst setzte mich in einem kleinen Nebenzimmer mit Johnny zusammen und besprach mit ihm die weitere Organisation des Projektes. Später schloss ich mich ebenfalls einer der Diskussionsgruppen an.

ABEND MIT JOHNNY

Es war schon spät am Abend, als wir endlich zum Hotel zurückfuhren. Johnny begleitete uns und versprach, noch zum Abendessen zu bleiben. Wir verabredeten uns eine halbe Stunde später im stilvollen, aber übertrieben chinesisch dekorierten und dadurch etwas kitschig wirkenden Hotelrestaurant. Allerdings präsentierte sich die Speisekarte als äußerst vielversprechend, und Johnny unterstützte unsere Menüauswahl mit wertvollen Tipps. Langsam löste sich die Anspannung des Tages und der Abend verlief in recht entspannter Atmosphäre.

Als sich das Restaurant langsam leerte und auch die meisten aus unserer Gruppe schon gegangen waren, setzte ich mich mit Johnny für einen letzten Drink an die Hotelbar.

„Das war ein anstrengender Tag, aber ich denke, die Teams arbeiten gut zusammen", sagte ich.

Johnny nickte. „Ich glaube, wir haben gute Leute zusammenbekommen. Es war wirklich überfällig, unsere Anstrengungen zu bündeln."

„Schade, dass wir uns nicht schon früher getroffen haben. Vielleicht hätten wir dann jetzt schon eine Lösung."

In dem Moment kam mir eine Frage in den Sinn, die mich schon eine Weile beschäftigte. „Johnny, sag mal, woher wusstest du eigentlich von unserem Loch? Und wie kamst du darauf, dass ich daran arbeite? Als du Kontakt mit Arnim hattest, wusste der ja noch nichts von dem Loch. Sonst wäre er wohl kaum hineingelaufen", fügte ich leise hinzu.

Johnny sah mich ernst an. Dann nippte er noch einmal an seinem Drink. „Nun ja, nach der Offenlegung des Loches war bei uns natürlich einiges los. Wir suchten händeringend nach Informationen, die etwas zur Aufklärung der Entstehung und Natur des Loches beitragen konnten. Du kannst dir vorstellen, dass wir euch da auch auf dem Radar hatten. Wir haben eure Publikationen studiert, eure Präsentationen auf Konferenzen und was man, sagen wir mal, sonst so hört." Johnny hielt einen Moment inne. „Aber der entscheidende Hinweis kam von einem eurer Ex-Mitarbeiter."

„Wer hat da geplaudert?", entfuhr es mir.

Johnny beschwichtigte mich. „Niemand hat geplaudert, keine Angst. Es waren genauer gesagt zwei Mitarbeiter. Kleine Fische, die nichts mit dem Projekt zu tun hatten. Aber wir haben jeden, der von euch zu uns gewechselt ist, vorsichtig befragt. Abends bei einem lockeren Geschäftsessen. Wie es sich denn so arbeite am FTI und was sie so erlebt hätten. Ein FTIler, den wir abgeworben haben und der jetzt in unserer Informatikabteilung arbeitet, hat eine seltsame Geschichte erzählt. Er hätte plötzlich alle Projekte fallen lassen müssen, um eine irre aufwendige Zutrittskontrolle zu programmieren. Zu einem bestimmten Labor sollten ab sofort nur noch zwei Leute Zutritt haben. Er lachte und meinte damals, da wollte sicher jemand aus der Geschäftsleitung einen Ort für ein ungestörtes Schäferstündchen haben. Nun, wie du dir vorstellen kannst, haben wir etwas anderes vermutet.

Der zweite Hinweis kam von eurem ehemaligen Werkstattleiter. Vielleicht hast du mitbekommen, dass er zu uns gewechselt ist. Er hat eine chinesische Frau und hat schon immer damit geliebäugelt, nach China auszuwandern. Das war unsere Chance. Ich muss zugeben, dass wir ihn nur deshalb abgeworben haben, um ein bisschen besser zu verstehen, an was ihr arbeitet. Was in so einer Werkstatt an Spezialapparaturen hergestellt wird, gibt einen recht guten Überblick darüber. Herr Bönigmann, wenn ich mich an den Namen richtig erinnere, hat dann auch schon beim Vorstellungsgespräch ordentlich damit geprahlt, was für komplizierte Sachen er zuletzt angefertigt hat. Dabei erwähnte er auch eine durchsichtige Vakuumkammer und einige andere interessante Spezialanfertigungen. Er sagte, Geld habe plötzlich keine Rolle mehr gespielt, alles habe einfach schnell gehen müssen. Als er dich als Hauptauftraggeber benannt hat, haben wir zwei und zwei zusammengezählt. Hätte ich dich nicht auf der Teilnehmerliste der CEQ gefunden, hätten wir dich innerhalb der nächsten Wochen anderweitig kontaktiert."

„So war das also."

Wir prosteten uns zu und leerten die Gläser.

„Auf das Loch", sagte ich mit einem Anflug von Sarkasmus.

DIE LASERVERSUCHE

In den folgenden Tagen bildeten wir verschiedene Arbeitsgruppen und diskutierten oft bis spät in die Nacht. Eine Gruppe der Falcon-Mitarbeiter flog zum FTI, da sie bisher keine Gelegenheit gehabt hatten, das Loch in seiner frühen Phase zu studieren. Das wollten sie bei uns nachholen.

Ich selbst blieb in Shanghai. Unser kleines Loch kannte ich recht gut und war daher viel mehr an dem großen Falcon-Loch interessiert. In der Falcon-Gruppe diskutierten wir außerdem eine äußerst interessante Idee. Es ging dabei um die Laserapparatur, die mir bereits bei meinem letzten Besuch aufgefallen war. Damals hatten wir bereits den stabilisierenden Einfluss von Materie auf den Lochrand diskutiert. Huang Tsang vermutete, dass die Strings, aus denen auch jegliche Materie besteht, beim direkten Kontakt mit dem Lochrand in Konkurrenz mit den sich auflösenden virtuellen Strings des Raumes traten und so den Auflösungsprozess verlangsamten. Er plante daher, die Dichte an virtuellen Strings künstlich zu erhöhen. Dies sollte, genau wie das Einströmen von Materie, einen stabilisierenden Effekt auf das Loch ausüben. Der Effekt beruhte darauf, dass aufgrund von Quantenfluktuationen ständig virtuelle Strings entstehen und wieder verschwinden. Die Entstehungsrate ist dabei abhängig vom Energieinhalt eines bestimmten Raumvolumens. Und diesen Energieinhalt wollten wir durch Temperaturerhöhung erhöhen. Je höher die Temperatur, desto mehr Strings. Und Strings schienen der Kitt zu sein, mit dem man das Loch flicken konnte. Das Spannende an Huangs Berechnungen war, dass sie nahelegten, dass man durch Temperaturerhöhung im Prinzip so viele virtuelle Strings erzeugen konnte, dass sie die sich auflösenden Strings mehr als ersetzen konnten.

Einfach gesagt, Huang glaubte, das Loch damit verkleinern oder sogar schließen zu können. Das wäre natürlich eine Sensation. Alle bisherigen Ansätze hatten entweder zu gar nichts geführt oder bestenfalls die Ausdehnung des Loches verlangsamt. Eine Umkehr des Effektes schien bisher nicht möglich zu sein. Aber Huangs Idee war einleuchtend.

Ich stellte mir das ein bisschen vor wie Papier anfasern. Ich hatte das vor Jahren einmal in einem Museum für antike Literatur gesehen. Man konnte so ein Loch in einem alten Schriftstück schließen. Dazu wurde das Papier mit dem Loch mit einer Aufschwemmung von Papierfasern in Verbindung gebracht. Wenn genügend Fasern vorhanden waren, verhakten sich diese mit den Papierfasern am Lochrand und schlossen so das Loch. Wenn wir es schafften, so viele virtuelle Strings zu erzeugen, dass sich mehr Strings mit dem Lochrand verbanden, als sich auflösten, müsste das Loch schrumpfen. Es schien so einfach.

Also begannen wir zu rechnen. Doch wie auch immer wir es drehten und wendeten, das Ergebnis war, dass wir eine Temperatur von mehreren Hunderttausend Grad für einige Millisekunden aufrechterhalten mussten, um überhaupt einen messbaren Effekt zu sehen. Das war der Auslöser für die Laserversuche, denn nur mit einem starken Laser war es überhaupt möglich, kurzzeitig so hohe Temperaturen zu erzeugen.

Die Leute von Falcon hatten dazu einen gepumpten Scheibenlaser mit 250 Megawatt Pulsleistung aufgebaut. Diesen hatte ich auch bei meinem letzten Besuch gesehen. Mit dem

Laser, so war der Plan, würden wir ein kleines Metallplättchen einige Mikrometer vor dem Rand des Loches verdampfen. Nach unseren Berechnungen würde sich dabei für kurze Zeit ein etwa zweihundert- bis dreihunderttausend Grad heißes Plasma bilden.

Nach der Theorie sollten die dabei entstehenden virtuellen Strings den Lochrand an dieser Stelle um einige Mikrometer verkleinern. Dabei würde eine Art Beule entstehen. Da das Loch nach unseren bisherigen Beobachtungen stets eine exakt runde Form anstrebte, sollte diese Beule innerhalb kürzester Zeit ausgeglichen werden. Wir hofften, dass wir diesen Ausgleich vielleicht in Form einer umlaufenden Welle beobachten konnten. Zumindest aber sollte das Wachstum des Loches ein wenig hinter dem prognostizierten Wachstum zurückbleiben. Sofern nicht gerade dann eine der unerklärlichen Anomalien auftrat oder, was mir mehr Sorgen machte, wir durch unseren Versuch sogar eine solche erzeugten. Nach meinem Gefühl gab es wieder einmal viel zu viele „Vielleicht" bei der ganzen Sache. Und ob wir überhaupt etwas messen konnten, nur Millisekunden nach der explosiven Verdampfung des Metallplättchens direkt vor dem Loch, war keinesfalls sicher. Die erwartete Veränderung des Durchmessers lag im Bereich einiger Mikrometer. Solch geringe Größenänderungen lassen sich nur mit einem sehr empfindlichen Interferometer messen. Und sehr empfindliche Interferometer und die explosive Verdampfung eines Metallplättchens mit einem mehreren Megawatt starken Laser sind einfach zwei Dinge, die nicht gut zusammenpassen.

Die Lösung dieses Problems verzögerte das Experiment immer wieder und schließlich vergingen mehrere Wochen, bis die Anlage endlich betriebsbereit war. Dann investierten wir nochmals einige Tage für umfangreiche Tests. Es schien fast so, als ob sich niemand traute, das endgültige Go für die Versuche zu geben. Was, wenn es nicht funktionierte? Wenn wir nichts nachweisen konnten oder, schlimmstenfalls, wenn wir das Loch sogar vergrößerten?

Robert van List, ein holländischer Wissenschaftler aus unserem Team, hielt es nicht für ausgeschlossen, dass die Temperaturerhöhung das Auflösen der Raum-Strings stärker beschleunigen würde als die Bildung neuer virtueller Strings. In diesem Falle würde unser Versuch das Loch wachsen lassen.

Es gab allerdings viele Unbekannte in seinen Berechnungen und das Resultat hing davon ab, wie man die Unbekannten abschätzte. Bei einer bestimmten Konstellation, so befürchtete List, wäre sogar eine Art Kettenreaktion möglich, bei der der Laserbeschuss eine sich selbst beschleunigende Ausdehnung des Loches einleiten würde, die so schnell wäre, dass sich das Loch in einem unvorstellbar kurzen Zeitraum auf die Größe des heute beobachtbaren Universums ausdehnen würde. Ähnlich der inflationären Ausdehnung des frühen Universums.

Fast alle Wissenschaftler aus unserer Gruppe hielten Lists Theorie jedoch für nicht haltbar. Anhand zahlreicher Modellrechnungen zeigten sie, dass dieser Fall zu Paradoxien führte, ähnlich einer Reise in die Vergangenheit, und somit nicht eintreten könne.

Bei mir blieb jedoch ein ungutes Gefühl. War das Loch an sich nicht schon eine Paradoxie?

Jedenfalls galt Lists Theorie als widerlegt und so entschlossen wir uns, nicht zuletzt mangels anderer Alternativen, zur Durchführung des Versuchs.

Einen Tag später standen kurz vor neun Uhr ein Dutzend Wissenschaftler im Kontrollraum der Laseranlage und starrten gebannt auf die Monitore der optischen Bildübertragung. Dort würden wir zuerst etwas sehen, nämlich die Explosion des Metallplättchens. Ob der Versuch erfolgreich war, würde sich wahrscheinlich erst im Laufe der folgenden Tage nach Auswertung aller Daten zeigen.

Auch ich starrte gebannt auf die Monitore. Einer zeigte die Trichter mit dem Loch aus etwa fünf Metern Entfernung. Ein anderer Monitor würde das Loch mit dem knapp einen Millimeter großen Wolframplättchen davor später in Nahaufnahme zeigen.

Huong schaute kurz zu mir. Ich nickte, und Huong drückte die Enter-Taste an seinem PC. Die Versuchssequenz wurde gestartet. Langsam kroch der rote Balken der Ladezustandsanzeige der Laserkondensatoren auf die 100-Prozent-Marke zu. Kaum hatte er sie erreicht, änderte sich die Farbe des Balkens von Rot auf Grün. Auf dem Labormonitor konnte ich sehen, wie sich die beiden Trichter auseinanderbewegten. Jetzt wurde das Loch sichtbar. Ein weiterer Monitor zeigte das Metallplättchen, das aufgrund der Kondensstreifen der ins Loch hineinschießenden Luft nur verschwommen zu sehen war.

Ich schaute gerade auf das Plättchen, als ein greller Blitz den Monitor für einen kurzen Moment mit weißem Licht überflutete. Sekundenbruchteile später war das Loch wieder zu sehen und man konnte gerade noch erkennen, wie einige graue Nebelschwaden des verdampften Metallplättchens hineingesaugt wurden. Dann sah alles wieder aus wie wenige Sekunden zuvor.

„Das war's." Fast ein wenig enttäuscht sahen wir uns an. Immerhin war nichts Schlimmes passiert. Keine größere Explosion, keine offensichtliche Vergrößerung des Loches. Auf dem großen Monitor sah ich, wie sich die beiden Trichter dem

Loch näherten und dieses zwischen den Trichteröffnungen schließlich wieder komplett verschwand. Nennenswert größer war es jedenfalls nicht geworden, sagte ich mir. Alles Weitere würde die Auswertung der Messungen ergeben.

Zwei Tage später präsentierte Huong die Ergebnisse des Versuches. Diese waren gleichermaßen hoffnungsvoll wie erschreckend. Es hatte einen Effekt gegeben. Kurz nach der Verdampfung des Metallplättchens war eine Fluktuation am Lochrand aufgetreten, die sich in Form einer umlaufenden Welle gezeigt hatte. Die Messwerte lagen zwar nahe an der Auflösungsgrenze des Interferometers und die umlaufende Welle war bereits nach wenigen Millisekunden abgeebbt, aber die Werte waren eindeutig.

Das hatte niemand vorausgesehen und der Effekt beunruhigte uns. Schon wieder etwas, was sich niemand erklären konnte. Als wenn wir davon nicht schon genug hätten. Immerhin waren wir erleichtert, dass sich der Lochdurchmesser nach einigen Sekunden auf einem Wert stabilisiert hatte, der hinter dem berechneten Wert ohne Laserbeschuss zurücklag. Der Laserbeschuss hatte also das Wachstum des Loches geringfügig verzögert. Eine Verkleinerung war nur deshalb nicht eingetreten, weil die Leistung unseres Lasers viel zu gering war.

Innerhalb der nächsten Wochen führten wir zahlreiche weitere Laserversuche mit verschiedenen Plättchen und immer stärkerer Pulsleistung durch. Dabei konkretisierten sich die Ergebnisse mehr und mehr. Sie konkretisierten sich zu einer schrecklichen Konsequenz.

DIE KONSEQUENZ

„Na, dass man dich auch mal wieder hier sieht“, scherzte Lars, als ich gut zwei Wochen später wieder bei ihm im Büro saß.

Mir war nicht zum Scherzen zumute.

„Ich habe gehört, ihr habt große Fortschritte gemacht?“

Ich musste ihm reinen Wein einschenken, aber es fiel mir schwer, unsere Schlussfolgerungen auszusprechen. Zumal ich wusste, dass diese Schlussfolgerungen und das, was sich daraus ergab, auf chinesischer Seite schon über das Planungsstadium hinausgegangen waren.

Ich atmete nochmals tief durch. „Wir glauben zu wissen, wie man das Loch schließen kann“, sagte ich ernst.

Lars schien zu spüren, dass etwas nicht stimmte. „Wie?“, fragte er außergewöhnlich leise. Ob er etwas ahnte?

„Wir erzeugen um das Loch herum virtuelle Strings – durch Temperaturerhöhung.“

„OK.“ Lars nickte. „Und von welchen Temperaturen reden wir da?“, fragte er vorsichtig.

„Das kommt auf die Größe des Loches an und auf die Zeit, über die wir das Temperaturniveau aufrechterhalten können.“ Ich schluckte kurz und schaute Lars mit ernster Miene an. „Um unser Loch zu schließen, gehen wir von einer Temperatur von einigen Millionen Grad aus – mindestens ein paar Sekunden lang.“

„Und wie wollt ihr das hinbekommen? Mit einem Laser?“ Lars sah mich skeptisch an.

„Es gibt keinen Laser, der eine genügend hohe Leistungsentfaltung hätte, um unser Loch zu schließen."

„Wie dann?"

„Ich nehme an, du kannst dir das denken."

„Ihr wollt nicht etwa eine Atombombe zünden, um das Loch wegzubekommen!"

„Wir sehen keine andere Möglichkeit", erklärte ich niedergeschlagen.

„Wie stellt ihr euch das vor? Das ist total verrückt. Weißt du, wie viele Leute hier leben? Wie viele in Zürich? Das wäre dann ja wohl auch betroffen." Lars sah mich ungläubig an.

„Wir gehen von 1,5 bis 2 Millionen Personen aus."

„Peter, du bist verrückt! Habt ihr euch das ernsthaft überlegt?" Lars konnte es nicht glauben. „Und in Shanghai!" Lars lachte fassungslos. „Wollt ihr da auch eine Atombombe zünden?"

„Nein", erwiderte ich leise. „Das Loch in Shanghai ist zu groß."

„Na also, dann lasst euch etwas anderes einfallen."

„Das Loch in Shanghai ist zu groß, um mit der thermischen Energie einer Atombombe geschlossen werden zu können", fuhr ich leise fort. „Wir gehen davon aus, dass dazu eine Wasserstoffbombe mindestens in der Größe der russischen ZAR-Bombe aus den Sechzigern notwendig ist."

„Das ist doch verrückt", wiederholte sich Lars. Ihm schienen die Worte zu fehlen. „Das werden die Chinesen niemals machen. Wenn du hier schon von ein bis zwei Millionen Menschen redest, kannst du dir vorstellen, wie viele erst im Großraum Shanghai betroffen wären."

„Die chinesische Regierung geht davon aus, dass rund dreißig Millionen Menschen umgesiedelt werden müssen."

„Was!“, entfuhr es Lars. „Die chinesische Regierung geht davon aus! Ihr habt mit denen schon geredet? Und die ziehen das ernsthaft in Erwägung? Die würden den ganzen Großraum Shanghai zerstören, um dieses Loch zu schließen? Das ist verrückt!“

„Das Loch wird früher oder später die Erde zerstören.“

„Scheiße!“ Lars hieb auf den Tisch. „Es muss eine andere Möglichkeit geben.“ Er sprang auf und lief unruhig hin und her. „Was ist mit dem Laser? Es gibt starke Laser für diese Kernfusionsanlagen. Die kommen auf die gleiche Temperatur. Immerhin können sie eine Kernfusion auslösen, zumindest kurz. Wir schaffen so ein Ding hierher!“

„Wir haben es durchgerechnet. Es reicht nicht. Es reicht nicht einmal für unser Loch. Die Energieentfaltung ist zu kurz, deshalb haben sie es bisher auch nie geschafft, eine Kernfusion am Laufen zu halten.“

„Verdammt, probiert es wenigstens!“, schrie Lars. „Entwickelt das weiter, damit die Energie reicht. Die ganze Welt wird euch unterstützen!“

„Wir haben das alles überlegt, Lars. Und du hast recht, wir planen, diesen Versuch zu machen. Hier an unserem Loch. Wir denken aber, dass wir es damit nicht schließen, bestenfalls etwas verkleinern können. Aber wir hoffen, dass wir mit den Ergebnissen die notwendige Energieentfaltung der Atombombe beziehungsweise Wasserstoffbombe genauer berechnen können. Damit die Bomben nur so groß ausgelegt werden, wie unbedingt notwendig ist. Es wird erwartet, dass wir diese Versuche unterstützen. China wird sich in adäquater Weise an den Kosten beteiligen.“

Lars winkte ab, er schien zu überlegen. „Das ist doch völlig verrückt. Wer soll das entscheiden? Der Bundesrat? Soll er eine Verlautbarung machen, etwa in dem Stil: ‚Liebe Einwohner von Zürich und Umgebung, uns ist hier ein kleines Missgeschick passiert, das die Erde zerstören könnte. Aber wir kriegen das wieder hin, wir müssen dazu nur eine Atombombe zünden. Also machen Sie in den nächsten Tagen noch ein paar Erinnerungsfotos und begeben Sie sich dann in die Ihnen zugewiesenen Ausweichquartiere.'"

Als Lars offenbar nichts mehr einfiel, erklärte ich, was wir in den letzten Tagen in Shanghai geplant hatten. „Der Plan ist folgendermaßen: Wir werden hier mit chinesischer Unterstützung die Laserversuche machen. Wir gehen davon aus, dass der Aufbau einer leistungsfähigen Laseranlage mindestens ein halbes Jahr dauert, vielleicht ein Jahr. Das Problem ist, dass unser Loch während dieser Zeit wächst, das chinesische natürlich auch. Wir können deswegen nicht lange optimieren oder weiterentwickeln. Wir denken, es ist das Beste, wenn wir eine aus der Fusionstechnik bereits etablierte Anlage hier aufbauen und so schnell wie möglich in Betrieb nehmen. Das Ganze soll noch unter strenger Geheimhaltung stattfinden. Während dieser Zeit wird man sich in China schon auf die Evakuierung vorbereiten. Das Ganze wird als großes nationales Wohnungsbauprojekt getarnt. Sobald die Ergebnisse des Laserbeschusses von unserem Loch vorliegen, wird man von chinesischer Seite an die Öffentlichkeit gehen. Es ist eine stufenweise Evakuierung geplant. Zuerst wird nur vom Stadtteil Jiading die Rede sein. Man wird kommunizieren, dass die Gefahr besteht, dass Radioaktivität aus einem Forschungsreaktor austritt, und man deshalb den Stadtteil vorübergehend evakuieren muss. Innerhalb einiger Wochen wird man die Evakuierung auf benachbarte Bezirke ausweiten. Dadurch hofft man, die Evakuierung in einigermaßen geordneten Bahnen ablaufen lassen zu können. Man gibt sich aber keinen Illusionen hin. Es werden Fragen kommen. Besonders aus dem Ausland. Irgendwann wird man nicht darum herumkommen, andere Regierungen zu informieren. Man wird auch die geplante Zündung der Wasserstoffbombe offenlegen und hofft, natürlich nach eingehender Prüfung aller Daten durch die einzelnen Regierungen, auf weltweite Akzeptanz und Unterstützung. Es obliegt dann den einzelnen Regierungen, entsprechende Maßnahmen zu planen und zu entscheiden, wann und in welcher Form die Öffentlichkeit informiert werden soll. Ich gehe davon aus, dass man das wahre Ausmaß der Katastrophe so lang wie möglich geheim halten wird. Allein schon, um eine Panik zu vermeiden. Aber ich fürchte, früher oder später wird etwas durchsickern."

„Und was ist mit unserem Loch?" Lars wirkte blass.

„Man wird auch über unser Loch informieren. Wenn es den Chinesen gelingt, ihr Loch mit der Bombe zu schließen, werden wir nicht umhinkönnen, diese Möglichkeit ebenfalls in Betracht zu ziehen."

Lars schluckte. „Okay. Immerhin haben wir noch gut ein halbes Jahr Zeit."

Ich nickte. Viel ändern würde das aber nicht.

„Wer weiß noch Bescheid? Und was ist deine Aufgabe bei der ganzen Sache? Wieso hast du mir das erzählt? Wieso weißt du überhaupt darüber Bescheid?" Lars wurde sich offenbar langsam der Tragweite bewusst.

„Auf chinesischer Seite ist ein Kernteam von Wissenschaftlern eingeweiht. Logischerweise alle, die sich mit der Berechnung der Bomben und allem, was dazugehört, beschäftigen. Zu denen gehören auch einige FTI-Mitarbeiter, ich zum Beispiel. Dann wissen einige hohe Kader von Falcon Bescheid.

Einer davon hat gute Kontakte zur Parteispitze. Der Generalsekretär der KP und einige enge Vertraute dürften ebenfalls informiert sein. Anscheinend hält man mich von den eingeweihten FTI-Mitarbeitern, viele sind das ja nicht, für am vertrauenswürdigsten. Daher sollte ich dich informieren. Seitens Falcon möchte man möglichst rasch mit uns in Verbindung treten, um das weitere Vorgehen zu koordinieren. Du sollst den Kontakt mit der FTI-Geschäftsleitung anbahnen."

Lars nickte wortlos. Ich ahnte, dass er schon überlegte, wen er in welcher Form informieren sollte. Ich war froh, nicht in seiner Haut zu stecken. Und doch schien Lars auch erleichtert zu sein, dass nun eine direkte Kommunikation auf Geschäftsleitungsebne zwischen Falcon und FTI stattfinden würde und ihm Entscheidungen solcher Tragweite künftig erspart blieben.

Außerdem war ich froh, mich nun wieder stärker den wissenschaftlichen Aspekten zuwenden zu können. Ich wusste, dass bei Falcon einige entscheidende Versuche kurz bevorstanden. Bei denen wollte ich unbedingt dabei sein.

BERICHT MIT LÜCKEN

Mein Flug nach Shanghai war erst für den übernächsten Tag geplant. Den freien Abend wollte ich für ein Treffen mit Susanne nutzen. Sie hatte schon ein paarmal versucht, mich zu erreichen. Mit ziemlich gemischten Gefühlen rief ich sie zurück und wir verabredeten uns bei ihr zum Abendessen.

Sie begrüßte mich herzlich, überhäufte mich aber auch gleich mit Fragen. „Erzähl, was habt ihr bei Falcon gemacht? Seid ihr weitergekommen, habt ihr neue Ideen? Ist das China-Loch noch größer geworden?"

So gut ich konnte, berichtete ich. Ich erzählte von den zahlreichen Diskussionen, von der guten Zusammenarbeit, von den Forschergruppen, die abwechselnd bei uns und bei Falcon Versuche planten. Ich berichtete von den Laserversuchen und dass wir die Hoffnung hatten, die Ausdehnung der Löcher damit zu verlangsamen, ja dass es sogar die Möglichkeit gäbe, die Löcher vielleicht einmal ganz zu schließen. Ich erwähnte die thermische Erzeugung von virtuellen Strings und wie wir uns vorstellen konnten, dass diese das Loch schließen würden. Meine Erklärungen klangen schlüssig und waren es auch. Zumindest, solange man keine aufwendigen quantenmechanischen Berechnungen anstellte. Denn eines erwähnte ich nicht: die Bomben.

So war es nicht verwunderlich, dass Susanne mich guter Laune zu dem großartigen Fortschritt beglückwünschte. „Das ist doch ein Riesendurchbruch", sagte sie aufgeregt. „Mensch, Pete, das ist doch wirklich ein Lichtblick! Wenn ich denke, wie lange ihr schon nach einer Möglichkeit sucht, die Ausdehnung des Loches umkehren zu können. Das ist doch toll!"

„Ja, klar", sagte ich, „das ist prima".

Susanne schien etwas mehr Euphorie erwartet zu haben. „Freust du dich denn nicht? Du machst ja ein Gesicht wie zehn Tage Regenwetter."

„Doch, doch. Ich bin nur ziemlich erschöpft. Ist wahrscheinlich der Jetlag. Die letzten Wochen waren schon sehr anstrengend", erwiderte ich müde.

„Kann ich gut verstehen." Susanne schien ehrlich besorgt. Sie griff ihr Weinglas und prostete mir zu. „Auf dich", sagte sie lächelnd, „und dass du dieses Loch doch noch in die Knie zwingst!"

Ich nickte, erwiderte aber nichts darauf. Ich fühlte mich ausgelaugt und erschöpft. Das Gespräch mit Susanne, das ständige Auf-der-Hut-Sein, ja keine falsche Bemerkung zu machen, ja nichts Verdächtiges zu erwähnen, war anstrengend.

Außerdem hatte ich ein schlechtes Gewissen. Susanne stand mir nahe. In den letzten Monaten hatte ich viele sehr vertrauliche Dinge mir ihr besprochen, und sie hatte mein Vertrauen nie missbraucht. Aber dieses Mal konnte ich ihr nicht alles erzählen. Auch zu ihrem Schutz, besonders zu ihrem Schutz. Der Gedanke erleichterte mich ein wenig.

WIEDER BEI FALCON

Schon am nächsten Tag saß ich wieder im Flugzeug nach Shanghai, wo ich auch die nächsten Wochen verbrachte. Wir diskutierten, rechneten und führten immer wieder Experimente durch. Hauptsächlich ging es darum, bestimmte Teilaspekte der geplanten Schließung der Löcher besser zu verstehen. Insgeheim hatte ich die Hoffnung, wir würden dabei auf einen bisher unbeachteten Aspekt stoßen, irgendetwas, was uns eine andere Möglichkeit als die Zündung der Bomben aufzeigen würde.

Aber wir konnten rechnen, wie wir wollten, das Ergebnis blieb immer dasselbe. Jede Messung, jeder Versuch bestätigte lediglich, dass nur die thermische Energie einer nuklearen Explosion genügend virtuelle Strings erzeugen würde, um die Löcher zu schließen.

Ich selbst hatte die Idee, dass uns einer der Laser, die bereits erfolgreich für Kernfusionsreaktionen eingesetzt wurden, weiterhelfen könnte, noch nicht gänzlich aufgegeben. Ich besorgte mir die Leistungsdaten aller derzeit vorhandenen Hochleistungslaser. Aber auch nach meinen Berechnungen wären auch die leistungsstärksten Laseranlagen lediglich dazu in der Lage, die Ausdehnungsgeschwindigkeit der Löcher zu reduzieren. An eine Schließung auch nur des kleinen Lochs am FTI war damit nicht zu denken.

DAS ENERGIEPROJEKT

Frustriert machte ich mich einige Wochen später wieder auf den Rückflug nach Zürich. Ich wollte die dortige Gruppe bei der Installation des großen Lasers unterstützen. Immerhin hatte ich mich in den vergangenen Wochen ziemlich intensiv mit Lasertechnologie auseinandergesetzt. Ich war daher zuversichtlich, der FTI-Gruppe helfen zu können.

Die Arbeiten am FTI kamen gut voran. Man hatte während meiner Abwesenheit das ganze Gebäude abgesperrt und alle Büros und Labore in andere Abteilungen verlegt. Das hatte natürlich für erheblichen Wirbel gesorgt. Ich fragte mich, wie lange man die Geheimhaltung noch aufrechterhalten konnte. Auch der ständige Transfer von Falcon-Mitarbeitern blieb nicht unbemerkt. Schließlich sah man sich seitens des FTI zu einer Verlautbarung genötigt. Man kommunizierte, dass das FTI und Falcon bei einem wichtigen, aber noch geheimen Projekt eine Zusammenarbeit vereinbart hatten und dass Gebäude 13 ab sofort für dieses Projekt reserviert war. Man begründete es damit, dass so ein einfacher Transfer der Falcon-Mitarbeiter möglich war und sich diese frei im abgetrennten Gebäude bewegen konnten, ohne dass die Geheimhaltung anderer Projekte gefährdet was. Was nicht einmal gelogen war.

Dennoch wunderten sich viele FTI-Mitarbeiter über das ständige Kommen und Gehen und auch über den hohen Materialumschlag. Mehr als einmal trafen Schwerlasttransporter mit sperrigen Bauteilen ein. Im Gebäude waren zudem umfangreiche Baumaßnahmen im Gange. Zwischenwände wurden herausgebrochen, um Platz für die Laseranlage zu schaffen. Andere Teile des Gebäudes mussten durch Einzug schwerer T-Träger gestützt werden.

Ich versuchte, mich während dieser Zeit von anderen FTI-Mitarbeitern fernzuhalten, was allerdings nicht immer gelang. Die meisten wussten, dass ich an dem Projekt beteiligt war, und fragten mich ungeniert, was denn da im Gange sei. Ich entschied mich schließlich für die Flucht nach vorn und erklärte, Falcon und das FTI hätten sich des Themas Energiegewinnung angenommen. Nach den erfolglosen Versuchen zur Energiegewinnung aus Quantenfluktuationen wolle man nun die Energiegewinnung durch laserinduzierte Kernfusion angehen und plane dazu am FTI erste grundlegende Experimente. Natürlich betonte ich, dass diese Information sehr vertraulich sei. Wie erwartet, gehörte es damit wenige Tage später zum Allgemeinwissen, dass wir zusammen mit Falcon an einem geheimen Fusionsprojekt arbeiten würden. Einigen Mitarbeitern fiel ein, dass sie das schon immer geahnt hatten, und sie waren sehr zufrieden, dass ich ihre Ahnung nun bestätigen konnte. Auch die umfangreichen Lieferungen wurden nun plausibel, zumal einige der gelieferten Apparate bereits als Laserbauteile identifiziert worden waren.

So konnten die Arbeiten einigermaßen ungestört vorangehen. Dennoch gab es immer wieder Verzögerungen und Rückschläge, und es vergingen Wochen und schließlich Monate, bis der Laser endlich betriebsbereit war.

BERECHNUNGEN

Ich selbst pendelte regelmäßig zwischen Zürich und Shanghai. Die Gruppe in Shanghai, zu der einige wirklich gute Physiker gehörten, beschäftigte sich hauptsächlich mit theoretischen Basisstudien. Vielen Berechnungen konnte ich nicht bis ins letzte Detail folgen. Aber ich nahm zur Kenntnis, dass das Schließen des Loches mittels thermonuklear induzierter Strings nicht unumstritten war. Besonders Amar Singh, ein indischer Physiker, der erst seit kurzem in der Falcon-Gruppe war, hatte ähnliche Bedenken wie seinerzeit Robert van List aus unserem Team. Singh wies auf bestimmte Symmetrien hin, die in seinen Augen genau zum umgekehrten Effekt führen könnten. Die Löcher, so erklärte er, seien hochgradig instabil, und die langsame Ausdehnung resultiere nur daraus, dass unser Zeitbegriff auf das Loch an sich nicht angewendet werden könne. Das Loch besitze keine Zeit, es sei quasi ewig. Nur der gerade noch materielle Rand könne durch zeitliche Phänomene beschrieben werden. Jegliche Störung des Randes könne mit einer kleinen, aber nicht vernachlässigbaren Wahrscheinlichkeit zu einer inflationären Ausdehnung des Loches führen.

Ich muss nicht erwähnen, dass uns dies ziemlich beunruhigte. Mir kamen die Warnungen von Takomi Makkuro wieder in den Sinn. Hatte er nicht davor gewarnt, dass etwas Schlimmes passieren würde? „Arnim hat mir nicht geglaubt, bis es passiert ist“ – hatte er nicht etwas in der Art gesagt? Meinte er damit die Entstehung des Loches? Hatte er auch ein solches Loch produziert und es irgendwie wieder wegbekommen? Wenn ja, wie hatte er das geschafft? Fragen über Fragen. Dass bei der Yamamoto-Gruppe aktuell noch ein weiteres Loch existierte, schien mir jedenfalls unwahrscheinlich. Hatte Makkuro vielleicht auch befürchtet, dass sich das Loch bei seinen Versuchen, es zu schließen, inflationär ausdehnen könnte? Hatte er uns davor warnen wollen? Oder hatte er gedacht, dass genau das schon passiert war? „Die Welt hat sich geändert", hatte er gesagt. Wie hatte er das gemeint? Wie gerne hätte ich ihn das alles gefragt, aber Makkuro war tot und hatte sein Geheimnis mit ins Grab genommen.

Jedenfalls folgten auf Singhs Hypothese umfangreiche Berechnungen und aufwendige Computersimulationen. Dabei wurden verschiedene Fehler in seiner Argumentation entdeckt und schließlich kam man zum Schluss, dass eine mögliche Inflation des Loches aus seinen Berechnungen nicht hergeleitet werden konnte.

Amar Singh stimmte dem zu. Zögerlich, wie mir schien. Ganz überzeugt war er nicht. Er hätte sich gerne noch weiter mit dem Thema beschäftigt, aber wir waren mit vielen Teilprojekten ohnehin schon im Verzug. Singh wurde dringend in der Gruppe gebraucht, die sich mit Berechnungen um die geplante Bombenexplosion beschäftigte. So geriet die Inflationstheorie wieder in Vergessenheit.

Die Herausforderung bei der Bombe bestand darin, diese so auszulegen, dass sie das Loch sicher schloss, aber nicht größer, um unnötige Zerstörungen zu vermeiden. Diese würden auch so schon gigantisch sein. Mir schwindelte beim Gedanken daran. Wie so oft in der Quantenmechanik drehte sich bei den Berechnungen alles um Wahrscheinlichkeiten. Es gab keine Bombe, die das Loch mit hundertprozentiger Sicherheit schließen würde. Eine solche Bombe müsste unendlich groß sein. Jede endlich große Bombe würde das Loch nur mit einer Wahrscheinlichkeit kleiner als hundert Prozent schließen. Man berechnete, dass beispielswiese eine Hiroshima-Bombe das Shanghai-Loch mit einer Wahrscheinlichkeit von gerade einmal 0,7 Prozent schließen würde. Die 1961 gezündete ZAR-Bombe würde das Loch dagegen mit einer Wahrscheinlichkeit von etwas über 99 Prozent schließen. Reichte das? Welche Wahrscheinlichkeit wollte man als ausreichend akzeptieren? Wenn der Versuch nicht klappte, würde man dann eine zweite, stärkere Bombe zünden? Oder gar eine dritte?

DER LASER

Ich war froh, mich diesen Überlegungen durch meine Rückreise zum FTI entziehen zu können. Am FTI war die Installation des Lasers unterdessen in vollem Gang. Bis der Laser allerdings in Betrieb genommen werden konnte, gab es noch zahlreiche Probleme zu lösen. Ein Laser in dieser Größenordnung ist keine Anlage von der Stange. Solche Laser werden maßgeschneidert für den jeweiligen Einsatzzweck entwickelt. Allein das dauert normalerweise Jahre. Dann folgt die Installation und schrittweise Inbetriebnahme. Auch dafür muss man unter normalen Umständen mindestens ein halbes Jahr einplanen. Aber dafür fehlte uns die Zeit. So wurde ein bereits installierter Laser von einem chinesischen Fusionsreaktor demontiert, per Luftfracht zu uns ans FTI geschickt und hier wieder aufgebaut. Aber damit war es nicht getan. Für den geplanten Beschuss des Loches musste die Steuerung komplett umprogrammiert werden. Auch die Stromversorgung machte Probleme.

Da uns die Zeit für langwierig entwickelte und geprüfte Lösungen fehlte, mussten wir improvisieren. Dementsprechend konnten wir vor der Inbetriebnahme auch keine größeren Tests durchführen, von Optimierungen ganz zu schweigen. Das mussten wir während des Betriebs erledigen. Wir planten, den Laser mit geringer Leistung zu starten und Verbesserungen und Anpassungen erst danach durchzuführen, während wir gleichzeitig die Leistung langsam steigerten. Das war risikoreich, aber ich hoffte innig, dass alles halbwegs reibungslos funktionieren würde. Große Verzögerungen konnten wir uns einfach nicht leisten.

Aber das FTI-Team hatte gute Arbeit geleistet. Die Installation des Lasers war fast abgeschlossen und die Inbetriebnahme lag in greifbarer Nähe. Wenn alles weiterhin gut lief, sollte der Laser in spätestens drei oder vier Wochen einsatzbereit sein.

Je näher der Termin kam, desto aufgeregter wurden alle. Dieser finale Versuch sollte die letzte Verifizierung der Theorie sein. Was, wenn er nicht klappte? Was, wenn er klappte? Ich wusste nicht, was mir mehr Angst machte. Wenn der Versuch nicht klappte, würden wir wieder mit leeren Händen dastehen. Wenn er klappte, würde die chinesische Regierung mit der Evakuierung beginnen. Getarnt als Unfall in einer Kernforschungsanlage. Außerdem würde sie das Wissen um die Löcher, auch um das Loch am FTI, anderen Regierungen mitteilen. Und auch, wie man gedachte, das Loch wegzubekommen. Dann stünde der Evakuierung des Großraums Shanghai nichts mehr im Wege. Drei Monate, so wusste ich von Johnny, waren vorgesehen, um rund 30 Millionen Menschen umzusiedeln. Direkt nach der Veröffentlichung würden dazu Notstandsgesetze in Kraft gesetzt werden, die die ohnehin schon geringen Rechte der chinesischen Bürger nochmals drastisch reduzieren würden. Familien mit Kindern würden bevorzugt in den immer noch viel zu wenigen Neubauten untergebracht werden. Dann würde weiterer Wohnraum konfisziert und Alleinstehende und kinderlose Paare dort einquartiert werden. Nach drei Monaten mussten die Menschen weg sein. Noch während der Evakuierung würde eine Demontierungsphase beginnen, um alle wichtigen Industrieanlagen und mobilen Wertgegenstände aus dem Großraum Shanghai wegzuschaffen. All das musste nach fünf Monaten abgeschlossen sein.

Dann würde die Bombe gezündet werden. Jede Verzögerung würde die Wahrscheinlichkeit, das Loch schließen zu können, deutlich verringern. Dennoch würde die Schließung des Lochs in Shanghai eine große Last von unseren Schultern nehmen – und einen großen Druck auf das FTI ausüben, auch dort eine Bombe zu zünden. Wobei das FTI in dieser Phase wohl ohnehin keinen Einfluss mehr auf die Entwicklung haben dürfte. Das würde dann die Politik entscheiden, welche auch immer.

Mit diesen Gedanken machte ich mich an einem sonnigen Junimorgen auf den Weg zum FTI. Es wehte ein laues Lüftchen und die Vögel zwitscherten. Es kam mir unwirklich vor. Wie die Ruhe vor dem Sturm. Die Welt wusste nicht, was ihr bevorstand.

FINALES EXPERIMENT

Endlich war es so weit. Heute sollte der Laser in Betrieb genommen werden. Am FTI herrschte fast gespenstische Ruhe. Alle Tests waren abgeschlossen, alle Berechnungen x-fach wiederholt und bestätigt. Der Gebäudetrakt mit dem Laser war schon seit Tagen abgesperrt. Die Messwerte im Leitstand zeigten keine Anomalien. Alle Kontrollanzeigen standen auf Grün. Dennoch wollten wir die Anlage vor dem ersten Beschuss noch ein letztes Mal mit eigenen Augen inspizieren. Kurz nach Mittag machte ich mich mit William Bennet, einem amerikanischen Laserspezialisten, auf den Weg zum Labor. Nach Passieren der inneren Sicherheitsschleuse kamen wir in den Kernbereich.

Von dem alten Gebäude war kaum noch etwas zu erkennen. Die Gänge, Büros, das Labor mit der Glovebox, wo ich vor ewig langer Zeit, wie mir schien, mit Susanne in Meiers Labor eingedrungen war: Nichts davon existierte mehr. Böden, Wände, Gänge, alles war herausgebrochen worden und hatte einer großen Halle Platz gemacht. In der Mitte der Halle thronte in gut fünf Metern Höhe das, was einmal Meiers altes Labor gewesen war, reduziert auf eine hydraulisch absenkbare Bodenplatte mit einem grellgelben Geländer darum.

Der Laser – genauer gesagt waren es 21 Laserröhren, die kugelförmig um einen imaginären Punkt angeordnet waren – dominierte die Halle. Das Loch war unterdessen auf fast zwei Millimeter angewachsen. Dennoch war es aus unserer Entfernung nicht zu erkennen. Nur das scharfe Zischen der stetig eingesaugten Luft war deutlich zu hören und zehrte an unseren Nerven. Wenigstens konnten wir aufgrund der noch recht geringen Größe auf eine gesonderte Luftzufuhr verzichten.

In den folgenden zwei Stunden inspizierten wir die langen Edelstahlröhren des Lasers, die großen, fast drei Meter durchmessenden Emitterscheiben und die riesige Kondensatorenbank im hinteren Teil der Halle.

Eigentlich war diese Inspektion nicht nötig, die Messwerte im Kontrollraum zeigten, dass alles in Ordnung war. Dennoch beruhigte uns die Inaugenscheinnahme der Apparatur erheblich. Zum Abschluss unserer Inspektion stieg ich fast andächtig die gewundene Edelstahltreppe zu Meiers altem Labor empor. Fast kam es mir vor, wie wenn ich noch einen letzten Blick auf das Loch werfen wollte, bevor es von den Lasern verdampft wurde. Sosehr das einige von uns auch insgeheim hofften, es würde nicht der Fall sein. Verdampfen würde der Laser nur eine winzige und zudem sehr dünne Wolframkugel, die mit drei Millimetern Durchmesser nur minimal größer war als das Loch.

Auf der Plattform angekommen, beugte ich mich über das gelbe Schutzgeländer. Knapp einen Meter vor mir konnte ich das Loch nun deutlich erkennen. Die winzige Wolframkugel befand sich in Form zweier Halbkugeln wenige Zentimeter rechts und links neben dem Loch. In gut einer Stunde würde die Versuchssequenz damit beginnen, dass die gewundene Treppe und die Bodenplatte hydraulisch abgesenkt wurden. Dann würden sich die beiden Wolframhalbkugeln um das Loch schließen. Das Loch selbst würde dafür sorgen, dass in der Kugel innerhalb kürzester Zeit ein absolutes Vakuum herrschte.

Dann würden die Kondensatoren geladen, und schließlich würde sich deren Energie durch Stränge armdicker Kupferkabel in die Laserröhren entladen. Diese würden synchron 21 Laserblitze aussenden, die idealerweise alle zum gleichen Zeitpunkt auf der Oberfläche der Wolframkugel auftreffen und diese schlagartig verdampfen würden. Dann würde eine mehrere Millionen Grad heiße Stoßwelle von allen Seiten in das Loch rasen, den Lochrand passieren und nach einigen Nanosekunden im Loch verschwunden sein. Dennoch würde sie aufgrund der Äquivalenz von Materie und Energie so viele virtuelle Strings erzeugen, dass diese im winzigen Moment des Vorbeirasens am Lochrand sich mit diesem verbinden und dadurch das Loch verkleinern würden. Allerdings, so hatten unsere theoretischen Physiker berechnet, würde erst ein Beschuss mit voller Laserleistung einen nachweisbaren Effekt verursachen. Im Idealfall könnte das Loch dabei sogar um einige Mikrometer schrumpfen. Was auch immer passierte, würde von einer der zahlreichen Kameras aufgezeichnet werden.

Obwohl die Energieabgabe hauptsächlich in Richtung des Loches erfolgen würde, würde das explosionsartige Verdampfen der Wolframkugel auch eine Schockwelle nach außen erzeugen. Wir hatten berechnet, dass diese Schockwelle etwa der Explosion einer Handgranate entspräche. In der Halle würde sie kaum Schaden anrichten. Allerdings durften sich empfindliche Messinstrumente im Moment des Beschusses nicht zu nahe an der Wolframkugel befinden. Die exakte Vermessung des Loches würde daher erst einige Minuten nach dem Beschuss beginnen. Dazu würde die Bodenplattform mit den darauf installierten Messinstrumenten wieder nach oben gefahren werden. Für die Aufzeichnung der Explosion selbst waren mehrere etwas weiter entfernte Kameras vorgesehen.

DIE WENDE

Wieder zurück im Kontrollraum gaben wir endgültig grünes Licht für den ersten Beschuss. Wir wollten ihn lediglich mit zehn Prozent der möglichen Laserleistung durchführen und er sollte hauptsächlich der Überprüfung des Lasers und des gesamten Zyklus von Beschuss und Messung dienen. Einen messbaren Effekt auf das Loch erhofften wir uns von diesem Versuch jedenfalls noch nicht.

Dennoch waren alle aufgeregt, als die Starttaste zur ersten Versuchssequenz gedrückt wurde. Im gleichen Moment begannen sich zahlreiche Anzeigen auf den Monitoren zu bewegen. Am spannendsten war der Monitor der Kondensatorenbank. Ein grüner Balken zeigte die Aufladung der Kondensatoren an. Angespannt beobachteten wir den langsam vorrückenden Balken. In dem Moment, in dem der Balken die Zehn-Prozent-Marke erreichte, schien er einen winzigen Moment innezuhalten, um fast im gleichen Augenblick mit einem vernehmlichen Knall auf null zurückzufallen. Obwohl ich darauf vorbereitet gewesen war, zuckte ich zusammen. Nach einer kurzen Schrecksekunde sah ich auf den Monitor der Laserhalle. Dort, wo das Loch sein musste, war eine Art dünner Nebel zu sehen, der sich aber rasch verzog. Von unten schob sich bereits die Messplattform ins Bild. In einigen Minuten sollten wir die ersten Messergebnisse erhalten.

Wir kontrollierten gerade die Leistungsdaten des Lasers, da erschienen auch schon die ersten Zahlenkolonnen auf dem Bildschirm. Wenn ich diese richtig interpretierte, hatte der

Laserbeschuss wie berechnet stattgefunden. Bis die Messergebnisse allerdings komplett übertragen waren, würde es noch etwas dauern. Immerhin sahen wir jetzt die ersten Bilder vom Loch nach dem Beschuss.

Das Loch war noch vorhanden und der Durchmesser schien sich nicht signifikant verändert zu haben. Obwohl unsere Berechnungen nichts anderes hatten erwarten lassen, stand einigen meiner Kollegen die Enttäuschung ins Gesicht geschrieben. Und auch ich konnte mich dem Gefühl nicht ganz entziehen.

„War die Synchronisation im Limit?"

Ich beeilte mich, die Synchronisationsdaten des Lasers abzurufen. „Ja, acht Prozent Abweichung", las ich auf meinem Monitor. „Zehn Prozent ist das Limit. Ich denke, das können wir bis zum nächsten Beschuss noch verbessern. Röhre 2, 7 und 9 waren etwas spät dran."

Ich kontrollierte noch weitere Parameter, als ich merkte, dass sich im Kontrollraum Unruhe ausbreitete. Ich schaute von meinem Monitor auf und sah einige Kollegen intensiv diskutierend auf den Bildschirm der Messdatenübertragung zeigen.

„Die Größenzunahme liegt deutlich hinter den berechneten Werten", raunte mir William zu, der nun auch von seinem Platz aufgestanden war.

„Was heißt?", fragte ich unsicher. „Ist das gut oder schlecht?"

„Die Größenzunahme ist viel stärker verlangsamt worden, als wir gehofft hatten. Mensch, Pete, vielleicht können wir die Löcher doch mit dem Laser in den Griff bekommen!" William schien fast euphorisch.

Und er hatte recht. Je länger wir die Daten analysierten, desto klarer wurde es. Das Wachstum des Loches hatte sich stärker als erwartet verlangsamt. Die theoretischen Physiker und Mathematiker in unserem Team begannen zu rechnen.

Wenn das Wachstum des Lochs durch den Laserbeschuss deutlich stärker verlangsamt werden konnte, sollte es da nicht doch möglich sein, die Löcher so zu schließen? Ich hoffte es innig, aber unsere Geduld wurde auf eine harte Probe gestellt. Die Berechnungen und Verifizierungen zogen sich bis spät in den Abend hin. Es war schon fast Mitternacht, bis das erste belastbare Resultat vorlag.

Und tatsächlich, die Berechnungen legten nahe, dass ein Beschuss mit 100 Prozent Laserleistung zu einer, wenn auch geringen, Verringerung der Lochgröße führen sollte. Diese würde aber nach wenigen Sekunden wieder durch das Wachstum des Loches ausgeglichen werden. Wenn es allerdings gelänge, den Laser in schneller Folge abzufeuern, sollte es möglich sein, das Loch langsam, aber stetig zu schließen.

Das waren natürlich fantastische Neuigkeiten. Aber wir würden uns beeilen müssen. Die Berechnungen zeigten nämlich auch, dass das Schließen des Lochs mit zunehmender Größe immer schwieriger würde. Und bei aller Freude über das Ergebnis unseres Versuches blieb ein weiterer Wermutstropfen: Das große Falcon-Loch in Shanghai würden wir nicht mit einem Laser schließen können. Dazu schien nach wie vor die Bombe die einzige Möglichkeit zu sein.

Bei der genauen Auswertung unserer Daten trat noch ein weiterer Effekt zu Tage. Kurz nach dem Laserbeschuss hatte es eine Fluktuation in der Lochgröße gegeben. Nicht nur, dass der Lochrand wie in den vorherigen Versuchen zu schwingen begann, diesmal war es so, dass das Loch kurzzeitig größer und kleiner geworden war. Es schien zu pulsieren. Nicht viel, aber messbar. Und während die Schwingung des Lochrandes bei den ersten Versuchen schon nach einigen Millisekunden abgeklungen war, hielt die Pulsation nun mehrere Sekunden lang an, bevor sich das Loch bei einem neuen Durchmesser stabilisierte. Auch diesen Effekt hatte niemand von uns vorhergesehen. Wir würden die Sache im Auge behalten müssen.

Zur Bestätigung unserer Beobachtung führten wir innerhalb der nächsten Wochen noch zahlreiche weitere Laserbeschüsse durch. Dabei steigerten wir die Laserleistung Schritt für Schritt bis auf 80 Prozent, beobachteten das Verhalten des Loches und verglichen die Messwerte mit unseren Berechnungen. Tatsächlich zeigte sich, dass das Wachstum des Loches mit stärkerer Laserleistung wie vorhergesagt verlangsamt werden konnte. Die Berechnungen ließen darauf schließen, dass mit rund 100 Prozent Laserleistung eine echte Verkleinerung des Loches möglich wäre. Wir sahen allerdings auch, dass die schon beim ersten Experiment beobachtete Fluktuation des Loches mit stärkerer Laserleistung ebenfalls an Intensität und Dauer zunahm. Bei einem Beschuss mit 80 Prozent Leistung dauerte es fast zehn Sekunden, bis die Pulsation des Lochs vollständig abgeebbt war.

Wenn wir das Loch schließen wollten, würden wir Laserpulse in schneller Folge abfeuern müssen. So schnell, dass sie das Loch während der Pulsationsphase vom vorherigen Beschuss treffen würden. Das war ein Unsicherheitsfaktor, der unseren Physikern Kopfzerbrechen bereitete. Sie konnten die Pulsation bisher nicht erklären, dementsprechend gab es auch keine Voraussagen darüber, wie das pulsierende Loch auf den Laserbeschuss reagieren würde. Dennoch planten wir diese Experimente. Wollten wir das Loch schließen, brauchten wir die schnelle Folge von Laserpulsen.

Das war allerdings leichter gesagt als getan. Unser Laser brauchte mehrere Minuten, bis die Kondensatorenbank voll geladen war. Auch die Verstärkerröhren mussten normalerweise nach jedem Beschuss abkühlen.

Also machten wir uns daran, die Anlage zu verbessern. Wir installierten an jeder wärmeerzeugenden Einheit aktive Kühlgeräte. Die mechanischen Verbindungselemente des Lasers, die üblicherweise aus Edelstahl gefertigt waren, versahen wir mit einem Mantel aus Kupfer. Die Wärmeleitfähigkeit von Edelstahl war viel zu schlecht. Größere Strukturen wurden mit üblichen Kompressor-Kältemaschinen gekühlt, an engen Stellen setzten wir, so gut es ging, Peltier-Elemente ein. Bei einigen kritischen Bauelementen installierten wir mit Diethylether gefüllte Verdampfungskühler. So konnten wir sicherstellen, dass die Temperatur dort nicht über 35° C anstieg. Der verdampfende Ether wurde in einen geschlossenen Kreislauf geführt und an anderer Stelle wieder rekondensiert.

Um die Stromversorgung zu optimieren, installierten wir zwei weitere Ladebänke, die alternierend betrieben werden konnten. Mehr würde unser Laser nicht verkraften. So hatten wir zum Laden einer Bank immerhin zwei Schüsse Zeit. Da die Laserbeschüsse aber im Sekundentakt erfolgen sollten, war auch das nicht besonders viel. Wir brauchten einen leistungsfähigeren Stromanschluss und mussten verschiedene Überstromsicherungen überbrücken, wohlwissend, dass dabei die eine oder andere Leitung überhitzen konnte. Aber darauf konnten wir keine Rücksicht nehmen. Wir würden alles, so gut es ging, im Auge behalten und hofften, dass wir bei auftretenden Problemen rasch genug reagieren konnten.

ERNÜCHTERUNG

Knapp vier Wochen später war es so weit. Alle vorgesehenen Maßnahmen waren umgesetzt und zumindest oberflächlich überprüft worden. Für langwierige Tests fehlte uns die Zeit. Daher planten wir zuerst nur Serien mit zwei aufeinanderfolgenden Pulsen.

„Bist du bereit?“ William schaute auffordernd zu mir.

„Ja, sieht gut aus. Zweimal 80 Prozent, zehn Sekunden Zykluszeit.“

„Okay, Start in 3, 2, 1, go!“

Es gab einen kurzen Knall. Auf dem Monitor des Laserraums sah ich, wie die beiden rechts und links des Loches angebrachten Roboterarme zwei neue Wolframhalbkugeln um das Loch zu einer Kugel vereinigten. Dazu brauchten sie nicht einmal eine Sekunde.

Es knallte erneut. Der zweite Beschuss war erfolgt.

Wieder analysierten wir Daten und verglichen die erhaltenen Werte mit den Berechnungen. Es sah gut aus. Noch hatten wir das Loch nicht kleiner bekommen, aber die Verlangsamung des Größenwachstums war wie vorausberechnet.

In den nächsten Stunden und Tagen führten wir immer wieder Laserbeschüsse mit unterschiedlicher Leistung und verschiedenen Zykluszeiten durch. Nach jedem Beschuss kontrollierten wir die Messwerte und verglichen sie mit den Berechnungen. Im Prinzip entsprachen die Messwerte den Berechnungen. Aber es schien, als ob die Werte mit kürzerer Zykluszeit unsicherer wurden. Einige Male wurde das Größenwachstum stärker als erwartet reduziert, dann war es wieder deutlich geringer als erwartet. Der Effekt wurde immer stärker, je mehr wir die Zykluszeit verkürzten. Die Ergebnisse waren nicht mehr reproduzierbar. Nur der Mittelwert aus mehreren Experimenten näherte sich dem vorausberechneten Wert.

Schließlich kamen wir in das Zeitfenster, in dem die Schwingung des Lochs vom ersten Beschuss noch nicht ganz abgeebbt war, wenn der zweite Schuss erfolgte.

„Bereit?", fragte Williams. Er sah nicht einmal mehr von seiner Konsole auf.

Meine Antwort war mittlerweile auch reine Routine. „Ja, zweimal 80 Prozent, zwei Sekunden Zykluszeit."

„3, 2, 1, go!"

Der kurze Knall, zwei Sekunden Pause und der zweite Knall.

Und ein Aufschrei: „Scheiße, was ist das?"

Unsicher sah ich zu William. Der Bildschirm, auf den er starrte, war schwarz.

„Was ist los? Ist die Kamera defekt?" Ich hoffte es.

William schüttelte wortlos den Kopf. Er tippte auf seiner Computertastatur und plötzlich war das Loch wieder auf dem Monitor zu sehen. Williams war wie versteinert.

„Was hast du gemacht?", fragte ich.

„Ich hab die Vergrößerung reduziert. Um den Faktor fünf."

„Verdammt, was ist da passiert? Wie groß ist das Loch?"

„4,2 Millimeter."

„Das gibt's doch nicht." Mehr fiel mir nicht ein.

Auch William war sprachlos. Er starrte nur ungläubig auf den Monitor.

Wieder rechneten und diskutierten wir. Alle weiteren Versuche wurden natürlich sofort gestoppt. Dafür wurden die bisher durchgeführten Versuche nochmals bis ins letzte Detail analysiert. Und langsam kamen wir der Sache auf die Spur. Je näher wir mit dem zweiten Beschuss dem Zeitbereich gekommen waren, in dem die Pulsation des Lochs vom ersten Beschuss noch nicht abgeflaut war, desto unsicherer waren die Messwerte geworden.

Man konnte sich das wie eine Welle vorstellen. Nach dem ersten Beschuss kontrahierte und expandierte das Loch in einer schnellen Schwingung. Ja nach Stärke der initialen Anregung, also des ersten Beschusses, hielt diese Schwingung unterschiedlich lange an. Wurde das Loch während dieser Schwingungsphase vom zweiten Laserbeschuss in einer Kontraktionsphase getroffen, verstärkte sich die Kontraktion, ein Treffer in einer Expansionsphase verstärkte die Expansion.

Das ging so weit, dass ein Beschuss während einer sehr frühen Phase der Fluktuation den Lochdurchmesser sowohl nahezu auf null verkleinern als auch auf nahezu unendlich anwachsen lassen konnte, je nachdem in welcher Phase das Loch getroffen wurde. Es war ein bisschen wie russisches Roulette mit einem Revolver mit zwei Kammern. Eine Vorhersage oder gar Steuerung, bei welcher Amplitude der zweite Laserbeschuss die Schwingung traf, schien kaum möglich. Die Schwingung war hochfrequent und startete völlig zufällig. Wartete man mit dem zweiten Laserbeschuss, bis die Schwingung abgeebbt war, hatte sich das Loch schon wieder so vergrößert, dass der Verkleinerungseffekt des ersten Beschusses bereits zunichtegemacht worden war.

Es war frustrierend. Alle unsere Hoffnungen schienen zunichtegemacht. Es gab nur noch einen kleinen Strohhalm, an den wir uns klammern konnten. Dieser Strohhalm war ein einzelner Laserbeschuss mit sehr hoher Energie. Nach unseren

Berechnungen bräuchten wir dazu einen mindestens um den Faktor zehn stärkeren Laser. Das war zweifelsohne ziemlich viel, aber es schien uns noch irgendwie im Bereich des Möglichen, wenn es uns gelänge, in brauchbarer Zeit einen zweiten oder dritten Laser hier zu installieren. Wenn wir die Leistung der Laser noch um den Faktor drei oder vier erhöhen könnten, dann würde es vielleicht reichen.

Uns war allen bewusst, dass dies ein dünner Strohhalm war, aber wir konnten nichts unversucht lassen. Wenn es auch nur die Spur einer Chance gab, die Zündung einer Bombe zu verhindern, würden wir diese ergreifen. Die Installation weiterer Laser würde allerdings Monate dauern. So lange konnten wir nicht untätig warten und das mussten wir auch nicht. Immerhin konnten wir bereits versuchen, die Leistung unseres Lasers zu erhöhen. Wenn wir nur einen einzigen Schuss abfeuern würden, mussten wir auf die Wärmeabfuhr im Dauerbetrieb keine Rücksicht nehmen. Und Energie hatten wir im Prinzip auch genug. Immerhin hatten wir zwei weitere Kondensatorenbänke, die wir für den Impulsbetrieb eigentlich abwechselnd hatten betreiben wollen. Wenn wir sie stattdessen parallel schalteten, hätten wir die dreifache Menge an Energie zur Verfügung. Einen einzelnen Schuss mit dieser Energie sollte der Laser verkraften. Danach würden wir ihn revidieren müssen, aber das waren uns die Ergebnisse wert. Mit 300 Prozent Nennleistung sollten wir bereits eine messbare Verkleinerung des Lochs erreichen.

Also nahmen wir den Versuch in Angriff. Wir hofften, dass er funktionierte, dass wir den Laser dabei nicht komplett zerstörten und dass wir schlussendlich eine deutliche Verkleinerung des Loches erreichen würden. Unsere theoretischen Physiker errechneten sogar eine kleine Wahrscheinlichkeit von

0,01 Prozent, das Loch mit dem Beschuss ganz zu schließen. Das bedeutete nicht mehr und nicht weniger, als dass rein statistisch einer von Zehntausend solcher Laserbeschüsse das Loch schließen könnte.

Auch wenn wir nach jedem Beschuss einige Minuten oder eine Stunde warten mussten, sollten wir für zehntausend Schüsse nicht viel mehr als einige Monate brauchen. Zumindest nicht, wenn wir uns in Gruppen aufteilten, Tag und Nacht arbeiteten und der Laser nicht vorher den Geist aufgab. Sobald aber ein zweiter Laser oder gar ein dritter installiert war, würde es besser aussehen. Dann könnten wir die Laser alternierend betreiben und die Zeit würde sich nochmals deutlich verringern. Mit diesen Gedanken im Hinterkopf planten wir einigermaßen guter Dinge den nächsten Beschuss.

LETZTER LASERBESCHUSS

Wieder einmal starrte ich gebannt auf die Ladeanzeige der Kondensatorenbank. Langsam, aber stetig bewegte sich der grüne Balken voran. Nur dass er diesmal nicht bei 100 Prozent verharrte. Dieses Mal wanderte er weiter. 120, 150, 200 Prozent. Bei etwas über 200 Prozent wurde er langsamer. Nur noch behäbig kroch er weiter und ich fragte mich, ob er die 300-Prozent-Marke überhaupt je erreichen würde. Um bei dieser Laserleistung Zehntausend Beschüsse durchführen zu können, würden wir uns wohl noch einiges einfallen lassen müssen.

Doch nach fast zehn Minuten erreichte er die magische 300-Prozent-Marke.

Ein Knall – lauter als je zuvor entluden sich die Kondensatoren, und zum ersten Mal spürten wir einen merklichen Ruck durch das Gebäude laufen. Im gleichen Moment begannen zahlreiche Warnlampen zu blinken. Von mehreren Messkonsolen ertönte hektisches Piepsen.

Wie schon befürchtet hatte der Laser die Überlastung nicht gut vertragen. Ich hoffte innig, dass nur einige Peripheriegeräte zu Bruch gegangen und die Laserscheiben an sich noch intakt waren. Die Anschaffung neuer Laserscheiben würde uns um Monate zurückwerfen.

„Was ist los? Ist der Laser noch in Ordnung?“ Ich sah zu William Bennet, der an seinem PC die wichtigsten Laserdaten abrufen konnte.

„Ich glaube schon.“ Er blickte immer noch konzentriert auf seinen Bildschirm und rief weitere Daten ab. „Der Laser scheint in Ordnung“, wiederholte er. „Aber ich glaube, er hat die Energie nicht in einem Puls abgegeben. Wenn ich die Daten richtig interpretiere, gab es zwei Pulse, kurz hintereinander.“

„Wie kurz?“, fragte ich. Mir war nicht wohl bei der Sache. Das war genau das, was wir eigentlich hatten vermeiden wollen. Einen zweiten Puls in einen undefinierten Schwingungszustand des Loches.

„Zehn Femtosekunden“, sagte William, „vielleicht 20, aber auf keinen Fall mehr.“

Das war verdammt kurz. Nahezu gleichzeitig. Gott sei Dank. Ich hoffte, wir hatten Glück gehabt. Bei einem so kurzen Abstand sollte der zweite Laserblitz das Loch quasi noch im Ausgangszustand getroffen haben, so hoffte ich wenigstens. Wir wussten schließlich nichts über das Verhalten der Schwingung nach einem so kurzen Zeitraum. Wenn wir Glück hatten, hatte der zweite Puls das Loch sogar in einer beginnenden Kontraktion getroffen und diese verstärkt. Dann müsste es nun sogar kleiner sein als erwartet. Aber was, wenn wir Pech gehabt hatten? Ich wagte nicht, daran zu denken.

Beklommen sah ich auf die Bildübertragung aus der Laserhalle. Der Monitor zeigte nichts anderes als sonst. Ein dünner grauer Nebel war da, wo sich kurz zuvor die kleine Wolframkugel befunden hatte. Das Loch war nicht zu sehen. Sehr viel größer konnte es also nicht geworden sein. Von unten fuhr unterdessen die Messplattform heran, auf deren Ergebnisse wir mit Spannung warteten. Inständig hofften wir, dass sich der Durchmesser des Lochs wenigstens ein wenig verkleinert hatte.

Doch diesmal wurden wir enttäuscht. Die Messgeräte, die bisher so gut durchgehalten hatten, schienen von der Explosion beschädigt worden zu sein. Jedenfalls bekamen wir keine Daten.

„Shit!“ William hieb auf den Tisch. „Gerade jetzt müssen die den Geist aufgeben.“

Wir kontrollierten alle Geräte und versuchten vom Kontrollraum aus, einen Fehler zu finden. Aber alles schien in Ordnung, außer dass wir keine Messwerte hereinbekamen. Vom Kontrollraum aus konnten wir jedenfalls nichts weiter tun. Ich vermutete, dass die Hardware in der Halle von der letzten Druckwelle beschädigt worden war. Auch der Monitor, der das Loch zeigen sollte, blieb leer. Offensichtlich war auch die Kamera beschädigt. Es blieb uns nichts anderes übrig, als die Geräte direkt vor Ort zu inspizieren und gegebenenfalls auszutauschen.

Also machte ich mich mit William zusammen auf den Weg in die große Halle. Dort bot sich uns das gewohnte Bild. Auf den ersten Blick konnten wir jedenfalls nichts Auffälliges erkennen. Keine offensichtlichen Zerstörungen, keine herumliegenden Geräteteile, kein Geruch nach verschmorter Isolation oder Ähnliches. Die Messplattform war vom Kontrollraum aus wieder abgesenkt worden. So konnten wir die Instrumente am Boden untersuchen.

„Na ja, sieht doch alles gut aus.“ William ließ seinen Blick über das Ensemble verschiedenster Messgeräte schweifen und schien unschlüssig, wo er mit der detaillierten Untersuchung anfangen sollte.

Ich schloss ein Diagnosegerät an die Schnittstelle des Interferometers an. Das Interferometer war das wichtigste Gerät auf der Plattform. Es sollte uns die aktuelle Größe des Loches mitteilen, auf die wir so dringend warteten. Nur daran könnten wir sehen, ob der Versuch ein Erfolg war.

Gemäß dem Diagnosegerät war das Interferometer in Ordnung. William rüttelte unterdessen am Stromversorgungskabel. Mein Diagnosegerät quittierte dies mit einer Fehlermeldung. Offensichtlich hatte das Rütteln Aussetzer in der Stromversorgung verursacht.

„Na, da haben wir's wohl", sagte William zufrieden, drückte den Stecker fest in die massive Anschlussbuchse und arretierte den Sicherheitsbügel.

Die Daten auf meinem Diagnosegerät blieben, auch nach erneutem Rütteln an dem Versorgungskabel, stabil. Ich telefonierte kurz mit dem Kontrollraum, und wir vereinbarten, dass die Plattform wieder hochgefahren werden sollte. Während des Hochfahrens blieben wir ein wenig zurück und warteten vor Ort mit Spannung auf die hoffentlich gleich eintreffenden Messwerte.

„Keine Daten", hörte ich da eine Stimme aus meinem Handy.

Ich schätzte, es war Frank, der die Interferometeranzeige im Blick hatte.

„Hört ihr, ich bekomme immer noch keine Daten vom Interferometer herein", wiederholte er. „Ihr müsst euch das nochmal ansehen."

„Ich schau mir das mal oben an. Kannst du mir die Treppe rauffahren und justieren?", fragte ich.

„Okay, aber pass auf oben!"

Kurz darauf hob sich langsam die Wendeltreppe aus der runden Bodenklappe und kam einige Minuten später auf Höhe der Messplattform zum Stillstand. Mit einem unguten Gefühl stieg ich die Stufen empor. Was erwartete mich dort oben? Ein Riesenloch, so groß wie das in Shanghai? Nein, das hätte sich durch das donnernde Rauschen der hineinströmenden Luftmassen längst verraten.

In dem Moment wurde mir bewusst, dass etwas fehlte. Mir war es die ganze Zeit schon komisch vorgekommen. Das allgegenwärtige Zischen der in das Loch einströmenden Luft war verschwunden!

Mit zitternden Knien erklomm ich die letzten Stufen der Wendeltreppe. Vor mir das grellgelbe Geländer, dahinter das Interferometer, dessen Optik auf den imaginären Punkt fixiert, wo das Loch sein sollte.

Das Loch war weg!

Kalter Schweiß brach mir aus. Ich hielt den Atem an und lauschte. War das Loch kleiner geworden und nicht mehr zu sehen? Auch ein kleines Loch müsste sich durch ein leises Zischen verraten. Aber es war still. Das Loch war weg.

Was niemand für möglich gehalten hatte, war eingetreten. Irgendetwas musste mit unseren Berechnungen doch nicht gestimmt haben. Offensichtlich war die benötigte Energiemenge, um das Loch zu schließen, doch viel kleiner als angenommen. Das wäre eine verdammt gute Nachricht! Dann würde man vielleicht auch das Shanghai-Loch mit einem Laser schließen können oder zumindest mit einer viel kleineren Bombe.

Mir schwindelte und ich klammerte mich an das gelbe Geländer. Nicht dass ich jetzt noch von der Plattform stürzte!

„Pete, was ist los?“, rief William von unten.

Fast versagte mir die Stimme. „Es ist weg“, rief ich.

Stille.

William kam die Treppe empor. Obwohl auf der Plattform kaum Platz für zwei Personen war, zwängte er sich neben mich. Wie gebannt starrten wir auf die Stelle, wo sich kaum eine Stunde zuvor noch das Loch befunden hatte.

„Holy shit, we've blown it away!"

Aber wie?, schoss es mir kurz durch den Kopf. Doch gleich gewann die grenzenlose Erleichterung die Oberhand und wischte den zweifelnden Gedanken beiseite.

Wahnsinn, wir hatten es geschafft. Was jeder gehofft, aber niemand laut auszusprechen gewagt hatte, war eingetreten. Der Energiebeschuss des Lasers hatte ausgereicht, um das Loch zu schließen! Wir konnten es kaum glauben.

Wie unter Schock stiegen wir die Treppe hinunter. Unten wählte ich mit zittrigen Fingern die Nummer vom Kontrollraum. „Das Loch ist weg, wir kommen zu euch rüber", sagte ich und drückte auf Abbrechen. Das kurz darauf einsetzende Brummen ignorierte ich. So schnell wie möglich eilten wir zurück zum Kontrollraum.

Dort erwartete mich eine Gruppe grölender und jubelnder Wissenschaftler, die sich gegenseitig umarmten. Ich hielt die Euphorie nicht ganz für angemessen. Unser Loch war weg, aber wir wussten nicht wieso und würden den Falcon-Leuten nicht weiterhelfen können.

Da umarmte mich Frank. „Pete, das Shanghai-Loch ist weg! Sie haben gerade angerufen. Sie haben schon vermutet, dass unser Loch auch verschwunden ist. Ich wollte es dir sagen, aber ihr seid in der Halle nicht mehr ans Telefon gegangen."

Mir wurde schwindelig und ich musste mich setzen. Mein Gott, war das eine Erleichterung! Die Löcher waren weg. Keine Evakuierung, keine Bomben, keine weltweite Panik.

Meine Gedanken überschlugen sich. Das Shanghai-Loch war offensichtlich gleichzeitig mit unserem verschwunden. Wie konnte das sein? Waren die Löcher irgendwie miteinander verbunden? Es musste so sein! Wie war sonst das gleichzeitige Verschwinden beider Löcher zu erklären?

Aber darüber würden wir uns später Gedanken machen. Sicher würden die theoretischen Physiker eine Erklärung finden. Wichtig war im Moment nur, dass wir die Löcher geschlossen hatten. Damit war die Welt wieder in Ordnung. All die furchtbaren Pläne konnten auf Nimmerwiedersehen in irgendeinem geheimen Archiv verschwinden.

EPILOG

Die nächsten Wochen verbrachten wir damit, in fieberhafter Anstrengung alle Modelle noch einmal durchzurechnen. Die Ausgangsvariablen so zu modifizieren, dass sie das Schließen der Löcher erklären konnten.

Tatsächlich konnten wir zeigen, dass, wenn der zweite Laserpuls das Loch in einer frühen Kontraktionsphase getroffen hätte, es eine endliche Wahrscheinlichkeit für dessen Schließung gegeben hätte. Nur war diese Wahrscheinlichkeit immer noch ziemlich klein. Konkret berechneten wir einen Wert von rund 0,3 Prozent. Hatten wir einfach wahnsinniges Glück gehabt?

Auch das Verschwinden des Shanghai-Lochs passte gut in diese Theorie. Es schien tatsächlich, dass die beiden Löcher zwei sehr nahe beieinanderliegende, das heißt, sich nur geringfügig unterscheidende Universen verbunden und dadurch auch stabilisiert hatten. Durch die Eliminierung eines der beiden Löcher war die Verbindung geschwächt worden und die beiden Universen hatten begonnen, auseinanderzudriften. Gemäß der aktuell favorisierten Theorie hatte dies dazu geführt, dass das Paralleluniversum instabil geworden und schließlich kollabiert war. Damit waren auch alle weiteren noch bestehenden Verbindungen zusammengebrochen. Allerdings wurde von einigen Physikern angemerkt, dass aufgrund des symmetrischen Charakters der zugrunde liegenden Gleichungssysteme genauso gut auch unser Universum hätte kollabieren können. Wenn diese Theorie stimmte, hatten wir wohl doppeltes Glück gehabt!

Doch weder diese noch eine der zahlreichen weiteren Theorien konnten auch nur ansatzweise bewiesen oder widerlegt werden. Obwohl kaum eine der offenen Fragen geklärt war, verschwand mit den Löchern aber auch der Druck, überhaupt eine bis ins Letzte ausgereifte Erklärung finden zu müssen. Nicht zuletzt deswegen ebbten unsere Anstrengungen, eine beweisbare Theorie zu entwickeln, mehr und mehr ab.

Auch hatten werden Falcon noch das FTI ein großes Interesse daran, länger in die Sache zu investieren. Weder finanzielle Mittel noch Manpower. Die Aktivitäten zur letztendlich erfolglosen Erforschung der Löcher und insbesondere die Laserversuche hatten enorme finanzielle Mittel verschlungen. In beiden Firmen musste man sich schnellstmöglich wieder gewinnträchtigen Projekten widmen und Erfolge vorweisen, wollte man verhindern, dass die Aktienkurse ins Bodenlose abstürzten. Dementsprechend wurde die Kooperation zwischen dem FTI und Falcon einige Monate nach dem Verschwinden der Löcher zusammen mit den gemeinsamen Arbeitsgruppen aufgelöst. Ab sofort würde jedes der beiden Unternehmen wieder seinen eigenen Forschungen nachgehen.

Seitens des Managements von Falcon und dem FTI wurde offiziell kommuniziert, dass man während einiger Zeit an einem gemeinsamen Projekt zur Energiegewinnung durch laserinduzierte Kernfusion gearbeitet hätte. Es hätte sich aber gezeigt, dass die verfolgten Ansätze grundlegende Fehler enthielten. Die Energiegewinnung nach dem angedachten Prinzip schien nicht möglich, weshalb das Projekt eingestellt worden wäre.

Dennoch blieb das Wissen um die Löcher und die Gefahr, in der wir uns befunden hatten, sowohl bei Falcon als auch am FTI sehr präsent. Unter Ausschluss der Öffentlichkeit vereinbarten die beiden Unternehmen, keinerlei Aktivitäten im Bereich Energiegewinnung aus Quantenfluktuationen zu entfalten. Darüber hinaus wollten sowohl das FTI als auch Falcon künftig ein genaues Auge auf Forschungsaktivitäten in diese Richtung haben. Es musste verhindert werden, dass andere Gruppen sich allzu intensiv mit der Technologie beschäftigten und dabei versehentlich wieder ein Loch generierten. Sofern bedenkliche Aktivitäten beobachtet würden, würde man auf politischer Seite intervenieren. Dazu wurde ein Kernteam von ausgewählten Wissenschaftlern ausgewählt und zu absoluter Geheimhaltung verpflichtet. Diese hatten die Aufgabe, Publikationen zu sichten und Informationen zu sammeln. Sollten sich irgendwo auf der Welt Hinweise auf kritische Aktivitäten verdichten, würden sie einer kleinen Gruppe von Entscheidungsträgern Bericht erstatten. Ich wusste das, denn ich war einer der eingeweihten Prüfer.

HOLE WORLD

Die verschwundenen Löcher beschäftigen natürlich auch Susanne. Ich hatte ihr von unserer Theorie mit dem kollabierten Paralleluniversum berichtet. Doch Susanne blieb skeptisch.

Ich hatte ihr nicht verheimlicht, dass wichtige Bausteine zum Beweis der Theorie fehlten. Wir hatten schließlich so gut wie keine Messergebnisse vom Zeitpunkt des Beschusses, da die Messplattform vor dem eigentlichen Beschuss heruntergefahren worden und das Loch ohnehin in der Wolframkugel verborgen war. Lediglich eine etwas weiter entfernte Highspeed-Kamera hatte den Beschuss aufgezeichnet. Dies hatte zur Bestimmung der Synchronisation der Laser durch Beobachtung der Explosionswolke gedient. Wenn die Laser alle synchron arbeiteten, musste die Wolke genau kugelförmig sein.

Leichtsinnigerweise hatte ich mich von Susanne überreden lassen, ihr eine Kopie dieser Kameraaufzeichnungen zu geben. Und Susanne hatte sich tatsächlich jeden der ersten paar tausend Frames der Aufzeichnungen angesehen. Dabei war ihr ein verschwommener schwarzer Frame kurz nach dem Auftreffen der Laser auf die Wolframkugel aufgefallen.

„Die Aufzeichnung von der Kamera, die geht mir einfach nicht aus dem Sinn", sagte sie.

„Dein schwarzer Frame, nicht wahr? Susanne, ich hab dir doch schon erklärt, dass es kurz nach dem Abschuss der Laser starke elektromagnetische Störfelder gibt. Die stören auch die Kamera. Wir haben immer wieder weiße, schwarze oder vergrieselte Frames."

„Ja, aber an den Rändern war noch etwas Helles zu sehen."

„Das kann irgendwas sein. Das ist einfach ein Artefakt einer elektromagnetischen Störung, wenn du mich fragst. Auf den Frames vorher und nachher sind auch graue Punkte und Striche zu sehen."

„Ich finde, das sieht aus wie eine große schwarze Scheibe, die das Bild knapp ausfüllt." Susanne zögerte einen Moment. „Was, wenn das Loch sich ausgedehnt hat?"

„Und was, glaubst du, ist dann passiert?"

„Keine Ahnung, vielleicht ist es dann in sich zusammengefallen oder hat sich einfach aufgelöst wie der Nebel eurer Explosionswolke." Susanne sah einen kurzen Moment nachdenklich aus. „Oder es hat sich immer weiter ausgedehnt."

„Und uns alle verschluckt oder in ein Paralleluniversum katapultiert?" Ich schüttelte den Kopf.

„Ja, verdammt, vielleicht war es so", erwiderte Susanne trotzig. „Vielleicht hat sich das Loch ähnlich der Inflation im frühen Universum rasend schnell ausgedehnt. Wir haben auf dem einen Frame gerade noch den langsamen Start der Expansion gesehen. Vielleicht ist nämlich unser Universum kollabiert, nicht das Paralleluniversum! Das würde das Verschwinden des Shanghai-Lochs genauso erklären. Die Löcher haben sich ausgedehnt und dann vereinigt. Wie ein und dieselbe Seifenblase, die an zwei Stellen gleichzeitig zu platzen beginnt."

Mir schien unsere Diskussion nun doch sehr ins Esoterische abzugleiten. „Nun denn, offensichtlich ist ja alles beim Alten geblieben." Ich gähnte.

Susanne sah mich nachdenklich an.

„Schatz, ich bin müde. Lass uns schlafen." Ich gab Susanne noch einen Kuss, dann löschte ich das Licht und drehte mich zur Seite. Die gleichmäßigen Atemzüge unserer kleinen Tochter beruhigten mich.

Printed in Poland
by Amazon Fulfillment
Poland Sp. z o.o., Wrocław

15393884R00199